David Eddings [illegible]
Washington, a p[illegible]
D'aboro employ[illegible]
petit détour par l'enseignement, puis se retrouva... directeur d'un supermarché à Denver. Refroidi par un hold-up suivi d'une fusillade, il abandonna son poste, revint chez lui, à Spokane, et décida de se consacrer à la littérature.

Leigh Eddings, son épouse, qui avait commencé une carrière dans l'armée de l'air, collaborait depuis toujours à ses romans. Elle s'occupait plus particulièrement des personnages féminins et de la fin des romans ! Et cela fonctionnait à merveille puisque David Eddings est un auteur de best-sellers depuis vingt ans aux États-Unis et a également déclenché une véritable passion à l'étranger, notamment en France avec ses deux cycles cultes : *La Belgariade* et *La Mallorée*.

Le célèbre couple-roi de la fantasy a de nouveau figuré sur les listes des best-sellers avec *Le Réveil des anciens dieux*, premier volume de la tétralogie *Les Rêveurs*.

Leigh Eddings s'est éteinte en février 2007 à l'âge de soixante-neuf ans, suivie en 2009 par son époux âgé de soixante-dix-sept ans.

LA FIN DE PARTIE DE L'ENCHANTEUR

DES MÊMES AUTEURS
CHEZ POCKET

La grande guerre des dieux

Les préquelles
(en collaboration avec Leigh Eddings)

1. Belgarath le sorcier : les années noires
2. Belgarath le sorcier : les années d'espoir
3. Polgara la sorcière : le temps des souffrances
4. Polgara la sorcière : les années d'enfance

La Belgariade

1. Le pion blanc des présages
2. La reine des sortilèges
3. Le gambit du magicien
4. La tour des maléfices
5. La fin de partie de l'enchanteur

La Mallorée

1. Les gardiens du ponant
2. Le roi des murgos
3. Le démon majeur de Karanda
4. La sorcière de Darshiva
5. La sibylle de Kell

La pierre sacrée perdue

La trilogie des joyaux

1. Le trône de diamant
2. Le chevalier de rubis
3. La rose de saphir

La trilogie des périls

1. Les dômes de feu
2. Ceux-qui-brillent
3. La cité occulte

La rédemption d'Althalus
(en collaboration avec Leigh Eddings)

1. Les yeux d'émeraude
2. Les trois grimoires

Les rêveurs
(en collaboration avec Leigh Eddings)

1. Le réveil des anciens dieux
2. La dame d'atout
3. Les gorges de cristal
4. La folie des dieux

SCIENCE-FICTION
Collection dirigée par Bénédicte Lombardo

DAVID EDDINGS

CHANT V DE LA BELGARIADE

LA FIN DE PARTIE DE L'ENCHANTEUR

Traduit de l'américain
par Dominique Haas

POCKET

Titre original :
ENCHANTER'S END GAME

Cette traduction a été publiée avec l'accord de Ballantine Books département de Random House, Inc.

MIXTE
Papier issu de sources responsables
FSC® C003309
FSC www.fsc.org

Pocket, une marque d'Univers Poche, est un éditeur qui s'engage pour la préservation de son environnement et qui utilise du papier fabriqué à partir de bois provenant de forêts gérées de manière responsable.

ISBN 978-2-266-17472-5

A Leigh, enfin,
mon épouse bien-aimée
dont la main et la pensée ont effleuré
chacune de ces pages et qui fut à
mes côtés pour leur genèse comme
pour tout ce que je fais.

ROYAUMES
DU PONANT
ET
TERRITOIRES
ANGARAKS
MER
DES VENTS
ILE
DES
VENTS
Riva
Jarviksholm
CHEREK
Val d'Alorie
Golfe
de
Cherek
Barre
de
Cherek
Sendar
Medalia
Sulturn
SENDARIE
Camaar
Muros
Grand'Route
Forêt
d'Arendie
Vo Wacune
L'Astur
Vo Astur
Nez
d'Arendie
GRANDE MER
DU PONANT
ARENDIE
ULGOLANDE
Prolgu
Vo Mimbre
L'Arend
Futaie de
Vordue
TOLNEDRIE
Tol Vordue
La Nédrane
Tol Honeth
Tol Horb
Tol Borune
Tol
Rane
Sylve des Dryades
Rivière de la Sylve
Jungle des
Hommes-Serpents
Sthiss Tor
La Serpentine
NYISSIE

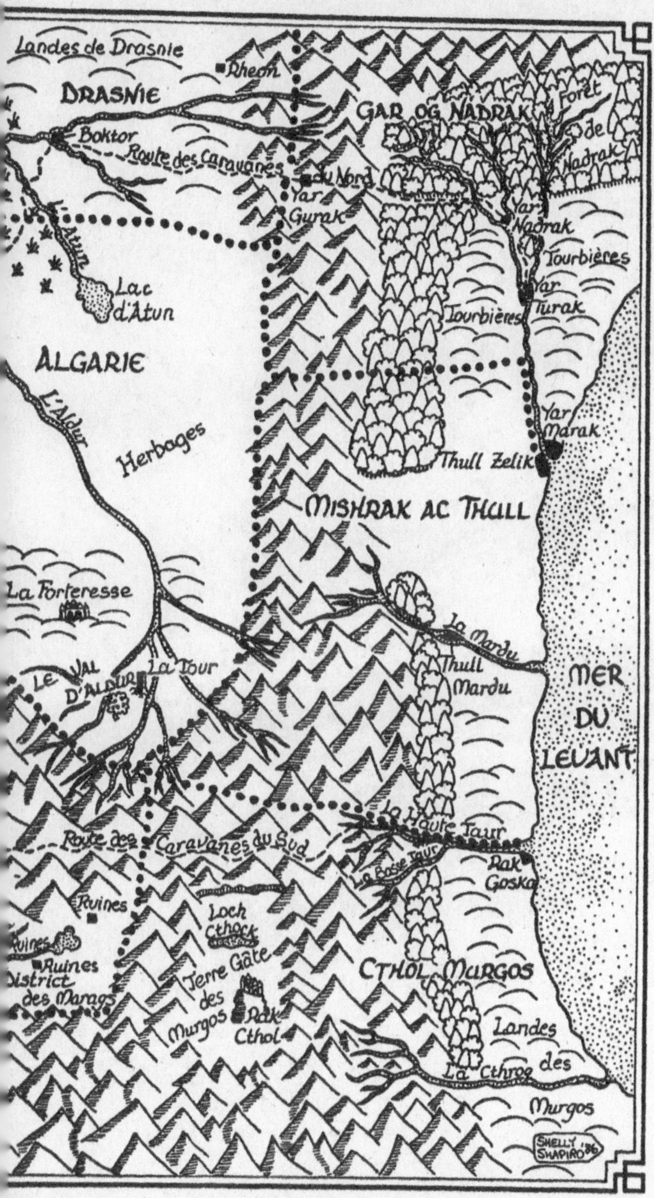
Landes de Drasnie
Rheon
DRASNIE
Boktor
Route des Caravanes du Nord
GAR OG NADRAK
Forêt de Nadrak
Yar Gurak
Yar Nadrak
Tourbières
Yar Turak
L'Atun
Lac d'Atun
Tourbières
ALGARIE
L'Aldur
Herbages
Yar Marak
Thull Zelik
MISHRAK AC THULL
La Forteresse
La Mardu
Thull Mardu
MER DU LEVANT
LE VAL D'ALDUR
La Tour
La Haute Taur
Route des Caravanes du Sud
La Basse Taur
Rak Goska
Ruines
Loch Cthock
Ruines
Ruines
District des Marags
Terre Gâte des Murgos
Rak Cthol
CTHOL MURGOS
Landes des Murgos
La Cthrag
SHELLY SHAPIRO '86

PROLOGUE

Où se trouvent relatés le commencement et la fin de toute chose.

D'après le *Livre de Torak*[1].

Entendez ma voix, ô Angaraks ! Je suis Torak, Prince entre les Princes et Roi des Rois. Prosternez-vous devant mon Nom et dédiez-moi vos prières et vos sacrifices car je suis votre Dieu. Absolue est ma souveraineté sur les royaumes angaraks, et grande sera ma colère si vous me déplaisez.

J'existais avant le commencement du monde et je demeurerai quand les montagnes seront tombées en poussière, quand les océans se seront changés en mares putrides et que le monde retournera au néant. Car j'existais avant l'avènement des temps et je demeurerai après leur consommation.

Des confins de l'Infini, je contemplai l'avenir et j'eus la Vision de deux Destinées, l'une et l'autre absolues. Je les vis se ruer l'une vers l'autre dans les couloirs sans fin de l'Eternité et je vis qu'à l'issue de la conflagration ce qui était divisé serait à jamais uni et que tout ce qui avait

1. Ces extraits du redoutable livre sacré angarak seraient tirés de l'une des nombreuses versions en circulation chez les Nadraks. Le contenu du texte plaide en faveur de son authenticité mais rien ne permet de l'attester, seuls les grands prêtres grolims ayant accès aux copies officielles du *Livre de Torak*. Il n'a pas été possible de le comparer avec l'exemplaire original, complet, qui se trouverait, dit-on, dans la bibliothèque du roi Anheg de Cherek. *(N.d.E.)*

été, tout ce qui était, tout ce qui restait à venir se fondrait à cet instant en un Dessein unique.

Après avoir eu cette Vision, et parce que je l'avais eue, je demandai à mes six frères de joindre leurs mains aux miennes pour faire tout ce qui est, accomplissant ainsi les exigences des Destinées. C'est ainsi que la lune et le soleil furent placés sur leur orbite et que ce monde vit le jour. Puis nous le dotâmes de pâturages et de forêts et nous créâmes les animaux, les poissons et les oiseaux pour peupler les terres, les mers et les cieux que nous avions fait naître.

Pourtant notre Père contempla sans joie le monde qui avait surgi du néant à mon instigation. Il dédaigna notre œuvre pour méditer sur l'Absolu. Je me rendis seul sur les hauteurs à jamais disparues de Korim et lui criai d'accepter ce que j'avais engendré. Mais il rejeta mon œuvre et se détourna de moi. Alors je m'endurcis le cœur contre lui et quand je redescendis, je n'avais plus de père.

Sur mon conseil, nous unîmes à nouveau nos forces, mes frères et moi, pour créer l'homme et en faire l'instrument de notre volonté. Nous fîmes donc les peuples, et à chacun nous laissâmes le choix de son Dieu. Les races de l'homme choisirent entre nous, mais aucune n'opta pour Aldur, toujours hostile à notre création et mécontent que nous ne lui ayons pas accordé la souveraineté sur elle. Puis Aldur s'exclut de notre compagnie et tenta, par des enchantements, de détourner nos serviteurs de nous. Rares toutefois furent ceux qui le suivirent.

J'étais tellement satisfait des Angaraks, les hommes de mon peuple, que je les menai vers les hautes terres à jamais disparues de Korim et leur révélai dans quel Dessein j'avais conçu le monde.

Alors ils m'adorèrent et m'offrirent leurs prières et des sacrifices par le feu. Et je les bénis et ils commencèrent à croître et à se multiplier. Par gratitude, ils m'élevèrent un autel sur lequel ils immolèrent quelques-uns de leurs plus braves jeunes gens et de leurs plus belles vierges. Content d'eux, je les bénis à nouveau, et leur prospérité passa celle de tous les autres peuples, et ils se multiplièrent en grand nombre.

Profondément jaloux de la vénération dont j'étais l'objet, le cœur empli de rancune, Aldur conspira contre moi dans le secret de son âme. Il prit une pierre et lui insuffla la vie afin qu'elle s'oppose à mon Dessein. Par cette pierre il espérait prendre l'ascendant sur moi. C'est ainsi que Cthrag Yaska vit le jour, à jamais porteuse d'inimitié à mon égard. Aldur tint conseil en un endroit secret avec ceux qu'il appelait ses disciples et complota pour conquérir le pouvoir grâce à elle.

Il m'apparut que la pierre maudite nous avait aliéné le cœur d'Aldur, à mes frères et à moi-même. J'allai voir Aldur pour lui en faire le reproche et l'implorer de lever le sortilège attaché à la pierre et de reprendre la vie qu'il lui avait insufflée. Je fis cela afin qu'Aldur ne soit plus éloigné de ses frères. En vérité, je vous le dis, je m'abaissai à pleurer devant lui.

Mais la pierre maléfique avait déjà asservi l'âme d'Aldur, le dressant contre moi, et je vis qu'elle ne relâcherait pas son emprise sur lui. Et Aldur me parla avec hauteur, prêt à me chasser.

Au nom de l'amour que j'avais pour lui, et pour le sauver du terrible sort qui m'avait été révélé par ma Vision, je le frappai et lui pris la pierre maudite. J'emportai Cthrag Yaska pour la ployer à ma volonté, apaiser le mal qui était en elle et mettre fin au péril pour lequel elle avait été créée. C'est ainsi que j'assumai le fardeau de la chose qu'Aldur avait créée pour s'opposer à moi.

Aldur entra dans un vif courroux contre moi. Il alla trouver mes frères et proféra sur moi toutes sortes de mensonges. Chacun vint me voir et me parla de manière insultante, m'ordonnant de restituer à Aldur la chose qui lui avait corrompu l'âme et que je lui avais prise pour le libérer de son envoûtement, mais je tins bon.

Alors ils s'apprêtèrent à la guerre. Le ciel était obscurci par la fumée des forges où leurs peuples façonnaient les armes qui feraient couler sur le sol le sang de mon peuple. A l'aube de l'année nouvelle, leurs hordes se mirent en marche et déferlèrent sur les territoires angaraks. Et mes frères étaient en première ligne.

Grande était ma répugnance à l'idée de lever la main contre eux, mais je ne pouvais leur permettre de priver mon peuple de sa terre, ou de verser le sang de ceux qui m'adoraient. En même temps je savais que rien de bon ne sortirait de cette guerre fratricide. Dans ce combat, les Destinées dont j'avais eu la vision pourraient être amenées à s'affronter prématurément, menant l'univers à sa destruction.

Je me résignai donc à faire une chose que je redoutais mais qui me paraissait moins grave que le danger entrevu. Je pris Cthrag Yaska la maudite et la dressai contre la terre dont elle était issue. Or j'incarnais le Dessein de l'une des Destinées tandis que l'autre résidait dans la pierre créée par Aldur. Le poids de tout ce qui avait été ou serait un jour reposait sur nous, et la terre ne put le supporter. Son manteau se déchira devant moi et la mer s'engouffra dans la brèche, inondant le sol aride. C'est ainsi que les peuples furent séparés, afin qu'ils ne puissent s'affronter et verser leur sang.

Mais Aldur avait doté la pierre d'une telle perversité qu'elle me frappa de son feu au moment où je l'élevais pour diviser le monde et empêcher l'ignominie d'un bain de sang. Au moment où je la ployais à ma volonté, elle s'embrasa et me frappa. D'une langue de feu, elle réduisit en cendres la main qui la tenait, aveugla l'œil qui la contemplait et me calcina la moitié du visage. Moi qui avais toujours été plus beau que mes frères, je devins un objet d'horreur et dus me couvrir la face d'un vivant masque d'acier afin d'éviter que l'on s'enfuie devant moi.

Je connus une agonie sans fin. Une douleur naquit en moi qui s'apaiserait seulement le jour où, délivrée du mal, la pierre maudite se repentirait de celui qu'elle avait répandu.

Mais les ténèbres de la mer s'étendaient désormais entre mon peuple et ses agresseurs, et mes ennemis prirent la fuite, terrifiés. En vérité, même mes frères quittèrent le monde que nous avions créé, car ils n'osaient plus s'opposer à moi. Ils continuèrent pourtant à conspirer contre moi en esprit, avec leurs séides.

Alors je menai les hommes de mon peuple dans les étendues désertes de Mallorée et leur fis ériger, dans un endroit abrité, une puissante cité. Ils lui donnèrent le nom de Cthol Mishrak, en souvenir des souffrances que j'avais endurées pour eux. Sur la ville qu'ils avaient construite, je plaçai un nuage immuable qui la dissimulerait à jamais.

Puis je fis forger un foudre d'acier et j'ordonnai que l'on y plaçât Cthrag Yaska afin qu'elle ne fût plus jamais en mesure de déchaîner son pouvoir destructeur sur la chair. Pendant un millier d'années, puis un second, je m'efforçai de libérer la pierre de la malédiction qu'Aldur lui avait imposée. Je lançai à la pierre des enchantements et des paroles magiques d'une puissance à nulle autre pareille, mais son feu me brûlait inexorablement quand je m'en approchais, et je sentais sa malédiction dominer le monde.

Or il advint que Belar, le plus jeune et le plus impétueux de mes frères, conspira contre moi avec Aldur, qui n'avait cessé de me haïr et de me jalouser dans le secret de son âme. Et Belar parla en esprit à son peuple indocile — les Aloriens — et le dressa contre moi. L'esprit d'Aldur lui envoya Belgarath, celui de ses disciples en qui il avait le plus profondément instillé son mépris. Et les mauvais conseils de Belgarath triomphèrent de Cherek, le chef des Aloriens, et de ses trois fils.

Grâce à des maléfices, ils franchirent de nuit la mer que j'avais engendrée et s'introduisirent comme des voleurs dans la cité de Cthol Mishrak. Par ruse, ils réussirent à pénétrer dans ma tour de fer et à se glisser jusqu'au fût renfermant la pierre maléfique.

Le plus jeune fils de Cherek, que les hommes nommaient Riva Poing-de-Fer, était tellement pétri de sorts et d'enchantements qu'il parvint à s'emparer de la pierre maudite sans en périr. Et ils prirent la fuite avec elle vers le Ponant.

Je les poursuivis à la tête des guerriers de mon peuple, afin que la malédiction de Cthrag Yaska ne s'abatte point sur la terre. Mais celui qu'ils appelaient Riva éleva la pierre et déchaîna son feu maléfique sur mes hommes. C'est ainsi que les voleurs s'échappèrent, emportant la pierre maléfique avec eux dans les territoires du Ponant.

Alors je détruisis la puissante cité de Cthol Mishrak pour que mon peuple fuie loin de ses ruines et je divisai les Angaraks en tribus. J'ordonnai aux Nadraks d'aller au nord, garder la région d'où les voleurs étaient venus. J'envoyai dans les landes du centre les Thulls au dos large, habitués à supporter les fardeaux. Je réservai les terres du sud aux Murgos, les plus farouches de mes hommes. Je gardai les plus nombreux avec moi, en Mallorée, afin qu'ils me servent, croissent et se multiplient en prévision du jour où il me faudrait prendre les armes contre le Ponant.

Je plaçai ces tribus sous la responsabilité des Grolims, que j'initiai à l'art des enchantements et de la sorcellerie afin qu'ils constituent une prêtrise à ma dévotion et chargée d'entretenir la ferveur de mon peuple. Je leur ordonnai de veiller à ce que le feu ne s'éteigne jamais sur mes autels, et de s'y livrer sans trêve ni relâche à des sacrifices en mon honneur.

Le machiavélique Belgarath avait confié la pierre maudite à Riva et envoyé celui-ci dans une île de la Mer des Vents. Belar y fit tomber deux étoiles. Avec ces deux étoiles, Riva forgea une épée et enchâssa Cthrag Yaska sur le pommeau.

Puis Riva brandit son épée, ébranlant l'univers autour de moi, et je me mis à crier, car ma Vision venait de s'ouvrir à nouveau devant moi, me révélant presque tout ce qui m'avait été dissimulé jusqu'alors. Il m'apparut que, dans les siècles des siècles, la fille de Belgarath, la sorcière, serait mon épouse, et je m'en réjouis. Mais je vis aussi qu'un Enfant de Lumière issu de la lignée de Riva serait un instrument de la Destinée opposée à celle qui me permettait de mener mon Dessein à bien, et qu'un jour viendrait où je m'éveillerais d'un long sommeil pour affronter son épée. Ce jour-là, les deux Destinées se combattraient et seul le vainqueur sortirait vivant de la confrontation, faisant triompher l'une des deux Destinées. Laquelle, cela ne me fut pas révélé.

Je méditai longuement sur cette Vision mais n'en tirai rien de plus. Et mille années passèrent, et bien d'autres encore.

Alors je fis venir près de moi un homme sage et juste

qui, fuyant l'enseignement pernicieux d'Aldur, était venu m'offrir ses services : Zedar. Je l'envoyai à la cour du Peuple des Serpents, qui vivait dans les marécages de l'Ouest. Issa, leur Dieu, était d'une grande paresse. Il passait son temps à dormir, laissant ses adorateurs, les Ny-Issiens, sous la férule de leur reine. Zedar fit à la souveraine certaines propositions qui lui agréèrent. Elle envoya des émissaires à la cour des descendants de Riva et ils les exécutèrent tous, sauf un enfant qui préféra la mort par noyade.

Voilà en quoi la Vision se trompait. Comment, en effet, un Enfant de Lumière aurait-il pu naître un jour si personne n'avait survécu pour le mettre au monde ?

Et voilà pourquoi j'ai veillé à l'achèvement de mon Dessein et à ce que les maléfices d'Aldur et de mes frères ne détruisent pas le monde que j'ai engendré.

Les Royaumes du Ponant qui ont prêté une oreille complaisante aux conseils et aux tromperies des Dieux pervers et des sorciers maléfiques mordront la poussière. Ceux qui ont tenté de me renier et de s'opposer à moi ne connaîtront pas de répit. Je multiplierai leurs souffrances. Ils se retrouveront plus bas que terre. Ils se prosterneront à mes pieds et s'offriront en holocauste sur mes autels.

Le jour viendra où je régnerai en maître sur toute chose, où toutes les races des hommes me seront soumises.

Entendez ma voix, ô peuples de la terre, et redoutez-moi. Prosternez-vous devant moi et adorez-moi, car je suis Torak, pour toujours et à jamais Roi des Rois, Prince entre les Princes, et unique Dieu de ce monde que j'ai créé.

Première Partie

GAR OG NADRAK

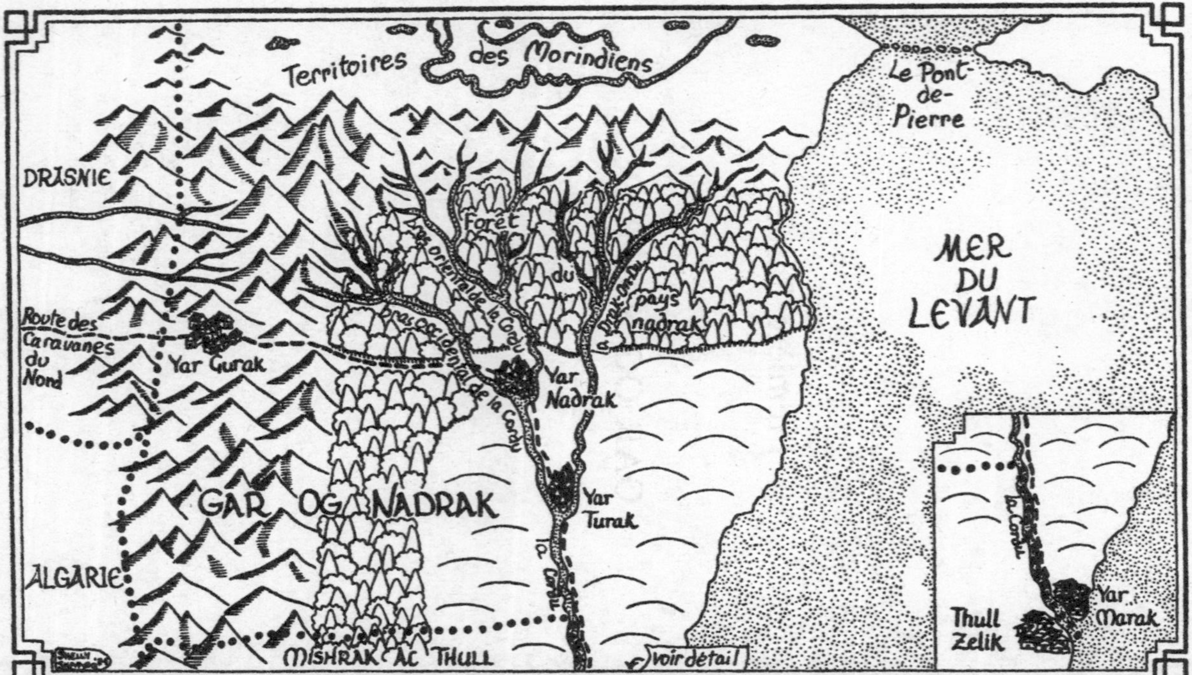
Territoires des Morindiens
Le Pont-de-Pierre
MER DU LEVANT
DRASNIE
Forêt du pays nadrak
Bras oriental de la Cordu
Bras occidental de la Cordu
Drak-On-Du
Route des Caravanes du Nord
Yar Gurak
Yar Nadrak
Yar Turak
la Cordu
GAR OG NADRAK
ALGARIE
MISHRAK AC THULL
voir détail
Thull Zelik
Yar Marak

CHAPITRE PREMIER

Garion avait l'impression de suivre un enterrement. Les mules n'étaient déjà pas des animaux très folichons, mais le tintement de la clochette pendue à leur cou avait quelque chose de rigoureusement funèbre. Ça devait venir de leur démarche à nulle autre pareille. Enfin, celles-ci appartenaient à un marchand drasnien, un grand flandrin au regard sévère, vêtu d'un pourpoint vert, qui avait autorisé Belgarath, Silk et Garion à l'accompagner — moyennant finance — sur la route qui menait au Gar og Nadrak, de l'autre côté des collines. Le marchand en question, un certain Mulger, trimbalait un fardeau de préjugés digne du chargement de ses mules. Silk et le gaillard s'étaient détestés au premier coup d'œil, et le petit homme au museau de fouine prenait un malin plaisir à faire enrager son compatriote tout en avançant vers les pics déchiquetés qui séparaient la Drasnie du pays des Nadraks, à l'est. Mais leurs discussions, pour ne pas dire leurs disputes, tapaient presque autant sur les nerfs de Garion que le tintement lugubre des grelots de ces satanées mules.

Il faut dire que Garion avait une bonne raison d'être sur les nerfs. Il avait peur. Inutile d'essayer de se raconter des histoires. Il s'était fait expliquer en détail les paroles énigmatiques du Codex Mrin : il allait à un rendez-vous pris depuis l'avènement des temps et il n'avait aucun espoir d'y couper. La rencontre n'était pas annoncée par une mais *deux* Prophéties, et même s'il parvenait à en convaincre une qu'il y avait une erreur quelque part, l'autre l'amènerait à la confrontation sans merci, sans la moindre considération pour ses sentiments personnels.

— Je pense, Ambar, que vous ne comprenez pas, déclara Mulger de ce petit ton acide et supérieur que certains individus emploient avec les gens qu'ils affectent de mépriser. Le fait que je sois ou non patriote n'a rien à voir là-dedans. Le commerce est primordial pour la Drasnie, et si les gars dans votre genre persistent à se faire passer pour des marchands, d'ici peu, les *honnêtes* Drasniens ne seront plus les bienvenus nulle part.

Avec un sixième sens typiquement drasnien, Mulger s'était tout de suite rendu compte que Silk n'était pas ce qu'il prétendait être.

— Allons, allons, Mulger, répondit Silk avec une certaine condescendance, ne soyez pas si naïf. Tous les agents de renseignement, les Tolnedrains, les Murgos et même les Thulls, procèdent de la même façon, dans le monde entier. Et comment voudriez-vous que je m'y prenne ? Que je me promène avec une pancarte arborant l'inscription « Espion » ?

— Franchement, Ambar, vous pouvez faire ce que vous voulez, je m'en tamponne, riposta Mulger en durcissant le ton. Seulement je commence à en avoir marre d'être mal reçu partout à cause d'individus de votre acabit.

— Qu'est-ce que vous voulez, Mulger, c'est la vie, contra Silk avec un sourire impudent, et vous auriez intérêt à vous y faire, parce que ça n'est pas près de changer.

Désarçonné, Mulger lorgna son adversaire d'un œil noir, puis il dut décider que, tout bien pesé, il lui préférait la compagnie de ses mules, car il se détourna brusquement et remonta la colonne.

Belgarath releva la tête comme s'il émergeait de l'apparente léthargie où le plongeaient les longues chevauchées.

— Vous ne pensez pas que vous attigez un peu ? protesta-t-il. Ne le faites pas trop enrager ou il vous dénoncera aux gardes-frontières, et nous ne sommes pas près d'entrer au Gar og Nadrak.

— Nous ne risquons rien, mon bon ami. Tout ce qu'il gagnerait à porter le pet, ce serait d'être soumis à la même enquête que nous, et je ne connais pas un marchand au monde qui ne dissimule dans ses paquets une ou deux petites choses qui ne devraient pas s'y trouver.

— Vous ne pouvez pas vous empêcher de l'asticoter, hein ? reprit Belgarath.

— Ça m'occupe, répondit Silk en haussant les épaules. Sans ça, je serais obligé de regarder autour de moi, et le paysage de la Drasnie orientale me rend neurasthénique.

Belgarath poussa un grognement hargneux, tira son capuchon gris sur sa tête et replongea dans sa torpeur.

Garion retourna à ses sinistres ruminations. La Route des Caravanes du Nord balafrait, blanche cicatrice, la morne lande semée d'épineux grisâtres. Le ciel était bouché depuis près de deux semaines par des nuages plus secs qu'un édredon. Et la caravane avançait à une allure de tortue dans un monde sans ombre et sans relief, vers les montagnes austères qui barraient l'horizon.

C'est surtout la profonde injustice de l'affaire qui démontait Garion. Il n'avait rien demandé à personne. Et surtout pas d'être sorcier. Ça ne lui disait rien d'être roi de Riva. Il n'était même pas sûr de désirer se marier avec la princesse Ce'Nedra, sauf que, là, il n'était pas très fixé. La petite princesse impériale pouvait être absolument adorable quand elle voulait — quand elle voulait *quelque chose*. Mais la plupart du temps elle n'aspirait à rien de spécial et sa véritable nature reprenait le dessus. S'il avait délibérément souhaité tout cela, il aurait accepté sa mission avec résignation. Seulement on ne lui avait pas demandé son avis, et il avait perpétuellement envie de hurler « Pourquoi moi ? » vers le ciel indifférent.

Son grand-père étant à moitié endormi, il chevauchait avec pour seule compagnie le sempiternel murmure de l'Orbe enchâssée sur le pommeau de l'immense épée attachée dans son dos, et son enthousiasme absurde commençait à lui échauffer les oreilles. Ça lui allait bien de se réjouir de la rencontre imminente avec Torak ;

c'est lui, Garion, qui allait affronter le Dieu-Dragon des Angaraks ; c'est sur ses épaules que retombait cette sanglante corvée. En fin de compte, il trouvait l'intarissable allégresse de l'Orbe pour le moins déplacée.

La frontière entre la Drasnie et le Gar og Nadrak était matérialisée par un vulgaire poteau placé en travers de la route, au sommet d'un col. Deux garnisons, une drasnienne et une nadrak, se regardaient en chiens de faïence de part et d'autre de cette barrière chimérique et malgré tout bien plus intimidante que les portes de Vo Mimbre ou de Tol Honeth. D'un côté, c'était le Ponant ; de l'autre, le Levant. Un pas, un seul, et on passait d'un monde à un autre, totalement différent. Eh bien, ce pas, Garion aurait donné n'importe quoi pour ne pas avoir à le franchir.

Silk avait vu juste : Mulger ne fit part de ses soupçons ni aux plantons drasniens ni aux soldats nadraks en armure de cuir et le petit groupe s'engagea sans incident dans les montagnes du Gar og Nadrak. Après la frontière, la Route des Caravanes du Nord grimpait en pente raide au flanc d'une gorge étroite. Le gargouillis d'un torrent impétueux fournissait un fond sonore au tintement des clochettes qui résonnait entre les parois de roche noire, abruptes, oppressantes, en haut desquelles le ciel se réduisait à un ruban gris sale.

Tout à coup, Belgarath émergea de sa somnolence, regarda autour de lui, tous les sens en éveil, jeta à Silk un coup d'œil appuyé et s'éclaircit la gorge.

— Eh bien, mon cher Mulger, nous n'avons plus qu'à vous remercier et à vous souhaiter de bonnes affaires.

Mulger interrogea le vieux sorcier de son regard perçant.

— C'est ici que nos routes se séparent, à la sortie de cette gorge, annonça Belgarath, le visage impénétrable. Nous avons affaire par là, ajouta-t-il avec un geste vague.

— Je ne veux même pas le savoir, grommela Mulger.

— Je vous comprends, dit Belgarath. Et ne prenez pas trop au sérieux les remarques d'Ambar. Il dit, par taquinerie, des choses qu'il ne pense pas vraiment. Mais il gagne à être connu.

Mulger lança à Silk un coup d'œil caressant comme un coup de matraque et s'abstint de tout commentaire.

— Bonne chance, quoi que vous mijotiez, lâcha-t-il enfin, plus pour sacrifier aux règles de la courtoisie qu'autre chose. Vous n'étiez pas de mauvais compagnons de route, le jeune homme et vous.

— A charge de revanche, mon bon Mulger, promit Silk avec une emphase moqueuse. Nous avons beaucoup apprécié votre exquise compagnie.

— Je n'ai vraiment aucune sympathie pour vous, Ambar, grinça Mulger en regardant Silk droit dans les yeux. Il me semble que nous ferions mieux d'en rester là.

— Je suis consterné, répliqua Silk avec un sourire insultant.

— Laissez tomber, grommela Belgarath.

— Je n'ai pas ménagé les efforts pour faire sa conquête, protesta Silk.

Belgarath lui tourna ostensiblement le dos.

— Enfin, Garion, tu me crois, toi, au moins ? implora Silk, les yeux brillants de fausse ingénuité dans sa tête de fouine.

— Non, démentit Garion.

— Personne ne me comprend, conclut Silk avec un soupir plaintif.

Puis il éclata de rire et s'engagea dans la gorge en sifflotant.

Ils quittèrent Mulger de l'autre côté du défilé et s'engagèrent dans un fouillis de pierraille et d'arbres rabougris, à gauche de la route, puis ils s'arrêtèrent en haut d'une crête en attendant que le marchand drasnien et ses mules aient disparu.

— Où allons-nous ? s'informa Silk en examinant les nuages qui filaient dans le ciel. Je pensais que nous allions à Yar Gurak.

— Nous y allons, confirma Belgarath en se grattant la barbe, seulement nous allons en faire le tour de façon à y arriver par l'autre côté. Je ne me fie pas à ce Mulger. Je ne voudrais pas qu'il laisse échapper une parole imprudente. Et puis nous avons quelque chose à faire, Garion et moi, avant d'entrer en ville. Ici, tiens, ça devrait aller, ajouta-t-il en indiquant un creux de verdure abrité d'un côté de la crête.

Ils descendirent dans le vallon et mirent pied à terre. Silk, qui menait leur unique cheval de bât, attacha leurs montures à un chicot d'arbre dressé non loin d'une petite source.

— Qu'est-ce que nous avons à faire, Grand-Père ? s'enquit Garion en descendant de cheval.

— Ton épée est un peu voyante, expliqua le vieil homme. Nous sommes en situation de passer le restant du voyage à répondre à des tas de questions embarrassantes.

— Vous allez la rendre invisible ? s'exclama Silk, plein d'espoir.

— D'une certaine façon, esquiva Belgarath. Ouvre ton esprit à l'Orbe, Garion, laisse-la te parler.

— Je ne comprends pas, fit Garion en plissant le front.

— Laisse-toi aller. L'Orbe fera le reste. Tu la mets dans tous ses états, alors ne fais pas trop attention si elle se met à te suggérer de drôles de choses. Elle ne comprend guère le monde où nous vivons. Détends-toi et laisse vagabonder tes pensées, c'est tout. Il faut que je lui parle et, pour ça, je suis obligé de passer par toi. Elle n'écoutera personne d'autre.

Garion s'adossa à un arbre ; un instant plus tard, il avait la tête pleine d'images étranges. Le monde lui apparaissait à travers une sorte de brouillard bleuté où tout semblait angulaire, comme si le monde se réduisait aux faces et aux arêtes d'un cristal. Il se vit chevaucher à bride abattue, son épée étincelante à la main, tandis que des hordes d'hommes sans visage fuyaient devant lui. Tout à coup, la voix de Belgarath retentit dans son crâne.

— Arrête !

Cet ordre, il s'en rendit compte, ne s'adressait pas à lui mais à l'Orbe. Puis, d'une voix réduite à un murmure, le vieil homme donna des explications et des instructions à cette autre conscience cristalline qui lui répondait avec une sorte d'irritation. Ils semblèrent enfin trouver une sorte d'accord, et l'esprit de Garion s'éclaircit.

— Il y a des moments où j'ai l'impression de discuter avec un enfant, commenta Belgarath en secouant la tête d'un air attristé. Elle ne sait pas ce que c'est qu'un chiffre et elle ne comprend même pas le sens du mot « danger ».

— Elle est toujours là, remarqua Silk, un peu déçu. Je la vois encore comme je vous vois.

— C'est parce que vous savez qu'elle y est, rétorqua Belgarath. Les autres ne se rendront pas compte de sa présence.

— Comment voulez-vous qu'ils laissent passer ça ?

— C'est assez compliqué. L'Orbe encouragera les gens à ne pas les voir, l'épée et elle. En l'examinant de près, ils remarqueraient peut-être que Garion a quelque chose sur le dos, mais ils n'auraient probablement pas la curiosité de regarder ce que c'est. En fait, il est vraisemblable que les gens ne feront même pas attention à lui.

— Vous voulez dire qu'il est devenu invisible ?

— Non, c'est juste qu'il n'attire pas le regard. Allons-y. La nuit tombe vite, dans ces montagnes.

Garion se demandait si Yar Gurak n'était pas la plus laide de toutes les villes qu'il ait jamais vues. Elle s'étendait de par et d'autre d'un torrent jaunâtre, bourbeux, qui avait ouvert une brèche dans les collines. Les rues de terre battue rampaient sur les pentes abruptes, dépouillées de toute végétation même au-delà des habitations. De vastes excavations avaient été forées à flanc de coteau et des sources suintaient dans les blessures de la terre, déversant leurs eaux boueuses dans le torrent. Tout dans la ville respirait le laisser-aller. Les constructions de rondins et de pierres brutes, aux ouvertures masquées par des sacs de toile, avaient l'air provisoires.

Des Nadraks efflanqués, à la peau sombre, ivres pour la plupart, traînaient dans les rues. Une vilaine bagarre avait éclaté dans une taverne juste avant que Garion et ses compagnons entrent en ville, et ils durent s'arrêter devant deux douzaines de Nadraks qui se roulaient dans la boue, au milieu de la rue, et tentaient, non sans succès, de se mettre mutuellement hors d'état de nuire, peut-être à jamais.

Le soleil disparaissait derrière les montagnes lorsqu'ils trouvèrent une auberge au bout d'une rue fangeuse. C'était un vaste bâtiment carré au rez-de-chaussée de pierre et à l'étage de bois, flanqué d'écuries à l'arrière. Les trois compères remisèrent leurs chevaux pour la nuit, prirent une chambre et passèrent à la salle à manger — une sorte de hangar, en fait. Ils furent assaillis par une odeur de chou à tomber à la renverse et par la fumée des lampes à huile pendues au bout de leur chaîne. Des marchands venus de toutes les parties du monde, des hommes aux yeux méfiants, entourés de murs de suspicion, dînaient par petits groupes sur les tables maculées de graisse, couvertes de miettes et de reliefs de nourriture.

Belgarath, Silk et Garion s'installèrent à une table libre, sur des tabourets bancals. Un serveur un peu éméché, au tablier poisseux, leur apporta une sorte de ragoût dans des bols en bois. Quand ils eurent fini, Silk jeta un coup d'œil vers une porte ouverte sur une taverne bruyante et jeta à Belgarath un regard concupiscent.

— Mieux vaut pas, répondit le vieil homme à la question muette du petit Drasnien. Les Nadraks sont hypernerveux, et les relations avec le Ponant un peu tendues en ce moment. Inutile de chercher les ennuis.

Silk s'inclina à regret. Ses compagnons le suivirent vers le fond de la salle et l'escalier qui menait à leur chambre. Garion éleva sa maigre chandelle et contempla sans enthousiasme les couchettes de bois mal équarri, tendues de cordes, placées le long des murs. Les matelas de paille d'une propreté douteuse avaient l'air rembourrés avec des noyaux de pêche. La pièce devait être juste au-dessus de la taverne : un vacarme invraisemblable montait jusqu'à eux.

— Nous aurons de la chance si nous arrivons à dormir, observa-t-il.

— C'est l'inconvénient des régions minières par rapport aux contrées agricoles, remarqua Silk. Même soûls comme des vaches, les fermiers éprouvent le besoin d'y mettre un peu les formes. Les mineurs sont généralement moins scrupuleux.

— Ils vont bien finir par se calmer, conjectura Belgarath avec un haussement d'épaules. La plupart d'entre eux seront dans les vapes avant minuit. Dès que les boutiques ouvriront, demain matin, poursuivit-il en regardant Silk, je voudrais que vous alliez nous acheter des vêtements, de préférence usagés, une pioche et quelques marteaux à roche. Nous les attacherons sur notre cheval de bât ; tout le monde nous prendra pour des chercheurs d'or.

— J'ai comme l'impression que ce n'est pas la première fois que vous faites ce numéro.

— Disons que ça m'arrive de temps en temps. C'est rudement pratique comme déguisement : les chercheurs d'or sont tous fous et personne ne s'étonne d'en trouver dans les endroits les plus bizarres. J'ai même trouvé de l'or, une fois, ajouta le vieil homme avec un petit rire. Une veine grosse comme le bras.

— Où ça ? s'exclama Silk, tout à coup passionné.

— Oh, quelque part par là, éluda Belgarath avec un vague haussement d'épaules. Je ne sais plus où au juste.

— Belgarath ! protesta Silk avec une note de désespoir dans la voix.

— Ne nous égarons pas. Dormons. Je voudrais partir d'ici le plus tôt possible demain matin.

Le ciel, qui était couvert depuis des semaines, s'éclaircit pendant la nuit et, quand Garion ouvrit les yeux, les premiers rayons du soleil levant tentaient bravement de franchir l'obstacle des vitres noires de crasse. Assis à la table grossière, de l'autre côté de la pièce, Belgarath étudiait une carte tracée sur un parchemin. Silk était déjà parti.

— Je commençais à me demander si tu avais l'intention de te réveiller avant midi, commenta le vieil homme en regardant Garion se redresser et s'étirer.

— J'ai eu du mal à m'endormir, hier soir, répondit celui-ci. Ils faisaient un drôle de chahut, en bas.

— Les Nadraks sont comme ça.

Une idée passa par la tête de Garion.

— Qu'est-ce que tu crois que tante Pol est en train de faire en ce moment ?

— Oh, elle doit dormir.

— Pas à cette heure-ci.

— Il est beaucoup plus tôt, là où elle est.

— Comment ça ?

— Riva est à quinze cents lieues à l'ouest, expliqua Belgarath. Le soleil n'y arrivera pas avant plusieurs heures.

— Je n'avais jamais pensé à ça, admit Garion en clignant des yeux.

— Il ne me serait jamais venu à l'idée que tu y aies pensé.

La porte s'ouvrit et Silk entra, une expression outragée sur la figure. Il jeta quelques balluchons par terre et se dirigea vers la fenêtre en tapant des pieds et en maugréant.

— Allons, qu'est-ce qui ne va pas ? s'enquit Belgarath d'un petit ton anodin.

— Jetez donc un coup d'œil là-dessus, répondit Silk en lui fourrant un bout de parchemin sous le nez.

— Que se passe-t-il ? fit le vieil homme en prenant le document et en le lisant.

— Il y a des années que cette affaire est réglée, s'indigna Silk. Je me demande bien pourquoi ces trucs-là circulent encore.

— Très pittoresque, comme description. « … un homme qui ne paie pas de mine, à tête de fouine, au regard fuyant et au long nez pointu », lut Belgarath. « Un fieffé tricheur aux dés. »

— Vous vous rendez compte ? protesta Silk, mortellement offensé. Tu trouves que j'ai l'air d'une fouine, toi ? pesta-t-il en prenant Garion à témoin.

— De quoi s'agit-il ? s'informa Garion.

— J'ai eu un petit différend avec les autorités, il y a quelques années, lâcha Silk d'un ton réprobateur. Rien de bien sérieux. Je ne comprends vraiment pas pourquoi ils colportent toujours ces ignominies ! Ils vont jusqu'à offrir une récompense ! Enfin, le montant en est flatteur, ajouta-t-il suavement, après un instant de réflexion.

— Vous avez trouvé ce que je vous avais demandé ? coupa Belgarath.

— Evidemment.

— Alors changeons-nous et partons d'ici avant que votre célébrité imprévue n'attire l'attention des populations.

Le costume nadrak était surtout fait de cuir. Il se composait d'un pantalon et d'un gilet noirs, collants, et d'une tunique de toile à manches courtes.

— Je n'ai pas pris de bottes parce qu'on est vraiment trop mal dans celles des Nadraks. Ils n'ont apparemment pas vu qu'il y avait une différence entre le pied droit et le pied gauche. Qu'en dites-vous ? fit-il en inclinant son chapeau de feutre pointu selon un angle coquin et en prenant la pose.

— Il n'a vraiment pas l'air d'une fouine, hein, Garion ? susurra Belgarath.

Silk lui dédia un regard écœuré.

Ils descendirent, sortirent leurs chevaux et se mirent en selle. Silk ne se dérida pas tant qu'ils furent à Yar Gurak. Arrivé au sommet de la colline qui dominait la ville, il mit pied à terre, ramassa une pierre et la jeta furieusement sur les bâtiments entassés en dessous d'eux.

— Vous vous sentez mieux ? demanda Belgarath avec intérêt.

Silk remonta en selle avec un reniflement dédaigneux et les mena de l'autre côté de la colline.

CHAPITRE II

Pendant deux jours, ils s'enfoncèrent dans les montagnes aux flancs pelés, semés de pierres et d'arbustes étiques. Les sommets coiffés de neige étincelaient sous le soleil, de plus en plus ardent dans le ciel d'un bleu intense. L'air était vif, épicé par l'odeur des arbres résineux. Peut-être tracées par les cerfs qui paissaient çà et là, dans les hauteurs, des sortes de pistes partaient dans tous les sens et serpentaient dans les prairies vert pâle, jonchées de fleurs sauvages agitées par la brise.

Belgarath les menait vers l'est avec assurance. Ce n'était plus le vieillard somnolent qui chevauchait à leurs côtés sur les grands chemins. On aurait dit qu'il avait retrouvé toute sa jeunesse en pénétrant dans ces montagnes.

Ils rencontrèrent d'autres voyageurs, surtout des Nadraks vêtus de cuir, un groupe de Drasniens qui gravissait lentement une pente raide et, une fois dans le lointain, ils crurent reconnaître un Tolnedrain. Les échanges avec ces étrangers étaient brefs et empreints de méfiance. Les montagnes du Gar og Nadrak n'étaient pas sûres ; la prudence était de mise.

Il y eut tout de même une exception. Un vieux chercheur d'or volubile sortit un beau matin de l'ombre bleutée des arbres. Il s'approcha d'eux sans un bonjour, apparemment sans se demander quel accueil on allait lui réserver, et se mit aussitôt à parler comme s'il reprenait une conversation interrompue un instant plus tôt.

Ses yeux bleus étincelaient de joie de vivre dans son visage tanné comme une vieille peau sous sa tignasse blanche, hirsute, et sa voix, sa dégaine — il avait dû trouver ses vêtements sur le bord des pistes — avaient quelque chose de comique que Garion trouva tout de suite sympathique.

— Il y a bien dix ans que je n'étais pas venu dans le coin, commença-t-il en rebondissant sur son âne à côté de Garion. Je ne viens plus guère par ici. Toutes les rivières ont été explorées plus de cent fois, dans cette région. Où allez-vous ?

— Je ne sais pas très bien, répondit Garion sans se mouiller. C'est la première fois que je viens par ici. Il faudrait demander aux autres.

— Le sable est bien meilleur au nord, en remontant vers les territoires des Morindiens. Evidemment, vous avez intérêt à faire attention là-haut, mais, comme on dit, qui ne risque rien n'a rien, n'est-ce pas ? Tu n'es pas nadrak, hein ? reprit le bonhomme en lorgnant Garion avec curiosité.

— Je suis sendarien, répondit laconiquement Garion.

— Je ne suis jamais allé en Sendarie. En fait, je ne suis jamais sorti d'ici, ajouta rêveusement le vieux chercheur d'or en promenant un regard débordant d'amour sur les pics couronnés de neige et les épineux vert foncé. Il faut dire que je n'ai jamais eu envie d'aller ailleurs. Il y a maintenant plus de soixante-dix ans que j'explore ces montagnes dans tous les sens et je n'en ai jamais tiré grand chose, en dehors du plaisir d'y être. Une fois, j'ai trouvé une rivière si pleine d'or rouge qu'on aurait dit du sang. L'hiver m'a pris là-bas et j'ai failli mourir de froid en essayant d'en sortir.

— Vous y êtes retourné au printemps ? questionna impulsivement Garion.

— C'était bien mon intention, mais j'avais pas mal bu cet hiver-là. J'avais trouvé un peu d'or et... Enfin, j'avais comme qui dirait la cervelle ramollie, et quand j'ai repris la piste, aux beaux jours, j'ai emmené quelques barriques pour me tenir compagnie. L'erreur à ne pas commettre. L'altitude décuple l'effet de l'alcool et ça nuit à la concentration. Bref, fit-il en se renversant un peu en arrière et en se grattant l'estomac d'un air absorbé, je me suis engagé dans les hauts plateaux, au nord des montagnes, sur les terres des Morindiens. J'avais sûrement dû me dire que ça serait plus facile en terrain plat. Bon, en deux mots, je suis tombé sur une bande de Morindiens et ils m'ont fait prisonnier. Faut croire que je suis né sous une bonne étoile : quand ils m'ont capturé, j'étais dans la bière jusqu'aux oreilles depuis un jour ou deux, et drôlement remonté avec ça. Superstitieux comme ils sont, ils m'ont cru possédé du démon. C'est ce qui m'a sauvé la vie. Ils m'ont gardé cinq, six ans, à essayer de percer à jour le sens profond de mes divagations. Il faut dire qu'en dessoûlant, je n'ai pas mis longtemps à comprendre et que j'en ai rajouté dans le délire. Ils ont fini par se lasser, par faire moins attention à moi, et je me suis échappé. Mais à ce moment-là, j'avais pour ainsi dire oublié où se trouvait cette rivière. Je la cherche encore de temps à autre quand je passe dans le coin.

Le vieillard en haillons donnait l'impression de parler à tort et à travers, mais rien n'échappait à ses yeux bleus, et la question vint si vite que Garion n'eut même pas le temps de dire « ouf ».

— Tu trimbales une bien grande épée, mon garçon. Qui veux-tu tuer avec ? Elle a quelque chose de bizarre. On dirait qu'elle se donne un mal de chien pour passer inaperçue. Tu n'as vraiment pas changé, ajouta-t-il en se tournant vers Belgarath qui le regardait calmement.

— Et toi, tu parles toujours trop, répondit Belgarath d'un ton égal.

— Ça me prend de temps en temps, admit le vieux chercheur d'or. Quand je n'ai vu personne pendant quelques années. Ta fille va bien ?

Belgarath acquiesça d'un hochement de tête.

— Belle bête, mais quel fichu caractère !

— Ça non plus, ça n'a pas tellement changé.

— Je n'en espérerais pas tant, s'esclaffa le vieux bonhomme. Dis donc, Belgarath, reprit-il après un instant d'hésitation, je ne voudrais pas t'importuner avec mes conseils, mais prenez garde si vous allez dans le bas pays. On dirait que la marmite commence à bouillir. Le coin grouille d'étrangers en tuniques rouges et on voit monter de la fumée de certains autels qui n'avaient pas servi depuis des années. Les Grolims ont remis ça, et leurs couteaux sont plus aiguisés que jamais. Les Nadraks qui viennent par ici passent leur temps à regarder derrière leur dos. Et il y a d'autres signes, ajouta-t-il en regardant Belgarath dans les yeux. Les animaux sont nerveux, comme avant un orage, et quand on tend l'oreille, la nuit, il y a des moments où on entend une sorte de roulement de tonnerre, très loin, peut-être en Mallorée. On dirait que le monde entier marche sur la tête. Mon petit doigt me dit qu'il se prépare quelque chose d'énorme, à quoi tu pourrais bien être mêlé. L'ennui, c'est qu'ils savent que tu es dans les parages. A ta place, je n'espérerais pas trop passer entre les mailles du filet. On finira par te repérer. Je me disais juste que tu aimerais peut-être le savoir, conclut-il avec un haussement d'épaules, comme s'il se désintéressait de toute l'affaire.

— Merci, répondit sobrement Belgarath.

— De rien, fit le vieillard en haussant les épaules à nouveau. Je pense que je vais continuer par là, reprit-il en tendant le doigt vers le nord. Il y a trop d'étrangers dans ces montagnes, depuis quelques mois. Ça commence à devenir intenable. Allons, j'ai bavardé pour dix ans, à présent. Je vais tâcher de trouver un petit coin tranquille, décréta-t-il en faisant tourner son âne. Bonne chance ! lança-t-il par-dessus son épaule, puis il s'éloigna au petit trot et disparut comme il était venu, dans l'ombre bleutée des arbres.

— Je crois comprendre qu'il ne vous est pas complètement inconnu, observa Silk.

Le vieux sorcier opina du bonnet.

— Je l'ai rencontré il y a une trentaine d'années. Polgara était venue au Gar og Nadrak chercher des renseignements. Sa tâche accomplie, elle m'a fait parvenir un message et je suis venu la racheter à son propriétaire. Nous nous apprêtions à rentrer quand une tempête nous a surpris dans les montagnes. Ce vieux bonhomme nous a trouvés pataugeant dans la neige et il nous a emmenés dans les grottes où il se terre quand il fait trop froid. Une grotte assez confortable, d'ailleurs, sauf qu'il tenait absolument à y faire entrer son âne. Pol lui a fait la guerre tout l'hiver à ce sujet-là.

— Comment s'appelle-t-il ? s'enquit Silk avec curiosité.

— Il ne nous l'a jamais dit, répondit Belgarath en haussant les épaules, et il n'aurait pas été poli de le lui demander.

Mais Garion avait tiqué au mot « propriétaire » et une sorte de rage impuissante s'était emparée de lui.

— Quelqu'un avait acheté tante Pol ? demanda-t-il comme s'il n'en croyait pas ses oreilles.

— C'est une coutume locale, expliqua Silk. Pour les Nadraks, les femmes sont des biens comme les autres. Une femme doit appartenir à quelqu'un ; ça ne se fait pas de ne pas avoir de propriétaire.

— Elle était esclave ? reprit Garion en serrant les poings si fort que ses jointures blanchirent.

— Bien sûr que non ! Tu vois, même une seconde, ta tante se soumettre à une coutume de ce genre ?

— Mais tu as dit...

— J'ai dit que je l'avais rachetée à son propriétaire. Leur relation était purement formelle. Elle avait besoin d'un propriétaire pour agir ici, et voilà tout. Quant à l'homme, le fait de posséder une femme aussi remarquable lui a valu un prestige considérable. J'ai dû lui verser une fortune pour la récupérer, reprit Belgarath en faisant la grimace. Je me demande parfois si elle en valait la peine.

— *Grand-Père !*

— Je suis sûr, mon cher Belgarath, qu'elle serait très intéressée par cette dernière remarque, commenta suavement Silk.

— Je ne suis pas sûr, mon cher Silk, qu'il soit utile de la lui rapporter.

— Mon cher Belgarath, on ne sait jamais, riposta Silk en riant aux éclats. Ça peut toujours être utile.

— Mon cher Silk, vous êtes abject.

— Je sais, convint le petit homme avec un sourire en tranche de courge. Dites-donc, votre ami ne nous est pas tombé dessus par hasard, déclara-t-il en regardant autour de lui. Pourquoi s'est-il donné tant de mal pour vous retrouver ?

— Il voulait me prévenir.

— Que les choses étaient tendues au Gar og Nadrak ? Nous le savions déjà.

— Ce n'était pas une information mais un avertissement.

— Il n'avait pas l'air très véhément.

— C'est parce que vous ne le connaissez pas.

— Dis, Grand-Père, coupa Garion, comment a-t-il fait pour voir mon épée ? Je pensais qu'elle était invisible.

— Il voit *tout*, Garion. Il pourrait jeter un coup d'œil à un arbre et te dire dix ans plus tard combien de feuilles il y avait dessus.

— Il est sorcier ?

— Pas à ma connaissance. Ce n'est qu'un étrange vieux bonhomme qui aime les montagnes. Il ne sait pas ce qui se prépare parce qu'il ne veut pas le savoir. Autrement, il n'aurait aucun mal à découvrir tout ce qui se passe ici-bas.

— Il se ferait une fortune comme espion, murmura Silk d'un ton rêveur.

— Sauf qu'il n'a manifestement pas envie de faire fortune. Quand il a besoin d'argent, il retourne à la rivière dont il nous a parlé.

— Il a dit qu'il avait oublié où elle était, objecta Garion.

— Il n'a jamais rien oublié de sa vie, fit Belgarath avec un reniflement. Il y a des gens comme ça, qui ne s'intéressent pas à ce qu'il advient du monde, ajouta-t-il, les yeux perdus dans le vague. Ce n'est peut-être pas désagréable. Si tout était à refaire, je vivrais bien comme ça. Allons ! reprit-il en se secouant et en regardant autour de lui, les yeux très acérés tout à coup. Nous allons prendre ce sentier, décréta-t-il en leur indiquant une piste à peine visible qui traversait une prairie jonchée de troncs d'arbre blanchis par les intempéries. S'il a dit vrai, nous avons intérêt à éviter les agglomérations. Par là, nous arriverons au nord, à un endroit où nous ne devrions pas voir grand monde.

Peu à peu, le sol commença à descendre, les pics neigeux laissèrent place à des collines tapissées d'arbres et les trois compagnons sortirent des montagnes. Ils s'arrêtèrent sur une hauteur pour contempler la gigantesque forêt nadrake qui s'étendait à leurs pieds, pareille à un océan vert foncé courant jusqu'à l'horizon sous le ciel incroyablement bleu. Une petite brise soufflait, effleurant les lieues et les lieues d'arbres comme un soupir mélancolique au souvenir d'étés à jamais disparus et de printemps qui ne reviendraient plus.

Un village était juché à mi-pente, un peu au-dessus de la forêt, juste à côté d'un immense puits à ciel ouvert qui faisait comme une vilaine blessure suintante dans le flanc rouge de la colline.

— Une ville minière, commenta Belgarath. Allons un peu voir ce qui s'y passe.

Ils descendirent vers le village sans se départir de leur vigilance. En se rapprochant, Garion lui trouva la même allure de campement provisoire qu'il avait remarquée à Yar Gurak. Les bâtiments étaient construits de la même façon, avec des pierres brutes et des troncs d'arbre même pas équarris, et des cailloux étaient posés sur les bardeaux afin d'empêcher les bourrasques hivernales de les arracher. Les Nadraks semblaient peu soucieux de l'aspect extérieur de leur habitat. Sitôt les murs et les toits achevés, ils devaient se hâter de s'y installer et passaient à autre chose. Ils ne prenaient manifestement pas le temps d'apporter à leur maison les dernières touches qui donnaient aux demeures cet air achevé, définitif, que les Sendariens ou les Tolnedrains trouvaient indispensable. Le village entier semblait refléter une attitude je-m'en-foutiste qui offusquait Garion, il n'aurait su dire pourquoi au juste.

Quelques hommes sortirent dans les rues de terre battue pour regarder les étrangers. Leurs vêtements de cuir noir étaient maculés de rouge par la terre qu'ils remuaient à longueur de journée ; ils avaient un regard dur, suspicieux, presque agressif. La peur planait sur le village.

Des chiens se battaient au milieu de la rue sous le regard indifférent des Nadraks affalés sur des bancs, à l'abri du porche entourant un vaste bâtiment. D'un mouvement de menton, Silk indiqua à Belgarath l'enseigne ornée d'une grappe de raisin qui oscillait au gré du vent sur la façade.

Belgarath acquiesça d'un hochement de tête.

— Passons par la porte de côté, suggéra-t-il. Pour le cas où nous serions obligés de sortir en coup de vent.

Ils mirent pied à terre, attachèrent leurs chevaux à la balustrade du porche et entrèrent dans la taverne.

La salle était complètement enfumée et on n'y voyait goutte. Soit les architectes nadraks étaient fâchés avec les fenêtres, soit c'était considéré comme un luxe, en tout cas les seules sources de lumière étaient les sempiternelles lampes à huile suspendues à des chaînes accrochées aux poutres. Le plancher disparaissait sous la crasse et les déchets. Des chiens rôdaient entre les tables et les bancs grossièrement équarris. Une odeur aigre de bière et de corps jamais lavés planait dans l'air. L'endroit était bondé bien que ce ne fût que le début de l'après-midi, et très bruyant car les Nadraks vautrés sur les tables ou déambulant dans la salle ne savaient manifestement pas s'exprimer sans crier. Il faut dire qu'ils étaient déjà presque tous bien bourrés.

Belgarath se dirigea vers un coin où un homme mal rasé, à la lèvre pendante, aux yeux soulignés de grosses poches, était vautré seul à une table et contemplait sa chope de bière.

— Ça ne vous ennuie pas que nous nous asseyions à votre table, hein ? fit abruptement le vieil homme en s'installant sans attendre la réponse.

— Ça changerait quoi, d'toute manière ? graillonna l'homme en relevant sur lui des yeux larmoyants, injectés de sang.

— Pas grand-chose, répondit Belgarath sans ambages.

— Vous êtes pas du coin, vous, nota le Nadrak en le regardant avec une vague curiosité, les yeux plissés comme s'il tentait d'accommoder sur eux.

— Je ne vois pas en quoi cela vous regarde, rétorqua sèchement Belgarath.

— Vous êtes bien mal embouché pour un homme sur le retour, insinua le Nadrak en faisant craquer ses jointures d'un air significatif.

— Je suis venu pour boire un coup, pas pour me bagarrer, coupa Silk d'une voix âpre. Je changerai peut-être d'avis tout à l'heure, mais d'abord, j'ai soif. De la bière ! ordonna-t-il en arrêtant un serveur qui passait. Et aujourd'hui, pas demain.

— Bas les pattes ! répliqua le serveur. Vous êtes ensemble ? demanda-t-il.

— Nous sommes à la même table, non ?

— Trois chopes ou quatre ?

— Apportez-m'en déjà une, pour commencer, et que les autres prennent ce qu'ils veulent. Je paie la première tournée.

Le serveur poussa un grognement et se fraya un chemin dans la foule en flanquant au passage un coup de pied à un chien.

L'offre de Silk sembla apaiser les humeurs belliqueuses du Nadrak.

— Vous avez choisi votre moment pour descendre en ville, ironisa-t-il. La région grouille de recruteurs malloréens.

— Nous étions dans les montagnes, raconta Belgarath. Nous repartirons d'ici un jour ou deux. Ce qui se passe en bas ne nous intéresse pas beaucoup.

— Vous feriez mieux de vous y intéresser, à moins que vous ayez envie de goûter à la vie militaire.

— Il y a la guerre quelque part ? s'étonna Silk.

— Il paraît. Enfin, c'est ce qu'on dit. Ça se passerait quelque part au Mishrak ac Thull.

— Je n'ai jamais rencontré un Thull qui sache se battre, commenta Silk avec un reniflement méprisant.

— Il ne s'agirait pas des Thulls mais des Aloriens. Ils ont une *reine*, vous vous rendez compte, et elle s'apprête à envahir le pays des Thulls.

— Une *reine* ! railla Silk. Ça ne doit pas être une armée bien redoutable, alors. Les Thulls n'ont qu'à se débrouiller tout seuls.

— Allez dire ça aux recruteurs malloréens, répliqua le Nadrak.

— Ma parole, vous l'avez brassée vous-même ! s'exclama Silk en voyant revenir le serveur avec quatre énormes chopes.

— Si ça ne vous plaît pas, l'ami, vous pouvez aller ailleurs, riposta le serveur. Ça fera douze nadrakmes.

— *Trois nadrakmes la chope ?* hoqueta Silk.

— Qu'est-ce que vous voulez, les temps sont durs.

Silk paya en ronchonnant.

— Merci, fit leur compagnon nadrak en empoignant l'une des chopes.

— Y a pas de quoi, répondit aigrement Silk.

— Que font les Malloréens par ici ? reprit Belgarath.

— Ils enrôlent tous ceux qui sont capables de tenir debout, de voir l'éclair et d'entendre le tonnerre. Il est difficile de résister à leurs arguments. Ils mettent les fers aux pieds de leurs recrues et ils sont accompagnés de Grolims qui brandissent ostensiblement leur couteau de boucher, comme pour faire réfléchir ceux qui auraient des objections à formuler.

— Comme vous disiez, nous avons choisi le bon moment pour descendre des montagnes, railla Silk.

— D'après les Grolims, Torak s'agiterait dans son sommeil, révéla le Nadrak avec un hochement de tête.

— Les nouvelles ne sont pas réjouissantes, se lamenta Silk.

— Je bois à votre sagacité, déclara le Nadrak en levant sa chope. Vous avez trouvé quelque chose qui vaut la peine d'user vos pelles, dans les montagnes ?

— Rien de passionnant, soupira Silk en faisant la moue. Nous cherchons des pépites dans le lit des rivières. Nous ne sommes pas équipés pour forer la roche.

— Ce n'est pas en restant le cul par terre à tamiser le gravier que vous ferez fortune.

— Ne vous en faites pas pour nous, rétorqua Silk avec un haussement d'épaules. Un jour peut-être nous tomberons sur un filon et nous pourrons nous payer du matériel.

— Ben voyons, et peut-être qu'un jour il se mettra à pleuvoir de la bière, aussi.

Silk éclata de rire.

— Vous n'avez jamais pensé à prendre un nouvel associé ?

— Vous êtes déjà venu dans le coin ? éluda Silk en lui jetant un coup d'œil oblique.

— Assez souvent pour savoir que je n'y passerai pas ma vie. Mais je préfère encore ça à un séjour dans l'armée.

— Nous pourrions peut-être parler de ça autour d'une nouvelle tournée ? suggéra Silk.

Garion s'appuya au mur de rondins mal équarris. Les Nadraks n'avaient pas l'air d'être de mauvais diables, une fois qu'on était habitué à leurs manières frustes. C'était un peuple au visage un peu rébarbatif mais qui avait son franc-parler et ne semblait pas nourrir à l'égard des étrangers cette animosité glacée qu'il avait constatée chez les Murgos.

Il repensa distraitement à ce que le Nadrak leur avait raconté au sujet de la reine. Une des reines restées à Riva aurait-elle pu assumer une telle autorité ? Non. Il n'y avait plus que tante Pol. Le Nadrak ne savait pas tout mais, en l'absence de Belgarath, il se pouvait que tante Pol ait pris les choses en main — sauf que ça ne lui ressemblait guère. Ça ne lui ressemblait même pas du tout. Qu'avait-il pu se passer pour qu'elle en arrive là ?

Mais le temps s'écoulait et l'état des clients de la taverne ne s'améliorait pas. Çà et là éclataient des bagarres — ou plutôt des échanges de bourrades, les hommes n'étant plus en état de frapper convenablement. Pour finir, leur compagnon posa sa tête sur ses bras et se mit à ronfler.

— Je pense que nous en avons tiré le maximum, déclara tout bas Belgarath. Ne traînons pas ici. D'après ce que nous a dit notre ami ici présent, il ne serait pas prudent de passer la nuit en ville.

Silk acquiesça d'un signe de tête. Les trois compagnons se levèrent et quittèrent la taverne par la porte de côté.

— Vous n'aviez pas l'intention d'acheter des provisions ? demanda le petit Drasnien.

— J'ai comme l'intuition que nous ferions mieux de prendre la tangente en vitesse, répondit le vieux sorcier.

Silk lui jeta un coup d'œil intrigué, mais les trois hommes détachèrent leurs chevaux, se mirent en selle et prirent la route de terre battue qui descendait vers le bas de la colline. Ils partirent au pas pour ne pas éveiller les soupçons, mais Garion aurait bien chevauché ventre à terre loin de ce village sordide, noyé sous la boue. Une menace invisible planait dans l'air, comme si le soleil doré de cette fin d'après-midi était voilé par un nuage impalpable. Ils passaient devant la dernière masure quand un cri d'alarme s'éleva vers le centre du village. Garion se retourna vivement. Une vingtaine d'hommes en tuniques rouges fonçaient au galop vers la taverne qu'ils venaient de quitter. Ils se laissèrent tomber à bas de leurs montures avec une habileté consommée et encerclèrent aussitôt le bâtiment afin d'empêcher les clients d'en sortir.

— Les Malloréens ! Sous les arbres, vite ! s'écria Belgarath en enfonçant les talons dans les flancs de son cheval.

Ils traversèrent au galop le terrain vague jonché de souches et de mauvaises herbes qui entourait le village, et se réfugièrent à l'orée de la forêt. Aucun cri, aucun bruit ne permettait de supposer qu'on les pourchassait. La taverne contenait apparemment assez de gibier pour les Malloréens. Abrités derrière les branches d'un sapin, Garion, Silk et Belgarath regardèrent les Nadraks sortir de la taverne en rang d'oignon et se mettre au garde-à-vous sous les yeux impitoyables des recruteurs malloréens. Les fers qu'ils avaient aux pieds soulevaient la poussière rouge de la rue.

— On dirait que notre ami a changé d'avis et qu'il a fini par s'engager dans l'armée, observa Silk.

— Eh bien, j'aime autant ça pour lui que pour nous, commenta Belgarath. Nous aurions l'air un peu déplacé au milieu d'une horde d'Angaraks. Ne restons pas ici, ajouta-t-il après un coup d'œil au disque rougeoyant du soleil couchant. Il fera bientôt nuit. On dirait que le service militaire est contagieux, dans la région ; je ne voudrais pas l'attraper.

CHAPITRE III

La forêt nadrake ne ressemblait pas tout à fait aux bois d'Arendie qu'ils avaient laissés loin derrière eux, mais les différences étaient subtiles et Garion mit plusieurs jours à les formuler. D'abord, les pistes avaient quelque chose de provisoire. Elles étaient si peu fréquentées qu'elles étaient à peine visibles dans le sol glaiseux. Ensuite, les marques de présence humaine abondaient dans la forêt arendaise, alors qu'ici l'homme semblait être un intrus ; il ne faisait que passer. Et puis la forêt d'Arendie était limitée, contrairement à cet océan d'arbres qui allait jusqu'au bout du continent et semblait être là depuis la création du monde.

La forêt grouillait de vie. Des biches au pelage fauve fuyaient entre les arbres et de gros bisons à longs poils, aux cornes incurvées, luisantes comme de l'onyx, paissaient dans les clairières. Une fois, un ours traversa lourdement la piste, juste devant eux, et s'éloigna en poussant des grognements irrités. Des lapins détalaient dans le sous-bois et des perdrix s'envolaient sous les sabots de leurs chevaux avec un vacarme qui leur faisait battre le cœur à tout rompre. Mares et torrents regorgeaient de poissons, de rats musqués, d'otaries et de castors. Bientôt ils découvrirent des formes de vie plus petites et moins agréables : des moustiques qui auraient fait des moineaux de taille honorable et de vilaines petites mouches brunes qui piquaient tout ce qui remuait.

Le soleil tavelait l'humus de taches dorées. Il se levait tôt et se couchait tard. C'était le milieu de l'été, mais il ne faisait jamais très chaud, et l'air avait cette odeur riche liée à la frénésie de croissance propre aux terres septentrionales où l'été est bref et l'hiver très long.

Silk et Garion avaient l'impression que Belgarath n'avait plus fermé l'œil depuis qu'ils étaient entrés dans la forêt. Tous les soirs, alors qu'ils s'enroulaient dans leurs couvertures, rompus de fatigue, le vieux sorcier disparaissait dans les ténèbres. Une fois, Garion s'éveilla brièvement, plusieurs heures après le crépuscule, en entendant un bruit mat de pattes rebondissant légèrement sur le sol de la clairière ; il se rendormit, tranquillisé : le grand loup d'argent qui était son grand-père rôdait dans la nuit, furetant dans la forêt à l'affût du moindre danger.

Les expéditions nocturnes du vieillard étaient aussi silencieuses que la fumée, mais elles ne passaient pas inaperçues. Tôt, un matin, sous les arbres noyés dans l'ombre et la brume, plusieurs formes indistinctes se glissèrent non loin de Garion, qui venait de se lever et s'apprêtait à ranimer le feu. Il se figea sur place en se sentant observé ; sa peau le picotait d'une façon particulière. A une dizaine de pas de là, un énorme loup gris le regardait gravement de ses yeux fixes, dorés comme le soleil, et Garion se rendit compte qu'il comprenait sa question inexprimée.

— D'aucuns se demandaient pourquoi vous faisiez cela, disait-il à la façon des loups.

— Quoi donc ? répondit poliment Garion, s'exprimant machinalement dans le langage des loups.

— Pourquoi vous revêtiez cette forme particulière.

— C'est nécessaire.

— Ah ! répondit le loup, en s'abstenant, avec une exquise courtoisie, d'insister. D'aucuns se demandaient si vous ne trouviez pas cela un peu restrictif, nota-t-il tout de même.

— Ce n'est pas si terrible quand on y est habitué.

Le loup n'avait pas l'air très convaincu. Il s'assit sur son derrière.

— D'aucuns ont remarqué l'Autre à plusieurs reprises lors des derniers assombrissements du jour, et d'aucuns s'interrogeaient sur la raison de votre présence à tous les deux.

Garion sut d'instinct que sa réponse à cette question revêtait une importance cruciale.

— Nous allons d'un endroit à un autre, répondit-il prudemment. Nous n'avons pas l'intention de fonder une harde ou de prendre compagne sur votre territoire, ni de chasser les créatures qui vous appartiennent.

Il aurait été bien en peine de dire où il était allé chercher cette réponse, mais elle parut satisfaire le loup.

— D'aucuns seraient heureux que vous présentiez nos respects à Celui à la fourrure de neige, reprit-il avec solennité. D'aucuns le trouvent digne de la plus grande estime.

— Nous nous ferons un plaisir de lui transmettre l'expression de votre considération, répondit Garion, un peu étonné d'avoir trouvé si aisément cette formulation alambiquée.

Le loup leva le nez et huma l'air.

— Il est temps de retourner à la chasse, dit-il. Puissiez-vous trouver ce que vous cherchez !

— Puisse votre chasse être fructueuse ! répondit Garion.

Le loup fit volte-face et disparut dans le brouillard, suivi par ses compagnons.

— L'un dans l'autre, tu ne t'en es pas mal sorti, fit la voix de Belgarath depuis l'ombre du sous-bois.

Garion sursauta, un peu surpris.

— Je ne savais pas que tu étais là, dit-il.

— Tu aurais dû, riposta le vieil homme en émergeant des fourrés.

— Comment le savait-il ? s'étonna Garion. Que je me transforme parfois en loup, je veux dire ?

— Ça se voit. Les loups ont une conscience aiguë de ce genre de chose.

Silk s'approcha d'eux avec circonspection, le nez frémissant de curiosité.

— Qu'est-ce que c'était que ce conciliabule ?

— Les loups se demandaient ce que nous faisions sur leur territoire, lui expliqua Belgarath. Ils sont venus voir s'ils allaient être obligés de se battre contre nous.

— Se battre ? répéta Garion, surpris.

— C'est la coutume quand un loup étranger pénètre dans le territoire de chasse d'une autre harde. Les loups préfèrent éviter la bagarre — c'est un gaspillage d'énergie — mais si la situation les y oblige, ils s'y résolvent.

— Et que s'est-il passé ? insista Silk. Pourquoi sont-ils partis comme ça ?

— Garion a réussi à les convaincre que nous ne faisions que passer.

— Il est futé, ce petit.

— Tu ferais mieux de tisonner le feu, Garion, suggéra Belgarath. Prenons notre petit déjeuner et partons. Nous ne sommes pas arrivés en Mallorée et j'aimerais autant profiter de la clémence du temps.

Plus tard dans la journée, ils arrivèrent à un ramassis de baraques et de tentes dressées à l'orée d'une prairie, au bord d'un torrent.

— Un village de trappeurs, expliqua Silk devant le regard étonné de Garion. Il y en a plein la forêt. Ils s'installent le long des cours d'eau d'une certaine importance. Il se négocie des tas de choses dans ces endroits, ajouta-t-il, et son nez pointu se mit à frémir sous ses petits yeux brillants.

— Pas question, décréta Belgarath d'un ton sans réplique. Vous ne pourriez pas essayer un peu de dominer vos instincts prédateurs ?

— Je ne pensais à rien de précis, protesta Silk.

— Vraiment ? Vous devez être malade, alors.

Silk se redressa de toute sa hauteur et lui jeta un regard dédaigneux.

— Nous ferions peut-être mieux de contourner le village ? suggéra Garion alors qu'ils s'engageaient dans la prairie.

— Non, fit Belgarath en secouant la tête. Je voudrais savoir ce qui nous attend là où nous allons ; le meilleur moyen, c'est de parler aux gens qui en viennent. Nous allons nous mêler à eux pendant une heure ou deux, puis nous repartirons comme nous sommes venus. Si on vous demande quelque chose, nous allons au nord chercher de l'or.

Les chasseurs et les trappeurs qui vadrouillaient entre

les baraques n'avaient pas grand-chose à voir avec les mineurs de l'autre village. Ils étaient plus ouverts, moins hargneux et surtout moins bagarreurs. Ils devaient apprécier d'autant plus la compagnie, lors de leurs rares incursions dans les marchés aux fourrures, qu'ils vivaient en solitaires. Ils buvaient sûrement autant que les mineurs, mais plutôt pour rire et chanter que pour se chercher querelle.

Les trois compagnons prirent un sentier de terre battue qui menait au centre de l'agglomération. Ils mirent pied à terre devant une vaste taverne.

— La petite porte, fit laconiquement Belgarath.

La salle était plus propre, moins bondée, sensiblement mieux éclairée et surtout mieux aérée que le bouge des mineurs. Il y régnait une bonne odeur de bois et non pas de terre humide et de moisissure. Les trois compagnons s'installèrent près de la porte, selon leur bonne habitude, et un serveur aimable leur apporta des chopes de bière brune, forte, bien fraîche et étonnamment bon marché.

— Cet endroit appartient aux marchands de fourrure, leur expliqua Silk en essuyant la mousse qui lui ornait la lèvre supérieure. Ils ont compris que la bière facilite les négociations et veillent à ce qu'elle soit bonne et pas chère.

— Pas bête, commenta Garion. Mais les trappeurs doivent bien s'en rendre compte, non ?

— Evidemment.

— Alors pourquoi boivent-ils avant d'entamer les négociations ?

— Ils aiment ça, qu'est-ce que tu veux ? répondit Silk avec un haussement d'épaules.

Les deux trappeurs assis à la table voisine reprenaient manifestement une conversation interrompue une douzaine d'années plus tôt. Le temps avait strié leur barbe de gris, mais ils bavardaient avec un entrain presque juvénile.

— Tu n'as pas eu de problèmes, là-haut ? Avec les Morindiens, je veux dire ? demanda le premier.

— J'ai placé des bâtons de peste aux deux bouts de la vallée où j'ai posé mes pièges, répondit le second avec un grand sourire. Les Morindiens préféreraient faire un détour de douze lieues plutôt que de traverser une zone contaminée.

— C'est encore le plus efficace, renchérit le premier avec un hochement de tête entendu. Gredder disait toujours que les bâtons de magie donnaient de meilleurs résultats, mais les événements lui ont donné tort.

— Tiens, il y a un moment que je ne l'ai pas vu, celui-là.

— Le contraire serait plutôt étonnant. Les Morindiens ont eu sa peau il y a trois ans, c'est le cas de le dire : je l'ai enterré de mes propres mains. Enfin, ce qui en restait.

— Eh bien, dis donc ! J'ai passé un hiver avec lui, une fois, vers le cours supérieur de la Cordu. Quel caractère de cochon ! Je suis tout de même surpris que les Morindiens aient transgressé un barrage magique.

— Je pense qu'ils ont fait venir un sorcier pour exorciser ses bâtons. J'ai trouvé une patte de belette avec trois brins d'herbe noués à chaque griffe accrochée à l'un d'eux.

— Ils n'ont pas reculé devant les moyens. Ils devaient avoir drôlement envie de lui mettre le grappin dessus.

— Tu sais comment il était. Il avait le don de taper sur le système des gens en passant à dix lieues d'eux.

— Ça, tu l'as dit !

— Enfin, il ne donnera plus de boutons à personne. Son crâne doit orner le bâton d'un sorcier morindien, à l'heure qu'il est.

Garion se pencha vers son grand-père.

— Qu'est-ce que c'est que cette histoire de bâtons ? lui murmura-t-il à l'oreille.

— Des signaux de danger, répondit Belgarath. Ce sont généralement des baguettes décorées de plumes ou d'ossements et plantées dans le sol. Les Morindiens ne savent pas lire, alors ça leur sert de panneaux indicateurs.

Un vieux trappeur voûté, aux vêtements de cuir tout rapiécés et luisants de crasse, entra dans la taverne, l'air un peu penaud. Il tenait en laisse une jeune Nadrake aux cheveux aile-de-corbeau, vêtue d'une épaisse robe de feutre rouge, ceinturée d'une chaîne étincelante. Laisse ou pas laisse, elle avait quelque chose de fier et de dédaigneux et contemplait l'assemblée masculine avec un mépris mal dissimulé. Le vieux trappeur se traîna au centre de la salle et s'éclaircit la gorge pour attirer l'attention.

— J'ai une femme à vendre, annonça-t-il à haute voix.

La femme lui cracha dessus sans changer d'expression.

— Voyons, Vella, tu sais que ça va faire baisser ton prix, protesta mollement le vieillard.

— Tu es un imbécile, Tashor ! riposta-t-elle. Personne ici ne peut se permettre de m'acheter, tu le sais pertinemment. Tu ferais mieux de me proposer aux trafiquants de fourrure.

— Les trafiquants de fourrure ne s'intéressent pas aux femmes. Nous obtiendrons un meilleur prix ici, je t'assure.

— Je ne te croirais pas même si tu m'annonçais que le soleil va se lever demain, espèce de vieil imbécile !

— Cette femelle ne manque pas d'esprit, comme vous pouvez le constater, annonça assez lamentablement Tashor.

— Il n'essaie pas de vendre sa femme, tout de même ? s'offusqua Garion quand il eut fini de s'étouffer avec sa bière.

— Ce n'est pas sa femme, rectifia Silk. Elle est à lui, c'est tout.

Garion serra les poings et se redressa, rouge de colère, mais Belgarath lui mit fermement la main sur l'épaule.

— Reste tranquille ! lui ordonna le vieil homme.

— Mais...

— Garion, je te dis de t'asseoir. Ne te mêle pas de ça.

— A moins que tu n'aies envie d'acheter la femme, évidemment, ajouta Silk d'un ton badin.

— Elle est en bonne santé ? s'informa un trappeur au visage en lame de couteau, barré d'une cicatrice.

— Oui, affirma Tashor. Montre-lui tes dents, Vella.

— Tu crois vraiment que c'est mes dents qu'ils veulent voir, imbécile ? insinua-t-elle en braquant ses yeux de braise sur le trappeur balafré.

— C'est une excellente cuisinière, reprit précipitamment Tashor. Elle connaît les remèdes contre les rhumatismes et les fièvres. Elle ne mange presque rien. Elle n'a pas trop mauvaise haleine, sauf quand elle abuse des oignons, et elle ne ronfle presque jamais, sauf quand elle a trop bu.

— Pourquoi tu veux la vendre, alors ? ironisa le balafré.

— Je me fais vieux et j'aimerais bien avoir un peu de calme et de tranquillité. Une femme comme Vella amène de l'animation dans l'existence, mais j'ai eu toute l'animation qu'un homme peut désirer. Maintenant, je voudrais m'installer un peu quelque part, pour élever des poules ou des chèvres.

— Oh, ce n'est pas possible ! explosa Vella, ses yeux noirs jetant des éclairs. Il faut vraiment que je fasse tout moi-même. Allez, Tashor, tire-toi de là, fit-elle en l'écartant d'une bourrade et en défiant la foule du regard. Passons aux choses sérieuses. Il veut me vendre. Je suis solide. Je sais faire la cuisine, tanner les cuirs et les peaux, soigner les maladies communes, négocier ferme quand j'achète quelque chose et brasser de la bonne bière. Je n'ai jamais partagé la couche d'aucun homme et je veille à ce que mes dagues soient assez affûtées pour dissuader les amateurs. Je sais jouer de la flûte de bois et je connais quantité de vieilles histoires. Je sais faire les bâtons de magie, de peste et de rêve qui effraient les Morindiens, et une fois j'ai tué un ours à trente pas d'une seule flèche.

— Vingt pas, rectifia Tashor d'une toute petite voix.

— Plutôt trente, affirma-t-elle.

— Tu sais danser ? coupa le trappeur au visage émacié.

— Seulement si tu songes sérieusement à m'acheter, riposta la femme en le regardant droit dans les yeux.

— Nous en discuterons quand nous t'aurons vue danser.

— Tu sais marquer la cadence ?

— Oui.

— Parfait.

Elle porta les mains à la chaîne qui lui enserrait la taille, la dégrafa et la lança à terre dans un cliquetis d'anneaux métalliques. Elle enleva soigneusement son collier de chien et attacha sa crinière luxuriante avec un ruban de soie rouge. Puis elle ouvrit sa grosse robe rouge, l'ôta et la tendit à Tashor. Elle portait dessous une robe malloréenne, retenue au cou par un col montant et qui dénudait l'albâtre de ses bras couverts de bracelets d'or. La soie rose, impalpable et crissante, soulignait ses courbes à chacun de ses mouvements. La poignée d'une dague ornée de pierreries dépassait de chacune de ses souples bottes de peau, et une troisième était glissée dans sa ceinture de cuir. Elle s'inclina avec une grâce étudiée pour nouer à ses chevilles un lien garni de grelots, puis elle éleva doucement ses mains devant son visage.

— Voilà la cadence, Balafré, indiqua-t-elle au trappeur. Tâche de ne pas la perdre.

Elle frappa dans ses mains, trois coups lents et quatre rapides, et se mit à danser lascivement, avec une sorte d'insolence. Ses mouvements faisaient gémir la soie de sa robe et murmurer son ourlet sur ses mollets galbés.

Un silence de mort était tombé sur la salle. On n'entendait que le tintement des bracelets et des grelots, ponctué par le claquement des grosses pattes calleuses du trappeur.

Les bras de la Nadrake décrivaient des arabesques subtiles, fluides, ses pieds esquissaient des pas si rapides que l'on aurait cru voir un papillon battre des ailes. Et il se passait d'autres choses, encore plus intéressantes, sous la robe arachnéenne. Garion était d'un joli rouge. Il se rendit compte que s'il ne recommençait pas bientôt à respirer, il allait s'étouffer. Il déglutit péniblement.

Vella se mit à tourbillonner et ses longs cheveux noirs aux reflets bleutés voltigèrent autour d'elle, accompagnant à la perfection le chatoiement de sa robe. Puis elle s'immobilisa dans une attitude de défi, fière et sensuelle.

Tous les hommes de l'assistance l'acclamèrent et elle leur dédia un petit sourire énigmatique.

— Tu danses bien, observa d'un ton neutre le trappeur au visage balafré.

— Naturellement, rétorqua-t-elle. Je fais tout très bien.

— Es-tu amoureuse ? reprit le trappeur d'un ton très terre-à-terre.

— Aucun homme n'a su gagner mon cœur, répondit platement la femme. Je n'ai jamais rencontré un seul homme digne de moi.

— Ça pourrait changer, insinua le trappeur. Allez, un marknador, proposa-t-il fermement.

— Tu veux rire ! railla-t-elle. *Cinq* marknas.

— Un et demi, contra l'homme.

— C'est parfaitement insultant ! s'exclama Vella,

outrée, en levant les bras au ciel avec une expression tragique. Quatre, pas une nadrakme de moins.

— Deux marknas, offrit le trappeur.

— Je n'ai jamais vu ça ! s'exclama-t-elle en écartant largement les bras et en se frappant les hanches. Tu ne veux pas m'arracher le cœur, aussi, tant que tu y es ? Je n'envisagerai aucune offre en dessous de trois et demi.

— Disons trois et finissons-en, décréta fermement l'homme. Et je te propose un contrat d'association permanente, ajouta-t-il comme après réflexion.

— Permanente ? répéta Vella en ouvrant de grands yeux.

— Tu me plais, précisa-t-il. Alors, qu'en dis-tu ?

— Lève-toi, que je te regarde un peu, ordonna-t-elle.

Il s'arracha lentement à la chaise sur laquelle il était vautré. Son corps était aussi long et maigre que son visage balafré, et il y avait dans toute sa personne quelque chose de dur et de musculeux. Vella le détailla des pieds à la tête avec une moue appréciative.

— Pas mal, hein, Tashor ? murmura-t-elle.

— Tu pourrais tomber *beaucoup* plus mal, répondit son futur ex-propriétaire d'un ton encourageant.

— Ton offre de trois marknadors *avec* contrat d'association m'intéresse, conclut enfin Vella. Tu as un nom ?

— Tekk, répondit le grand trappeur en s'inclinant courtoisement.

— Eh bien, Tekk, ne t'éloigne pas. Je vais étudier ta proposition avec Tashor, annonça-t-elle en lui jetant un regard presque timide. Je crois que tu me plais, toi aussi, lui confia-t-elle un ton plus bas.

Puis elle prit la laisse que Tashor tenait encore serrée dans son poing et le mena hors de la taverne en se retournant une ou deux fois pour regarder le trappeur au visage émacié.

— Sacrée femelle, murmura Silk avec une note de respect dans la voix.

Garion profita de ce répit pour recommencer à respirer, mais ses oreilles hésitaient toujours entre la pivoine et le coquelicot.

— Qu'est-ce que c'est que cette histoire d'association ? demanda-t-il tout bas à Silk.

— Une proposition de mariage, ou quasiment, répondit Silk.

— Je n'y comprends rien, fit Garion, abasourdi.

— On peut être propriétaire d'une femme sans avoir aucun droit sur sa personne, expliqua Silk. Et la femme a ses dagues pour veiller au respect de cette loi non écrite. Il faudrait être fatigué de la vie pour avoir l'idée d'imposer quoi que ce soit à une Nadrake. C'est *elle* qui décide. Le mariage a généralement lieu après la naissance du premier enfant.

— Mais pourquoi était-elle si intéressée par son prix ?

— La moitié de la somme lui revient, révéla Silk avec un haussement d'épaules.

— Elle touche la moitié du prix de vente chaque fois qu'elle change de mains ? s'étonna Garion.

— Evidemment ! Autrement, ça ne serait pas juste, tu ne trouves pas ?

Garion n'eut pas le temps de répondre, car le serveur revenait avec de nouvelles chopes de bière. Il se débarrassa de son chargement et s'apprêtait à repartir quand il croisa le regard de Silk. Il s'arrêta net.

— Il y a quelque chose qui ne va pas ? suggéra calmement le petit homme à la tête de fouine.

— Pardon, marmonna le serveur en baissant les yeux. C'est juste que... vous me faisiez penser à quelqu'un, mais j'ai dû me tromper.

Il fit volte-face et s'éloigna sans ramasser la monnaie que Silk avait posée sur la table.

— Je pense que nous serions bien inspirés de nous en aller, commenta tranquillement Silk.

— Quel est le problème ? s'inquiéta Garion.

— Il m'a reconnu. Quelle saleté de cochonnerie de vacherie d'avis de recherche !

— Vous avez peut-être raison, dit Belgarath en se levant.

— Regardez, il parle à ces hommes, là-bas, nota Garion.

Le serveur était en grande conversation avec un groupe de chasseurs, à l'autre bout de la salle, et jetait de fréquents coups d'œil dans leur direction.

— Nous avons trente secondes pour mettre les voiles, annonça Silk d'une voix tendue. Un, deux, trois, partez !

Les trois hommes se dirigèrent rapidement vers la porte.

— Hé, vous, là-bas ! héla quelqu'un. Attendez un peu !

— Courez ! aboya Belgarath.

Les trois compagnons se ruèrent hors de la taverne. Ils bondissaient en selle au moment où surgissaient une demi-douzaine d'hommes vêtus de cuir.

— Arrêtez-les ! hurlèrent leurs poursuivants.

Mais les trappeurs et les chasseurs n'avaient pas l'habitude de se mêler des affaires des autres, et Garion, Silk et Belgarath eurent le temps de traverser le village, de passer un gué et de regagner le couvert des arbres avant que les poursuites aient vraiment réussi à s'organiser.

Silk crachait comme des pépins de melon des invectives colorées et d'une grande variété exprimant un jugement globalement négatif sur la naissance, la parentèle et plus particulièrement les habitudes de leurs poursuivants, des coyotes infâmes qui avaient eu l'idée abjecte de mettre sa *chère* tête à prix et de ceux, encore plus infâmes, qui avaient diffusé l'information parmi la population.

Tout à coup, Belgarath retint sa monture et leva la main. Silk et Garion s'arrêtèrent à leur tour. Silk ne décolérait pas.

— Croyez-vous qu'il vous serait possible d'interrompre un instant ce discours fleuri ? suggéra suavement Belgarath. J'essaie d'écouter quelque chose.

Silk marmonna encore quelques jurons choisis et serra les dents. Des cris confus et des clapotements se faisaient entendre, loin derrière eux.

— Ils traversent le fleuve, reprit Belgarath. On dirait qu'ils prennent l'affaire au sérieux. Assez, en tout cas, pour nous donner la chasse.

— Ils vont sûrement s'arrêter à la tombée de la nuit, non ? intervint Garion.

— Ce sont des Nadraks, rétorqua Silk, écœuré. Ils nous pourchasseront pendant des jours, juste pour le plaisir.

— Nous n'avons qu'une chose à faire pour l'instant : essayer de les distancer, grommela Belgarath en enfonçant les talons dans les flancs de son cheval.

Ils s'engagèrent au galop dans la forêt baignée de soleil. Les immenses troncs minces et droits montaient comme des colonnes vers le ciel bleu. C'était un bel après-midi pour chasser, mais pas pour être chassé. Il n'y avait pas d'après-midi assez beaux pour ça.

Ils gravirent une colline et s'arrêtèrent pour écouter.

— On dirait qu'ils perdent du terrain, annonça Garion.

— Les plus soûls, peut-être, répondit Silk grincheux. On n'entend qu'eux. Les vrais chasseurs ne poussent pas de cris comme ça. Ils ne sont sûrement pas loin. Tiens, regarde, là-bas, confirma-t-il en tendant le doigt.

Garion distingua une tache claire entre les arbres. Un homme monté sur un cheval blanc venait vers eux, penché sur sa selle comme s'il scrutait attentivement le sol devant lui.

— S'il est bon à ce jeu-là, il va nous falloir une semaine pour nous en débarrasser, ragea Silk, complètement dégoûté.

Quelque part, loin dans la forêt, un loup poussa un hurlement lugubre.

— Allons-y, lança Belgarath.

Ils redescendirent la colline au galop en se frayant un chemin entre les arbres. Le sol meuble de la forêt étouffait le bruit des sabots de leurs chevaux, qui y arrachaient de grosses mottes.

— Nous laissons derrière nous une piste aussi visible que le nez au milieu de la figure ! hurla Silk à Belgarath.

— Et qu'est-ce que vous voulez que j'y fasse ? rétorqua le vieil homme. Il faut que nous prenions un peu de champ si nous voulons tenter de dissimuler nos traces.

Un second hurlement, plus funèbre encore que le premier, retentit dans la forêt, sur la gauche cette fois, et peut-être un peu plus près.

Ils chevauchaient à un train d'enfer depuis un quart d'heure peut-être quand un vacarme confus se fit entendre vers l'arrière. Les hommes poussaient des cris d'alarme, les chevaux hennissaient. Garion entendait aussi des grognements féroces. Au signal de Belgarath, ils retinrent leurs montures pour écouter. Les cris aigus des chevaux terrorisés retentissaient à travers les arbres, ponctués par les imprécations de leurs cavaliers. Un chœur de hurlements s'éleva autour d'eux. La forêt sembla tout à coup pleine de loups. Les chasseurs de prime nadraks s'éparpillèrent comme une volée de moineaux tandis que leurs chevaux s'emballaient et fuyaient dans toutes les directions en poussant des cris de terreur.

Belgarath écoutait avec une sorte de sinistre satisfaction le bruit diminuer derrière eux quand un énorme loup au pelage sombre sortit des bois en trottinant, s'arrêta, la langue pendante, à trente toises d'eux, s'assit et les regarda fixement de ses grands yeux jaunes.

— Tenez bien vos chevaux, leur conseilla précipitamment Belgarath en caressant le cou de sa monture qui ouvrait des yeux affolés.

Le loup ne dit rien. Il resta simplement assis là, à les regarder de ses yeux qui ne cillaient pas.

Belgarath lui rendit calmement son regard, puis il hocha une fois la tête en signe d'approbation. Alors le loup se leva, se retourna et repartit vers les arbres. Il s'arrêta une fois pour leur jeter un coup d'œil par-dessus son épaule, leva le museau et poussa le hurlement grave et sonore qui annonçait à sa harde la fin de la chasse. Puis il disparut et seul demeura l'écho de son hurlement.

CHAPITRE IV

Après plusieurs jours de descente vers l'est, ils entrèrent dans une immense vallée marécageuse. Le sous-bois s'étoffa ; il faisait plus lourd. Un orage d'été déversa sur eux des trombes de pluie accompagnées de terribles éclairs. Des bourrasques se déchaînèrent sur les arbres, secouèrent les buissons en tous sens, faisant voltiger feuilles et rameaux entre les troncs noirs. Mais la pluie ne dura pas et le soleil revint vite, après quoi le temps se maintint au beau fixe et ils avancèrent à belle allure.

Garion éprouvait un étrange sentiment de manque. Il se prenait à chercher ses amis du regard. Il avait acquis, au cours de la longue quête de l'Orbe, un autre mode de pensée, une nouvelle notion du bien et du mal, et il avait l'impression que quelque chose n'allait pas dans cette équipée. L'absence de Barak le mettait curieusement mal à l'aise. Le silencieux Hettar au profil d'oiseau de proie, Mandorallen, toujours en tête avec son armure étincelante et son étendard bleu et argent claquant dans le vent à la pointe de sa lance, lui manquaient aussi. Il regrettait cruellement la présence rassurante de Durnik, le forgeron, et même Ce'Nedra et ses piques méprisantes. Ce qui était arrivé à Riva lui paraissait de plus en plus irréel, et la cérémonie de ses fiançailles avec l'impossible petite princesse commençait à s'estomper dans son souvenir comme si ça n'avait été qu'un rêve.

C'est un soir, après dîner, que Garion mit le doigt sur le vide crucial qui était entré dans sa vie. Les chevaux étaient au pacage, ses compagnons s'étaient enroulés dans leurs couvertures et il contemplait vaguement les braises du feu de camp quand il réalisa à quel point tante Pol lui manquait. Depuis sa plus tendre enfance, il s'était toujours raccroché à sa présence apaisante. Il avait l'impression que tant qu'elle serait près de lui, elle aurait remède à tout. Garion voyait son visage aussi clairement que si elle était devant lui : les lacs sombres de ses yeux, la mèche blanche qui couronnait son front. Son absence lui causait une douleur aussi vive qu'un coup de couteau.

Sans elle, rien n'allait plus. Certes, Belgarath était de taille à surmonter n'importe quel péril purement matériel, mais certains dangers moins évidents échappaient au vieil homme, à moins qu'il ne les ignorât délibérément. Vers qui Garion pourrait-il se tourner s'il avait peur ? La peur ne risquait pas de tuer ou de blesser, et pourtant elle causait parfois des cicatrices plus profondes que l'acier. Tante Pol avait toujours su chasser ses craintes, mais elle n'était pas là ; Garion avait peur et il ne pouvait même pas l'admettre. Il poussa un soupir, resserra ses couvertures autour de lui et sombra peu à peu dans un sommeil agité.

Quelques jours plus tard, un midi, ils arrivèrent enfin au bras oriental de la Cordu, une large rivière aux eaux brunes, sales, qui descendait vers Yar Nadrak, la capitale, au sud. Le fleuve était bordé sur plusieurs centaines de toises par une végétation vert clair, souillée de vase par les inondations de printemps. L'air chargé d'humidité grouillait de taons et de moustiques.

Un batelier revêche leur fit traverser le fleuve sur son bac et les déposa au village, de l'autre côté. Ils menaient leurs chevaux à terre quand Belgarath leur adressa tout bas quelques recommandations.

— Ne restons pas groupés. Je vais chercher des provisions pendant que vous irez à la taverne. Renseignez-vous sur les passes qui traversent les montagnes vers les territoires des Morindiens. Plus vite nous y arriverons, mieux ça vaudra. Les Malloréens se comportent ici comme s'ils étaient chez eux, et ils pourraient nous tomber dessus sans prévenir. Je ne me vois pas en train d'expliquer la raison de ma présence aux Grolims de Mallorée, et leur intérêt subit pour les agissements de notre ami Silk ici présent ne me dit rien qui vaille.

— Je voudrais bien tirer cette affaire au clair, acquiesça Silk d'un ton sinistre, mais je ne pense pas que ce soit le moment, n'est-ce pas ?

— Pas vraiment, non. L'été passe vite dans le nord, et le passage vers la Mallorée n'est jamais facile. En arrivant à la taverne, racontez à la cantonade que vous avez l'intention de tenter votre chance dans les régions aurifères du Nord. Il se trouvera bien quelqu'un pour se vanter de connaître les passes, surtout si vous lui payez à boire.

— Je croyais que vous connaissiez le coin comme votre poche, objecta Silk.

— Je connais un chemin, mais à cent lieues d'ici, vers l'est. C'est bien le diable s'il n'y a pas un col plus près. Je vous rejoindrai à la taverne après mes petits achats.

Le vieil homme remit le pied à l'étrier et emprunta la rue de terre battue, le cheval de bât attaché à sa selle.

Silk et Garion n'eurent pas de mal à trouver une taverne, fort nauséabonde au demeurant, mais ils eurent quelques difficultés à recueillir les renseignements requis. Pour tout dire, leur première question entraîna un débat général.

— Tu parles d'un raccourci, Besher ! lança un chercheur d'or un tantinet éméché alors qu'un volontaire leur fournissait une description détaillée d'un premier itinéraire. Quand le torrent fait le grand saut, prenez tout de suite à gauche. Vous gagnerez trois jours.

— J'ai pas fini de parler, Varn, rétorqua hargneusement le dénommé Besher en tapant sur la table qui en avait vu de toutes les couleurs. Tu leur indiqueras ton chemin après.

— Eh ben, si tes explications sont aussi longues que le chemin que tu leur indiques, on a pas fini ! Ils vont là-bas pour chercher de l'or, pas pour admirer le paysage !

Varn projeta en avant, dans une expression belliqueuse, son interminable mâchoire inférieure, hérissée d'une barbe de trois jours.

— Et quand nous arrivons à la prairie du sommet ? enchaîna très vite Silk dans l'espoir de calmer le jeu.

— Vous prenez à droite, affirma Besher en lorgnant Varn.

Varn parut réfléchir comme s'il cherchait un prétexte pour manifester son désaccord, puis il hocha la tête à regret.

— C'est la seule direction possible, bien sûr, mais après les genévriers, il faut prendre à gauche, ergota-t-il comme s'il s'attendait à être contredit.

— A gauche ? beugla Besher. Non, mais qui est-ce qui m'a fichu une tête de mule pareille ! Il faut reprendre à droite, voyons !

— Tu sais ce qu'elle te dit, la tête de mule, espèce d'âne bâté ?

En guise de réponse, Besher lui flanqua un coup de poing en pleine bouche et les deux hommes renversaient tables et chaises. Un moment plus tard, ils roulaient dans la sciure.

— Ils se trompent tous les deux, laissa négligemment tomber un troisième larron assis à une table voisine, tout en observant le combat avec un détachement cynique. Il faut continuer tout droit après les genévriers.

Plusieurs gaillards en cotte de mailles et tunique rouge, dont l'arrivée était passée inaperçue pendant l'altercation, s'approchèrent avec un sourire hilare pour séparer les pugilistes. Garion sentit Silk se raidir à côté de lui.

— Les Malloréens ! souffla le petit homme.

— Qu'est-ce qu'on fait ? murmura Garion en cherchant une issue du regard.

Silk n'eut pas le temps de répondre ; un Grolim en robe noire faisait son entrée dans la taverne.

— Je veux voir les hommes qui ont tellement envie de se battre, ronronna le Grolim avec son accent caractéristique. L'armée a besoin d'hommes comme eux !

— Des recruteurs ! s'exclama Varn.

Il échappa à la poigne des Malloréens et se précipita vers une porte de côté.

L'espace d'un instant, tous crurent qu'il allait réussir à

s'enfuir, mais au moment où il franchissait la porte, un individu posté dehors lui flanqua un coup de matraque sur le front. L'homme recula en titubant, le regard trouble. Le Malloréen qui l'avait frappé entra, lui jeta un coup d'œil d'abord critique puis appréciateur, et crut judicieux de le gratifier d'un second coup de matraque sur le crâne.

— Alors ? reprit le Grolim en promenant un regard amusé sur l'assistance. Que préférez-vous ? Tenter votre chance à la course ou nous suivre bien gentiment ?

— Où nous emmenez-vous ? protesta Besher en tentant d'arracher son bras à l'étreinte d'un recruteur hilare.

— D'abord à Yar Nadrak, puis au sud, vers les plaines du Mishrak ac Thull et le campement de Sa Majesté 'Zakath, empereur de Mallorée. Bienvenue sous les drapeaux, mes amis, et bravo : le peuple angarak tout entier se réjouit de votre bravoure et de votre patriotisme, et Torak est content de vous !

Et pour souligner ses paroles, il porta négligemment la main à la poignée du couteau sacrificiel pendu à sa ceinture.

La chaîne attachée à la cheville de Garion faisait entendre à chaque pas un cliquetis hargneux. Une longue colonne de conscrits à la mine déconfite avançaient en traînant la patte dans les broussailles, le long de la rivière. On les avait tous minutieusement fouillés, à la recherche des armes éventuelles... sauf Garion. Ils avaient dû l'oublier. L'énorme épée attachée sur son dos avait beau se rappeler lourdement à son souvenir, personne ne semblait la remarquer.

Avant de quitter le village où on leur avait mis les fers aux pieds, Garion et Silk avaient tenu un rapide et discret conciliabule dans le langage secret drasnien.

— *Je pourrais crocheter cette serrure avec l'ongle de mon gros orteil,* avait affirmé Silk avec un claquement dédaigneux des doigts. *Nous leur fausserons compagnie dès qu'il fera nuit noire. Je ne suis pas sûr d'être vraiment fait pour la vie militaire, et il serait pour le moins inopportun que tu entres dans l'armée angarake en ce moment.*

— *Où est grand-père ?* avait demandé Garion.
— *Oh, il ne doit pas être loin.*

Garion n'était tout de même pas tranquille, et un bataillon complet de « et si » se présenta aussitôt à son esprit. Pour éviter de ruminer, il examina en douce les gardes malloréens. Une fois les prisonniers mis aux fers, le Grolim était parti en avant avec le gros du détachement, sans doute à la recherche d'autres villages et d'autres recrues, ne laissant que cinq hommes pour escorter Silk, Garion et leurs compagnons d'infortune. Les Malloréens étaient sensiblement différents des autres Angaraks. Leurs yeux avaient l'angularité caractéristique, mais leur corps n'avait pas cet aspect caricatural qui dominait chez les tribus de l'Ouest. Ils étaient trapus, mais pas aussi baraqués que les Murgos, et assez grands, mais moins maigres que les Nadraks, dont ils n'avaient pas la silhouette de lévrier. Ils avaient l'air costauds, mais pas aussi brutaux que les Thulls, et surtout ils donnaient l'impression de considérer les autres Angaraks avec une sorte de dédain. Ils s'adressaient à leurs prisonniers sur le ton de l'aboiement, et quand ils parlaient entre eux, c'était d'une voix si pâteuse que Garion ne comprenait rien à ce qu'ils se racontaient. Ils portaient sur leur cotte de mailles une tunique rouge, informe, au tissage grossier, et ils ne montaient pas très bien. Il n'y avait qu'à voir comme ils étaient empêtrés avec les rênes de leur cheval, leur grand sabre et leur bouclier rond.

Garion marchait tête basse pour leur dissimuler ses traits, guère plus angaraks que ceux de Silk, ce qui n'était pas peu dire. Mais les gardes se contentaient de longer la colonne, comptant et recomptant les recrues sans cesser de considérer leurs documents d'un œil préoccupé. Sans doute redoutaient-ils des désagréments s'ils n'avaient pas leur compte à l'arrivée à Yar Nadrak.

Un mouvement dans les broussailles, à quelque distance de la piste, attira le regard de Garion. Un énorme loup gris argent rôdait juste à la lisière des arbres, à la même allure qu'eux. Garion s'empressa de baisser la tête, fit semblant de trébucher et se laissa tomber sur Silk, juste devant lui.

— Grand-père est là, murmura-t-il.

— C'est seulement maintenant que tu t'en aperçois ? ironisa l'autre. Il y a plus d'une heure que je l'ai repéré.

En voyant la piste s'écarter de la rivière et s'engager dans un sous-bois, Garion sentit la tension monter en lui. Il se doutait bien que Belgarath guettait l'occasion d'intervenir. Peut-être la trouverait-il sous le couvert des arbres. Garion tenta de dissimuler sa nervosité. L'ennui, c'est qu'il ne pouvait s'empêcher de sursauter au moindre bruit.

Puis la piste traversa une vaste clairière entourée de fougères géantes, et les gardes malloréens ordonnèrent la halte afin de permettre aux prisonniers de se reposer. Garion se laissa tomber sur l'herbe avec un soulagement indicible. Il transpirait à grosses gouttes, épuisé par l'effort de soulever à chaque pas la lourde chaîne qui le retenait à ses compagnons.

— Je me demande ce qu'il attend, murmura-t-il à l'oreille de Silk.

— La nuit, tiens, répondit le petit homme à tête de fouine avec un haussement d'épaules. Mais elle ne tombera pas avant plusieurs heures.

Tout à coup, une voix s'éleva non loin de là, une voix grave qui chantait, horriblement faux mais avec une jubilation évidente, un chant paillard. Un homme approchait. Manifestement ivre, à la façon dont il s'emmêlait la langue.

Les Malloréens se regardèrent avec de grands sourires.

— Hé, hé, encore un patriote venu s'enrôler ! persifla l'un d'eux. Planquez-vous, nous allons exaucer son vœu le plus cher dès qu'il entrera dans la clairière.

L'amateur d'art lyrique entra dans la clairière, juché sur un gros cheval rouan et suivi par une colonne de mules. C'était un Nadrak, à en juger par ses vêtements de cuir maculés de taches. Il portait une barbe noire hirsute et une outre à vin dans une main. Il avait l'air tout juste capable de tenir en selle, mais quelque chose dans ses yeux montrait qu'il n'était pas si soûl qu'il en avait l'air. Garion le regarda avec un intérêt non dissimulé. C'était Yarblek, le marchand nadrak qu'ils avaient rencontré au Cthol Murgos, sur la Route des Caravanes du Sud.

— You-hou, les gars ! brailla Yarblek. Eh ben, dites donc, vous avez réussi un beau coup de filet !

— La pêche est particulièrement fructueuse en ce moment, répliqua l'un des Malloréens avec un grand sourire.

Il amena son cheval au beau milieu de la piste pour empêcher la nouvelle recrue d'avancer.

— Vous pensez pas à moi, tout de même ? s'esclaffa Yarblek en partant d'un énorme éclat de rire. Allez, plaisantez pas avec ces trucs-là ! Je suis bien trop occupé pour jouer aux petits soldats.

— Comme c'est dommage ! ironisa le Malloréen.

— Je suis Yarblek, marchand de mon état et honorablement connu à Yar Turak. Je suis en mission pour le roi Drosta, dont je suis un ami personnel. Si vous m'empêchez de passer, Drosta vous fera flageller et rôtir tout vif à la minute où vous entrerez à Yar Nadrak.

— Nous ne rendons de comptes qu'à 'Zakath, rétorqua le Malloréen, sur la défensive. Le roi Drosta n'a aucune autorité sur nous.

— Vous êtes au Gar og Nadrak, les amis, remarqua Yarblek. Ici, Drosta fait ce qu'il veut. Il présentera peut-être des excuses à 'Zakath *après*, mais entre-temps, il est probable que vous aurez été dépecés et lentement rôtis à la broche, tous les cinq.

— Vous avez sûrement la preuve de ce que vous dites ? risqua le Malloréen, un peu moins sûr de lui.

— Et comment que je l'ai ! répliqua Yarblek, puis il se gratouilla la tête, son visage trahissant une perplexité voisine de l'ahurissement. Voyons, où est-ce que j'ai fourré ce parchemin ? marmonna-t-il dans sa barbe. Ah oui ! reprit-il en claquant des doigts. Dans le paquetage de la dernière mule. Tenez, buvez donc un coup pendant que je vais le chercher.

Il lança l'outre au Malloréen qui l'attrapa au vol, remonta son convoi de mules, mit pied à terre à côté de la dernière et entreprit de farfouiller dans son chargement.

— On pourrait peut-être jeter un coup d'œil à ses documents avant de prendre une décision, fit l'un des gardes. Le roi Drosta n'est pas le genre d'homme qu'on aime contrarier.

— Autant boire un coup en l'attendant, suggéra un autre en lorgnant l'outre.

— Là, je suis d'accord, approuva chaleureusement le premier en débouchant le sac de cuir et en le portant à sa bouche.

Il y eut un choc sourd et tout à coup le bout emplumé d'une flèche sortit de sa gorge, juste au-dessus de sa tunique rouge. Le vin jaillit de l'outre et se déversa sur sa figure stupéfaite. Ses compagnons le dévisagèrent un instant, incrédules, puis portèrent la main à leur arme en hurlant, mais trop tard. Un déluge de flèches s'abattait sur eux. La plupart tombèrent de leur monture, mais l'un d'eux tenta de prendre la fuite, la main crispée sur le trait fiché dans son flanc. Son cheval n'avait pas fait deux pas qu'une nouvelle volée de flèches lui perçait le dos. Il eut un spasme et se courba mollement en arrière. Sa monture terrifiée fit un bond et l'homme tomba à la renverse sur la piste, mais un de ses pieds resta coincé dans l'étrier et il rebondit sur le sol, tiré par l'animal qui s'enfuyait en hennissant de terreur.

— Je me demande vraiment ce que j'ai pu faire de ce papier, ronchonna Yarblek en revenant vers eux avec un affreux sourire. Mais vous n'avez peut-être pas si besoin que ça de le voir, après tout ? insinua-t-il en retournant du bout du pied le Malloréen avec lequel il s'était entretenu.

L'homme contemplait le ciel d'un regard vide, la bouche grande ouverte au-dessus de la flèche plantée dans sa gorge. Un filet de sang coulait de son nez.

— C'est bien ce que je pensais, reprit Yarblek avec un gros rire.

Il flanqua un coup de pied à l'homme, le renversant face contre terre. Puis il se retourna pour contempler Silk d'un air ironique tandis que ses archers sortaient des fougères.

— Tu as vraiment le chic pour t'en sortir, Silk, ajouta-t-il. Je pensais que Taur Urgas avait fini par avoir ta peau dans cette saleté puante de Cthol Murgos.

— Il a loupé son coup, répondit prudemment Silk.

— Ce que je voudrais bien savoir, c'est comment tu as réussi à te faire enrôler dans l'armée malloréenne ? poursuivit le Nadrak avec curiosité, toute trace d'ivresse dissipée.

— Un moment d'inattention, répliqua Silk avec un haussement d'épaules.

— Il y a trois jours que je te suis.

— Je suis très touché de ta sollicitude, reconnut Silk d'un ton suave. Ça ne serait pas trop te demander que de défaire ça ? reprit-il en soulevant son pied et en faisant tinter sa chaîne.

— Tu ne vas pas faire de folies, au moins ?

— Oh, tu me connais !

— Trouvez la clé, ordonna Yarblek à l'un des archers.

— Qu'allez-vous faire de nous ? demanda Besher d'une voix angoissée en lorgnant les cadavres.

Yarblek partit d'un grand éclat de rire.

— Je me fous de savoir ce que vous ferez une fois libérés, mais si je peux vous donner un conseil, ne restez pas à proximité d'une telle quantité de Malloréens crevés. Quelqu'un pourrait se poser des questions.

— Vous allez nous laisser partir comme ça ? reprit Besher.

— Ça, je vais pas vous inviter à dîner, rétorqua Yarblek.

Les archers délivrèrent les Nadraks, qui disparurent dans les fourrés sans demander leur reste.

— Allons, fit Yarblek en se frottant les mains. Maintenant que nous sommes un peu tranquilles, que diriez-vous de boire un coup ?

— Cette saleté de garde a renversé tout ton vin en tombant de cheval, fit remarquer Silk.

— Ce n'était pas mon vin, rectifia Yarblek avec un reniflement méprisant. Je l'ai volé ce matin. Tu penses bien que je n'offrirais pas mon précieux breuvage à un gaillard que je projette de tuer.

— Ça m'étonnait, aussi, commenta Silk avec un beau sourire. Je pensais que tu avais peut-être oublié les bonnes manières.

Le visage ingrat de Yarblek arbora une expression légèrement offensée.

— Pardon, s'excusa promptement Silk. Je m'étais mépris.

— Y a pas de mal, assura Yarblek en chassant le malentendu d'un haussement d'épaules. Des tas de gens se méprennent sur moi. C'est mon fardeau, ajouta-t-il avec un soupir.

Il s'approcha de la première mule de la colonne, sortit un petit tonneau de bière de son paquetage, le posa par terre et le mit en perce avec une habileté consommée : en flanquant un grand coup de poing dessus.

— Allez, soûlons-nous la gueule, proposa-t-il.

— Ce ne serait pas de refus, déclina poliment Silk, mais nous avons des affaires urgentes à régler.

— Tu ne peux pas savoir à quel point ça me navre, commenta Yarblek en pêchant des chopes dans ses paquets.

— Je savais bien que tu comprendrais.

— Oh, mais oui, je comprends, Silk, reprit Yarblek en plongeant deux chopes dans son tonnelet. Et je suis on ne peut plus désolé que tes affaires doivent attendre un peu. Tiens.

Il tendit une chope à Silk et l'autre à Garion, puis il recommença son manège et se remplit une chope à son tour.

Silk le contempla en haussant un sourcil.

Yarblek s'installa confortablement par terre à côté de son tonneau, les pieds posés sur le corps de l'un des Malloréens.

— Tu comprends, Silk, commença-t-il, ce qui se passe, c'est que Drosta a envie de te voir. *Terriblement* envie. Il a mis ta tête à prix. Un prix beaucoup trop intéressant pour que je laisse passer ça. L'amitié, c'est bien beau, mais les affaires sont les affaires. Alors vous feriez mieux de vous mettre à l'aise, ton jeune ami et toi. Regarde-moi cette jolie clairière ombragée, confortablement tapissée de mousse. Nous allons nous soûler la gueule consciencieusement et tu me raconteras comment tu as réussi à échapper à Taur Urgas. Et tu me diras ce qu'est devenue la femme qui était avec toi à Cthol Murgos. Ta capture me rapportera peut-être assez d'argent pour que je puisse me la payer. Par les dents de Torak, c'est une rudement chouette pépée. Je serais presque prêt à me passer la corde au cou pour elle.

— Je suis sûr qu'elle serait très flattée, commenta Silk. Et après ?

— Après quoi ?

— Quand nous nous serons consciencieusement soûlé la gueule, comme tu dis ? Que ferons nous après ?

— Après, nous serons sûrement malades à crever. C'est généralement comme ça que ça se termine. Puis, quand nous irons mieux, nous foncerons ventre à terre vers Yar Nadrak. Je toucherai la récompense pour ta capture et tu sauras enfin pourquoi le roi Drosta lek Thun tient tellement à te voir. Tu ferais aussi bien de t'asseoir et de boire un coup, vieux frère, conclut-il en contemplant Silk avec amusement. Tu ne vas nulle part pour l'instant.

CHAPITRE V

Yar Nadrak était une cité fortifiée située au confluent des bras oriental et occidental de la Cordu. Les routes menant à la capitale des Nadraks traversaient des étendues désolées envahies par les ronces et jonchées de souches carbonisées, la forêt ayant été défrichée sur une bonne lieue à la ronde, de la façon la plus simple qui fût : en y fichant le feu. Les portes de la ville étaient d'énormes panneaux de bois badigeonnés de goudron, surmontés de répliques en pierre du masque de Torak qui semblaient lorgner les voyageurs. Garion réprima un frisson en passant sous ce visage d'une beauté et d'une cruauté inhumaines.

De hautes maisons coiffées de toits pointus bordaient les rues étroites et sinueuses. Les fenêtres des étages étaient munies de persiennes, pour la plupart fermées. Tous les éléments de construction en bois étaient barbouillés de goudron, et ces taches noires faisaient comme d'affreuses tumeurs sur les bâtiments.

L'air puait la tristesse et la peur. Les gens marchaient furtivement, les yeux baissés. Ils portaient plus rarement du cuir que les mineurs mais, comme eux, ils étaient toujours en noir, parfois orné d'un détail bleu ou jaune. Les seules véritables taches de couleur étaient les tuniques rouges des soldats malloréens. Ils donnaient l'impression d'être chez eux : ils arpentaient en conquérants les rues pavées de galets, interpellaient les citoyens avec rudesse et parlaient très fort entre eux dans leur parler guttural.

C'étaient pour la plupart de jeunes brutes qui roulaient

des mécaniques pour dissimuler leur appréhension de se retrouver en terre étrangère, mais les Grolims de Mallorée n'étaient pas de la même espèce. Contrairement à ceux que Garion avait vus au Cthol Murgos, ils portaient rarement le masque d'acier poli et leur faciès arborait le plus souvent une expression sinistre, les lèvres pincées, les yeux rétrécis. Tout le monde, les Malloréens comme les Nadraks, s'écartait devant eux quand ils arpentaient les rues dans leurs robes noires à capuchon.

Garion et Silk entrèrent en ville à dos de mulet et sous bonne escorte. Silk avait passé le trajet à badiner, à échanger des insultes, des ragots et des souvenirs avec le rugueux Nadrak. Malgré son air plutôt cordial, celui-ci n'avait pas relâché sa vigilance un seul instant, et ses archers ne les quittaient pas des yeux. Garion avait passé les trois derniers jours à scruter la forêt en vain ; il n'avait pas vu signe de Belgarath. Il était très inquiet et Silk, avec son petit sourire confiant et détendu, commençait à lui pomper l'air.

Ils suivirent une ruelle tortueuse, accompagnés par le claquement des sabots de leurs montures, puis Yarblek leur fit emprunter une allée crasseuse menant vers la rivière.

— Je croyais que le palais était plutôt par là, nota Silk avec un mouvement de menton vers le centre de la ville.

— En effet, confirma Yarblek, mais nous n'allons pas au palais. Drosta a de la visite, et il préfère régler ses affaires en privé.

L'allée déboucha bientôt sur un passage sordide, entre deux rangées de maisons plus hautes, plus étroites et plus miteuses encore que les autres. Deux Grolims de Mallorée tournèrent au coin d'une ruelle, juste devant eux. Le Nadrak cessa de bavarder et les regarda approcher avec une hostilité manifeste.

L'un d'eux s'arrêta et lui rendit son regard.

— On dirait que vous avez un problème, l'ami, insinua le Grolim.

— Et alors, c'est mon affaire, non ? rétorqua Yarblek.

— En effet, à condition que ça n'aille pas trop loin. Le fait de manquer ostensiblement de respect à un prêtre pourrait vous attirer de sérieux ennuis, menaça l'homme à la robe noire avec un regard assorti.

Sans trop savoir pourquoi, Garion tenta prudemment d'effleurer l'esprit du Grolim, mais il n'y retrouva pas l'aura particulière qui semblait liée à l'esprit des sorciers.

— *Ne fais pas ça,* l'avertit sa voix intérieure. *C'est comme si tu sonnais le tocsin ou si tu te promenais avec une pancarte.*

Garion se hâta de rétracter sa pensée.

— *Je croyais que tous les Grolims étaient des sorciers,* répondit-il silencieusement. *Ceux-là ne sont que des hommes comme les autres.*

Mais la conscience qui habitait son esprit était partie. Les deux Grolims passèrent leur chemin et Yarblek cracha sur le sol avec mépris.

— Les porcs ! grommela-t-il. Je commence à détester les Malloréens autant que les Murgos.

— Mon pauvre Yarblek, on dirait qu'ils ont envahi ton pays, observa Silk.

— Vous en laissez entrer un, marmonna Yarblek, et avant d'avoir eu le temps de dire ouf, c'est tout juste si vous ne marchez pas dessus.

— Pourquoi les avez-vous laissés entrer, déjà ? insinua suavement Silk.

— Ecoute, Silk, commença abruptement Yarblek, je sais que tu es un espion, et je me refuse à discuter politique avec toi, alors arrête de faire l'âne pour avoir du son.

— C'était juste pour passer le temps, protesta Silk en ouvrant de grands yeux innocents.

— Et si tu t'occupais plutôt de tes oignons ?

— Mais ce sont mes oignons, cher ami.

Yarblek braqua sur lui un regard dur puis éclata de rire.

— Où allons-nous ? reprit Silk en observant la rue sordide. Ce n'est pas le quartier le plus élégant de la ville, pour autant que je m'en souvienne.

— Tu verras bien.

Les habitants du quartier, de pauvres hères en haillons, avaient le regard furtif des hommes qui ont de bonnes raisons d'éviter les autorités. Une odeur épouvantable montait de la rivière. Toutes les déjections, tous les déchets charriés par les égouts de la ville se déversaient dedans et flottaient à la surface. C'était un festin pour les rats.

Yarblek tira brusquement sur les rênes et s'engagea dans un boyau encore plus étroit et sordide.

— Nous allons être obligés de continuer à pied, annonça-t-il en descendant de cheval. Je préfère passer par-derrière.

Ils confièrent leurs montures à l'un de ses hommes et suivirent l'allée en enjambant soigneusement les tas d'ordures.

— Par là, fit Yarblek en leur indiquant une volée de marches vermoulues descendant vers un seuil étroit. A l'intérieur, baissez la tête. Pas la peine que tout le monde remarque que vous n'êtes pas du coin.

Arrivés en bas des marches grinçantes, ils se faufilèrent dans un bouge sordide, sombre et bondé, où planait un mélange d'odeurs âcres, de sueur, de bière renversée et de vomi. Dans une fosse creusée au centre et pleine de cendres jamais vidées, de grosses bûches achevaient de se consumer et d'enfumer la salle. Au moins éclairaient-elles un peu les lieux, les seules autres sources de lumière étant deux meurtrières crasseuses et une unique lampe à huile pendue au bout d'une chaîne accrochée à l'une des poutres.

— Asseyez-vous là, leur ordonna Yarblek avec un mouvement de menton en direction d'un banc placé le long d'un mur. Je reviens tout de suite.

Il se dirigea vers l'entrée de la taverne. Garion jeta un rapide coup d'œil autour de lui, mais se rendit compte tout de suite que deux des hommes de Yarblek se prélassaient comme par hasard juste à côté de la porte.

— Qu'est-ce qu'on fait ? murmura-t-il à l'oreille de Silk.

— On n'a pas le choix : on attend et on voit venir, répondit le petit Drasnien.

— Tu n'as pas l'air de t'en faire.

— Je ne m'en fais pas vraiment.

— Nous avons tout de même été arrêtés, non ?

— Quand on arrête quelqu'un, objecta Silk, on le met aux fers. Le roi Drosta veut me parler, et voilà tout.

— Mais l'avis de recherche disait que...

— Oublie ça, Garion. Cet avis de recherche était destiné aux Malloréens. Je ne sais pas ce que mijote Drosta, mais ce qui est sûr, c'est qu'il n'a pas envie de les mettre au courant.

Yarblek revint vers eux en jouant des coudes et se laissa tomber à côté d'eux, sur le banc crasseux.

— Drosta ne devrait pas tarder, déclara-t-il. Vous voulez boire quelque chose en attendant ?

Silk regarda autour de lui d'un air légèrement dégoûté.

— Je ne pense pas, déclina-t-il. Dans ce genre d'endroit, il n'est pas rare de trouver des rats crevés à la surface des tonneaux de bière. Sans parler des mouches et des cafards, mais ça, c'est normal.

— Comme vous voudrez, nota Yarblek.

— C'est tout de même un drôle d'endroit pour rencontrer un roi, non ? releva Garion en contemplant la taverne.

— On comprend quand on connaît Drosta. Il a des goûts bizarres et il aime bien le front de mer, insinua Silk.

— Notre monarque est un rude gaillard, approuva Yarblek en s'esclaffant, mais ne faites pas l'erreur de le prendre pour un imbécile. Il est un peu fruste, mais pas idiot. Les Malloréens se gardent bien de le suivre dans des endroits de ce genre et il a vite compris que c'était un bon moyen de traiter les affaires dont il n'avait pas envie de parler à 'Zakath.

Une certaine animation se fit sentir vers l'entrée du bouge. Deux Nadraks aux larges épaules, vêtus de tuniques de cuir noir et coiffés de casques à pointe, firent leur entrée.

— Ecartez-vous ! aboya l'un d'eux. Tout le monde debout !

— Enfin, ceux qui peuvent se lever, précisa l'autre.

Un concert de lazzis et de cris d'animaux accueillit le petit homme sec et nerveux, en pourpoint de satin jaune et cape de velours vert doublée de fourrure, qui entra à leur suite. Il avait les yeux proéminents, le visage marqué par la vérole, et son expression exprimait un curieux mélange d'amusement sardonique et d'une sorte d'avidité frénétique et désespérée.

— Bienvenue à Sa Majesté Drosta lek Thun, roi des Nadraks, brailla un ivrogne d'une grosse voix pâteuse.

Sa déclaration fut saluée par des rires gras, des coups de sifflet et de nouveaux cris d'animaux.

— Mes fidèles sujets : des ivrognes, des voleurs et des proxénètes. La chaleur de votre amour me réchauffe le cœur ! rétorqua le vérolé avec un ricanement vulgaire.

Son mépris semblait presque autant dirigé contre lui-même que contre ces hommes dépenaillés et mal lavés. La foule se mit à siffler et à taper du pied de plus belle.

— Alors, Drosta, combien, ce soir ? hurla un homme.

— Autant que je pourrai, répliqua Drosta sur le même ton.

— La suite royale attend Sa Majesté, déclama le tavernier avec une courbette moqueuse.

— Et toutes les punaises royales sont au garde-à-vous, j'en suis sûr, ajouta Drosta. De la bière pour tous les hommes encore capables d'en ingurgiter. Que mes loyaux sujets boivent à mon ardeur virile !

Les hurlements redoublèrent tandis que le roi s'approchait d'un escalier montant vers les étages de la bâtisse.

— Le devoir m'attend, proclama Son Altesse en embrassant l'escalier d'un ample mouvement du bras. Que tous notent avec quel empressement j'assume cette grave responsabilité !

Il gravit les marches sous les rires de la plèbe.

— Et maintenant ? demanda Silk.

— Attendons un peu, répondit Yarblek. On pourrait se douter de quelque chose si nous montions tout de suite.

Garion s'agitait fébrilement sur son banc. Il éprouvait un picotement derrière les oreilles. Oh, pas fort, mais de façon obsédante, comme si quelque chose rampait sous sa peau. Une idée désagréable lui passa par la tête : et si des poux ou des puces avaient émigré de la racaille qui hantait la taverne à la recherche de sang frais ? Mais il l'écarta aussitôt. Le picotement ne semblait pas externe.

Un homme apparemment perdu de boisson ronflait à la table d'à côté, le visage enfoui dans les bras. Il s'interrompit un instant au milieu d'un vrombissement pour lever la tête et lui faire un clin d'œil. C'était Belgarath. Le vieux sorcier laissa retomber sa figure au creux de son coude tandis qu'un indicible soulagement s'emparait de Garion.

Un tapage infernal régnait à présent dans la taverne. Une vilaine bagarre éclata tout à coup près de la fosse. La foule commença par encourager les adversaires de la voix, puis elle se déchaîna en leur flanquant des coups de pied tandis qu'ils se roulaient par terre.

— Allons-y, décréta sèchement Yarblek en se levant.

Il se fraya un chemin dans la foule, l'épaule en avant, et commença à monter l'escalier.

— Grand-père est là, chuchota Garion à l'oreille de Silk.

— J'ai vu, confirma brièvement Silk.

L'escalier menait à un couloir sinistre, jonché de tapis élimés qui n'avaient jamais dû être nettoyés. A l'autre bout, les deux gardes du roi étaient appuyés de chaque côté d'une porte massive. Ils donnaient l'impression de s'ennuyer ferme.

— Je m'appelle Yarblek, annonça le Nadrak en s'approchant. Drosta m'attend.

Les gardes échangèrent un coup d'œil, puis l'un d'eux toqua à la porte.

— Majesté, l'homme que vous attendiez est arrivé.

— Faites-le entrer, fit la voix étouffée de Drosta.

— Il n'est pas seul, ajouta le garde.

— Ça va, ça va.

— Allez-y, ordonna le garde en ouvrant la porte.

Le roi des Nadraks était vautré sur un lit défait, les bras passés autour des épaules décharnées de deux filles crasseuses, à peu près nues, aux cheveux emmêlés et aux yeux sans espoir.

— Alors, Yarblek, attaqua le monarque dépravé en guise de salut. Je me demandais si tu allais finir par arriver ?

— Voyons, Drosta, je ne tenais pas à attirer l'attention en vous suivant trop vite.

— Un peu plus et j'oubliais notre rendez-vous, reprit Drosta en lorgnant les deux filles. Ne sont-elles pas délicieuses ?

— Quand on aime ce genre-là, répliqua Yarblek avec un haussement d'épaules. Je les préfère un peu plus mûres.

— Ça a aussi son charme, reconnut Drosta. Mais moi je les aime toutes. Je tombe amoureux vingt fois par jour. Allons, mes jolies, laissez-nous, ordonna-t-il aux filles. J'ai des affaires à régler. Je vous enverrai chercher plus tard.

Les deux filles s'empressèrent de sortir en refermant la porte derrière elles.

Drosta s'assit au bord du lit en se grattant distraitement une aisselle. Son pourpoint jaune, froissé et maculé de taches, était ouvert sur son bréchet osseux, couvert de vilains poils noirs. Il était presque décharné, et ses bras ressemblaient à deux baguettes. Il avait le cheveu rare, graisseux, la barbe pelée. Son visage vérolé était criblé de cicatrices rouges, profondes, des croûtes squameuses lui couvraient le cou et les mains, et il ne sentait vraiment pas bon.

— Dis donc, Yarblek, tu es bien sûr que c'est l'homme que je cherche ? l'interrogea-t-il enfin.

Garion jeta un regard pénétrant au roi des Nadraks. Toute trace de vulgarité avait disparu de sa voix et son ton incisif, direct, était celui d'un homme qui ne plaisantait pas avec les affaires. Garion révisa son jugement. Drosta lek Thun n'était pas du tout celui qu'il semblait être.

— Je le connais depuis des années, affirma Yarblek. C'est le prince Kheldar de Drasnie, alias Silk, Ambar de Kotu et Radek de Boktor. C'est un voleur, un escroc, un espion et plutôt un bon bougre.

— Nous sommes enchanté de rencontrer un homme aussi honorable, déclara le roi Drosta. Bienvenue chez nous, Prince.

— Majesté, répondit Silk avec une courbette.

— Je vous aurais bien fait venir au palais, mais certains de mes invités ont la sale habitude de fourrer leur nez dans mes affaires, enchaîna Drosta avec un rire sec. Par bonheur, les Malloréens sont pudibonds. Ils n'osent pas me suivre dans ce genre d'endroits, ce qui est bien pratique pour discuter. Sans compter que je m'y sens bien, ajouta-t-il en promenant un regard à la fois indulgent et amusé sur le mobilier minable et les tentures rouges, vulgaires.

Garion s'efforçait de se faire oublier, appuyé au mur, près de la porte, mais le regard fébrile de Drosta ne tarda pas à le repérer.

— On peut lui faire confiance ? questionna le roi.

— Absolument, Majesté, lui assura Silk. C'est mon élève. Je lui apprends le métier.

— Lequel ? Le vol ou l'espionnage ?

— Ça revient au même, esquiva Silk avec un haussement d'épaules. Yarblek m'a dit que vous vouliez me parler. Les malentendus d'autrefois étant oubliés, j'imagine que vous désirez plutôt m'entretenir de l'actualité.

— Vous êtes un rapide, Kheldar, répliqua Drosta d'un ton approbateur. J'ai besoin de votre aide et je suis prêt à payer pour l'obtenir.

— J'aime le mot « payer », commenta Silk avec un large sourire.

— C'est ce que je me suis laissé dire. Vous savez ce qui se passe ici, au Gar og Nadrak ? fit Drosta en étrécissant les yeux, bannissant de son visage toute trace du sybaritisme grossier qu'il affectait un instant plus tôt.

— Je suis le renseignement incarné, Majesté.

Drosta poussa un grognement et s'approcha d'une table où étaient placés un flacon de vin et des verres.

— Vous voulez boire quelque chose ?

— Pourquoi pas ?

Drosta remplit quatre verres, en prit un et se mit à arpenter nerveusement la pièce avec une expression préoccupée.

— Je vous assure, Kheldar, que je m'en passerais, éclata-t-il. Ma famille a passé des siècles à faire échec aux Grolims, et voilà qu'ils sont sur le point de faire sombrer le Gar og Nadrak dans l'obscurantisme et la barbarie. Que voulez-vous que je fasse avec le quart de million de Malloréens qui se promènent ici comme chez eux et l'armée stationnée à mes frontières ? Si je bouge le petit doigt, 'Zakath broiera mon royaume sous son talon.

— Vous pensez vraiment qu'il ferait ça ? biaisa Silk en se vautrant dans un fauteuil, devant la table.

— Avec la même émotion que vous à l'idée d'écraser une mouche, précisa Drosta. Vous l'avez déjà rencontré ?

Silk eut un mouvement de dénégation.

— Vous avez bien de la chance, commenta Drosta en haussant le sourcil. Taur Urgas est fou, mais quelle que soit la haine que j'ai pour lui, je reconnais qu'il est encore humain. 'Zakath est de glace. Il faut que j'entre en contact avec Rhodar.

— Ah, ah ! fit Silk. Nous y voilà donc.

— Vous n'êtes pas antipathique, Kheldar, coupa sèchement Drosta, mais je ne me serais pas donné tout ce mal pour le seul plaisir de votre compagnie. Il faut que vous transmettiez mon message à Rhodar. J'ai tenté d'entrer en contact avec lui, mais je n'y suis jamais parvenu. Il ne reste pas en place. Comment un homme aussi gros peut-il se déplacer aussi vite ?

— Il ne faut pas s'y fier, observa laconiquement Silk. Qu'avez-vous en tête, au juste ?

— Une alliance, répondit Drosta du tac au tac. J'ai le dos au mur. Si je ne parviens pas à conclure un pacte avec Rhodar, je vais être dévoré tout cru.

— C'est un projet ambitieux, Majesté, nota Silk en reposant doucement son verre. Compte tenu de la situation, il faudra déployer des trésors de ruse et d'efficacité.

— Et pourquoi croyez-vous que je fais appel à vous ? Nous sommes au bord du gouffre. Il faut que vous persuadiez Rhodar de retirer son armée de la frontière thulle. Dites-lui d'arrêter cette folie avant qu'il ne soit trop tard.

— Je n'ai pas tout à fait le pouvoir de faire obéir mon oncle, répliqua Silk avec circonspection. Je suis flatté que vous me croyiez investi d'une telle influence, mais les choses ne se passent pas comme ça.

— Vous ne comprenez donc pas ce qui nous arrive ? reprit le roi Drosta en gesticulant. Notre seul espoir de survie est de ne pas fournir aux Murgos et aux Malloréens le moindre prétexte pour s'allier. Nous devrions susciter la discorde entre eux, pas leur fournir un ennemi commun. Taur Urgas et 'Zakath ont l'un pour l'autre une telle haine qu'elle en devient presque sacrée. Il y a plus de Murgos que de grains de sable dans la mer et plus de Malloréens que d'étoiles dans les cieux. Les Grolims peuvent toujours s'époumoner à dire que Torak va se réveiller, mais Taur Urgas et 'Zakath ont une autre raison de prendre les armes : devenir roi des rois du peuple angarak. Ils vont droit à l'extermination mutuelle. Nous pouvons nous débarrasser des deux à condition de ne pas nous en mêler.

— Je vois ce que vous voulez dire, murmura Silk.

— 'Zakath fait franchir la Mer du Levant aux Malloréens et les rassemble au camp de Thull Zelik pendant que Taur Urgas regroupe les Murgos du Sud près de Rak Goska. Ils vont bien finir par se rentrer dedans. Ce n'est vraiment pas le moment d'intervenir. Laissons-les s'exterminer tranquillement. Dites à Rhodar de se retirer avant d'avoir tout gâché.

— Vous avez essayé de discuter avec les Thulls ? s'informa Silk.

Drosta eut un reniflement méprisant.

— A quoi bon expliquer quoi que ce soit à Gethell ? Autant parler à un tas de fumier. Les Thulls ont tellement peur des Grolims que le seul nom de Torak les ferait rentrer dans un trou de souris. Gethell est bien un Thull. Il a de la vase entre les oreilles.

— Il n'y a qu'un ennui, Drosta, c'est que je ne peux pas porter votre message au roi Rhodar.

— Vous ne pouvez pas ? explosa Drosta. Comment ça, vous ne pouvez pas ?

— Nous ne sommes pas en très bons termes en ce moment, mon oncle et moi, mentit Silk sans un battement de cils. Nous avons eu un petit différend il y a quelques mois. Son premier mouvement, si j'avais le malheur de l'approcher, serait de me faire jeter dans un cul-de-basse-fosse, et je suis presque sûr qu'il ne s'arrêterait pas là.

— Alors nous sommes perdus, grommela Drosta en se recroquevillant sur lui-même. Vous étiez mon dernier espoir.

— Laissez-moi réfléchir, temporisa Silk. Nous pouvons peut-être essayer d'arranger ça. Il est évident que je ne peux pas me charger personnellement de votre mission, conclut-il après avoir contemplé le plancher un moment en se rongeant un ongle. Mais ça ne veut pas dire que personne ne peut le faire.

— En qui Rhodar pourrait-il avoir confiance ?

Silk se tourna vers Yarblek qui avait suivi la conversation en fronçant les sourcils d'un air préoccupé.

— Tu n'es pas en délicatesse avec les autorités drasniennes en ce moment ? questionna-t-il.

— Pas que je sache.

— Très bien, commenta Silk. Il y a un marchand de fourrures à Boktor, un dénommé Geldahar.

— Un petit gros avec les yeux qui se croisent ?

— C'est ça. Apporte-lui un chargement de fourrures, et tout en essayant de les lui fourguer, dis-lui que le saumon se vend mal cette année.

— Je suis sûr que ça le fascinera.

— C'est un mot de passe, lui expliqua Silk en affectant une patience exagérée. Il actionnera les rouages nécessaires pour te faire introduire au palais, près de la reine Porenn.

— Je me suis laissé dire que c'était une très belle femme, reconnut Yarblek, mais c'est un bien long voyage rien que pour voir une jolie fille. J'en trouverai sûrement une pas mal du tout au bout du couloir.

— Tu ne comprends vraiment rien à rien. Porenn est la femme de Rhodar. Il a plus confiance en elle qu'en moi. Elle comprendra que c'est moi qui t'envoie et elle transmettra tout ce que tu lui diras à mon oncle. Rhodar recevra le message de Drosta trois jours après ton arrivée à Boktor, je te le garantis.

— Vous voudriez mettre une femme au courant ? protesta Drosta. Vous êtes fou, Kheldar. Le seul moyen de faire garder un secret à une femme, c'est de lui couper la langue.

— Allons, Drosta, fit Silk en secouant fermement la tête, Porenn est à la tête des services de renseignements drasniens. Elle connaît déjà la plupart des secrets du monde. Vous n'arrivez jamais à faire passer un messager à travers les lignes aloriennes. N'y songez même pas. Rhodar est entouré de Cheresques, et ils tirent à vue sur tout ce qui ressemble à un Angarak. Si vous voulez entrer en contact avec lui, il faudra que vous passiez par l'intermédiaire des services de renseignements drasniens, autant dire Porenn.

— Peut-être, conclut Drosta, l'air pas très convaincu. Au point où j'en suis, je suis prêt à tout essayer. Mais pourquoi faire appel à Yarblek ? Vous ne pourriez pas faire vous-même parvenir le message à la reine de Drasnie ?

— Je crains que ce ne soit pas une très bonne idée, objecta douloureusement Silk. Porenn était au cœur du différend qui nous a opposés, mon oncle et moi. Ce n'est vraiment pas le moment que je pointe mon nez au palais.

Le roi haussa vivement l'un de ses sourcils broussailleux.

— Vous m'en direz tant ! s'esclaffa-t-il. Vous n'avez pas volé votre réputation, à ce que je vois ! Alors, à toi de jouer, commanda-t-il en se tournant vers Yarblek. Prends les dispositions nécessaires en vue de ton voyage vers Boktor.

— Vous me devez déjà de l'argent, rétorqua froidement Yarblek. Vous n'avez pas oublié la récompense promise pour la capture de Kheldar, hein ?

Drosta haussa les épaules.

— Mets-moi ça par écrit.

— Et puis quoi encore ? railla Yarblek. Les bons comptes font les bons amis. On sait que vous êtes dur à la détente une fois que vous avez obtenu satisfaction.

— Yarblek, protesta faiblement Drosta, je suis ton roi.

— J'honore et je respecte Votre Majesté, déclara Yarblek en inclinant la tête dans une attitude un peu moqueuse, mais les affaires sont les affaires.

— Je n'ai pas une pareille somme sur moi, objecta Drosta.

— Pas de problème, Drosta, je ne suis pas pressé de partir.

Yarblek croisa les bras et s'installa dans un vaste fauteuil sous le regard impuissant du roi des Nadraks.

C'est alors que la porte s'ouvrit devant Belgarath, qui s'avança vers le monarque avec détermination.

— Qu'est-ce que c'est ? s'écria Drosta, incrédule. Gardes ! beugla-t-il. Faites sortir cet ivrogne d'ici !

— Ils dorment, Drosta. Mais ne leur en veuillez pas trop, ce n'est pas leur faute, répondit calmement Belgarath en refermant la porte derrière lui.

— Qui êtes-vous ? Et où vous croyez-vous ? Sortez d'ici !

— Je pense, Drosta, que vous feriez mieux d'y regarder à deux fois, lui conseilla Silk avec un petit ricanement sec. Vous ne devriez pas faire jeter les gens dehors avec une telle promptitude. Les apparences peuvent être parfois trompeuses, et il a peut-être des choses importantes à vous dire.

— Vous le connaissez, Kheldar ? s'étonna Drosta.

— Tout le monde ici-bas le connaît ou a entendu parler de lui, rétorqua Silk.

Le visage de Drosta adopta une expression perplexe, mais Yarblek bondit de son fauteuil.

— Drosta ! hoqueta-t-il d'une voix blanche. Regardez-le ! Réfléchissez une minute ! Vous savez qui c'est !

Drosta examina le vieil homme dépenaillé en ouvrant de grands yeux.

— *Vous !* balbutia-t-il.

— Il était dans le coup depuis le début, balbutia Yarblek, incapable de détacher ses yeux de Belgarath. J'aurais dû m'en rendre compte au Cthol Murgos. Lui, la femme, eux tous.

— Que faites-vous au Gar og Nadrak ? s'enquit Drosta d'une voix emplie de crainte.

— Nous ne faisons que passer, Drosta, assura Belgarath. Si vous avez dit tout ce que vous aviez à dire, j'ai besoin de ces deux Aloriens. Nous avons un rendez-vous et nous ne sommes pas en avance.

— J'ai toujours cru que vous étiez un mythe.

— Je fais de mon mieux pour encourager ce mythe, rétorqua le vieux sorcier. Ça facilite mes déplacements.

— Avez-vous un rapport quelconque avec les activités présentes des Aloriens ?

— Ils agissent plus ou moins sur ma suggestion, en effet. Polgara les tient à l'œil.

— Vous ne pourriez pas prendre contact avec eux et leur demander de faire machine arrière ?

— Ce ne sera pas nécessaire, Drosta. A votre place, je cesserais de m'en faire au sujet de 'Zakath et Taur Urgas. Nous avons sur les bras des problèmes autrement plus importants que leurs petites querelles de clocher.

— Voilà donc ce que fait Rhodar, reprit Drosta comme si la vérité venait de lui apparaître. Il est vraiment si tard ?

— Il est plus tard encore que vous ne pensez, confirma le vieux sorcier en se versant un verre de vin. Torak a commencé à bouger dans son sommeil et il est probable que l'affaire sera réglée avant les premières neiges.

— Les choses vont trop loin, Belgarath. Je manœuvre comme je peux entre Taur Urgas et 'Zakath, mais je ne prendrai jamais le risque de m'attirer les foudres de Torak.

Il se tourna vers la porte d'un air décidé.

— Ne vous emballez pas, conseilla calmement Belgarath en s'installant dans un fauteuil et en sirotant son vin. Les Grolims sont parfois très irrationnels, et, en me voyant à Yar Nadrak, ils pourraient croire à une collusion entre nous. Roi ou pas roi, ils vous renverseraient sur un de leurs autels et votre cœur grésillerait sur les braises avant que vous ayez eu le temps de vous justifier.

Drosta s'arrêta net. Son visage vérolé devint d'un blanc crayeux. L'espace d'un instant, il donna l'impression de se livrer à un farouche combat intérieur, puis ses épaules retombèrent et sa résolution parut fondre comme neige au chaud soleil du Cthol Murgos.

— Vous me tenez à la gorge, n'est-ce pas, Belgarath ? conclut-il enfin avec un petit rire amer. Vous avez réussi à me damer le pion, et vous allez maintenant profiter de votre avantage pour m'obliger à trahir le Dieu des Angaraks.

— Vous l'aimez tant que ça ?

— Personne n'aime Torak. J'ai peur de lui, et c'est une raison plus motivante que le besoin sentimental d'éviter de le contrarier. S'il se réveille...

Le roi des Nadraks se mit à frissonner.

— Vous avez déjà réfléchi à ce que serait le monde s'il n'existait pas ? suggéra Belgarath.

— Vous en demandez trop. C'est un Dieu. Nul ne peut espérer en venir à bout. Il est trop puissant pour ça.

— Il y a des choses plus puissantes que les Dieux, Drosta. J'en vois déjà deux, comme ça, sans chercher, deux choses qui foncent l'une vers l'autre en vue de la rencontre finale, et je pense qu'il ne serait vraiment pas astucieux de vous dresser entre elles en ce moment précis.

Mais une autre idée venait de passer par la tête de Drosta. Il se tourna lentement vers Garion, le contempla avec stupeur, secoua la tête et se frotta les yeux. Garion crut que les globes oculaires de Drosta allaient lui sortir de la figure et se recroquevilla intérieurement. Apparemment, la soudaine prise de conscience effaçait la muette injonction de l'Orbe, et le roi des Nadraks voyait bien ce qui se dressait ostensiblement devant lui. Un mélange de crainte à l'état pur et d'espoir irraisonné s'inscrivit sur son visage disgracieux.

— Ma-Majesté, bredouilla-t-il en se prosternant devant Garion avec un profond respect.

— Majesté, répondit Garion en inclinant poliment la tête.

— Eh bien, on dirait que je n'ai plus qu'à vous souhaiter bonne chance, conclut Drosta d'une voix calme. En dépit de ce que dit Belgarath, je pense que vous allez en avoir besoin.

— Merci, roi Drosta, dit Garion.

CHAPITRE VI

— Et toi, Silk, tu crois qu'on peut se fier à Drosta ? interrogea Garion en louvoyant entre les ordures qui jonchaient le passage nauséabond, derrière la taverne.

— Comme à une planche pourrie, répliqua Silk. Enfin, il a tout de même été franc sur un point : il a le dos au mur. Ça le décidera peut-être à chercher honnêtement un compromis avec Rhodar. Au début, du moins.

En sortant de la ruelle, Belgarath leva les yeux vers le ciel qui s'assombrissait.

— Nous avons intérêt à nous dépêcher si nous voulons sortir de la ville avant la fermeture des portes, dit-il. J'ai laissé les chevaux dans un bosquet, à une demi-lieue à peu près.

— Vous êtes retourné les chercher ? s'étonna Silk.

— Et comment ! Je ne me voyais pas faire la route à pied jusqu'en Mallorée. Allons-y, décida-t-il en s'engageant dans la rue qui s'éloignait de la rivière.

Le soir tombait quand ils arrivèrent aux remparts et les gardes nadraks s'apprêtaient à fermer les portes. L'un d'eux éleva la main dans l'intention de leur interdire le passage, puis il se ravisa et son geste se transforma en une invitation hargneuse à presser le pas. Les énormes vantaux barbouillés de goudron se refermèrent derrière eux avec un bruit de tonnerre suivi d'un cliquetis de chaînes et les barres furent mises en place et verrouillées. Garion leva les yeux sur le masque de Torak qui les lorgnait depuis le haut de la porte, puis il lui tourna délibérément le dos et suivit ses compagnons sur la route de terre battue qui sortait de la ville. Ils s'éloignèrent dans le crépuscule, vers la ligne sombre des fourrés qui bordaient la plaine. Les grenouilles chantaient à gorge déployée dans les marécages entourant la rivière.

— Vous pensez qu'on va nous suivre ? s'enquit Silk.

— Ça ne m'étonnerait pas, acquiesça Belgarath. Drosta a compris ce que nous faisons, ou tout au moins il s'en doute, et les Grolims de Mallorée sont futés. Ils peuvent lire dans ses pensées sans qu'il s'en rende compte. C'est probablement pour ça qu'ils ne prennent pas la peine de le suivre quand il se livre à ses petites escapades.

— Vous ne pensez pas que vous devriez faire quelque chose ?

— J'aime autant m'en abstenir tant que ce n'est pas absolument indispensable. Nous sommes trop près de la Mallorée. Zedar est parfaitement capable de suivre mes déplacements à distance, et maintenant Torak ne dort plus que d'un œil, c'est le cas de le dire. Je préfère ne pas courir le risque de le réveiller tout à fait par un bruit intempestif.

— Alors Torak est sorti de son sommeil de plomb ? articula enfin Garion.

Il caressait jusque-là le vague espoir qu'ils pourraient se glisser subrepticement jusqu'au Dieu endormi et le prendre par surprise.

— Presque, confirma son grand-père. Le bruit que tu as fait en prenant l'Orbe dans ta main a ébranlé le monde. Aussi profond que soit le sommeil de Torak, il n'aurait pu continuer à dormir avec ce vacarme. Il n'a pas encore complètement repris ses esprits mais il n'est plus que légèrement assoupi.

— Ça a dû faire un drôle de barouf ! s'émerveilla Silk.

— On l'a probablement entendu jusqu'au bout de l'univers. Les chevaux sont par là, annonça le vieux sorcier en tendant le doigt vers la masse sombre d'un bosquet de saules, à quelques centaines de toises sur la gauche de la route.

Un cliquetis de chaînes retentit tout à coup derrière eux, faisant taire les grenouilles.

— Ils rouvrent les portes de la ville, nota Silk. On a dû donner des ordres en haut lieu.

— Ne perdons pas de temps, coupa Belgarath.

En les entendant approcher, les bêtes s'agitèrent et les accueillirent par de petits hennissements. Les trois hommes les menèrent par la bride entre les branches tombantes des saules, les enfourchèrent et regagnèrent la route de terre battue. L'obscurité était à présent presque complète.

— Inutile d'essayer de passer inaperçus, ils savent que nous sommes là, remarqua Belgarath.

— Une seconde, fit Silk en mettant pied à terre.

Il farfouilla dans l'un des sacs de toile attachés sur le cheval de bât et se remit en selle.

— Allons-y.

Ils partirent au galop à travers le désert calciné, ponctué de broussailles, qui entourait la capitale nadrake. Les sabots de leurs chevaux martelaient la route de terre durcie.

— Vous voyez quelque chose, Silk ?

Le petit Drasnien, qui fermait la marche, scruta les ténèbres derrière lui.

— Il me semble. Un groupe de cavaliers à une demi-lieue derrière nous.

— Ils sont beaucoup trop près.

— Je m'en occuperai dès que nous serons dans les bois, assura Silk d'un petit ton confiant.

La ligne plus sombre de la forêt se rapprochait. Garion sentait déjà l'odeur des arbres. Ils plongèrent bientôt sous leur ombre protectrice. Tout à coup, il fit un peu plus chaud, comme toujours, la nuit, dans les bois. Silk tira fermement sur ses rênes.

— Ne m'attendez pas, recommanda-t-il en bondissant de son cheval. Je vous rattraperai.

Belgarath et Garion poursuivirent leur chemin en ralentissant un peu l'allure pour ne pas perdre la piste dans le noir. Silk les rejoignit quelques minutes plus tard.

— Ecoutez, dit le petit homme en retenant sa monture, un grand sourire dévoilant ses dents étincelantes dans le noir.

— Ils arrivent ! s'exclama Garion en entendant un martèlement de sabots. Tu ne crois pas que nous ferions mieux de...

— Ecoute ! souffla Silk d'un ton impérieux.

Derrière eux retentirent des exclamations de surprise et le bruit lourd de plusieurs hommes tombant de cheval. L'une des bêtes poussa un hennissement strident et s'enfuit au galop.

— Je crois que nous pouvons repartir, annonça gaiement Silk avec un petit rire grinçant. Le temps qu'ils retrouvent leurs chevaux, nous serons loin.

— Qu'est-ce que tu as encore inventé ? s'enquit Garion.

— J'ai attaché une corde en travers de la piste, à hauteur de poitrine d'un cavalier, expliqua Silk avec un haussement d'épaules. C'est un vieux truc, mais ce sont souvent les meilleurs. Ils vont être obligés de faire attention, maintenant. Nous devrions arriver à les semer d'ici demain matin.

— Eh bien, allons-y, décida Belgarath.

— Où ça ? questionna Silk tandis qu'ils repartaient au petit trot.

— Vers le nord, répondit le vieil homme. Trop de gens sont au courant de notre présence. Plus vite nous serons en terre morindienne, mieux ça vaudra.

— S'ils nous en veulent vraiment, ils nous suivront jusque-là, non ? objecta Garion en regardant par-dessus son épaule avec inquiétude.

— Ça, je ne crois pas, railla Belgarath. Ils seront loin derrière quand nous y arriverons et je doute fort qu'ils prennent le risque de pénétrer en territoire morindien pour suivre une piste refroidie.

— C'est si dangereux que ça, Grand-Père ?

— Quand les Morindiens mettent la main sur un étranger, ils lui réservent généralement un traitement peu agréable.

— Mais... nous aussi nous sommes des étrangers pour les Morindiens, non ? souligna Garion après un instant de réflexion.

— Je m'occuperai de ça en temps utile.

Ils passèrent le restant de cette nuit de velours à cheval, laissant loin derrière eux leurs poursuivants rendus prudents par l'expérience. Des vers luisants piquetaient le dais végétal de petits points scintillants. Des grillons chantaient. Les premières lueurs de l'aube filtraient à travers les arbres quand ils arrivèrent à la limite d'une nouvelle zone calcinée. Belgarath arrêta sa monture et examina les ronces qui envahissaient le sol parsemé de souches noircies.

— Nous allons manger un morceau et laisser reposer nos chevaux. Un peu de sommeil ne nous fera pas de mal à nous non plus. Eloignons-nous quand même de la route.

Il fit tourner son cheval et les mena le long de la zone incendiée. Quelques centaines de toises plus loin, la forêt s'ouvrait comme par magie sur une clairière d'herbe verte, bordée d'un fouillis d'arbustes et de branches carbonisées. Une source coulait sur la mousse.

— Cet endroit me paraît très bien, décréta Belgarath.

— Vous avez de drôles de goûts, objecta Silk.

Un bloc de pierre grossièrement taillé, aux parois striées de vilaines coulures noires, se dressait, implacable, au centre de la clairière.

— C'est parfait pour ce que nous voulons en faire, rétorqua le vieil homme. Les gens ont tendance à éviter les autels de Torak, et nous ne recherchons pas spécialement la compagnie.

Ils mirent pied à terre sous le couvert des arbres. Belgarath fouilla dans les paquetages et en retira du pain et de la viande séchée. Garion se sentait curieusement détaché de tout. La fatigue lui vidait la tête. Il s'approcha de l'autel maculé de sang et l'examina à la pâle lumière de l'aube. C'était un vieil autel ; il n'avait pas dû servir depuis longtemps. Le temps avait noirci les taches incrustées dans les pores de la roche et patiné de vert les ossements brisés à demi enfoncés dans le sol alentour. Une araignée plongea furtivement dans l'orbite vide d'un crâne couvert de mousse, cherchant l'abri de cette voûte obscure. Les prédateurs qui vivaient de la mort des autres avaient imprimé les marques de leurs petites dents acérées sur des fragments d'os. La chaîne d'une pauvre broche d'argent terni était entortillée autour d'une vertèbre. Une boucle de ceinturon vert-de-grisée tenait encore à un morceau de cuir moisi.

— Ne reste pas planté là, Garion, protesta Silk, révolté.

— Je ne sais pas pourquoi, mais ça me fait du bien de le regarder, répondit calmement Garion sans détourner le regard. Au moins, j'éprouve autre chose que la peur. Je ne crois vraiment pas que le monde ait besoin de ça. Il serait temps que quelqu'un s'en occupe.

Il carra les épaules, faisant glisser son immense épée sur son dos, et se retourna. Belgarath le regardait en plissant les yeux.

— C'est toujours ça, commenta le vieux sorcier. Bon, nous allons manger quelque chose et dormir un moment.

Leur frugal repas achevé, ils attachèrent leurs chevaux et se roulèrent dans leurs couvertures sous les buissons, au bord de la clairière. Ni la présence de l'autel grolim ni l'étrange résolution qu'il avait éveillée en lui n'auraient pu empêcher Garion de s'endormir comme une masse.

Il était près de midi quand il fut réveillé par une sorte de chuchotement. Il se redressa aussitôt et regarda autour de lui, mais tout était calme dans la forêt et la zone calcinée. Belgarath était debout non loin de là, les yeux levés vers le ciel estival. Un gros faucon à bande bleue décrivait des cercles dans l'azur.

— *Que fais-tu là ?* demanda mentalement le vieux sorcier.

Le faucon descendit en spirale vers lui, évita l'autel d'un battement d'ailes et se posa sur le sol de la clairière. Il regarda un instant Belgarath de ses yeux jaunes, farouches, puis vacilla et sembla devenir flou. Lorsqu'il eut retrouvé sa netteté, Beldin, le sorcier difforme, était planté à sa place, aussi dépenaillé, sale et mal embouché que la dernière fois que Garion l'avait vu.

— Tu n'en es que là ? s'exclama-t-il d'un ton âpre. Qu'est-ce que tu fabriques ? Tu t'es arrêté à toutes les tavernes ?

— Nous avons été retardés, répondit doucement Belgarath.

— Si tu continues à traîner, il va te falloir un an pour arriver à Cthol Mishrak.

— Ne t'inquiète pas, Beldin, nous y arriverons.

— Il faut bien que quelqu'un s'inquiète. Tu es suivi, tu le savais ?

— Ils sont loin ?

— A une demi-douzaine de lieues.

— C'est bon, commenta Belgarath en haussant les épaules. Ils déclareront forfait quand nous entrerons en territoire morindien.

— Et s'ils insistent ?

— Tu as vu Polgara, ces temps-ci ? riposta sèchement Belgarath. Je pensais avoir échappé aux « et si ».

— Je l'ai vue la semaine dernière, reconnut Beldin en haussant les épaules dans un geste que sa bosse rendait grotesque. Elle a des projets intéressants pour toi, tu sais.

— Elle est venue au Val ? s'étonna Belgarath.

— Elle y est passée. Avec l'armée de la petite rouquine.

— L'armée de *qui* ? releva Garion en repoussant sa couverture.

— Que se passe-t-il là-bas ? demanda sèchement Belgarath.

— J'avoue que je n'ai pas très bien compris, convint le bossu en farfouillant dans sa tignasse broussailleuse. Tout ce que je sais, c'est que les Aloriens suivent cette petite Tolnedraine aux cheveux poil-de-carotte qui se fait appeler la reine de Riva, quoi que ça puisse vouloir dire.

— *Ce'Nedra ?*

Garion n'en croyait pas ses oreilles. Pourtant, quelque chose lui disait qu'il avait bien entendu.

— Elle a traversé l'Arendie comme une véritable épidémie, poursuivit le bossu. Après son passage, il n'y avait plus un homme valide dans tout le royaume. Puis elle est descendue en Tolnedrie et elle a réussi à faire piquer une crise à son père. Je ne savais pas qu'il avait des convulsions.

— Ça arrive de temps en temps chez les Borune,

confirma Belgarath. Rien de grave, mais ils ne s'en vantent pas trop.

— Enfin, continua Beldin, la petite a profité du fait que son père se tordait par terre, la bave à la bouche, pour lui faucher ses légions. Elle a réussi à persuader la moitié du monde de prendre les armes pour la suivre. Tu es censé l'épouser, non ? reprit-il avec un regard interrogateur à Garion.

Celui-ci hocha la tête, incapable d'articuler une parole.

— Je comprendrais que tu caresses l'idée de prendre la poudre d'escampette, lâcha le nain avec un grand sourire.

— *Ce'Nedra ?* balbutia à nouveau Garion.

— On dirait qu'il a la cervelle un peu ramollie, non ?

— Il n'est pas au mieux de sa forme, en ce moment. Ça doit être le stress, commenta Belgarath. Tu retournes au Val ?

— Nous rejoindrons Polgara dès le début des hostilités, les jumeaux et moi, acquiesça Beldin. Elle aura peut-être besoin d'aide si les Grolims s'attaquent à elle.

— Les hostilités ? Quelles hostilités ? s'exclama Belgarath. Je leur avais dit de défiler en tapant sur des casseroles et en faisant beaucoup de poussière, mais je leur avais bien spécifié de ne tenter aucune action.

— Apparemment, ils ne t'ont pas écouté. Les Aloriens ne sont pas réputés pour leur modération en ce domaine. Je me suis laissé dire qu'ils s'étaient réunis et avaient décidé de passer aux actes. Le plus gros a l'air assez futé. Il a eu l'idée de faire porter une flotte dans la Mer du Levant afin de commettre quelques atrocités constructives sur la flotte malloréenne. Le reste tient plutôt de la diversion.

— On ne peut pas tourner le dos un seul instant ! tempêta Belgarath. Comment Polgara a-t-elle pu se prêter à cette folie ?

— Leur plan présente certains avantages, Belgarath. Plus ils noieront de Malloréens tout de suite, moins il nous en restera à combattre par la suite.

— Mais enfin, Beldin, il n'a jamais été question de

nous battre contre eux. Pour que les Angaraks s'unissent, il faudrait que Torak revienne ou qu'ils aient un ennemi commun. Nous venons de parler avec Drosta lek Thun, le roi des Nadraks, et il est tellement sûr que les Murgos et les Malloréens sont sur le point d'en découdre qu'il est prêt à s'allier avec le Ponant rien que pour rester à l'écart de la confrontation. Quand tu retourneras là-bas, regarde si tu ne peux pas calmer Rhodar et Anheg. J'ai déjà assez de problèmes.

— Tes problèmes ne font que commencer, Belgarath. Les jumeaux ont eu une apparition, il y a quelques jours.

— Une *quoi* ?

Beldin haussa les épaules.

— Je ne vois pas comment appeler ça autrement. Ils travaillaient sur un sujet sans rapport avec notre affaire quand ils sont entrés en transe et ont commencé à divaguer. Au début, ils ne faisaient que répéter le galimatias du Codex Mrin, tu sais, le passage où le Prophète mrin a craqué et s'est mis à pousser des cris d'animaux. Mais cette fois, ils ont fini par en tirer quelque chose de cohérent.

— Et qu'est-ce qu'ils ont dit ? le pressa Belgarath, les yeux brûlants de fièvre.

— Tu es sûr de vouloir le savoir ?

— Evidemment que je veux le savoir !

— Bon. Eh bien, ils ont dit ça : « Prends garde, car le cœur de la pierre fondra comme cire, la beauté qui fut détruite sera restaurée et l'œil qui n'est plus verra à nouveau. »

— C'est tout ? protesta Belgarath en regardant fixement Beldin.

— C'est tout.

— Et qu'est-ce que ça veut dire ? coupa Garion.

— Ce que ça dit, Belgarion, rétorqua Beldin. Pour une raison ou une autre, l'Orbe rendra à Torak son aspect primitif.

Garion se mit à trembler, ébranlé par la signification de ces paroles.

— Alors Torak va gagner, conclut-il, comme engourdi.

— Ça ne dit pas s'il va perdre ou gagner, Belgarion, rectifia Beldin. Ça dit que l'Orbe va défaire ce qu'elle a fait à Torak le jour où il a fendu le monde en deux, mais pourquoi, on n'en sait rien.

— C'est toujours le même problème avec cette fichue Prophétie, observa Belgarath. On peut lui faire dire une douzaine de choses différentes.

— Ou toutes à la fois, renchérit Beldin. C'est ce qui la rend si difficile à comprendre, par moments. Nous avons tendance à nous concentrer sur un problème, mais la Prophétie les englobe tous à la fois. Je vais travailler là-dessus. Si j'arrive à en tirer quelque chose, je te le ferai savoir. Allez, il faut que j'y retourne.

Il se pencha légèrement en avant et incurva les bras en un geste évoquant vaguement un battement d'ailes.

— Attention aux Morindiens, ajouta-t-il. Tu es un bon sorcier, mais la sorcellerie n'a rien à voir avec la magie. Il lui arrive d'échapper à tout contrôle.

— Je devrais réussir à m'en sortir sans toi, riposta Belgarath d'un ton acerbe.

— Espérons-le. Enfin, tu as peut-être une chance si tu parviens à rester à jeun.

Sa silhouette perdit sa netteté. Il reprit la forme d'un faucon, battit deux fois des ailes et sortit de la clairière en décrivant une spirale. Garion le suivit des yeux jusqu'à ce qu'il ne soit plus qu'un petit point qui montait dans le ciel.

— Drôle de visite, commenta Silk en s'extirpant de ses couvertures. On dirait qu'il s'en est passé, des choses, depuis notre départ.

— Et pas que des bonnes, nota aigrement Belgarath. Bon, ne traînons pas. Il va falloir que nous mettions les bouchées doubles. Si Anheg fait passer sa flotte dans la Mer du Levant et se met à envoyer les transports de troupes malloréens par le fond, 'Zakath pourrait bien passer par le nord et le Pont-de-Pierre. Si nous n'arrivons pas les premiers, le coin risque d'être surpeuplé d'ici peu. Je voudrais bien mettre la main sur votre oncle juste un instant. Je lui ferais fondre sa graisse, c'est moi qui vous le dis.

Ils sellèrent rapidement leurs chevaux et repartirent en longeant la forêt baignée de soleil vers le nord.

Malgré les piètres assurances des deux sorciers, Garion était désespéré. Ils perdraient ; Torak le tuerait.

— *Arrête de t'apitoyer sur ton sort,* finit par lui dire sa voix intérieure.

— *Pourquoi m'avez-vous fourré là-dedans ?*

— *Nous avons déjà eu cette conversation.*

— *Il va me tuer.*

— *Où as-tu été chercher ça ?*

— *C'est ce qu'a dit la Prophétie.* Garion s'arrêta net : une pensée venait de lui traverser l'esprit. *C'est vous-même qui l'avez dit. Parce que vous êtes la Prophétie, hein ?*

— *D'abord, c'est un terme impropre, ensuite, je n'ai parlé ni de défaite ni de victoire.*

— *Ce n'est pas ce que ça veut dire ?*

— *Non. Ça veut dire exactement ce que ça dit.*

— *Et qu'est-ce que ça pourrait vouloir dire d'autre ?*

— *Tu deviens un peu plus têtu tous les jours. Arrête un peu de t'interroger sur le sens des mots et fais ce que tu as à faire, un point c'est tout. Jusqu'ici, tu as presque réussi le sans faute.*

— *Je me demande bien pourquoi je continue à discuter ; vous n'arrêtez pas de parler par énigmes. A quoi bon perdre du temps à dire des choses que personne ne comprend ?*

— *Parce qu'il faut les dire. C'est le verbe qui détermine l'événement. Il définit ses limites, lui donne sa forme. Sans le verbe, les événements seraient le jouet du hasard. Tel est l'enjeu de ce que tu appelles « prophétie » : séparer le hasard du signifiant.*

— *Je n'y comprends rien.*

— *Je ne m'attendais pas à ce que tu comprennes, mais comme tu me le demandais… Allons, arrête de t'en faire. Tu n'as rien à voir dans tout ça.*

Garion aurait bien voulu protester, mais la voix s'en était allée. Enfin, la conversation n'avait pas été tout à fait inutile. Elle lui avait fait du bien, pas beaucoup, mais un peu quand même. Pour se changer les idées, il s'approcha de Belgarath tandis qu'ils rentraient dans la forêt.

— Qui sont au juste les Morindiens, Grand-Père ? demanda-t-il. Tout le monde en parle comme s'ils étaient effroyablement dangereux.

— Ils sont redoutables, acquiesça Belgarath. Mais on peut traverser leur pays à condition de faire attention.

— Ils sont du côté de Torak ?

— Les Morindiens ne sont du côté de personne. Ils ne vivent pas dans le même monde que nous.

— Je ne te suis pas.

— Les Morindiens sont comme les Ulgos avant qu'UL les accepte. Il y avait plusieurs groupes de Sans Dieux. Ils se sont dispersés et ont suivi des voies différentes. Les Ulgos sont partis vers l'ouest, les Morindiens au nord ; d'autres, qui ont aujourd'hui disparu, étaient allés au sud ou à l'est.

— Pourquoi ne sont-ils pas restés sur place ?

— Ils ne pouvaient pas. On ne résiste pas aux décisions des Dieux. Enfin, les Ulgos ont réussi à se trouver un Dieu, mais pas les Morindiens. La compulsion de demeurer à l'écart des autres peuples leur est restée. Ce sont des nomades. Ils vivent en bandes, dans une sorte de désert nu comme le dos de la main, au-delà des marches du nord.

— Pourquoi dis-tu qu'ils ne vivent pas dans le même monde que nous ?

— Ils vivent plus en rêve que dans la réalité. Pour eux, le monde est un endroit terrible, hanté par des démons, qu'ils vénèrent.

— De vrais démons ? releva Garion, un peu sceptique.

— Oui. Des démons tout ce qu'il y a de réel.

— D'où viennent-ils ?

— Ça, je n'en ai pas la moindre idée, convint Belgarath en haussant les sourcils. Mais ils existent, et ils sont l'incarnation du mal. Les Morindiens les contrôlent par magie.

— La magie ? Celle que nous faisons ?

— Un peu. Nous sommes des sorciers, puisque c'est

ainsi qu'on nous appelle. Nous faisons intervenir le Vouloir et le Verbe, mais ce n'est pas la seule façon de faire les choses.

— Là, je ne te suis plus.

— Ce n'est pas compliqué. Il y a différents moyens d'intervenir sur l'ordre normal des choses. Vordai est une sorcière. Elle fait appel à des esprits, généralement bénins, parfois malins, mais jamais vraiment maléfiques. Un magicien suscite des démons, des esprits du mal.

— Mais ce n'est pas dangereux ?

— Très dangereux, acquiesça Belgarath avec un hochement de tête. Le magicien contrôle le démon avec des sorts, des formules, des incantations, des symboles, des diagrammes mystiques et diverses choses de ce genre. Tant qu'il ne fait pas d'erreurs, le démon lui est entièrement soumis et doit lui obéir aveuglément. Mais le démon n'a pas envie de rester son esclave, alors il cherche constamment le moyen de rompre le sort.

— Et s'il y arrive ?

— La plupart du temps, il ne fait qu'une bouchée du magicien. Celui qui se déconcentre ou qui invoque un démon trop fort pour lui va au-devant de gros ennuis.

— Que voulait dire Beldin quand il disait que vous ne connaissiez pas grand-chose à la magie ? intervint Silk.

— Je ne m'y suis jamais sérieusement intéressé, répondit le vieux sorcier. La magie est dangereuse et pas très fiable. Et j'ai d'autres cordes à mon arc, après tout.

— Eh bien, ne vous en servez pas, suggéra Silk.

— Je n'en ai pas vraiment l'intention. La menace de la magie suffit d'ordinaire à tenir les Morindiens à distance. Les affrontements sont plutôt rares.

— Ça, je n'ai pas de mal à voir pourquoi.

— Quand nous serons sortis des marches du nord, nous nous déguiserons. Je connais les marques et les symboles qui amèneront les Morindiens à nous éviter.

— J'ai hâte de voir ça.

— Seulement, il faut encore que nous y arrivions, souligna le vieil homme. Allons, pressons un peu. Nous avons encore un bon bout de route à faire.

Il enfonça les talons dans les flancs de son cheval et partit au galop.

CHAPITRE VII

Pendant près d'une semaine, ils chevauchèrent en évitant les bourgades disséminées dans la forêt. Plus ils montaient vers le nord, plus les jours rallongeaient. Au pied des montagnes, la nuit disparut complètement : en fin de journée, le soleil se glissait brièvement derrière l'horizon, fondant le soir et le matin en quelques heures de crépuscule lumineux.

Les monts qui bordaient la forêt nadrake au nord constituaient une enfilade de pitons rocheux, perpendiculaire aux montagnes qui formaient l'épine dorsale du continent. Les arbres étaient plus petits. Bientôt, il n'y en aurait plus. Belgarath s'arrêta le long de la piste qui passait entre deux pics coiffés de neige et coupa une demi-douzaine de jeunes sapins.

Un vent mordant descendait des sommets, charriant l'odeur poussiéreuse de l'éternel hiver. Arrivé en haut d'un col à moitié obstrué par de grosses pierres, Garion regarda l'immense plaine qui les attendait de l'autre côté. Il n'y avait pas un arbre, que de hautes herbes ployées par la brise vagabonde en longues vagues ondulantes qui allaient mourir à l'horizon. Des rivières serpentaient paresseusement dans cette interminable houle d'herbe semée de mille lacs étincelants sous le soleil septentrional comme autant de turquoises et de saphirs.

— Ça va loin comme ça ? demanda doucement Garion.

— Jusqu'au cercle polaire, à plusieurs centaines de lieues d'ici, répondit Belgarath.

— Et personne n'habite dans cette région en dehors des Morindiens ?

— Qui aurait envie d'y vivre ? La moitié de l'année, tout disparaît dans les ténèbres et la neige. Le soleil ne se montre pas pendant six mois.

En descendant vers la plaine, ils trouvèrent une petite grotte au pied de la falaise granitique séparant les montagnes et les premières collines.

— Nous allons nous arrêter un moment, annonça Belgarath en retenant sa monture. Nous avons des préparatifs à faire et les chevaux sont fourbus. Ils ont besoin de se reposer.

Ils furent très occupés pendant les jours qui suivirent. Silk plaça des collets dans le dédale des pistes tracées par les lapins dans les hautes herbes. Garion chercha, au pied des collines, certaines plantes portant des grappes de fleurs blanches à l'odeur particulière et dont la racine présentait de curieuses protubérances. Belgarath resta assis à l'entrée de la grotte, à fabriquer diverses choses avec les sapins qu'il avait coupés, puis il entreprit de modifier radicalement leur aspect physique. Il commença par leur appliquer sur la peau une teinture brune extraite des racines verruqueuses que Garion avait ramassées.

— Les Morindiens ont la peau basanée, sensiblement plus foncée que les Tolnedrains ou les Nyissiens, leur expliqua-t-il en badigeonnant les bras et le dos de Silk. Cette teinture s'en ira au bout de quelques semaines, mais elle fera illusion le temps que nous traversions leur territoire.

Après leur avoir teint la peau, il écrasa les fleurs à l'odeur étrange et obtint une encre d'un noir de jais.

— Les cheveux de Silk ont la couleur voulue, dit-il, et les miens pourront passer, mais ceux de Garion sûrement pas.

Il dilua une partie de l'encre avec de l'eau et teignit en noir les cheveux blond cendré de Garion.

— Voilà qui est mieux, grommela-t-il quand il eut fini. Et il en reste assez pour les tatouages.

— Les tatouages ? releva Garion, stupéfait.

— Les Morindiens sont couverts de tatouages des pieds à la tête.

— Ça fait mal ?

— Mais non, Garion, je ne vais pas vraiment vous tatouer, fit Belgarath avec une expression navrée. Ça serait trop long, et puis je crois que ta tante m'arracherait les yeux si je te ramenais avec des cicatrices sur tout le corps. L'encre finira par partir, mais elle tiendra bien le temps que nous passions.

Silk cousait des peaux de lapin toutes fraîches, assis en tailleur devant la grotte. D'ailleurs, on aurait vraiment dit un tailleur.

— Elles ne risquent pas de commencer à sentir au bout de quelques jours ? insinua Garion en fronçant le nez.

— Il y a des chances, acquiesça Silk, mais je n'ai pas le temps de les tanner.

Plus tard, Belgarath leur dessina soigneusement des tatouages sur le visage en leur expliquant le rôle qu'ils allaient jouer.

— Toi, tu seras l'initié, annonça-t-il en traçant des lignes noires sous les yeux de Garion avec une plume de corbeau.

— Qu'est-ce que c'est ? demanda Garion.

— Un rituel morindien. Avant d'assumer une quelconque autorité dans leur tribu, les jeunes Morindiens d'un certain rang doivent entreprendre une quête initiatique. Tu porteras un serre-tête de fourrure blanche et la lance rouge que je t'ai fabriquée. C'est un objet de cérémonie, alors n'essaie pas d'embrocher quelqu'un avec. Ça ferait très mauvais effet.

— Tu fais bien de me le dire.

— Nous transformerons ton épée en relique ou quelque chose dans ce goût-là. Un bon magicien pourrait la voir malgré la suggestion de l'Orbe. Autre chose : le jeune initié n'a pas le droit de dire un mot, quoi qu'il arrive, alors boucle-la. Silk sera ton rêveur. Il portera un brassard de fourrure blanche au bras gauche. Les rêveurs parlent par énigmes, ils entrent en transe et se mettent à baragouiner des choses incompréhensibles. Ils sont aussi sujets à des crises d'hystérie, ajouta-t-il avec un coup d'œil à Silk. Vous pensez pouvoir vous en sortir ?

— Faites-moi confiance, répliqua Silk avec un grand sourire.

— Je ne risque pas, grommela Belgarath. Je serai le magicien de Garion. Je porterai un bâton orné d'un crâne muni de cornes. Ça devrait inciter la plupart des Morindiens à nous éviter.

— La plupart ? se récria Silk.

— On ne doit pas se mêler d'une quête ; ça ne se fait pas. Mais ça arrive de temps à autre. Allons, ça devrait aller, nota le vieillard en regardant les tatouages de Garion d'un œil critique.

Il se tourna vers Silk avec sa plume. Leurs préparatifs achevés, les trois hommes étaient méconnaissables. Des colliers d'os cliquetaient autour de leur cou. Ils portaient un pantalon et un gilet sans manches garnis de fourrure. Le vieux sorcier leur avait couvert les bras, les épaules et toutes les parties visibles du corps de dessins compliqués, de symboles non figuratifs soigneusement tracés à l'encre noire. Mais le vieillard s'était surpassé sur les visages : on aurait dit qu'ils portaient des masques démoniaques.

Cette tâche achevée, Belgarath descendit dans la vallée, en contrebas de la grotte, et explora mentalement les environs. Il ne mit pas longtemps à trouver ce qu'il cherchait. Un instant plus tard, il violait une tombe sous les yeux horrifiés de Garion, en extirpait sans façon un crâne humain ricanant et le tapotait soigneusement pour en faire sortir la terre.

— Il me faudrait des cornes de cerf, indiqua-t-il à Garion. Pas trop grandes, mais bien assorties si possible.

Il s'accroupit et commença à frotter le crâne avec du sable. Il n'avait pas l'air rassurant, avec ses fourrures et ses tatouages.

Les cerfs de la région perdaient leurs bois chaque hiver et Garion n'eut qu'à écarter les herbes pour trouver une douzaine de cornes blanchies par les intempéries. En regagnant la caverne, il trouva son grand-père occupé à percer deux trous au sommet du crâne. Le vieil homme examina d'un œil critique les trophées de Garion, en choisit une paire et les enfonça dans les trous. Le bruit de la corne crissant sur l'os agaça désagréablement les dents de Garion.

— Alors, qu'est-ce que tu en dis ? fit Belgarath en élevant le crâne cornu.

— Affreux, commenta Garion en réprimant un frisson.

— J'espère bien ! rétorqua le vieil homme.

Il attacha solidement le crâne au bout d'un long bâton, l'orna de plusieurs bouquets de plumes et se releva.

— Remballons tout ça et allons-y, déclara-t-il.

Le temps qu'ils descendent des collines et s'engagent dans la plaine où l'herbe arrivait au garrot de leurs chevaux, le soleil disparaissait derrière les pitons rocheux qu'ils venaient de franchir. Les peaux non tannées que Silk avait cousues sur leurs vêtements répandaient une odeur peu ragoûtante — sauf pour les mouches — et Garion faisait des efforts méritoires pour éviter de regarder le crâne monstrueusement modifié qui ornait le bâton de Belgarath.

— On nous observe, leur signala calmement Silk au bout d'une heure ou deux.

— Ça, j'en étais sûr, opina Belgarath. Ne vous arrêtez pas.

Ils rencontrèrent leurs premiers Morindiens juste après le lever du soleil. Ils s'étaient arrêtés au bord d'un cours d'eau pour faire boire leurs montures quand une douzaine de cavaliers vêtus de fourrure, au visage tatoué, approchèrent au petit trot sur la rive opposée. Ils regardèrent attentivement les marques d'identification dont Belgarath les avait ornés avec tant de soin. Après un bref conciliabule à voix basse, ils firent tourner leurs montures et s'éloignèrent. Quelques minutes plus tard, l'un d'eux revint au galop avec un petit paquet emballé dans une peau de renard, s'arrêta, le laissa tomber sur les graviers au bord de la rivière, et repartit sans se retourner.

— Qu'est-ce que c'est que ça ? s'enquit Garion.

— Un genre de cadeau, répondit Belgarath. Une offrande aux démons qui pourraient nous accompagner. Va le ramasser.

— Qu'est-ce qu'il y a dedans ?

— Un bout de ci, un soupçon de ça. A ta place, je me garderais bien de l'ouvrir. Et puis tu oublies que tu n'es pas censé parler.

— Il n'y a personne, rétorqua Garion.

— N'en sois pas si sûr. Ces herbes pourraient en cacher des centaines. Va chercher l'offrande et repartons. Ils sont bien gentils, mais ils le seront encore plus quand nous aurons quitté leur territoire avec nos démons.

Ils ne virent personne pendant quelques jours, mais la rencontre suivante fut moins plaisante. Ils se trouvaient dans une région vallonnée où des bovidés sauvages à longs poils et aux cornes incurvées paissaient entre d'énormes roches blanchâtres. Le ciel était couvert, et comme les nuages diffusaient la lumière, le bref crépuscule qui ponctuait la succession des jours était à peine perceptible. Ils descendaient en pente douce vers un grand lac pareil à une flaque d'étain sous le ciel nuageux, quand des guerriers tatoués surgirent des hautes herbes et les encerclèrent en brandissant de longues lances et de petits arcs apparemment faits d'ossements.

Garion tira brutalement sur ses rênes et regarda Belgarath d'un air interrogateur.

— Regarde-les droit dans les yeux, lui conseilla tout bas son grand-père, et rappelle-toi que tu n'as pas le droit de dire un mot.

— En voilà d'autres, annonça Silk d'une voix tendue en leur indiquant d'un mouvement de menton la crête d'une colline toute proche.

Une douzaine de Morindiens s'approchaient au pas, sur leurs poneys à la croupe ornée de peinture.

— Laissez-moi parler, suggéra Belgarath.

— Volontiers.

Le cavalier de tête — le plus costaud du groupe — arborait un tatouage noir souligné de rouge et de bleu, ce qui conférait à son visage un aspect d'autant plus hideux ; ça devait être une huile dans sa tribu. Il n'avait pas l'air aimable. Il brandissait un énorme gourdin de bois décoré de symboles étranges et incrusté de dents pointues empruntées à divers animaux, mais à voir la façon dont il le tenait, c'était sûrement plus un emblème de sa fonction qu'une arme. Il montait à cru en guidant son poney avec une simple bride. Il s'arrêta à une centaine de pas de Belgarath.

— Que venez-vous faire sur les terres de la tribu des Belettes ? demanda-t-il de but en blanc, d'une voix curieusement accentuée.

Belgarath se redressa de toute sa hauteur.

— Le Chef de la tribu des Belettes a sûrement déjà vu la marque de la quête, s'indigna-t-il. Nous n'avons que faire des terres des Belettes. Le Démon Majeur de la tribu des Loups nous a imposé une quête et nous obéissons à ses injonctions.

— C'est la première fois que j'entends parler de la tribu des Loups, riposta le Chef. Où sont ses terres ?

— A l'ouest. Par deux fois nous avons vu naître et mourir la Lune depuis que nous avons entrepris le voyage qui nous a amenés ici.

Cette déclaration parut faire une grosse impression sur le Chef, mais un Morindien aux longues tresses blanches et dont le menton arborait trois poils crasseux s'approcha de lui. Il tenait un bâton terminé par le crâne d'un gros oiseau dont le bec béant avait été garni de dents pour lui donner un aspect plus inquiétant.

— Comment s'appelle le Démon Majeur de la tribu des Loups ? insinua-t-il. Je le connais peut-être.

— C'est peu probable, ô Magicien de la tribu des Belettes, esquiva Belgarath. Il s'éloigne rarement de son peuple. En aucun cas je ne puis prononcer son nom, car il a interdit à quiconque, hormis les rêveurs, de l'articuler.

— Pouvez-vous nous décrire son aspect et ses attributs ? reprit le magicien aux tresses blanches.

Silk émit une sorte de gargouillis, se raidit sur sa selle, roula des yeux blancs, leva les bras en l'air et les agita frénétiquement. L'effet était grandiose.

— Prenez garde au Démon Agrinja qui marche derrière nous sans qu'on Le voie, entonna-t-il d'un ton prophétique. Je L'ai vu dans mes rêves. J'ai vu Ses trois yeux et les cent crocs de Sa bouche. L'œil du mortel ne peut Le contempler, mais Ses mains à sept griffes se tendent en ce moment précis pour déchiqueter les ennemis de celui qu'Il a choisi pour mener Sa quête, le Porteur de Lance de la tribu des Loups. Je L'ai vu se nourrir dans mes cauchemars. Le Dévoreur approche et Il a faim de chair humaine. Fuyez Son insatiable appétit ! hurla-t-il d'une voix caverneuse.

Puis il fut agité de spasmes, ses bras retombèrent et il s'affaissa sur sa selle comme une poupée de chiffon.

— Je vois que ce n'est pas la première fois que vous venez dans le coin, grommela tout bas Belgarath. N'en rajoutez pas trop tout de même. Rappelez-vous que je serai peut-être obligé de donner vie à ce que vous avez vu en rêve.

Silk lui dédia un clin d'œil appuyé. Sa description du Démon avait beaucoup impressionné les Morindiens. Les cavaliers se mirent à regarder autour d'eux d'un air pas rassuré et ceux qui étaient à pied se rapprochèrent machinalement les uns des autres en crispant la main sur leurs armes.

Mais un troisième larron au bras gauche entouré d'un brassard de fourrure blanche se fraya un chemin entre les guerriers apeurés. Il avait un pilon de bois à la jambe gauche et marchait d'une démarche grotesque. Il braqua sur Silk un regard de haine franche et massive puis il écarta largement les bras et sembla pris d'un tremblement spasmodique. Son dos s'arqua, il tomba à la renverse dans l'herbe et se mit à faire des bonds de carpe comme en proie à une crise d'épilepsie, puis il se figea et se mit à parler.

— Le Démon Majeur de la tribu des Belettes, Horja le Redoutable, m'a parlé. Il me demande pourquoi le Démon Agrinja a envoyé son Porteur de Lance sur le territoire des Belettes. Nul ne peut soutenir la vue du Démon Horja car il est trop effrayant. Il a *quatre* yeux, cent *dix* dents et *huit* griffes à chacune de ses six mains. Il se repaît du ventre des hommes et il est affamé.

— Plagiaire, va, renifla dédaigneusement Silk sans relever la tête. Il aurait pu essayer d'innover un peu, non ?

Le magicien de la tribu des Belettes jeta un regard noir au rêveur vautré dans l'herbe et revint à Belgarath.

— Le Démon Majeur Horja défie le Démon Majeur Agrinja, annonça-t-il. Il le prie de s'en aller ou il déchirera le ventre du Porteur de Lance d'Agrinja.

— Nous y voilà, fit Belgarath en étouffant un juron. Je vais être obligé de l'affronter. Couettes-blanches ici présent tente manifestement de se faire un nom dans la magie. Il doit lancer des défis à tous les confrères qui croisent son chemin.

— Vous pourrez vous en tirer ?

— On va bien voir, rétorqua Belgarath en se laissant glisser à terre. Je vous engage à vous écarter, tonna-t-il, ou je déchaîne sur vous la colère de notre Démon Majeur.

Du bout de son bâton, il traça une étoile dans la poussière de la piste, l'entoura d'un cercle et entra dedans comme s'il montait au gibet.

Couettes-blanches, le magicien du clan de la Belette, eut un ricanement qui découvrit ses dents, mit pied à terre à son tour, dessina rapidement un symbole identique et se plaça sous sa protection.

— Et voilà, marmonna Silk à l'intention de Garion. Les pentacles sont tracés ; ils ne peuvent plus reculer, maintenant.

Belgarath et le magicien aux tresses blanches se mirent à psalmodier des incantations dans une langue que Garion n'avait jamais entendue, tout en brandissant l'un vers l'autre leur bâton surmonté par un crâne. Comprenant tout à coup qu'il était au milieu d'un combat imminent, le rêveur de la tribu des Belettes sortit miraculeusement de sa transe, se releva en hâte et prit la tangente en vitesse, l'air affolé.

Le Chef éloigna doucement son poney de la zone dangereuse en s'efforçant de conserver le maximum de dignité.

Tout à coup, l'air s'irisa au dessus d'un énorme bloc de

pierre blanche situé à une vingtaine de toises à gauche des deux magiciens. Cela évoquait les vagues de chaleur montant d'un toit de tuiles par une chaude journée. Le mouvement attira le regard de Garion. Sous ses yeux exorbités, le chatoiement se précisa et le vide parut s'emplir de lambeaux d'arc-en-ciel brisé dont les couleurs vacillaient, miroitaient, ondulaient un peu comme des vagues ou les flammes multicolores d'un feu invisible. Garion observait le phénomène avec fascination quand une autre apparition identique se manifesta au-dessus des hautes herbes, sur la droite, et s'emplit à son tour de reflets colorés. Stupéfait, Garion vit – ou crut voir – une forme émerger dans la première, puis la seconde. C'étaient au départ des silhouettes informes, impalpables, frémissantes, qui semblaient tirer leur substance de leur environnement chatoyant. Puis ce fut comme si ces masses, ayant atteint le volume voulu, se concrétisaient soudain dans un éclair, et deux créatures prodigieuses, grandes comme des maisons, aux épaules immenses, à la peau multicolore frémissant de vagues de couleur, s'affrontèrent en grondant, les babines retroussées sur leurs crocs immondes, ruisselants de bave.

Le monstre planté dans l'herbe était doté de trois yeux à l'éclat malsain, et les mains à sept doigts qui terminaient ses grands bras étaient crispées dans un geste d'avidité hideuse à voir. Il ouvrit tout grand sa gueule dans un effroyable rugissement de faim et de fureur mêlées, dévoilant des rangées de dents concentriques pareilles à des aiguilles.

L'autre était accroupi sur le rocher. On aurait dit un arbre vivant : son tronc supportait des épaules massives, couronnées par de longs bras écailleux grouillants comme des serpents, munis de pattes aux doigts innombrables, largement écartés. Deux paires d'yeux superposées luisaient d'une lueur démentielle sous ses épaisses arcades sourcilières, et sa gueule, comme celle de l'autre monstre, était hérissée d'une forêt de crocs. Il leva son terrible faciès et se mit à hurler, une écume malsaine dégoulinant de ses bajoues.

Les deux abominations se lorgnaient avec une haine

insensée, tout en donnant l'impression de se livrer intérieurement un combat confus. D'énormes masses mouvantes grouillaient sous la peau de leur torse et de leurs flancs. Garion avait le sentiment particulier que ces apparitions dissimulaient une autre réalité, tout à fait différente et pas forcément plus réjouissante. Les deux Démons avancèrent l'un vers l'autre en rugissant, leur faciès grotesque bougeant en tous sens. Chacun commença par gratifier son adversaire puis l'autre magicien d'un concert de grondements, mais malgré leur apparente avidité d'en découdre, on aurait dit qu'une force étrangère les poussait au combat. Les Démons semblaient habités par une terrible répugnance. Cette répulsion, se dit Garion, provenait de quelque chose qui se trouvait profondément enfoui en chacun d'eux. C'était l'esclavage, l'obligation d'obéir à autrui qui les mettait à la torture. Ils luttaient avec l'énergie du désespoir contre les chaînes de paroles magiques que dévidaient Belgarath et le Morindien aux tresses blanches pour les ployer à leur volonté, et des gémissements d'une douleur surhumaine étaient mêlés à leurs rugissements.

Belgarath était en nage. Des gouttes de sueur ruisselaient sur sa peau brunie. Il débitait interminablement les incantations grâce auxquelles le Démon Agrinja restait lié à la forme qu'il avait créée pour l'incarner. La moindre erreur, le moindre écart par rapport à l'image qu'il avait mentalement formée et la monstruosité qu'il avait conjurée échapperait à son pouvoir et se retournerait contre lui.

Agrinja et Horja se rapprochèrent l'un de l'autre en se contorsionnant comme si quelque chose luttait en eux pour se libérer. Ils s'empoignèrent, s'agrippèrent, s'arrachèrent des masses de chair écailleuse avec leurs terribles mâchoires. La terre tremblait sous l'impact des coups qu'ils échangeaient.

Garion était trop sidéré pour avoir peur. En observant ce sauvage combat, il remarqua une différence entre les deux créatures : des blessures d'Agrinja suintait un étrange liquide rouge sombre, presque noir, alors que Horja ne saignait pas. Les lambeaux arrachés à ses bras et ses épaules étaient secs comme des bouts de bois. Le magicien aux tresses blanches vit aussi cette différence et ses yeux s'emplirent de crainte. Il continua à lancer des incantations au Démon afin de le maintenir sous son contrôle, mais d'une voix de plus en plus stridente et angoissée. Les masses tourmentées qui grouillaient sous la peau de Horja semblaient augmenter de volume. L'énorme Démon se libéra de l'étreinte d'Agrinja. Sa poitrine palpitait comme un soufflet de forge et ses yeux brûlaient d'un espoir insensé.

Couettes-blanches continua à débiter ses incantations en hurlant mais en hésitant sur les mots, en les écorchant, puis il buta sur une formule imprononçable. Il tenta désespérément de l'articuler à nouveau et s'emmêla la langue pour la seconde fois.

Horja se redressa et bomba le torse avec un hurlement de triomphe. Il y eut comme une explosion. Des lambeaux de chair innommable et des fragments de peau écailleuse volèrent dans tous les sens. Le Démon se libéra en frémissant de l'illusion qui l'enchaînait. Il avait deux énormes bras, un visage presque humain surmonté par une paire de cornes pointues, incurvées, et des sabots à la place des pieds. Sa peau grisâtre exsudait des liquides sanieux. Il se retourna lentement et braqua ses yeux de braise sur le magicien bredouillant.

— Horja ! glapit le Morindien aux tresses blanches. Horja ! Je suis ton maître ! Je t'ordonne de...

Mais la voix lui manqua et il regarda avec horreur le Démon qui venait d'échapper à son contrôle s'avancer vers lui, ses énormes sabots écrasant l'herbe à chaque pas.

Couettes-blanches recula machinalement, les yeux agrandis par la panique, et commit l'erreur fatale de quitter la protection du pentacle tracé sur le sol.

Alors Horja eut un sourire terrible qui leur glaça le sang dans les veines. Il se pencha et prit le magicien par les chevilles, indifférent aux coups de bâton qui lui pleuvaient sur la tête et les épaules. Le Démon se releva en tenant par les pieds, la tête en bas, le magicien qui hurlait et se débattait, enfla ses énormes épaules et, en souriant hideusement, le déchira en deux avec une lenteur calculée.

Les Morindiens prirent la fuite.

L'immense démon leur jeta avec mépris les morceaux de son ancien maître, jonchant le sol de sang et de choses pires encore. Puis il se lança à leur poursuite avec un cri sauvage.

Agrinja avait assisté avec une indifférence apparente au supplice du sorcier aux tresses blanches. Quand ce fut fini, il se tourna vers Belgarath et laissa tomber sur lui ses trois yeux brûlants de haine.

Le vieux sorcier ruisselant de sueur leva son bâton orné d'un crâne et se concentra. Le combat intérieur s'intensifia sur le corps du Démon toujours à demi accroupi, mais graduellement, la volonté de Belgarath s'imposa à lui et sa forme se figea. Agrinja poussa un hurlement de frustration et griffa l'air de ses serres jusqu'à ce que toute espèce de grouillement ou de déformation ait cessé. Puis les terribles pattes retombèrent et le monstre inclina la tête en signe d'abandon.

— Va-t'en ! ordonna Belgarath d'un ton presque négligent.

Agrinja disparut presque instantanément.

Garion se mit alors à trembler de tout son corps. Son estomac se révulsa. Il fit demi-tour, s'éloigna en chancelant, se laissa tomber à genoux et vomit tripes et boyaux.

— Que s'est-il passé ? demanda Silk d'une voix tremblante.

— Il lui a échappé, répondit calmement Belgarath. Je pense que c'est à cause du sang. Quand il a vu qu'Agrinja saignait et pas Horja, il a compris qu'il avait oublié quelque chose. Ça a ébranlé sa confiance, et il a relâché sa concentration. Arrête un peu ça, Garion, s'il te plaît !

— Je ne peux pas, hoqueta Garion en lâchant une nouvelle fusée.

— Combien de temps Horja va-t-il les poursuivre ? s'enquit Silk.

— Probablement jusqu'au coucher du soleil. La tribu des Belettes va passer un fichu après-midi.

— Il ne risque pas de se retourner contre nous ?

— Pourquoi ferait-il ça ? Nous n'avons pas tenté de le réduire en esclavage. Dès que Garion et son estomac auront fait la paix, nous pourrons repartir. Personne ne nous ennuiera plus.

Garion se releva en chancelant et s'essuya mollement la bouche.

— Ça va ? fit Belgarath.

— Pas fort, répondit Garion. Mais je n'ai plus rien à rendre.

— Va te passer le visage à l'eau et tâche de penser à autre chose.

— Vous pensez recommencer ? s'inquiéta Silk, un peu hagard.

— Il y a peu de chances, dit Belgarath avec un mouvement de menton vers un groupe de cavaliers perché sur une colline à une demi-lieue de là. Les habitants du coin n'en ont pas perdu une miette. Ils vont transmettre la bonne parole, et personne n'osera plus s'approcher de nous. Allons-y. La côte n'est pas tout près.

Les jours suivants, tout en chevauchant, Garion s'informa par bribes de ce qui s'était passé au juste pendant le terrible combat auquel il avait assisté.

— La clé du problème est dans la *forme*, conclut Belgarath. Ceux que les Morindiens appellent les Démons Majeurs ressemblent beaucoup aux hommes. On forme une illusion tirée de son imagination et on force un Démon à l'incarner. Tant qu'on peut l'obliger à rester sous cette forme, il doit obéir. Si l'illusion se dissipe, le Démon se libère, reprend sa forme primitive, et on n'a plus aucun contrôle sur lui. A force de me changer en loup et de reprendre forme humaine, j'ai un certain avantage en la matière : ça a un peu affûté mon imagination.

— Pourquoi Beldin vous a-t-il dit que vous étiez un mauvais magicien, alors ? intervint Silk.

— Beldin est un puriste, décréta le vieil homme avec un haussement d'épaules. Avec lui, il faudrait tout détailler, jusqu'à la dernière écaille et à l'ongle du petit orteil, ce qui n'est pas indispensable. Enfin, c'est son point de vue.

— Et si on parlait d'autre chose ? suggéra Garion.

Ils atteignirent enfin la côte et s'engagèrent sur la plage, une immense étendue de galets noirs jonchée de morceaux de bois décolorés par le sel et les intempéries. La Mer du Levant avait l'air mauvaise, houleuse, sous le ciel bouché, d'un gris sale. Des vagues écumantes roulaient sur le sable noir comme de l'ardoise et se retiraient avec un soupir lugubre. Des oiseaux de mer poussaient des cris dans la brise.

— Et maintenant ? questionna Silk.

— Au nord, répondit Belgarath après un coup d'œil sur les alentours.

— Nous sommes encore loin ?

— Je n'en sais trop rien. Il y a longtemps que je ne suis pas venu et j'ignore où nous sommes au juste.

— Eh bien, cher ami, vous faites un fameux guide !

— On ne peut pas être génial tout le temps.

Deux jours plus tard, Garion regardait le Pont-de-Pierre avec consternation. Ce n'était pas du tout ce qu'il avait imaginé : c'était une succession d'énormes roches blanches, arrondies par les vagues, semées sur les eaux d'obsidienne comme les perles d'un collier. Une masse sombre barrait l'horizon dans le prolongement de cette ligne irrégulière. Les vagues s'écrasaient sur les récifs, abandonnant derrière elles des lambeaux d'écume qui se drapaient entre les rochers. Le vent du nord soufflait sur l'océan, apportant avec lui le froid mordant et l'odeur des glaces polaires.

— Comment sommes-nous censés passer *ça* ? s'informa Silk.

— A marée basse, répondit sobrement Belgarath. Les récifs seront presque sortis de l'eau, à ce moment-là.

— *Presque ?*

— Nous aurons peut-être les pieds un peu mouillés. Si nous nous débarrassions de ces fourrures, en attendant ? Je trouve qu'elles commencent à sentir drôle, et ça nous occupera.

Ils s'abritèrent derrière un amas de bois flotté, en haut

de la plage, et détachèrent les lambeaux de peau raidie, puante, cousus sur leurs vêtements. Puis ils sortirent la nourriture de leurs sacs et mangèrent. Garion constata que la couleur de ses mains s'était éclaircie et que les dessins tatoués sur le visage de ses compagnons avaient perdu de leur netteté.

La lumière commença à décliner. Le crépuscule semblait plus long que la semaine précédente.

— C'est déjà la fin de l'été, sous ces latitudes, nota Belgarath.

Ils regardaient les blocs de pierre émerger lentement de la mer dans la grisaille du crépuscule.

— Combien de temps pensez-vous que nous devions encore attendre avant la marée basse ? demanda Silk.

— D'ici une heure, ça devrait être bon.

Ils prirent leur mal en patience. Le vent capricieux poussait les bouts de bois flotté sur le sable noir et courbait les hautes herbes, en haut de la plage.

Belgarath se leva enfin.

— Allons-y, dit-il brièvement. Nous allons mener les chevaux par la bride. Regardez bien où vous mettez les pieds ; les récifs sont très glissants.

Le gué entre les énormes blocs fantomatiques n'était pas trop difficile au départ, mais bientôt il leur fallut compter avec le vent. Ils étaient criblés de coups d'épingle par les embruns, et d'énormes vagues se brisaient parfois sur les récifs, s'enroulaient autour de leurs jambes et ils devaient résister pour ne pas se laisser attirer vers les profondeurs, dans l'eau d'un froid mortel.

— Vous pensez que nous arriverons à traverser avant la marée montante ? hurla Silk pour couvrir le bruit des vagues et du vent.

— Impossible, répondit Belgarath sur le même ton. Nous allons être obligés d'attendre sur l'un des plus gros récifs.

— Charmant !

— C'est toujours mieux que de faire la traversée à la nage.

Ils étaient peut-être à mi-chemin quand Garion sentit la marée remonter. Des vagues de plus en plus hautes se brisaient sur les récifs, et un paquet de mer fit déraper son cheval. Garion lutta contre les éléments pour aider l'animal effrayé à reprendre son équilibre, tirant sur les rênes tandis que la bête raclait de ses sabots la roche glissante.

— Nous ferions mieux de nous arrêter quelque part ! cria-t-il. Grand-Père ! Nous allons avoir de l'eau jusqu'au cou d'ici peu.

— Encore deux îlots, insista Belgarath. Il y en a un énorme droit devant.

Les derniers récifs étaient déjà complètement immergés, et Garion eut un mouvement de recul en entrant dans l'eau glacée. Les vagues qui s'écrasaient sur les brisants faisaient tellement d'écume qu'ils ne pouvaient rien voir sous l'eau. Garion avançait à l'aveuglette, en tâtonnant avec ses pieds gourds pour trouver son chemin. Une énorme vague s'enfla, lui monta jusque sous les bras et le souleva, lui faisant perdre pied. Il se cramponna à la bride de son cheval et s'efforça en hoquetant et en crachotant de retrouver une prise.

Et puis le pire fut derrière eux. Ils reprirent pied sur les récifs. L'eau ne leur arrivait plus qu'aux chevilles. Un instant plus tard, ils s'installaient sur un gros bloc de pierre blanche. Garion poussa un énorme soupir de soulagement. Il était transi par la bourrasque qui soufflait sur ses vêtements trempés, mais au moins ils n'étaient plus dans l'eau.

Plus tard, alors qu'ils étaient blottis à l'abri du vent sur le côté du rocher, Garion jeta un coup d'œil par-delà les eaux noires, sinistres, vers la côte inhospitalière qui les attendait. Les plages, comme celles du territoire des Morindiens qu'ils laissaient derrière eux, étaient de gravier noir. Les nuages gris filaient au-dessus des collines ténébreuses. Rien ne bougeait, mais le seul aspect du continent avait quelque chose de menaçant.

— C'est ça ? demanda-t-il enfin d'une voix assourdie.

Belgarath contemplait la côte, le visage impénétrable.

— Oui, répondit-il. C'est la Mallorée.

Deuxième Partie

MISHRAK AC THULL

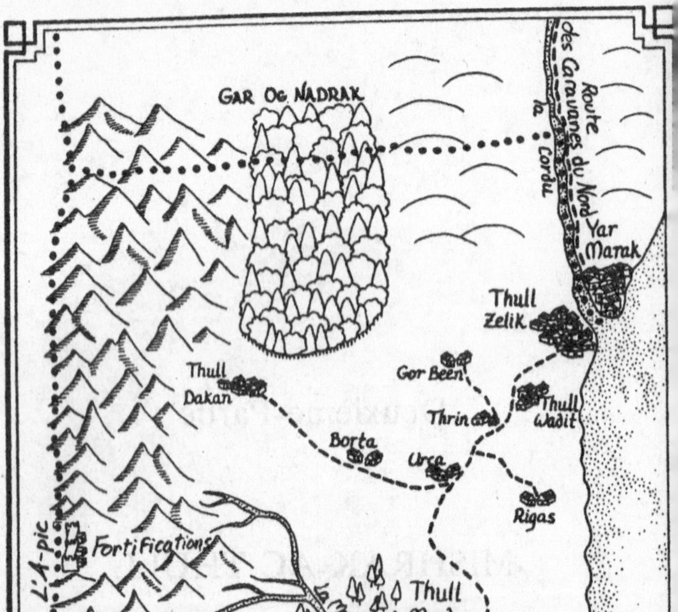

GAR OG NADRAK
Route des Caravanes du Nord
la Cordu
Yar Marak
Thull Zelik
Gor Been
Thull Dakan
Thrin
Thull Wadit
Borta
Urga
Rigas
Fortifications
L'A-pic
Thull Mardu
La Mardu
La Mardu
Dunich
Stalloe
MISHRAK AC THULL
MER DU LEVANT
la Taur
Route des Caravanes du Sud
Rak Goska
CTHOL MURGOS
SHELLY SHAPIRO '89

CHAPITRE VIII

La première erreur d'Islena avait été la couronne : elle était trop lourde et lui donnait affreusement mal à la tête. Elle l'avait mise pour se donner de l'assurance. Les guerriers barbus d'Anheg l'intimidaient et elle avait cruellement besoin de se raccrocher à ce symbole d'autorité. Depuis, elle n'osait plus se montrer sans. Elle la ceignait chaque jour avec un peu moins de plaisir, et c'est avec un sentiment croissant d'insécurité qu'elle entrait dans la salle du trône.

La triste vérité est que la reine Islena de Cherek n'était pas du tout préparée à régner. Avant le jour où, vêtue de la pourpre royale et la couronne fermement campée sur la tête, elle avait fait son entrée sous les voûtes de la grande salle pour annoncer aux habitants du Val d'Alorie qu'elle conduirait le char de l'Etat en l'absence de son mari, les plus graves résolutions d'Islena avaient consisté à choisir ses robes et ses coiffures. Il lui semblait à présent que le sort de Cherek était suspendu à chacune de ses décisions.

Et les guerriers qui se baguenaudaient indolemment, une chope de bière à la main, ou se prélassaient dans la paille jonchant le sol autour de l'immense fosse à feu, ne faisaient rien pour l'aider. Chaque fois qu'elle entrait dans la salle du trône, les conversations s'arrêtaient. Les hommes se levaient poliment et la regardaient avancer jusqu'au trône entouré de bannières, mais elle ne parvenait pas à déchiffrer leurs sentiments. Elle en avait conclu que le problème venait de leur barbe : comment pouvait-on savoir ce que pensait un homme dont le visage disparaissait dans les poils jusqu'aux oreilles ? Seule la prompte intervention de dame Merel, la blonde et froide épouse du comte de Trellheim, l'avait dissuadée d'ordonner une séance de rasage collective.

— Allons, Islena, vous ne pouvez pas faire ça, avait décrété Merel en lui retirant la plume de la main au moment où elle s'apprêtait à signer le décret rédigé en hâte. Ils tiennent à leurs poils comme de petits enfants à leur hochet. Vous ne pouvez pas leur demander de se raser.

— Je suis leur reine !

— Vous ne l'êtes que tant qu'ils vous le permettent. Ils vous acceptent par respect pour Anheg, un point c'est tout. Si vous les attaquez dans leur amour-propre, vous ne resterez pas longtemps sur le trône.

Cette terrible menace avait mis fin au projet.

Islena finit par se reposer de plus en plus sur l'épouse de Barak, et les deux femmes, l'une en vert et l'autre vêtue d'écarlate, furent bientôt inséparables. Quand la reine faisait une gaffe, le regard glacial de Merel coupait court aux remarques irrespectueuses qui auraient pu fuser, surtout si la bière avait coulé un peu trop libéralement. C'est Merel qui finissait par prendre les décisions concernant la gestion quotidienne du royaume. Merel n'était jamais loin quand l'incertaine Islena siégeait sur le trône. Cherek était gouvernée par l'expression de son visage couronné de tresses blondes. Un léger sourire pour oui, un froncement de sourcils pour non, un imperceptible haussement d'épaules pour peut-être. L'un dans l'autre, ça ne marchait pas trop mal.

La seule personne que le regard froid de Merel n'impressionnait pas était Grodeg, le grand prêtre de Belar, un immense gaillard à la barbe blanche qui exigeait toujours de s'entretenir avec la reine en audience privée. Or sitôt que Merel quittait la salle du conseil, Islena était perdue.

Anheg avait eu beau décréter la mobilisation générale, les membres du culte de l'Ours n'avaient pas encore grossi les rangs de l'armée. Leurs promesses de se joindre plus tard à la flotte semblaient sincères, mais plus le temps passait et plus leurs tergiversations étaient voyantes. C'est Grodeg qui tirait les ficelles, Islena le savait pertinemment. Presque tous les hommes valides du royaume étaient partis avec la flotte qui remontait le cours de l'Aldur pour rejoindre Anheg en Algarie centrale. Le palais du Val d'Alorie n'était plus gardé que par des vieillards grisonnants et des enfants aux joues duveteuses. Cela laissait le champ libre aux adorateurs de l'Ours, et Grodeg avait parfois tendance à passer les bornes.

Oh, pour être poli, il était poli ! Il ne perdait jamais une occasion de s'incliner devant la reine et ne se permettait aucune allusion à ses liens passés avec le culte, mais il multipliait les intrusions et ses offres de service devenaient pressantes. Quand Islena hésitait devant ses suggestions, il en profitait pour les mettre en œuvre en douceur comme s'il avait eu son accord. Islena perdait peu à peu le contrôle de la situation. Grodeg allait finir par prendre en main les affaires de l'Etat, en s'appuyant sur ses forces armées. Un nombre croissant d'adeptes du culte envahissaient le palais, donnaient des ordres, se prélassaient dans la salle du trône et souriaient ouvertement des efforts d'autorité de la reine.

— Islena, il faut que vous fassiez quelque chose, décréta fermement Merel un soir que les deux femmes étaient seules dans les appartements privés de la souveraine.

Elle arpentait la pièce couverte de tapis, ses cheveux d'or brillant doucement à la lueur des chandelles, mais son expression était rien moins qu'amène.

— Que puis-je faire ? implora Islena en se tordant les mains. Il ne me manque jamais ouvertement de respect et ses suggestions semblent toujours aller dans le sens de l'intérêt de Cherek.

— Islena, vous avez besoin d'aide, constata Merel.

— Mais vers qui pourrais-je me tourner ? se lamenta la reine, au bord des larmes.

— Je crois, reprit dame Merel en lissant le devant de sa robe de velours vert, que le moment est venu d'écrire à Porenn.

— Pour lui dire quoi ? gémit Islena.

— Asseyez-vous et écrivez, lui ordonna Merel en tendant le doigt vers une petite table placée dans un coin de la pièce et sur laquelle se trouvaient un parchemin et de l'encre.

Le comte Brador commençait vraiment à la canuler, décréta la reine Layla en avançant d'un pas décidé, la couronne en bataille et les talons claquant sur les planchers de chêne ciré, vers la pièce où elle recevait ses visiteurs.

La petite reine rebondie ignora les courtisans qui s'inclinaient sur son passage : elle n'avait vraiment pas le cœur à parler de la pluie et du beau temps. L'ambassadeur de Tolnedrie l'attendait avec un portefeuille plein de documents et il fallait qu'elle s'en occupe. Elle n'avait que trop tardé.

L'ambassadeur était un homme au teint olivâtre, au crâne dégarni et au nez busqué. Son manteau brun bordé d'or rappelait ses liens avec la maison des Borune. Il était affalé dans un grand fauteuil capitonné, près d'une fenêtre. Il se leva à l'entrée de la reine et s'inclina avec une grâce exquise.

— Votre Altesse, murmura-t-il courtoisement.

— Cher, cher comte Brador ! s'exclama la reine Layla avec un sourire désarmant. Asseyez-vous, je vous en prie. Nous nous connaissons assez pour nous dispenser de ce protocole assommant. Il commence à faire drôlement chaud, vous ne trouvez pas ? ajouta-t-elle d'un petit ton évaporé en se laissant tomber dans un fauteuil et en s'éventant d'une main.

— L'été est une saison magnifique en Sendarie, Majesté, répondit le comte en s'asseyant. Je me demandais si... si vous aviez eu le temps de réfléchir aux propositions que je vous ai soumises lors de nos derniers entretiens ?

La reine Layla le regarda d'un air ahuri.

— Quelles propositions, comte Brador ? Ne m'en veuillez pas, reprit-elle avec un petit gloussement désarmant, mais je n'ai pas ma tête à moi, ces jours-ci. Il y a tant de choses auxquelles il faut que je pense... Je me demande comment faisait mon mari pour ne rien oublier.

— Il s'agissait de l'administration du port de Camaar, Majesté, lui rappela gentiment le comte.

— Vraiment ?

La reine braqua sur lui un regard d'incompréhension totale, en se réjouissant secrètement de l'expression ennuyée qui effleura fugitivement le visage de son interlocuteur. C'était sa meilleure arme. Elle feignait d'avoir oublié leurs conversations antérieures et l'obligeait à tout reprendre de zéro à chaque rencontre. Elle savait pertinemment où l'emmenait l'ambassadeur, et sa prétendue étourderie contrariait ses projets.

— Qu'est-ce qui a pu nous amener à évoquer un sujet aussi fastidieux ? s'étonna-t-elle.

— Votre Grandeur n'a pu oublier ce scandale, riposta le comte avec un soupçon d'agacement. Un vaisseau de commerce tolnedrain, l'*Etoile de Tol Horb*, est resté à l'ancre pendant près de dix jours avant de trouver à s'amarrer. Chaque jour de retard dans son déchargement a coûté une fortune.

— C'est vraiment la panique, soupira la petite reine de Sendarie. Ça vient du manque de main-d'œuvre, vous comprenez. Tous ceux qui ne sont pas partis à la guerre s'occupent du ravitaillement de l'armée. Tout de même, j'ai bien envie d'envoyer aux autorités du port une note très sévère sur cette affaire. Il y avait autre chose, comte Brador ?

— Euh... commença Brador avec une petite toux gênée. Votre Majesté a déjà envoyé une note.

— Vraiment ? s'exclama Layla, feignant l'étonnement. C'est merveilleux, non ? Alors, tout est réglé, et vous êtes venu me remercier. Vous êtes vraiment trop gentil !

Elle se pencha impulsivement pour poser une main sur le poignet de l'ambassadeur, faisant délibérément tomber le parchemin roulé qu'il tenait à la main.

— Comme je suis maladroite ! fit-elle d'un ton d'excuse.

Elle ramassa le parchemin en un tour de main et s'appuya à son dossier en se tapotant distraitement la joue avec.

— Eh bien... à vrai dire, Majesté, nous avions un peu avancé dans nos discussions, reprit Brador en observant nerveusement le parchemin qu'elle lui avait si habilement subtilisé. J'ai suggéré, vous vous en souvenez peut-être, que la Tolnedrie prête main forte à l'administration du port. Nous étions tombés d'accord, je crois, sur cette démarche humanitaire propre à pallier le manque de main-d'œuvre dont se plaignait à l'instant Votre Majesté.

— Quelle idée merveilleuse ! s'exclama Layla en assenant un bon coup de son petit poing rebondi sur le bras de son fauteuil, comme pour marquer son enthousiasme.

A ce signal, deux de ses plus jeunes enfants firent irruption dans la pièce en se disputant.

— Maaaman ! pleurnicha la princesse Gelda, Fernie m'a volé mon ruban rouge !

— C'est pas vrai ! protesta la princesse Ferna, indignée. C'est elle qui me l'a donné en échange de mon collier bleu.

— Tu mens ! lança Gelda.

— C'est toi, la menteuse ! rétorqua Ferna.

— Allons, allons, les enfants ! les gronda Layla. Vous ne voyez pas que Maman est occupée ? Que va penser notre grand ami le comte ?

— Maaaman, elle m'a volé mon ruban rouge ! hurla Gelda. C'est une voleuse !

— Menteuse ! répéta Ferna en tirant la langue à sa sœur.

Le petit prince Meldig fit alors son entrée, l'air vivement intéressé. C'était le plus jeune fils de la reine Layla. Il tenait un pot de confiture et son visage était généreusement tartiné avec le contenu.

— Oh ! Ces enfants sont impossibles ! Vous étiez censées le surveiller, les filles ! s'exclama la reine Layla en bondissant de son fauteuil.

Elle se précipita sur le petit prince enduit de confiture, chiffonna le parchemin qu'elle tenait à la main et commença à lui frotter le museau avec.

— Oh, non ! hoqueta-t-elle en s'interrompant comme si elle réalisait tout à coup ce qu'elle était en train de faire. J'espère, comte Brador, que ce n'était pas important, enchaîna-t-elle en brandissant le document froissé et tout poisseux.

Le comte accusa le coup.

— Non, Majesté, répondit-il d'un ton résigné. Pas vraiment. Une autre fois, peut-être. Je succombe, vaincu par la supériorité numérique de la maison royale de Sendarie. Je sollicite la permission de Votre Majesté de me retirer, conclut-il en se levant et en s'inclinant.

— Comte Brador ! Vous alliez oublier ça, fit Layla en lui collant — jamais verbe ne fut plus approprié — le parchemin dans les mains.

Le comte battit en retraite avec des airs de martyr. La reine Layla se tourna vers ses enfants qui la regardaient en souriant jusqu'aux oreilles. Elle les gronda et fit la grosse voix jusqu'à ce que le comte se soit bien éloigné, puis elle s'agenouilla et les embrassa en riant tant qu'elle pouvait.

— Alors, Mère, vous êtes contente de nous ? demanda la princesse Gelda.

— Vous êtes des amours, répondit la reine Layla en s'étouffant de rire.

Abusé par l'atmosphère de cordiale civilité qui régnait depuis un an au palais de Sthiss Tor, Sadi l'eunuque avait relâché sa vigilance et l'un de ses associés en avait profité pour tenter de l'empoisonner. S'il y a une chose que Sadi n'aimait pas, c'était bien ça. Les antidotes avaient tous mauvais goût et les effets secondaires le laissaient tout patraque et la tête vide. Aussi réserva-t-il un accueil quelque peu grinçant à l'envoyé du roi Taur Urgas.

En entrant dans le bureau glacial, à peine éclairé, d'où Sadi conduisait la majeure partie des affaires de l'Etat, le Murgo au visage couturé de cicatrices se fendit d'une profonde révérence qui fit grincer sa cotte de mailles.

— Taur Urgas, le roi des Murgos, salue Sadi, le vénérable serviteur de l'Immortelle Salmissra, déclama-t-il.

— Le vénérable serviteur de la Reine des Serpents retourne ses salutations au bras droit du Dieu-Dragon des Angaraks, articula Sadi avec quelque chose qui aurait pu passer pour de l'indifférence et c'en était. Bon, et si vous en veniez au fait ? Je ne suis pas dans mon assiette, en ce moment.

— Je suis fort aise de voir que vous êtes remis, mentit effrontément l'ambassadeur en tirant un fauteuil devant la table cirée qui servait de bureau à Sadi. L'empoisonneur a-t-il été appréhendé ?

— Evidemment ! rétorqua Sadi en passant distraitement la main sur son crâne rasé.

— Et exécuté ?

— Pour quoi faire ? C'est un empoisonneur patenté. Il faisait son boulot et voilà tout.

Le visage inexpressif du Murgo trahit quelque surprise.

— Nous considérons un bon empoisonneur comme un atout précieux pour la société, lui expliqua Sadi. Si nous nous mettions à supprimer les assassins qui réussissent leur coup, il n'y en aurait bientôt plus et on ne sait jamais : on peut toujours avoir besoin de leurs services.

— Vous êtes un peuple incroyablement tolérant, commenta l'ambassadeur murgo de sa voix accentuée. Et celui qui avait fait appel à ses services ?

— Ça, c'est une autre affaire. A l'heure où nous parlons, les sangsues du fleuve se repaissent de sa carcasse. Mais dites-moi, vous êtes là en visite officielle ou vous êtes simplement passé prendre de mes nouvelles ?

— Un peu des deux, Excellence.

— Les Murgos sont des gens pratiques, observa sèchement Sadi. Alors, que me veut Taur Urgas, cette fois ?

— Excellence, les Aloriens s'apprêtent à envahir le Mishrak ac Thull.

— C'est ce que j'ai entendu dire. Et quel rapport avec la Nyissie ?

— Les Nyissiens ne doivent pas avoir beaucoup de sympathie pour les Aloriens.

— Pour les Murgos non plus, rétorqua Sadi.

— C'est l'Alorie qui a occupé la Nyissie après l'assassinat du roi de Riva, lui rappela le Murgo, alors que le Cthol Murgos a été le premier client de la Nyissie.

— Dites, mon cher, vous ne voudriez pas arrêter de tourner autour du pot ? coupa Sadi en se caressant le crâne avec lassitude. Je n'agis pas en fonction des outrages du passé ou de faveurs oubliées depuis longtemps. La traite des esclaves a pour ainsi dire cessé, et les cicatrices laissées par l'occupation alorienne se sont estompées depuis des siècles. Alors, que me veut Taur Urgas ?

— Mon roi souhaite éviter un bain de sang, lâcha le Murgo. Les légions tolnedraines constituent une partie significative des armées massées en Algarie. A la moindre menace — juste une menace, j'insiste — d'activités hostiles sur sa frontière sud, vulnérable, Ran Borune rappellerait ses légions. Leur retrait déterminerait les Aloriens à renoncer à leur entreprise.

— Vous voudriez que j'envahisse la Tolnedrie ?

— Bien sûr que non, Excellence. Sa Majesté souhaiterait simplement obtenir votre autorisation de faire traverser le sol nyissien à certaines de ses forces afin de les mettre en place à la frontière sud de la Tolnedrie. Le sang ne devrait pas couler.

— Sauf celui des Nyissiens, quand l'armée murgo se retirera. Les légions s'abattront sur la Rivière de la Sylve comme des frelons énervés.

— Taur Urgas serait tout à fait disposé à laisser des garnisons derrière lui afin de garantir l'intégrité du territoire nyissien.

— Ça, je n'en doute pas, observa sèchement Sadi. Informez votre roi que je ne puis souscrire à sa proposition en l'état actuel des choses.

— Le roi du Cthol Murgos est un homme puissant, proclama fermement le Murgo, et il se souvient encore mieux de ceux qui se mettent en travers de sa route que de ses amis.

— Taur Urgas est un fou, laissa tomber Sadi. Il voudrait éviter tout conflit avec les Aloriens pour se consacrer exclusivement à 'Zakath. Mais il n'est tout de même pas assez fou pour envoyer ses hommes en Nyissie sans y avoir été invité. Une armée doit manger, et — l'histoire l'a amplement prouvé — la Nyissie ne se prête guère au stockage des denrées alimentaires. Amer est le suc du fruit le plus tentant...

— L'armée murgo emmènerait son ravitaillement avec elle, riposta l'ambassadeur avec raideur.

— Ben voyons ! Et l'eau ? Où trouverait-elle à boire ? Allons, cette discussion ne nous mènera nulle part. Je vais transmettre votre proposition à Son Altesse. La décision lui appartient, évidemment. Je pense toutefois que vous auriez intérêt à lui faire une offre un peu plus alléchante que l'invasion de son territoire par les Murgos. Bon, c'est tout ?

Le Murgo se leva, le visage fermé. Il s'inclina avec raideur devant Sadi et quitta la pièce sans ajouter un mot.

Sadi cogita un moment. S'il la jouait fine, il pouvait gagner gros pour un investissement minime. Quelques dépêches rédigées en termes choisis, adressées au roi Rhodar d'Algarie, placeraient la Nyissie parmi les alliés du Ponant, et il sortirait grandi de la victoire de Rhodar. D'un autre côté, s'il apparaissait que les Aloriens étaient sur le point de perdre la partie, il serait toujours temps d'accepter la proposition de Taur Urgas. Dans un cas comme dans l'autre, la Nyissie était du bon côté du manche. Sadi trouvait cette idée très sympathique. Il se leva, faisant froufrouter la soie iridescente de sa robe, et s'approcha d'un cabinet d'ébène d'où il sortit un flacon de cristal contenant un liquide bleu foncé, visqueux — sa drogue favorite. Il en versa un fond dans un petit verre et l'avala. L'effet se fit presque aussitôt sentir et un calme euphorique l'envahit. Quelques instants plus tard, il était prêt à affronter sa reine. Il se surprit même à esquisser un sourire quand il quitta son bureau et s'engagea dans le couloir ténébreux menant à la salle du trône.

La tanière de Salmissra était toujours aussi mal éclairée. Les lampes à huile suspendues à de longues chaînes d'argent ne perçaient même pas les ténèbres du plafond. Le chœur des eunuques était agenouillé dans l'adoration de leur souveraine, comme d'habitude, mais ils ne chantaient plus ses louanges. Tous les bruits l'irritaient désormais, et il n'était pas recommandé de l'irriter. La reine des Serpents occupait son éternel divan, sous l'immense statue d'Issa. Elle passait ses journées plongée dans une sorte de torpeur. A chacun de ses mouvements, ses anneaux tachetés frottaient les uns contre les autres avec un crissement poussiéreux. Elle devait dormir d'un sommeil agité, car elle dardait nerveusement sa langue. Sadi s'approcha du trône, se prosterna pour la forme sur le sol de pierre poli et attendit. Son odeur l'annoncerait au serpent à capuchon qui était sa suzeraine.

— Oui, Sadi ? murmura-t-elle enfin dans une sorte de chuintement.

— Les Murgos souhaiteraient conclure une alliance

avec nous, ma Reine, l'informa Sadi. Taur Urgas voudrait faire peur aux Tolnedrains en massant des troupes au sud de la Nyissie afin de contraindre Ran Borune à retirer ses légions de la frontière thulle.

— Intéressant, commenta la femme-reptile d'un ton indifférent, en braquant ses yeux morts sur son serviteur et en faisant crisser ses anneaux. Qu'en penses-tu ?

— La neutralité ne coûte rien, Divine Salmissra, répondit Sadi. Il serait prématuré de nous allier à l'un ou l'autre côté.

La reine des Serpents tourna vers le miroir placé à côté de son trône ses yeux aussi vitreux que le verre, enfla son capuchon tacheté et s'admira en dardant sa langue vers son reflet. La couronne posée sur sa tête brillait du même éclat luisant que ses écailles.

— Fais au mieux, Sadi, répondit-elle enfin comme si elle était à mille lieues de là.

— Bien, ma Reine. J'aviserai, acquiesça Sadi en collant son front à terre comme pour prendre congé.

— Je n'ai plus que faire de Torak, désormais. Polgara y a veillé, reprit la reine d'un ton rêveur.

Elle semblait incapable de détourner son regard du miroir.

— Oui, ma Reine, acquiesça Sadi sans se mouiller en s'apprêtant à se relever.

— Reste un peu, Sadi, siffla-t-elle en se retournant vers lui. Je me sens si seule...

Sadi se laissa immédiatement retomber sur le sol de pierre polie.

— Je fais parfois de drôles de rêves, Sadi. De très, très drôles de rêves. J'ai l'impression de me rappeler certaines choses, des choses qui sont arrivées quand j'avais le sang chaud et que j'étais une femme. D'étranges envies me viennent en rêve... Etais-je vraiment comme cela, Sadi ? fit-elle en le regardant droit dans les yeux et en pointant vers lui son museau émoussé, son capuchon s'enflant à nouveau. C'est comme si je regardais à travers un rideau de fumée.

— C'étaient des temps difficiles, ma Reine, répondit sincèrement Sadi. Pour tout le monde.

— Tu sais, Sadi, Polgara avait raison, reprit-elle d'une voix expirante. Les potions m'embrasaient les sens. Je pense que c'est mieux ainsi... Plus de passions, plus de désirs, plus de craintes. Allez, tu peux t'en aller, à présent, conclut-elle en se tournant à nouveau vers son miroir.

Sadi s'empressa de se lever et de regagner la porte.

— Oh, Sadi !

— Oui, ma Reine ?

— Si je t'ai naguère causé du tort, je le regrette.

Il la contempla, incrédule.

— Pas beaucoup, bien sûr, mais un petit peu tout de même.

Puis elle se remit à contempler son reflet.

Sadi referma la porte derrière lui en tremblant de tous ses membres. Un moment plus tard, il envoya chercher Issus. Le mercenaire borgne, dépenaillé, entra dans le bureau du chef des eunuques en hésitant. Il n'avait pas l'air rassuré.

— Entre donc, Issus, lui dit calmement Sadi.

— J'espère que tu ne m'en veux pas, Sadi, commença craintivement Issus en regardant autour de lui comme pour s'assurer qu'ils étaient seuls. Je n'ai rien contre toi personnellement, tu sais.

— Ne t'inquiète pas, Issus, le rassura Sadi. Tu as fait ce pour quoi on t'avait payé, c'est tout.

— Comment t'en es-tu aperçu ? demanda Issus avec un intérêt purement professionnel. La plupart du temps, quand les gens se rendent compte qu'ils ont été empoisonnés, il est trop tard pour prendre l'antidote.

— Ta mixture a un petit arrière-goût de citron. J'ai appris à le reconnaître.

— Tiens donc ! Il faudra que je fasse attention. En dehors de ça, c'est un très bon poison.

— Excellent, Issus, renchérit Sadi. Ce qui nous amène à la raison pour laquelle je t'ai fait venir. Je crois que je pourrais me passer d'un certain individu.

— Au tarif habituel ? fit Issus en se frottant les mains, les yeux brillants.

— Naturellement.

— De qui s'agit-il ?

— De l'ambassadeur murgo.
Issus se rembrunit un instant.
— Il ne sera pas facile à avoir, objecta-t-il en se caressant le crâne.
— Tu trouveras bien un moyen d'y arriver. J'ai toute confiance en toi.
— Je suis le meilleur, confirma Issus sans fausse modestie.
— L'ambassadeur me harcèle pour que j'accepte certaines transactions et j'aimerais gagner un peu de temps, reprit l'eunuque. Sa disparition subite m'ôterait une belle épine du pied.
— Tu n'as pas à te justifier, Sadi. Je n'ai pas besoin de savoir pourquoi tu veux sa mort.
— Mais tu as besoin de savoir *comment* je souhaiterais qu'il meure. Je tiens, pour différentes raisons, à ce que son trépas ait l'air très naturel. Tu ne pourrais pas faire en sorte qu'il attrape un genre de fièvre, ainsi que certains membres de sa maisonnée ? Quelque chose de particulièrement virulent ?
— C'est assez délicat, objecta Issus en fronçant les sourcils. Ce genre de chose pourrait échapper à tout contrôle, contaminer tout le voisinage et ne laisser que très peu de survivants.
— On ne fait pas d'omelette sans casser des œufs, commenta Sadi en haussant les épaules. Tu peux t'en occuper ?
Issus hocha gravement la tête en signe d'assentiment.
— Eh bien, occupe-t'en ! Allez, pendant ce temps-là, je vais préparer une belle lettre de condoléances à Taur Urgas.

La reine Silar d'Algarie fredonnait doucement, assise devant son métier à tisser dans la grande salle de la Forteresse. Ses doigts faisaient aller et venir la navette avec un petit cliquetis monotone. Le soleil qui filtrait par les étroites fenêtres placées tout en haut des murs emplissait la longue salle d'une lumière dorée, diffuse. Hettar et le roi Cho-Hag étaient au loin. Ils préparaient à quelques lieues du pied de l'A-pic oriental un gigantesque campement pour les armées des Aloriens, des Arendais, des

Sendariens et des Tolnedrains venus de l'ouest. Cho-Hag n'avait pas franchi les frontières du royaume mais il avait déjà transmis l'autorité à sa femme et demandé à tous les chefs de clan de lui prêter serment de fidélité.

La reine d'Algarie était une femme silencieuse, dont le visage trahissait rarement les émotions. Toute sa vie elle avait vécu à l'ombre de son époux. Elle était si discrète, si effacée que les gens ne remarquaient même pas sa présence. Mais elle ouvrait toujours les yeux et les oreilles. Cette calme dame aux cheveux noirs avait toute la confiance de son mari infirme et rien ne lui échappait.

Debout devant elle dans sa robe blanche, tout gonflé de son importance, Elvar, le grand prêtre d'Algarie, lui lisait une série de décrets soigneusement préparés pour lui transmettre tous les pouvoirs et les lui expliquait avec condescendance.

— C'est tout ? demanda-t-elle quand il eut fini.

— C'est préférable, Majesté, conclut-il avec hauteur. Le monde entier sait que les femmes ne sont pas faites pour gouverner. Dois-je envoyer chercher une plume et de l'encre ?

— Ce ne sera pas nécessaire, Elvar, répondit calmement la reine sans cesser de s'activer sur son métier à tisser.

— Mais...

— Il m'est venu une étrange pensée, vous savez, reprit-elle en le regardant bien en face. Vous êtes le grand prêtre de Belar pour toute l'Algarie mais vous n'avez jamais quitté la Forteresse. Ne trouvez-vous pas cela curieux ?

— C'est que mon devoir, Majesté, me contraint à...

— Mais votre premier devoir, ne le devez-vous pas à votre peuple et aux enfants de Belar ? Faut-il que nous ayons été égoïstes pour vous retenir ici quand votre cœur se languissait loin des clans et se consumait du désir d'apporter la bonne parole à leurs enfants !

Il la regarda en ouvrant et en refermant la bouche comme un poisson hors de l'eau.

— Et cela vaut pour tous les autres prêtres, ajouta-t-elle. On dirait qu'ils n'osent abandonner la Forteresse et leurs tâches administratives. Un prêtre est un homme trop précieux pour de telles corvées. Nous devons remédier à la situation d'urgence.

— Mais...

— Non, Elvar. Mon devoir de reine m'apparaît à présent avec une clarté absolue : les enfants d'Algarie passent avant tout. Je vous relève de toutes vos tâches à la Forteresse afin que vous puissiez retourner à la vocation qui est la vôtre. Je vous établirai personnellement un itinéraire, continua-t-elle en souriant, sans lui laisser le temps de répondre. En ces temps troublés, conclut-elle après un instant de réflexion, je crois qu'il serait préférable de vous fournir une escorte : quelques hommes choisis dans mon propre clan, sur lesquels nous pourrons compter pour que rien, homme ou message venu d'ailleurs, ne vienne vous interrompre dans vos pérégrinations, vous distraire de vos prêches ou vous empêcher de porter la bonne parole. Ce sera tout, Elvar, annonça-t-elle en le regardant à nouveau droit dans les yeux. Il vaudrait mieux que vous fassiez vos paquets. Bien des saisons passeront, je pense, avant que vous reveniez parmi nous.

Le grand prêtre de Belar émit quelques bruits étranglés.

— Oh, encore une chose, reprit la reine en choisissant un écheveau de laine et en l'examinant soigneusement à la lumière. Il y a des années que personne n'a inspecté les troupeaux. Tant que vous y serez, j'aimerais que vous établissiez le décompte précis des poulains et des veaux d'Algarie. Ça vous occupera l'esprit. Vous me ferez parvenir un rapport de temps en temps. C'est bon, Elvar, vous pouvez disposer.

Le grand prêtre partit en tremblant de rage faire ses préparatifs en vue de son emprisonnement ambulant. La reine ne se donna pas la peine de relever les yeux sur lui.

Messire Morin, le grand chambellan de Sa Majesté impériale Ran Borune XXIII, poussa un gros soupir et entra dans le jardin privé de l'empereur. *Allons, une nouvelle diatribe en perspective*, songea-t-il avant de rectifier aussitôt : *nouvelle, si l'on peut dire*. Il y avait déjà eu droit une bonne douzaine de fois au moins. L'empereur avait une extraordinaire capacité de répétition.

Mais Ran Borune XXIII était dans un curieux état

d'esprit. Le petit empereur chauve, au nez en bec d'oiseau, était assis dans son fauteuil à l'ombre d'un arbre et il écoutait les trilles de son canari d'un air pensif.

— Vous avez remarqué, Morin, qu'il n'a plus jamais parlé ? fit l'empereur en voyant le chambellan approcher sur l'herbe fraîchement coupée. Il n'a parlé qu'une fois, quand Polgara était là.

Il regarda tristement le petit oiseau au plumage d'or et poussa un profond soupir.

— Vous savez, Morin, je crois que j'ai eu le petit bout du bâton, comme disent les Arendais. Polgara a pris Ce'Nedra et m'a donné un canari en échange. C'est mon imagination, ou le palais est vraiment sombre et froid, maintenant ? reprit-il en balayant du regard le jardin baigné de soleil et les murs de marbre étincelant qui l'entouraient.

Il s'abîma dans le silence en regardant sans le voir un parterre de roses écarlates, puis il y eut un bruit bizarre.

Messire Morin releva vivement les yeux sur l'empereur, craignant qu'il n'ait une nouvelle crise, mais ce n'était pas ça. Ran Borune était en train de ricaner.

— Vous avez vu comment elle m'a embobiné, Morin ? s'esclaffa l'empereur. Elle m'a délibérément mis en rage. Non, quel fils elle aurait fait ! Ç'aurait pu être le plus grand empereur que la Tolnedrie ait jamais eu !

Ran Borune se mit à rire ouvertement, laissant libre cours à son admiration pour l'intelligence de Ce'Nedra.

— C'est bien votre fille, Majesté, observa messire Morin.

— Quand je pense qu'elle a levé une armée de cette taille à seize ans à peine, s'émerveilla l'empereur. Quelle remarquable enfant !

Il sembla tout à coup avoir surmonté la rumination lugubre qui s'était emparée de lui depuis son retour de Tol Honeth. Les échos de son rire s'attardèrent quelques instants puis il plissa étroitement ses petits yeux brillants.

— Il est à craindre que les légions qu'elle m'a volées se montrent un peu rétives sans l'aide de véritables professionnels, reprit-il d'un ton rêveur.

— Je dirais, Majesté, que c'est le problème de Ce'Nedra, observa Morin. Ou de Polgara.

— Eh bien, je ne sais pas trop, Morin, fit l'empereur en se grattant l'oreille. La situation n'est pas très claire. Vous connaissez le général Varana ? demanda-t-il à brûle-pourpoint.

— Le duc d'Anadile ? Bien sûr, Majesté. Un homme très professionnel, solide, sans prétention et d'une immense intelligence, assurément.

— C'est un vieil ami de la famille, lui confia Ran Borune. Ce'Nedra le connaît. Elle tiendrait compte de son avis. Et si vous alliez le voir, Morin ? Vous pourriez peut-être lui suggérer de prendre une permission et, qui sait, d'aller jeter un petit coup d'œil en Algarie ?

— Je suis certain qu'il accueillerait avec joie l'idée de prendre des vacances, acquiesça messire Morin. La vie de garnison est parfois fastidieuse, en été.

— Ce n'était qu'une suggestion, insista l'empereur. Sa présence dans la région serait officieuse, bien entendu.

— Bien entendu, Majesté.

— Et s'il lui arrivait de faire quelques suggestions, ou même de diriger un peu les opérations, comment pourrions-nous le savoir, hein ? Après tout, les citoyens ont le droit de faire ce qu'ils veulent pendant leurs vacances, non ?

— Absolument, Majesté.

— Et nous nous en tiendrions tous à cette version de l'histoire, n'est-ce pas, Morin ? conclut l'empereur avec un grand sourire.

— Comme de la poix, Majesté, lui assura gravement Morin.

Le prince couronné de Drasnie émit un rot sonore, poussa un soupir et s'endormit instantanément sur l'épaule de sa mère, la reine Porenn. Elle le regarda avec un sourire attendri, le remit dans son berceau et se retourna vers le grand gaillard dégingandé, habillé comme l'homme de la rue, vautré dans un fauteuil non loin de là. L'individu, un certain Javelin, était le chef des services de renseignements drasniens et l'un des plus proches conseillers de Porenn.

— Enfin, poursuivait l'homme, l'armée de la petite Tolnedraine est à deux jours de la Forteresse. Les ingénieurs sont en avance sur le programme de levage des vaisseaux au-dessus de l'A-pic et les Cheresques s'apprêtent à commencer le portage depuis le bras oriental de l'Aldur.

— Alors, tout marche comme prévu, commenta la reine en se rasseyant près de la table cirée, devant la fenêtre.

— On m'a signalé quelques incidents en Arendie, nota Javelin. Les échauffourées habituelles ; rien de sérieux. La reine Layla de Sendarie a totalement déstabilisé le Tolnedrain, Brador ; il pourrait aussi bien être ailleurs. J'ai reçu une information intéressante en provenance de Sthiss Tor. Les Murgos tentent de négocier quelque chose mais leurs envoyés tombent comme des mouches. Nous allons nous rapprocher de Sadi pour découvrir ce qui se passe au juste. Voyons un peu... Ah ! oui : les Honeth ont fini par se mettre d'accord sur un candidat, un crétin prétentieux et arrogant qui a réussi à se mettre à peu près tout Tol Honeth à dos. Ça ferait un empereur détestable. Ses partisans vont bien tenter de lui acheter la couronne, mais même avec toute leur fortune, ils vont avoir du mal. Je pense que c'est tout, Majesté.

— J'ai reçu une lettre du Val d'Alorie, lui annonça Porenn.

— Oui, Majesté, répondit respectueusement Javelin. Je sais.

— Javelin, ne me dites pas que vous avez recommencé à lire mon courrier ? tempêta la reine.

— C'est juste pour rester au courant des affaires de ce monde, Porenn.

— Je vous avais dit d'arrêter.

— Vous n'espériez pas vraiment que je le ferais ? fit-il, sincèrement surpris.

— Vous êtes impossible ! s'esclaffa-t-elle.

— C'est mon métier.

— Que pouvons-nous faire pour aider Islena ?

— Je vais mettre des gens sur le coup, lui assura-t-il. Nous devrions pouvoir agir par l'intermédiaire de Merel, la femme du comte de Trellheim. Elle commence à faire preuve de maturité et elles sont très proches, Islena et elle.

— Je pense que nous devrions faire preuve de vigilance

dans nos propres services de renseignements, suggéra Porenn. Je vous demanderai de repérer tous les individus susceptibles d'avoir des relations avec le culte de l'Ours. Nous serons peut-être amenés d'ici peu à prendre des mesures radicales.

Javelin eut un signe d'acquiescement. On frappa à la porte.

— Oui ? répondit Porenn.

Un serviteur passa la tête par l'ouverture de la porte.

— Excusez-moi, Majesté, mais il y a ici un marchand nadrak, un dénommé Yarblek, qui voudrait discuter avec vous des cours du saumon, annonça le serviteur, perplexe.

La reine Porenn se redressa sur son fauteuil.

— Faites-le entrer tout de suite, ordonna-t-elle.

CHAPITRE IX

La princesse Ce'Nedra en avait terminé avec les discours. Les allocutions qui la mettaient à la torture avaient rempli leur office et les événements reposaient de moins en moins sur ses épaules. Au début, les journées s'ouvraient devant elle, pleines d'une glorieuse liberté. Finie la terrible angoisse qui lui nouait l'estomac à la perspective de haranguer les foules deux ou trois fois par jour. Elle était moins épuisée nerveusement, elle ne s'éveillait plus au milieu de la nuit en tremblant de peur. Pendant près d'une semaine, elle se délecta dans ce sentiment nouveau. Puis, évidemment, elle commença à s'ennuyer comme un rat mort.

L'armée qu'elle avait levée en Arendie et dans le nord de la Tolnedrie déferlait comme une marée humaine sur les vertes collines d'Ulgolande. Le soleil faisait étinceler les armures des chevaliers mimbraïques qui ouvraient la marche, leurs étendards multicolores claquant dans la brise devant les Sendariens, les Asturiens, les Riviens et les quelques Cheresques qui formaient le gros de l'infanterie. Le cœur de l'armée, les légions étincelantes de l'empire de Tolnedrie, marchaient fièrement derrière, leurs bannières écarlates flottant au vent, le plumet blanc de leurs casques ondulant en cadence. Pendant quelques jours, la princesse trouva très excitant de chevaucher à la tête de cette force prodigieuse qui se déplaçait à son commandement vers l'est, mais elle ne tarda pas à s'en lasser.

D'ailleurs, si la princesse Ce'Nedra se trouva peu à

peu écartée des décisions, c'était grandement de sa faute. La stratégie était désormais souvent dictée par des problèmes logistiques fastidieux de bivouac et de cuisine roulante, et Ce'Nedra trouvait ces discussions assommantes. Pourtant, si la troupe avançait à une allure de tortue, c'était à cause de ce genre de détails.

Tout à coup, à la surprise générale, le roi Fulrach de Sendarie prit le commandement absolu de l'armée. C'est lui qui décidait de la distance à parcourir tous les jours et des endroits où les hommes s'arrêteraient pour se reposer ou dresser le campement en fin de journée. Bien sûr, les voitures de ravitaillement étaient à lui. L'armée était encore dans le nord de l'Arendie quand le monarque sendarien avait jeté un coup d'œil au projet de ravitaillement des troupes que les rois d'Alorie avaient dressé, à la va-vite, il faut bien le dire. Il avait hoché la tête d'un air réprobateur et pris en charge personnellement cet aspect des choses. La Sendarie était un pays agricole. Ses greniers regorgeaient de marchandises et, à certaines saisons, les routes et les chemins grouillaient de voitures. Le gros roi Fulrach avait donné quelques ordres avec décontraction, mais avec une efficacité redoutable, et bientôt des caravanes ininterrompues de chariots chargés à ras bords avaient commencé à traverser l'Arendie puis la Tolnedrie avant de tourner à l'est pour suivre l'armée, et l'avance des troupes était désormais dictée par l'allure de ces voitures aux roues grinçantes.

Fulrach fit pleinement sentir le poids de son autorité quelques jours après leur entrée en Ulgolande.

— Ecoutez, Fulrach, éclata le roi Rhodar de Drasnie alors que le roi des Sendariens ordonnait une nouvelle halte, si nous n'avançons pas plus vite, il va nous falloir tout l'été pour arriver à l'A-pic oriental.

— Vous exagérez, Rhodar, répondit doucement Fulrach. Nous avançons à bonne allure. Les voitures de ravitaillement sont lourdes et les chevaux doivent se reposer toutes les heures.

— Ce n'est pas possible, déclara Rhodar. Je vais faire accélérer le pas.

— C'est à vous de voir, bien sûr, répondit le Sendarien à la barbe brune en lorgnant froidement la grosse panse de Rhodar, mais si vous mettez mes chevaux de trait à genoux aujourd'hui, demain, vous n'aurez rien à manger.

Cette réplique mit fin à la controverse.

L'allure se ralentit encore quand ils s'engagèrent dans les défilés d'Ulgolande. Ce'Nedra retrouva avec appréhension ces forêts épaisses et ces failles rocheuses. Elle n'était pas près d'oublier la bagarre avec Grul l'Eldrak et leurs échauffourées avec les Algroths et les Hrulgins qui l'avaient tellement terrifiée, l'hiver passé, mais les monstres qui rôdaient dans les montagnes ne se montrèrent guère. L'armée était si vaste que même les plus féroces n'osaient pas s'y frotter. Mandorallen ne leur fit part que de rares escarmouches.

— Si je pouvais prendre un jour d'avance sur le gros de nos troupes, je parviendrais peut-être à engager le combat avec quelques créatures particulièrement audacieuses, rêvassa-t-il tout haut, un soir, en regardant pensivement le feu.

— Vous n'en avez jamais assez, hein ? lui demanda Barak d'un ton un peu agressif.

— Laissez tomber, Mandorallen, lui conseilla Polgara. Ces monstres ne nous ont rien fait et le Gorim d'Ulgo n'aime pas qu'on les embête.

Mandorallen poussa un gros soupir.

— Il est toujours comme ça ? demanda curieusement le roi Anheg.

— Tu ne peux pas imaginer ! répondit Barak.

La lente progression à travers l'Ulgolande, aussi éprouvante fût-elle pour Rhodar, Brand et Anheg, eut tout de même l'avantage de maintenir l'armée en bonne condition physique, et les hommes atteignirent la plaine d'Algarie dans une forme stupéfiante.

— Nous allons vers la Forteresse d'Algarie, décida le roi Rhodar tandis que l'armée franchissait le dernier col et déferlait sur la prairie. Nous avons besoin de nous organiser un peu, et je ne vois pas l'intérêt d'arriver à l'A-pic avant que les ingénieurs aient terminé. Sans compter que je préfère ne pas dévoiler la taille de notre armée aux Thulls, si l'envie les prenait de jeter un coup d'œil par-dessus la falaise.

C'est ainsi que l'armée traversa l'Algarie par petites étapes, en abandonnant derrière elle une piste d'une demi-lieue de large dans les hautes herbes. D'immenses troupeaux de ruminants relevaient la tête pour regarder avec étonnement cette marée humaine qui défilait au pas, puis se remettaient à paître sous le regard protecteur des hommes de clan algarois.

Le campement dressé autour de l'immense Forteresse du sud de l'Algarie s'étendait sur des lieues et des lieues. En voyant les feux de camp, la nuit, on aurait dit que les étoiles se reflétaient dans un immense miroir. Une fois installée à la Forteresse, la princesse Ce'Nedra se sentit encore plus coupée du commandement quotidien de ses troupes. Les heures s'étiraient interminablement. Oh, ce n'est pas qu'on ne l'informât de rien : un programme d'entraînement rigoureux avait été instauré — en partie parce qu'un grand nombre d'hommes n'étaient pas des soldats de métier, mais surtout pour éviter l'oisiveté qui entraîne toujours des problèmes de discipline — et tous les matins, le colonel Brendig, le baronet sendarien au visage impassible qui semblait incurablement dépourvu d'humour, faisait son rapport à Ce'Nedra. Il lui racontait les exercices de la veille avec une minutie exaspérante, agrémentant son récit d'une flopée de détails que la princesse trouvait pour la plupart vaguement répugnants.

Elle finit par exploser un matin, après que Brendig se fut retiré sur une courbette respectueuse.

— Si je l'entends encore *une fois* prononcer le mot « latrines », je crois que je vais hurler ! annonça-t-elle en levant les bras au ciel d'un air exaspéré.

— C'est très important, Ce'Nedra, surtout pour une armée de cette taille, objecta calmement Adara.

— D'accord, mais il pourrait peut-être parler d'autre chose, non ? riposta la petite princesse en faisant les cent pas dans sa chambre. Je trouve ça de très mauvais goût...

Polgara, qui apprenait patiemment à Mission, le petit garçon blond, à lacer ses bottines, leva les yeux. Un coup d'œil lui suffit pour apprécier la situation.

— Et si vous alliez faire une petite promenade à cheval, jeunes dames ? suggéra-t-elle. Un peu d'air frais et d'exercice semblent tout indiqués dans votre cas.

Elles ne cherchèrent pas longtemps Ariana, la blonde Mimbraïque ; elles savaient où la trouver. Mais il leur fallut un bon moment pour la décider à s'arracher à la contemplation de Lelldorin de Wildantor qui s'efforçait, avec l'aide de son cousin Torasin, d'apprendre les rudiments du tir à l'arc à un groupe d'Arendais. Torasin, un fringant patriote asturien, s'était tardivement rallié à leur cause. Ce'Nedra subodorait que quelque différend avait opposé les deux jeunes gens, néanmoins la perspective de la guerre et de la gloire avait fini par l'emporter. Torasin avait rattrapé l'armée au pied des collines d'Ulgolande, manquant faire crever son cheval sous lui. Les retrouvailles avec Lelldorin avaient été très larmoyantes, et les deux cousins étaient plus proches que jamais. Toutefois, Ariana n'avait d'yeux que pour Lelldorin. Elle le contemplait, les prunelles étincelantes, pleines d'une adoration béate, si totalement dépourvue d'intelligence qu'elle en devenait terrifiante.

Les trois filles s'éloignèrent du campement au petit trot. Elles étaient bien sûr escortées par un détachement de gardes, et l'inévitable Olban, le plus jeune fils du Gardien de Riva. Ce'Nedra ne savait trop quelle attitude adopter avec lui. Depuis qu'un Murgo avait attenté à sa vie dans la forêt arendaise, le jeune Rivien s'était institué son garde du corps personnel et rien n'aurait pu le faire renoncer à ce rôle. Il lui semblait presque reconnaissant d'être utile à quelque chose, et Ce'Nedra avait la pénible certitude que seule la force aurait pu lui faire abandonner ce rôle.

Un soleil radieux brillait dans le ciel matinal, d'un bleu sans nuages. Une brise vagabonde ployait les hautes herbes de l'interminable plaine algaroise. Sitôt sortie du campement, Ce'Nedra sentit son moral grimper en flèche. Elle montait le cheval blanc que lui avait donné le roi Cho-Hag, un animal patient, au caractère égal, qu'elle avait baptisé Paladin. Elle aurait pu lui trouver un nom plus approprié, car Paladin était un cheval flemmard. Une bonne part de son apathie venait du fait que sa petite cavalière ne pesait presque rien et qu'elle le bourrait scandaleusement de pommes et de sucreries, avec pour résultat qu'il commençait à se faire du lard.

Grisée de liberté, la princesse s'élança donc dans la prairie sur son fier destrier, suivie de ses deux amies et du jeune et vigilant Olban.

Ils s'arrêtèrent au bas d'une longue colline pour reposer leurs montures. Paladin haletait comme un soufflet de forge. Il tourna la tête et jeta un regard de reproche à sa petite maîtresse, mais la cruelle ignora sa plainte informulée.

— Quelle merveilleuse journée pour se promener ! s'exclama-t-elle avec enthousiasme.

Ariana poussa un soupir à fendre l'âme.

— Voyons, Ariana ! s'esclaffa Ce'Nedra. On croirait que Lelldorin est à l'autre bout du monde ! Ah, ces hommes ! Ça ne leur fait pas de mal de se languir un peu de nous.

Ariana eut un pauvre sourire et soupira de plus belle.

— Ça nous en fait peut-être à nous de nous languir d'eux, murmura Adara sans l'ombre d'un sourire.

— Qu'est-ce qui sent si bon ? demanda tout à coup Ce'Nedra.

Adara leva son visage de porcelaine comme pour humer le parfum apporté par la brise et en localiser la provenance.

— Suivez-moi, dit-elle avec une autorité surprenante chez elle.

Elle fit le tour de la colline. Le versant herbeux était tapissé à mi-pente d'un amas de buissons bas, aux feuilles vert foncé, couverts de fleurs bleu lavande. Un nuage de papillons bleus, éclos le matin même, planait avec extase au-dessus des fleurs. Adara talonna sa monture, lui fit gravir la pente et mit vivement pied à terre. Puis elle étouffa un cri, s'agenouilla presque respectueusement et entoura l'un des buissons de ses bras comme pour l'embrasser.

Ce'Nedra s'approcha de son amie et constata avec surprise que, si elle arborait un grand sourire, ses beaux yeux gris étaient pleins de larmes.

— Allons, Adara, qu'est-ce qui ne va pas ?

— Ma fleur ! répondit Adara d'une voix vibrante. Je n'aurais jamais cru qu'elle allait croître et se multiplier ainsi.

— De quoi parlez-vous ?

— Ces fleurs... C'est Garion qui les a créées pour moi, cet hiver. Enfin, il en a créé une. Je l'ai vue naître à la vie dans sa main, ici même. Je l'avais complètement oubliée. Regardez comme elles ont pris, rien qu'en une saison.

Ce'Nedra éprouva une soudaine pointe de jalousie. Garion n'avait jamais créé de fleur pour elle. Elle se pencha et cueillit une corolle lavande sur un buisson, en tirant dessus un peu plus fort peut-être que ce n'était absolument nécessaire, et la regarda d'un air critique.

— Elle est un peu mal fichue, commenta-t-elle avec un reniflement, puis elle se mordit la lèvre comme si elle regrettait ses paroles.

Adara lui jeta un coup d'œil réprobateur.

— Allons, Adara, je disais ça pour vous taquiner, reprit Ce'Nedra avec un petit rire qui sonnait faux.

Elle aurait tout de même bien voulu trouver un défaut à la fleur et elle pencha le visage sur le bourgeon ouvert dans sa main. Son parfum sembla effacer tous ses soucis et lui remonta considérablement le moral.

Ariana mit pied à terre à son tour comme si une idée venait de lui passer par la tête.

— Me permets-Tu, ô Dame Adara, de prélever certaines de ces fleurs ? demanda-t-elle en humant la douce fragrance. M'est avis que ces timides pétales pourraient bien receler d'étranges vertus susceptibles d'intéresser dame Polgara.

— Magnifique ! s'exclama Ce'Nedra en frappant dans ses mains avec ravissement, effectuant une de ces volte-face dont elle avait le secret. Quelle merveille, Adara, si votre fleur se révélait être un remède miracle ! Nous allons l'appeler « la rose d'Adara ». Les malades béniront à jamais votre nom !

— Elle ne ressemble guère à une rose, Ce'Nedra, objecta Adara.

— Et alors ? fit Ce'Nedra, évacuant l'objection d'un geste de la main. Je suis reine, oui ou non ? Si je dis que c'est une rose, c'est que c'en est une, un point c'est tout. Nous allons tout de suite en ramener à dame Polgara.

Elle retourna vers son cheval pansu qui contemplait les fleurs d'un œil amorphe, l'air de se demander s'il devait y goûter ou non.

— Allez, Paladin, ordonna la princesse avec emphase. A la Forteresse, et au galop !

A ce mot, Paladin fit la grimace.

Polgara examina attentivement les fleurs mais ne put se prononcer sur leurs vertus médicinales, à la grande déception de Ce'Nedra et de ses amies. Un peu calmée, la petite princesse regagna tranquillement ses quartiers. Le colonel Brendig l'attendait. Ce'Nedra avait fini par conclure que c'était, tout compte fait, l'homme le plus pratique qu'elle ait jamais rencontré. Rien n'était trop insignifiant pour lui. D'un autre, on aurait dit qu'il se perdait dans des considérations oiseuses, mais le colonel avait la conviction que les grandes choses étaient faites de petites, ce qui donnait une certaine dignité à son souci du détail. Il donnait l'impression d'être partout à la fois. Sur son passage, les cordes des tentes se retendaient, des tas informes devenaient des piles d'équipement bien nettes et des tuniques débraillées étaient tout à coup reboutonnées.

— J'espère que Sa Majesté a pris plaisir à sa promenade, dit-il aimablement en s'inclinant à son entrée.

— Merci, colonel Brendig, répondit la princesse. Ma Majesté y a pris plaisir.

Elle était d'humeur fantasque, et c'était toujours un régal de taquiner le Sendarien au visage imperturbable. Un sourire fugitif effleura les lèvres de Brendig qui passa aussitôt aux affaires de la mi-journée.

— Je me réjouis d'annoncer à Sa Majesté que les ingénieurs drasniens ont presque terminé le treuil au sommet de l'A-pic, déclara-t-il. Ils n'ont plus qu'à fixer les contrepoids qui permettront de hisser les vaisseaux de guerre cheresques.

— C'est merveilleux, répondit Ce'Nedra avec le sourire ahuri dont elle savait qu'il le mettait en rage.

— Les Cheresques commencent à dégréer et à démâter les vaisseaux en prévision du portage, reprit Brendig avec une légère crispation de la mâchoire, et les fortifications au sommet de l'A-pic avancent plus vite que prévu.

— C'est formidable ! s'exclama Ce'Nedra en battant des mains dans une grande démonstration d'enthousiasme juvénile.

— Je vous en prie, Majesté, se lamenta Brendig.

— Pardon, Colonel Brendig, s'excusa Ce'Nedra en lui tapotant la main. Je ne sais pas pourquoi, vous faites ressortir mes plus vilains défauts. Dites-moi, vous ne souriez jamais ?

— Mais je souris, Majesté, répondit-il, le visage rigoureusement impassible. Oh, vous avez un visiteur de Tolnedrie.

— Un visiteur ? Qui ça ?

— Un certain général Varana, duc d'Anadile.

— Varana en Algarie ? Que fait-il ici ? Il est seul ?

— Il est accompagné d'un certain nombre d'autres Tolnedrains, répondit Brendig. Ils ne sont pas en uniforme, mais ils ont une allure martiale. Ils se présentent comme des observateurs privés. Le général Varana a exprimé le désir de vous présenter ses hommages au moment qui vous conviendrait.

— Mais tout de suite, Colonel Brendig ! s'écria Ce'Nedra, avec un enthousiasme sincère cette fois. Envoyez-le-moi immédiatement.

Ce'Nedra connaissait le général Varana depuis sa plus tendre enfance. C'était un homme courtaud, aux cheveux gris, ondulés, qui boitait de la jambe gauche. Il avait cet humour à froid, corrosif, propre à la maison des Anadile. De toutes les nobles familles tolnedraines, c'est des Anadile que les Borune étaient les plus proches. D'abord, ils étaient du Sud, ensuite les Anadile prenaient généralement le parti des Borune dans les querelles qui les opposaient aux puissantes dynasties du Nord. La maison des Anadile n'était qu'un duché, mais il n'était jamais entré le moindre sentiment d'infériorité dans les alliances des Anadile avec les grands-ducs de la maison des Borune. Tout au contraire, les ducs d'Anadile ne se privaient pas pour lancer des piques amicales à leurs voisins plus influents. Historiens et hommes d'états s'entendaient souvent à considérer comme un grand malheur pour l'empire que la remarquable maison d'Anadile n'ait pas eu la fortune nécessaire pour faire valoir ses prétentions au trône impérial.

Le général Varana fit son entrée dans les appartements de Ce'Nedra, un petit sourire planant sur ses lèvres et l'un de ses sourcils arqué selon un angle interrogateur.

— Majesté, fit-il en s'inclinant.

— Oncle Varana ! s'exclama la princesse en se jetant à son cou.

Varana n'était pas vraiment son oncle mais elle l'avait toujours considéré comme tel.

— Alors, ma petite Ce'Nedra, qu'est-ce que tu as encore inventé ? s'esclaffa-t-il en la serrant sur son cœur. Tu sais que tu mets le monde sens dessus dessous ? Que fait une Borune au milieu de l'Algarie, à la tête d'une armée d'Aloriens ?

— Je vais envahir le Mishrak ac Thull, déclara-t-elle d'un petit ton mutin.

— Vraiment ? Et pour quoi faire ? La maison des Borune aurait-elle été insultée par le roi Gethell des Thulls ? Je n'étais pas au courant.

— C'est un problème alorien, répondit Ce'Nedra avec désinvolture.

— Ah, je vois. Ça explique tout. Les Aloriens n'ont pas besoin de raison pour agir.

— Vous vous moquez de moi, accusa-t-elle.

— Bien sûr, ma petite Ce'Nedra. Il y a des milliers d'années que les Anadile taquinent les Borune.

— C'est très important, oncle Varana, s'indigna-t-elle en faisant la moue.

— Sûrement, acquiesça-t-il en passant doucement son gros doigt sur sa lèvre inférieure gonflée. Mais ce n'est pas une raison pour ne pas en rire.

— Vous êtes impossible, protesta Ce'Nedra, à bout

d'arguments, en riant malgré elle. Que faites-vous par ici ?

— J'observe, lui confia-t-il. Les généraux font beaucoup ça. Et comme la seule guerre observable en ce moment est la tienne, nous nous sommes dit que nous allions passer jeter un coup d'œil. Je suis venu avec quelques amis. C'est Morin qui nous en a donné l'idée.

— Le chambellan de mon père ?

— Je pense que c'est ça, oui.

— Morin n'aurait jamais fait une chose pareille de son propre chef.

— Vraiment ? Ça alors !

Ce'Nedra fronça les sourcils en se mordillant distraitement une mèche de cheveux. Varana tendit la main et la lui ôta d'entre les dents.

— Morin n'oserait pas lever le petit doigt sans en avoir reçu l'ordre de mon père, reprit Ce'Nedra en recommençant son manège.

Varana lui ôta à nouveau les cheveux de la bouche.

— Ne faites pas ça, ronchonna-t-elle.

— Tu penses si je vais m'en priver ! C'est comme ça que je t'ai déshabituée de sucer ton pouce.

— Ce n'est pas la même chose. Je réfléchis.

— Eh bien, réfléchis la bouche fermée.

— C'était l'idée de mon père, hein ?

— Je n'irai pas jusqu'à dire que je lis dans les pensées de l'empereur.

— Eh bien, moi si. Que mijote ce vieux renard ?

— Allons, mon enfant, ce n'est pas très respectueux.

— Vous disiez que vous étiez là pour observer ?

Il acquiesça d'un signe de tête.

— Et peut-être faire quelques suggestions ?

— Si on veut bien nous écouter, répondit-il avec un haussement d'épaules. Rappelle-toi que je suis là à titre officieux. La politique impériale m'interdit d'intervenir. Tol Honeth ne reconnaît pas formellement ton titre de reine de Riva.

— Parmi les suggestions que vous pourriez être amené à faire si vous vous trouviez à proximité d'une légion tolnedraine qui semblerait manquer un peu de directives, reprit-elle en lui jetant un coup d'œil appuyé à travers ses longs cils, se pourrait-il qu'il y ait « en avant marche » ?

— Cette situation pourrait se présenter, en effet.

— Et vous avez un certain nombre d'autres officiers d'état-major avec vous ?

— Tiens, je me demande tout à coup si quelques-uns ne serviraient pas de temps en temps dans ce corps, répondit-il, l'œil brillant de malice.

Ce'Nedra porta sa boucle de cheveux à ses lèvres et le général Varana la lui ôta aussitôt de la bouche.

— Vous aimeriez rencontrer le roi Rhodar de Drasnie ? lui proposa-t-elle.

— J'en serais fort honoré.

— Eh bien, pourquoi ne pas aller le voir tout de suite ?

— Pourquoi pas, en effet ?

— Oh, mon oncle, je vous adore ! s'esclaffa-t-elle en se jetant à son cou.

Les chefs suprêmes de l'armée étaient en grande conférence dans une vaste salle que le roi Cho-Hag avait mise à leur disposition. Ils avaient renoncé à tout formalisme et regardaient, vautrés dans de confortables fauteuils, le roi Rhodar mesurer, à l'aide d'un bout de ficelle, des distances sur une grande carte qui couvrait tout un pan de mur.

— Je n'ai pas l'impression que ce soit si loin que ça, di sait-il au roi Cho-Hag.

— C'est parce que votre carte est plate, Rhodar, répliqua Cho-Hag. Le relief de cette région est très accidenté. Croyez-moi, ces fortins sont bien à trois jours d'ici.

Le roi Rhodar exprima son dégoût par un bruit assez incongru.

— Alors j'ai bien peur que nous soyons obligés de renoncer à y mettre le feu. Je ne vais pas commencer à ordonner des missions suicides. Trois jours de cheval, c'est trop loin.

— Majesté... commença poliment Ce'Nedra.

— Oui, mon enfant ? répondit Rhodar en continuant à observer la carte, les sourcils froncés.

— Je voudrais vous présenter quelqu'un.

Le roi Rhodar se tourna vers elle.

— Majesté, reprit Ce'Nedra d'un ton cérémonieux, voici Sa Grâce, le duc d'Anadile. Général Varana, Sa Majesté, le roi Rhodar de Drasnie.

Les deux hommes échangèrent poliment des courbettes en se mesurant du regard.

— Le général nous arrive précédé d'une flatteuse réputation, répliqua Rhodar.

— Tandis que Sa Majesté a eu la suprême habileté de garder le secret sur ses dons de tacticien, rétorqua Varana.

— Croyez-vous que cela réponde aux exigences de la courtoisie ? s'enquit Rhodar.

— Dans le cas contraire, nous pourrons toujours raconter plus tard de quelle effroyable civilité nous avons été l'un envers l'autre, suggéra Varana.

— Très bien, aquiesça le roi Rhodar avec un grand sourire, que vient donc faire en Algarie le plus grand tacticien de Tolnedrie ?

— Observer, Majesté.

— Vous comptez vous borner à cette explication ?

— Absolument. La Tolnedrie est tenue, pour des raisons politiques, de conserver la neutralité en cette affaire. Je suis persuadé que Votre Majesté est informée de l'évolution de la situation par ses services secrets. Les cinq espions que vous avez au palais impérial sont de grands professionnels.

— Pas cinq, six, rectifia en passant le roi Rhodar.

— On en apprend tous les jours, commenta le général Varana en arquant un sourcil.

— Ça va, ça vient, vous savez, observa Rhodar en haussant les épaules. Vous connaissez notre position ?

— J'en ai été informé, oui.

— Qu'en pensez-vous... en tant qu'observateur ?

— Je pense que vous avez un problème.

— Merci, répondit sèchement Rhodar.

— Le rapport de force vous impose une stratégie défensive.

— Nous aurions une chance de nous en sortir si nous

n'avions sur le dos que Taur Urgas et les Murgos du Sud, répondit Rhodar en secouant la tête, mais 'Zakath masse tous les jours davantage d'hommes à Thull Zelik. Nous ne pouvons pas nous contenter de nous retrancher derrière des fortifications. S'il décide de nous donner l'assaut, ses hommes nous auront réglé notre compte avant l'automne. Notre seul espoir est d'envoyer la flotte d'Anheg dans la Mer du Levant pour couler ses bâtiments. Si nous ne tentons pas le coup, nous sommes cuits.

Varana s'approcha de la carte.

— Pour descendre la Mardu, il faudra que vous neutralisiez Thull Mardu, remarqua-t-il en indiquant une île au milieu du fleuve. Vous ne pourrez jamais faire passer une flotte devant tant qu'elle sera aux mains d'une force hostile. Il faudra que vous la preniez.

— Ça ne nous avait pas échappé, commenta le roi Anheg, vautré dans un fauteuil, son éternelle chope de bière à la main.

— Vous connaissez Anheg, mon général, fit Rhodar.

— De réputation, acquiesça Varana avec un hochement de tête. Majesté, dit-il en s'inclinant devant le roi Anheg.

— Général, répondit Anheg avec une inclinaison de tête.

— Si Thull Mardu est bien défendue, vous y laisserez le tiers de votre armée, observa Varana.

— Nous pensions attirer la garnison à l'extérieur sous un prétexte, annonça Rhodar.

— Comment ?

— C'est là que nous entrons en jeu, Korodullin et moi, intervint le roi Cho-Hag de sa voix calme. Une fois en haut de l'A-pic, les chevaliers mimbraïques raseront toutes les villes et tous les villages des hauts plateaux, et mes hommes brûleront les récoltes dans les régions agricoles des plaines.

— Ils se rendront bien compte que ce n'est qu'une diversion, Majesté, objecta Varana.

— Sans doute, acquiesça Brand de sa voix de tonnerre, mais de quoi ? Je ne vois pas comment ils pourraient comprendre que notre véritable objectif est en fait Thull Mardu. Nous ferons de notre mieux pour n'oublier personne dans nos déprédations. Ils se feront peut-être une raison au départ, mais ils ne mettront pas longtemps à prendre des mesures pour protéger leurs villes et leurs récoltes.

— Et vous pensez que ça les amènera à faire sortir la garnison de Thull Mardu ?

— C'est ce que nous espérons, confirma le roi Rhodar.

— Ils feront venir des Murgos de Rak Goska et des Malloréens de Thull Zelik, protesta Varana en secouant la tête. Et au lieu d'une opération de commando sur Thull Mardu, c'est une guerre générale que vous aurez sur les bras.

— C'est ce que vous feriez, général Varana, rétorqua le roi Rhodar, mais vous n'êtes ni 'Zakath ni Taur Urgas. Notre stratégie est basée sur ce que nous savons d'eux. Ni l'un ni l'autre n'engagera ses forces à moins d'être convaincu que nous représentons un danger majeur. Ils préféreront ménager leurs troupes. Nous ne devrions constituer à leurs yeux qu'un ennui passager, éventuellement un prétexte pour faire prendre l'air à leurs hommes, mais, de leur point de vue, la vraie guerre commencera quand ils se rentreront dedans. Ils resteront dans l'expectative, et le roi Gethell du Mishrak ac Thull nous affrontera seul, avec le soutien symbolique des Murgos et des Malloréens. Si nous faisons vite, la flotte d'Anheg sera dans la Mer du Levant et notre armée devant l'A-pic avant qu'ils aient eu le temps de comprendre ce que nous mijotions.

— Et après ?

— Après, reprit le roi Anheg avec un petit ricanement, Taur Urgas restera à Rak Goska comme s'il avait les pieds cloués au sol et il applaudira des deux mains en me regardant envoyer des bateaux entiers de Malloréens servir de nourriture aux poissons dans la Mer du Levant.

— 'Zakath n'osera jamais envoyer ses troupes contre nous, ajouta Brand. Il courrait le risque, s'il perdait trop d'hommes, de laisser la supériorité numérique à Taur Urgas.

Le général Varana réfléchit un instant.

— La situation paraît bien verrouillée, commenta-t-il enfin d'un ton rêveur. Trois armées dans la même région, dont aucune n'ose bouger.

— Comme ça, pas de bobo. La guerre idéale, quoi, renchérit Rhodar avec un grand sourire.

— Votre seul problème consiste donc à évaluer la portée de vos raids avant d'attaquer Thull Mardu, nota Varana. Il faut qu'ils soient assez sérieux pour faire sortir la garnison de la ville, mais pas trop pour inquiéter vraiment 'Zakath ou Taur Urgas. Votre marge de manœuvre est étroite, messieurs.

— C'est pourquoi nous sommes heureux de bénéficier des conseils du plus grand tacticien de Tolnedrie, approuva Rhodar avec une invraisemblable révérence.

— Pardon, Majesté : des *observations*, rectifia le général Varana en levant la main. Un observateur se borne à faire des observations. Le terme « conseil » implique une prise de position incompatible avec la volonté de neutralité de l'empire.

— A propos, Cho-Hag, fit Rhodar avec un grand sourire. Il va falloir que nous prenions des dispositions pour assurer l'hébergement de *l'observateur* impérial et de son état-major.

Ce'Nedra regardait avec une secrète jubilation s'amorcer ce qui serait sans nul doute une solide amitié entre ces deux hommes d'exception.

— Eh bien, messieurs, je vous laisse à vos amusements, annonça-t-elle avec un petit sourire enjôleur. Les questions militaires me donnent la migraine. Je m'en remets à vous pour ne pas m'attirer d'ennuis.

Elle se retira après une petite courbette.

Deux jours plus tard, Relg revint d'Ulgolande avec des hommes vêtus de tuniques à capuchon couvertes d'écailles métalliques : c'étaient les renforts envoyés par le Gorim. Taïba, qui était restée dans son coin depuis que l'armée était arrivée à la Forteresse, se joignit à Ce'Nedra et dame Polgara pour accueillir les voitures qui gravissaient en grinçant la colline menant à l'entrée principale. La belle Marague portait une robe de lin toute simple, presque austère, mais ses prunelles violettes étincelaient. Relg dégringola de la voiture de tête et répondit machinalement aux salutations de Barak et Mandorallen. Ses grands yeux cherchaient quelqu'un dans le groupe massé devant les portes, puis ils croisèrent ceux de Taïba, et ce fut comme s'il se détendait. Il s'approcha d'elle sans un mot. Taïba ne put s'empêcher de tendre plusieurs fois la main vers lui mais ils ne se touchèrent pas. Ils restèrent face à face, dans la lumière dorée du soleil, les yeux perdus dans leur mutuelle contemplation, comme à l'abri d'une bulle dont les autres étaient magiquement exclus. Taïba ne pouvait détacher ses yeux de Relg, mais on y aurait vainement cherché l'adoration béate, stupide, qui emplissait ceux d'Ariana quand elle admirait Lelldorin. Taïba semblait plutôt l'interroger, sinon le défier. Relg avait le regard troublé d'un homme déchiré entre deux forces opposées. Ce'Nedra les observa quelques instants, puis se sentit obligée de tourner la tête.

Les Ulgos étaient cantonnés dans des pièces aveugles, sous la Forteresse. Ils allaient vivre des jours difficiles et Relg devait les aider à habituer leur vue à la lumière du soleil et à oublier la panique irraisonnée qui assaillait ses compatriotes ulgos quand ils se retrouvaient en plein air.

Le soir, un autre petit groupe arriva du sud. Trois hommes, deux en robe blanche et un en haillons crasseux, se présentèrent au portail. Les plantons algarois les firent aussitôt entrer et l'un des gardes fut dépêché aux appartements privés de dame Polgara pour l'informer de leur arrivée.

— Amenez-les ici, conseilla-t-elle au pauvre homme — il lui faisait pitié avec son visage de cendre et ses genoux tremblants. Ils ne voient pour ainsi dire jamais personne et ils ne seraient peut-être pas à l'aise au milieu de tous ces gens.

— Tout de suite, Dame Pol, répondit aussitôt l'Algarois en s'inclinant comme pour prendre congé. Euh... Vous croyez qu'il me le ferait vraiment ? balbutia-t-il après une hésitation.

— Qui vous ferait quoi ?

— Le plus laid. Il a dit qu'il allait me... commença l'homme, puis il s'interrompit en se rappelant à qui il parlait et devint d'un beau rouge. Je ne peux pas vous répéter ce qu'il m'a dit, Dame Polgara. Mais c'était quelque chose d'affreux.

— Oh ! dit-elle. Je crois savoir ce que vous voulez dire. C'est l'une de ses expressions favorites. Je pense que vous n'avez rien à craindre. Il dit ça uniquement pour qu'on fasse attention à lui. Je ne suis même pas certaine qu'on puisse faire une chose pareille à quelqu'un sans lui ôter la vie.

— Je vous les amène tout de suite, Dame Polgara.

La sorcière se tourna vers Ce'Nedra, Adara et Ariana qui s'étaient jointes à elle pour le dîner.

— Mesdames, annonça-t-elle gravement, nous allons avoir des visiteurs. Deux d'entre eux sont les êtres les plus doux et les plus gentils du monde, mais le troisième fait du langage un usage quelque peu insolite. Si vous avez les oreilles sensibles, vous feriez mieux de vous retirer.

Ce'Nedra, qui n'avait pas oublié sa rencontre avec les trois hommes au Val d'Aldur, se leva aussitôt.

— Pas vous, Ce'Nedra, objecta Polgara. Je crains que vous ne soyez obligée de rester.

Ce'Nedra avala péniblement sa salive.

— A votre place, je partirais tout de suite, conseilla-t-elle à ses amies.

— Il est si redoutable que ça ? demanda Adara. J'ai déjà entendu jurer des hommes.

— Pas comme lui, l'avertit Ce'Nedra.

— Vous avez réussi à exciter ma curiosité, répondit Adara avec un sourire. Je crois que je vais rester.

— Vous ne direz pas que je ne vous ai pas prévenues.

Beltira et Belkira étaient angéliques, comme toujours, mais le difforme Beldin était encore plus laid et plus désagréable que dans le souvenir de Ce'Nedra. Ariana prit la fuite avant même qu'il ait fini de dire bonjour à dame Polgara. Adara devint d'une pâleur mortelle mais elle encaissa bravement le coup. Puis le vilain petit homme se tourna vers Ce'Nedra et la gratifia, en réponse à ses paroles de bienvenue, de quelques questions incongrues qui la firent rougir jusqu'à la racine des cheveux. Adara jugea plus prudent de se retirer.

— Elles ont un problème, tes greluches, Pol ? demanda innocemment Beldin en fourrageant dans sa tignasse en broussaille. On dirait qu'elles ont leurs vapeurs.

— Ce sont des demoiselles comme il faut, mon Oncle, répondit Polgara. Certains propos leur écorchent les oreilles.

— C'est tout ? rétorqua-t-il avec un rire ignoble. Cette petite rouquine semble un peu moins délicate.

— Vos remarques m'offensent tout autant que mes compagnes, Maître Beldin, répliqua Ce'Nedra avec raideur, mais je n'entends pas me faire dicter mon comportement par les insanités d'un bossu mal embouché.

— Pas mal, commenta-t-il d'un ton appréciateur en se laissant tomber dans le premier fauteuil venu. Mais il faut apprendre à vous laisser aller davantage. L'insulte a une cadence, un rythme que vous ne maîtrisez manifestement pas encore.

— Elle est très jeune, mon bon Oncle, lui rappela Polgara.

— C'est le moins qu'on puisse dire, commenta Beldin en lorgnant la petite princesse d'un air égrillard.

— Ça suffit, mon Oncle, arrêtez, lui demanda gentiment mais fermement Polgara.

— Nous sommes venus...

— ... nous joindre à votre expédition, annoncèrent les jumeaux. D'après Beldin...

— ... vous pourriez rencontrer des Grolims et...

— ... avoir besoin d'aide.

— Pathétique, non ? reprit Beldin. Ils n'ont pas encore appris à parler tout seuls. Toute ton armée est là ? ajouta-t-il en regardant Polgara.

— Nous retrouverons les Cheresques à la rivière.

— Vous ne les avez pas assez baratinés, décréta-t-il en se tournant vers Ce'Nedra. Vous n'avez pas assez d'hommes. Les Murgos du Sud grouillent comme des bloches sur un cadavre et les Malloréens se multiplient comme des mouches à m...

— Nous vous exposerons notre stratégie en temps utile, mon Oncle, coupa précipitamment Polgara. Nous n'avons pas l'intention de foncer tête baissée sur les armées angarakes. Nous nous livrons à une simple diversion.

Il eut alors un petit sourire hideux.

— Je ne sais pas ce que j'aurais donné pour voir ta tête quand tu as découvert que Belgarath t'avait filé entre les doigts.

— A votre place, Maître Beldin, je n'insisterais pas sur ce point, suggéra Ce'Nedra. La décision de Belgarath n'a pas fait très plaisir à dame Polgara, et il serait imprudent de revenir là-dessus.

— Je l'ai déjà vue piquer des crises, répondit-il en haussant les épaules. Tu ne pourrais pas envoyer quelqu'un chercher un porc ou un mouton, Pol ? J'ai faim.

— Nous avons l'habitude de faire cuire la viande avant de la manger, mon Oncle.

— Pour quoi faire ? demanda-t-il, l'air tout étonné.

CHAPITRE X

Trois jours plus tard, la force multinationale quittait la Forteresse et faisait mouvement vers le campement provisoire établi par les Algarois sur la rive orientale de l'Aldur. L'armée avançait en colonnes immenses, séparées par de larges bandes de prairie où elles imprimaient une trace d'une largeur prodigieuse. Les Tolnedrains marchaient au centre, dans l'herbe qui leur arrivait aux genoux, levant haut leurs étendards. Ils défilaient au pas, comme s'ils étaient à la parade. L'ordonnance des légions s'était bien améliorée depuis l'arrivée du général Varana et de son état-major. La mutinerie des légionnaires, dans la plaine de Tol Vordue, avait pourvu Ce'Nedra d'un énorme contingent d'hommes de troupe, mais pas d'officiers supérieurs, et les hommes s'étaient installés dans un certain laxisme. Le général Varana n'avait pas fait une seule allusion aux taches de rouille qui déparaient les cuirasses ou aux visages mal rasés. Sa réprobation muette avait manifestement suffi aux sergents coriaces qui commandaient dorénavant les légions. Les taches de rouille avaient vite disparu et les hommes avaient retrouvé leurs bonnes habitudes. Certains visages rasés de près arboraient au demeurant des contusions qui en disaient long sur la nature des arguments dont avaient parfois usé les sergents afin de convaincre leurs troupes que les vacances étaient finies.

Les chevaliers mimbraïques chevauchaient d'un côté des légions. Leurs armures étincelaient au soleil, leurs étendards multicolores claquaient au vent sur la forêt de leurs lances et leur visage trahissait un immense enthousiasme, à défaut d'autre chose. Ce'Nedra commençait à se demander si une bonne part de leur terrible réputation ne venait pas de cet abîme d'inconséquence. Allons, elle n'aurait pas besoin de les pousser à donner l'assaut en plein hiver ou si le vent tournait.

Ce n'est pas un hasard si les archers asturiens vêtus de vert et de brun marchaient sur l'autre flanc des légions. Les Asturiens n'étaient pas plus futés que leurs cousins mimbraïques et la plus élémentaire prudence conseillait de séparer les deux factions rivales afin d'éviter les frictions.

Les Mimbraïques étaient flanqués par les volontaires sendariens dans leurs uniformes de fortune et les Asturiens, par les Riviens au visage grave, tous de gris vêtus, et les rares Cheresques qui n'avaient pas accompagné la flotte. L'armée était suivie par une ligne en pointillé qui allait jusqu'à l'horizon : les voitures de ravitaillement du roi Fulrach. Les hommes de clan algarois les escortaient par petits groupes, menant des troupeaux entiers de chevaux et de bétail à demi sauvage.

Varana et Ce'Nedra chevauchaient de conserve. La petite princesse s'efforçait, sans grand succès, d'exposer sa cause au général.

— Mon petit, lui confia enfin celui-ci, je suis tolnedrain, et un soldat par-dessus le marché. Ce n'est vraiment pas fait pour m'inciter au mysticisme. Mon plus grand souci à l'heure actuelle concerne le ravitaillement de cette multitude. Votre source d'approvisionnement remonte à travers les montagnes, jusqu'en Arendie. Ça fait une trotte, Ce'Nedra.

— Le roi Fulrach y a pourvu, mon Oncle, répondit-elle non sans suffisance. Depuis que nous avons commencé à avancer, les Sendariens envoient des marchandises au Gué d'Aldur par la Route des Caravanes du Nord puis par bateau, en remontant la rivière, jusqu'au camp. Des dépôts de vivres de je ne sais combien de lieues de périmètre nous attendent là-bas.

— Les Sendariens font décidément de remarquables intendants généraux, observa le général Varana avec un hochement de tête approbateur. Il vous a aussi fait porter des armes ?

— Je pense qu'ils ont parlé de flèches, de lances de rechange pour les chevaliers et tout ce qui s'ensuit. J'ai cru comprendre qu'ils savaient ce qu'ils faisaient, alors je ne m'en suis pas trop mêlée.

— C'est idiot, Ce'Nedra, laissa tomber Varana. Quand on dirige une armée, il faut connaître tous les détails.

— Ce n'est pas moi qui dirige l'armée, mon Oncle, rectifia-t-elle. Je me contente de marcher à sa tête. C'est le roi Rhodar qui a pris la direction des opérations.

— Et s'il lui arrivait quelque chose ? Tu pars en guerre, ma petite princesse, reprit-il comme Ce'Nedra restait coite, et à la guerre, il y a des morts et des blessés. Tu ferais mieux de t'intéresser un peu à ce qui se passe autour de toi. Ce n'est pas en te fourrant la tête sous un oreiller que tu vas améliorer tes chances de succès. Et puis ne te ronge pas les ongles, ajouta-t-il en braquant sur elle un regard impitoyable. C'est vraiment vilain.

Le campement de la rivière était une véritable ville de toile située au centre du dépôt de vivres et de marchandises du roi Fulrach. Une interminable rangée de barges à fond plat amarrées à la rive attendaient l'heure du chargement.

— Eh bien, Fulrach, vos gars n'ont pas perdu de temps, observa le roi Rhodar en passant à cheval entre les montagnes rectilignes de marchandises et de matériel protégés dans de solides emballages de toile. Comment avez-vous su ce qu'il fallait leur demander ?

— J'ai pris des notes pendant que nous traversions l'Arendie, répondit le monarque à la panse rebondie. Il n'était pas difficile de voir qu'il nous faudrait des bottes, des flèches et des épées de rechange. Nous n'avons pratiquement plus besoin que de denrées alimentaires, à présent. Nous aurons de la viande fraîche, grâce aux troupeaux algarois, mais les hommes tombent malades quand ils ne mangent que de la viande.

— Vous avez amassé assez de provisions pour nourrir l'armée pendant un an, remarqua le roi Anheg.

— Quarante-cinq jours, rectifia Fulrach. Trente ici et deux semaines dans les fortifications que les Drasniens sont en train de construire en haut de l'A-pic. C'est notre marge de sécurité. Les barges devraient renouveler quotidiennement le stock de vivres, afin que nous en ayons toujours autant devant nous. Une fois l'objectif défini, le reste allait de soi.

— Mais comment pouvez-vous savoir combien mange un homme ? s'étonna Rhodar en observant les piles de ravitaillement. Il y a des jours où j'ai plus faim que d'autres.

— Ça fait une moyenne, répondit Fulrach en haussant les épaules. Il y en a qui mangent plus que d'autres, mais au bout du compte, ça revient au même.

— Fulrach, il y a des moments où je vous trouve si pratique que ça me rend malade, commenta Anheg.

— Il faut bien que quelqu'un le soit.

— Vous n'avez vraiment pas le goût de l'aventure, vous autres, Sendariens. Vous n'improvisez jamais ?

— Pas quand nous pouvons faire autrement, répondit calmement le roi de Sendarie.

De grands pavillons avaient été érigés au centre du dépôt de marchandises pour les chefs de l'armée. Vers le milieu de l'après-midi, après avoir ôté son armure et pris un bain, la princesse Ce'Nedra alla voir ce qui s'y passait.

— Il y a maintenant près de quatre jours qu'ils sont au mouillage à une demi-lieue en aval, disait Barak à son cousin. C'est Greldik qui dirige plus ou moins les opérations.

— Greldik ? répéta Anheg, surpris. Mais il n'a pas de poste officiel.

— Il connaît le fleuve, répliqua Barak avec un haussement d'épaules. Avec les années, il a navigué partout où il y avait de l'eau et une chance de gagner un petit quelque chose. Il me dit que les marins boivent comme des éponges depuis qu'ils sont au mouillage. Ils savent ce qui les attend.

— Eh bien, ils ne vont pas être déçus, répondit Anheg avec un petit ricanement. Rhodar, quand vos ingénieurs seront-ils prêts à soulever les vaisseaux en haut de l'A-pic ?

— D'ici une semaine à peu près, répondit le roi Rhodar en levant les yeux de son petit casse-croûte de l'après-midi.

— Ça ne nous laisse guère de temps, conclut Anheg. Fais dire à Greldik que nous commencerons le portage demain matin, reprit-il en se tournant vers Barak. Comme ça, les marins n'auront pas le temps de dessoûler.

Ce'Nedra ne comprit pleinement le sens du mot « portage » que le lendemain matin, en arrivant à la rivière : les Cheresques portaient leurs vaisseaux hors de l'eau et les amenaient, à la seule force de leurs muscles luisants de sueur, sur les trains de roulage en bois. Elle fut horrifiée par les efforts requis pour déplacer un navire de quelques pouces à peine.

Elle n'était pas la seule. Durnik le forgeron observa le déroulement des opérations d'un œil outré et alla immédiatement trouver le roi Anheg.

— Pardonnez-moi, Votre Honneur, commença-t-il respectueusement, mais n'est-ce pas aussi mauvais pour les bateaux que pour les hommes ?

— Les vaisseaux, rectifia Anheg. On dit des vaisseaux. Un bateau, c'est autre chose.

— D'accord, les vaisseaux. Vous n'avez pas peur qu'à force de heurter ces rondins, les coutures ne s'ouvrent ?

— De toute façon, ils fuient tous plus ou moins, répondit Anheg en haussant les épaules, et on a toujours fait comme ça.

Durnik comprit tout de suite qu'il était vain d'essayer de discuter avec le roi de Cherek et alla trouver Barak. Celui-ci considérait d'un œil sombre l'immense bâtiment auquel son équipage avait fait remonter la rivière à la rame.

— Tu vois, Greldik, disait le géant à la barbe rouge, il a l'air très impressionnant sur l'eau, mais je pense qu'il aura l'air encore plus impressionnant quand il faudra le soulever à dos d'homme et l'amener jusqu'ici.

— C'est toi qui voulais le plus grand navire de guerre

qui ait jamais pris la mer, lui rappela Greldik en souriant jusqu'aux oreilles. Eh bien, tu n'as plus qu'à acheter assez de bière pour faire flotter cette grosse baleine si tu veux que ton équipage soit assez ivre pour essayer de la porter. Et n'oublie pas : la coutume veut que le capitaine prête main forte à son équipage au moment du portage...

— C'est une coutume ridicule, commenta aigrement Barak.

— Si tu veux mon avis, tu vas passer une sacrée semaine, conclut Greldik avec un sourire qui lui faisait deux fois le tour de la figure.

Durnik prit les deux hommes à part et commença à discuter sérieusement avec eux en faisant des dessins sur la rive sablonneuse avec un bâton. Ils eurent bientôt l'air intéressé.

Le résultat de leur discussion ne se fit pas attendre : dès le lendemain, les vaisseaux de Barak et de Greldik furent tirés de l'eau et précautionneusement glissés sur deux espèces d'immenses berceaux dotés d'une douzaine de roues de chaque côté. La manœuvre fut saluée par les ricanements des autres Cheresques, mais les rieurs changèrent de camp lorsque les équipages commencèrent à faire rouler les deux bâtiments sur la plaine. Hettar, qui se trouvait à passer par là, les observa quelques instants en fronçant les sourcils avec perplexité.

— Ce que je me demande, fit-il enfin, c'est pourquoi vous faites faire ça par vos hommes alors que vous êtes au milieu du plus grand troupeau de chevaux du monde ?

Barak ouvrit des yeux comme des assiettes à soupe puis un sourire presque respectueux illumina son visage.

Les lazzis qui s'étaient élevés au moment où les hommes de Barak et Greldik hissaient leurs vaisseaux sur les berceaux à roulettes firent vite place à des murmures hargneux quand les hommes qui suaient à grosses gouttes pour faire avancer leurs vaisseaux pouce après pouce les virent s'éloigner vers l'A-pic tirés par des chevaux. D'autant que Barak et Greldik avaient suggéré à leurs équipages de se prélasser ostensiblement sur le pont en buvant de la bière et en jouant aux dés.

Le roi Anheg regarda passer l'énorme navire de son cousin d'un air profondément offusqué auquel Barak répondit par un sourire impudent.

— C'en est trop ! explosa le roi de Cherek en jetant par terre sa couronne édentée.

— Mon cher Anheg, commença le roi Rhodar en faisant des efforts méritoires pour garder son sérieux, je suis le premier à admettre que ça ne doit pas être aussi bien que de faire porter les vaisseaux à dos d'homme. Je suis sûr qu'il y a une raison profondément philosophique au fait de suer sang et eau, de même qu'à tous ces soupirs et ces jurons, mais vous m'accorderez que cette façon de faire est malgré tout plus rapide, et nous aurions vraiment intérêt à accélérer la manœuvre.

— Ce n'est pas normal, grommela Anheg en lorgnant d'un œil noir les deux bâtiments qui avaient déjà pris plusieurs centaines de toises d'avance.

— Rien n'est normal la première fois, commenta Rhodar avec un haussement d'épaules fataliste.

— Je vais y réfléchir, fit Anheg d'un ton funèbre.

— A votre place, je réfléchirais vite, insinua Rhodar. Votre popularité risque de dégringoler en flèche, et Barak est du genre à faire l'aller et retour entre l'A-pic et vous rien que pour narguer vos matelots avec son engin diabolique.

— Vous pensez qu'il oserait me faire ça, à moi ?

— Vous pouvez compter sur lui.

Le roi Anheg poussa un soupir à fendre l'âme.

— Allez chercher ce forgeron sendarien à l'intelligence perverse, ordonna-t-il amèrement à l'un de ses hommes, et qu'on en finisse.

Plus tard, dans la journée, les chefs militaires tinrent une réunion stratégique sous la tente principale.

— Notre problème majeur consiste maintenant à dissimuler l'étendue de nos forces à l'ennemi, annonça le roi Rhodar. Au lieu de grouper nos troupes au pied de l'A-pic, je pense qu'il serait préférable de les faire avancer par petites unités et monter jusqu'aux fortifications du sommet dès leur arrivée.

— Cette façon de procéder ne risque-t-elle pas de ralentir la manœuvre ? objecta le roi Korodullin.

— Pas vraiment, rétorqua le roi Rhodar. Nous ferions d'abord monter vos chevaliers et les cavaliers de Cho-Hag afin qu'ils commencent à fiche le feu aux villes et aux récoltes, histoire d'empêcher les Thulls de se demander combien d'hommes nous envisageons de faire passer là-haut. Nous ne tenons pas à ce qu'ils se mettent à compter les pattes de nos chevaux.

— Et si nous faisions de faux feux de camp et ce genre de chose afin de donner l'impression que nous sommes encore plus nombreux ? suggéra vivement Lelldorin.

— Nous ne cherchons pas à faire paraître notre armée plus grande qu'elle n'est mais au contraire à en minimiser l'importance pour donner le change à Taur Urgas et 'Zakath, lui expliqua doucement Brand de sa grosse voix. Si nous n'avons affaire qu'aux Thulls du roi Gethell, tout ira bien. Si les Murgos et les Malloréens entrent en jeu, nous sommes mal partis.

— C'est ce que nous voulons éviter à tout prix, renchérit le roi Rhodar.

— Oh ! fit Lelldorin en rosissant délicatement. Je n'avais pas réfléchi à ça.

— Dites, Lelldorin, je voudrais aller un peu voir les troupes, intervint gentiment Ce'Nedra dans l'espoir de l'aider à dissimuler sa confusion. Voulez-vous m'accompagner ?

— Bien sûr, Majesté, acquiesça le jeune Asturien en se levant précipitamment.

— Bonne idée, Ce'Nedra, approuva Rhodar. Encouragez-les un peu. Ils ont fait une longue marche et il ne faudrait pas que leur moral retombe.

Torasin, le cousin de Lelldorin, se leva à son tour. Il était entièrement vêtu de noir, comme à l'accoutumée.

— Je vous accompagne, avec l'autorisation de Sa Majesté, bien sûr, déclara-t-il avec un sourire assez impudent à l'adresse du roi Korodullin. Les Asturiens font des comploteurs de génie mais de pauvres stratèges et je doute fort que la discussion souffre de mon absence.

— Nous Te trouvons bien effronté, jeune Torasin, répondit le roi d'Arendie en souriant malgré lui, mais nous sommes d'avis que Tu n'es pas l'irréductible ennemi de la couronne d'Arendie que Tu prétends être.

Torasin se fendit d'une révérence à tout casser assortie d'un sourire radieux.

— J'en arriverais presque à l'aimer, sans tous ces salamalecs, commenta-t-il une fois sorti de la tente, en se tournant vers Lelldorin.

— Ce n'est pas si terrible, une fois qu'on y est habitué, répondit Lelldorin.

— Ah, évidemment, reprit Torasin en s'esclaffant, si j'avais une amie aussi jolie que dame Ariana, elle pourrait faire tous les salamalecs qu'elle voudrait. Bon, à quelles troupes Sa Majesté désire-t-elle apporter le réconfort de son auguste présence ? railla-t-il.

— Allons rendre visite à vos compatriotes asturiens, décida-t-elle. Il vaut mieux que je m'abstienne de vous emmener dans le camp mimbraïque tant qu'on ne vous aura pas confisqué vos épées et bridé la bouche.

— Vous n'avez donc pas confiance en nous ? gémit Lelldorin.

— Si, mais je vous connais, répliqua-t-elle en hochant la tête d'un air entendu. Où sont les quartiers asturiens ?

— Par ici, répondit Torasin en indiquant le sud.

La brise leur apportait l'odeur des cuisines roulantes sendariennes, et ce fumet dut rappeler quelque chose à la princesse car elle se rendit bientôt compte qu'au lieu de parcourir les rangées de tentes au hasard, elle cherchait inconsciemment des individus particuliers.

Elle les trouva devant une tente rapiécée : Lammer et Detton, les deux serfs qui avaient rejoint son armée près de Vo Wacune. Ils finissaient de manger. Ils étaient mieux vêtus et avaient l'air mieux nourris que le jour où elle les avait rencontrés. Ils se levèrent précipitamment en la voyant venir.

— Eh bien, mes amis, leur demanda-t-elle en s'efforçant de les mettre à l'aise, comment trouvez-vous la vie militaire ?

— Nous n'avons pas à nous plaindre, Votre Grandeur, répondit respectueusement Detton.

— Sauf qu'on marche beaucoup, ajouta Lammer. Je n'aurais jamais cru que le monde était si grand.

— Ils nous ont donné des bottes, proclama Detton en

levant un pied pour le lui faire admirer. Elles étaient un peu raides au début, mais nos ampoules ont fini par guérir.

— Vous avez assez à manger ? s'enquit Ce'Nedra.

— Oh, amplement ! lui assura Lammer. Nous n'avons même pas besoin de faire la cuisine, les Sendariens s'en occupent à notre place. Saviez-vous, ma Dame, qu'il n'y a plus de serfs au royaume de Sendarie ? N'est-ce pas stupéfiant ?

— Ça donne à réfléchir, en vérité, reprit Detton. Ils font pousser toute cette nourriture. Les gens mangent à leur faim, ils ont des vêtements à se mettre sur le dos, une maison où dormir, et il n'y a pas un seul serf dans tout le royaume.

— Je vois qu'on vous a même donné un uniforme, commenta la princesse en remarquant leurs casques en pain de sucre et leurs gros gilets de cuir.

Lammer hocha la tête et retira son casque.

— Il y a des plaques de métal à l'intérieur pour qu'on ne se fasse pas démolir la cervelle, expliqua-t-il. Ils nous ont fait mettre en rang et ils nous ont distribué tout ça en arrivant ici.

— Ils nous ont aussi remis une lance et une dague à chacun, ajouta Detton.

— Ils vous ont montré comment vous en servir ? s'inquiéta Ce'Nedra.

— Pas encore, ma Dame, répondit Detton. Pour l'instant, nous avons surtout appris le tir à l'arc.

— Vous pourriez vous en occuper ? demanda Ce'Nedra en se tournant vers ses deux compagnons. Je voudrais être sûre que tout le monde sache au moins se défendre.

— Nous y veillerons, Majesté, promit Lelldorin.

Un jeune serf assis en tailleur devant une tente, non loin de là, porta à ses lèvres une flûte sans doute faite de ses mains et se mit à jouer. Ce'Nedra avait entendu les plus grands musiciens du monde au palais de Tol Honeth, mais le jeune serf tirait de sa flûte des sons qui lui serraient le cœur. Sa mélodie montait vers l'azur, libre de toute entrave, comme une alouette.

— Comme c'est beau ! s'exclama-t-elle, les larmes aux yeux.

— Je ne connais pas grand-chose à la musique, opina Lammer, mais je crois qu'il ne joue pas mal. Quel dommage qu'il soit demeuré...

— Que voulez-vous dire ? fit Ce'Nedra en le regardant sans comprendre.

— D'après ce qu'on m'a dit, il vient d'un pauvre village du sud de l'Arendie où le seigneur était très dur avec ses serfs. Ce garçon est orphelin ; il était chargé de garder les vaches quand il était petit. Un jour, une bête s'est égarée, on l'a battu comme plâtre et maintenant il ne peut plus parler.

— On sait comment il s'appelle ?

— Je crois que personne ne connaît son nom, répondit Detton. Nous nous occupons de lui à tour de rôle, nous veillons à ce qu'il ait à manger et un endroit où dormir, mais on ne peut pas faire grand-chose d'autre pour lui.

Un petit bruit attira l'attention de Ce'Nedra. Elle se tourna et vit avec surprise de grosses larmes rouler sur les joues de Lelldorin.

Le garçon tirait de sa flûte des accents poignants. Il chercha les yeux de Ce'Nedra et soutint son regard avec une sorte de grave reconnaissance.

La princesse ne s'attarda pas. Elle savait que les deux serfs n'étaient pas à l'aise en sa présence. Elle s'était assurée qu'ils allaient bien, qu'elle avait tenu sa promesse, et c'est tout ce qui importait, en fait.

Ce'Nedra, Lelldorin et Torasin regagnaient le campement sendarien quand une altercation éclata derrière une tente.

— Je le mettrai où ça me chante, décréta un homme d'un ton belliqueux.

— Tu encombres la rue, rétorqua un autre homme.

— La rue ? Quelle rue ? riposta le premier en reniflant. Ce n'est pas une ville et il n'y a pas de rues.

— Ecoute, l'ami, reprit le second avec une patience insultante, je dois faire passer mes voitures par ici pour aller au dépôt de marchandises. Alors je te demande gentiment d'enlever ton matériel de là pour que je puisse passer. J'ai encore du boulot, moi, aujourd'hui.

— Je ne reçois pas d'ordres d'un planqué de charretier sendarien. Je suis un soldat, moi, Môssieur.

— Ah oui, vraiment ? Et tu t'es beaucoup battu, jusque-là ?

— Je me battrai le moment venu.

— Ça pourrait arriver plus vite que tu ne penses si tu n'enlèves pas ton fourbi de mon chemin. Ne m'oblige pas à descendre de ma voiture pour le déplacer moi-même ; ça pourrait me mettre de mauvaise humeur.

— Je tremble de peur, fit le soldat d'un ton sarcastique.

— Alors, tu le déplaces, oui ou non ?

— Non.

— J'ai essayé de t'avertir, l'ami, fit le voiturier d'un ton résigné.

— Si tu touches à mon matériel, je te casse la tête !

— Essaye un peu, pour voir !

Tout à coup, il y eut un bruit de pas précipités et plusieurs coups secs.

— Bon, alors maintenant, lève ton cul de là et déménage ton barda comme je te le demande depuis le début, ordonna le voiturier. Je ne vais pas passer la journée à discutailler.

— Tu t'es jeté sur moi quand je ne regardais pas, se lamenta le soldat.

— Tu veux regarder venir le prochain ?

— Ça va, ça va, t'énerve pas. J'y vais.

— Je suis content que nous nous comprenions.

— Ce genre de chose arrive-t-il souvent ? s'informa calmement Ce'Nedra.

Torasin acquiesça en levant les yeux au ciel comme pour le prendre à témoin.

— Certains hommes éprouvent le besoin de rouler des mécaniques et les voituriers sendariens n'ont pas toujours le temps de leur prêter une oreille attentive. La bagarre et le pugilat sont une seconde nature pour ces gaillards et les échauffourées avec les soldats se terminent presque toujours de la même façon. C'est très éducatif, en vérité.

— Ah, les hommes ! s'exclama Ce'Nedra.

En regagnant le campement sendarien, ils tombèrent sur Durnik accompagné de deux jeunes gens assez mal assortis.

— Je vous présente de vieux amis, annonça le forgeron. Ils viennent d'arriver avec les barges de ravitaillement. Je pense, Princesse, que vous connaissez Rundorig. Il était à la ferme de Faldor quand nous y sommes passés, l'hiver dernier.

Ce'Nedra se souvenait bien de lui, en effet. Le grand jeune homme un peu balourd était sur le point d'épouser Zubrette, l'amie d'enfance de Garion. La petite princesse le salua avec chaleur et lui rappela gentiment dans quelles circonstances ils s'étaient rencontrés. Rundorig n'était pas rapide de la comprenette — il n'était pas arendais pour rien —, au contraire de son compagnon, un autre ami de Garion nommé Doroon. C'était un petit jeune homme sec et nerveux, à la pomme d'Adam proéminente et aux yeux légèrement globuleux. Le premier instant de timidité passé, il commença à jaser comme une pie borgne. Il passait d'une idée à l'autre et il n'était pas facile à suivre.

— C'était assez pénible dans les montagnes, Votre Altesse, commença-t-il en réponse à sa question sur leurs conditions de voyage. Ça grimpait dur et tout ça, vous comprenez. Tant qu'à faire des routes, les Tolnedrains auraient pu les faire plates, eh bien, pas du tout : apparemment, ils sont fascinés par les lignes droites, même si ce n'est pas toujours le chemin le plus court. Je me demande pourquoi ils sont comme ça.

Doroon n'avait apparemment pas enregistré que Ce'Nedra était tolnedraine.

— Vous êtes venus par la Route des Caravanes du Nord ? lui demanda-t-elle.

— Oui, jusqu'à un endroit qu'ils appellent le Gué d'Aldur — drôle de nom, soit dit en passant ; enfin, pourquoi pas, après tout — bref, nous venions de sortir des montagnes où les Murgos nous ont attaqués, sacrée bagarre, au passage ! quand...

— Les Murgos ? demanda vivement Ce'Nedra dans l'espoir d'endiguer le flot de paroles du jeune homme.

— L'homme qui était chargé des voitures, acquiesça Doroon en hochant frénétiquement la tête, un grand gaillard de Muros, à moins que ce ne soit de Camaar, je ne sais plus ; tu te souviens, Rundorig ? Je confonds toujours les deux, je ne sais pas pourquoi, et... bon, qu'est-ce que je disais ?

— Les Murgos, lui rappela Durnik, toujours serviable.

— Ah oui : le conducteur des voitures disait qu'il y avait beaucoup de Murgos en Sendarie avant la guerre, ils se faisaient tous passer pour des marchands, seulement ce n'était pas vrai, c'était des espions, et quand la guerre a commencé, ils se sont réfugiés dans les montagnes, mais ils sont sortis des bois et ils ont essayé de nous tendre une embuscade, sauf que nous les attendions de pied ferme, pas vrai, Rundorig ? Alors Rundorig a flanqué un bon coup de gourdin à un Murgo qui passait le long de la voiture où nous étions, et il lui a proprement fait vider les étriers, *patchok !* comme ça, et je vous prie de croire qu'il ne s'y attendait pas !

Il eut un petit rire bref, puis son moulin à paroles se remit en marche et il leur décrivit le voyage de Sendarie avec un luxe de détails confus, désordonnés.

La princesse Ce'Nedra était étrangement émue par sa rencontre avec les deux amis d'enfance de Garion. Cela lui faisait toucher du doigt la terrible responsabilité qui pesait sur ses épaules. Elle avait bouleversé toutes les vies du Ponant, avec sa campagne. Elle avait séparé des femmes de leur mari, privé des enfants de leur père, emmené des gens simples, des hommes qui n'étaient jamais allés plus loin que le village voisin, à mille lieues sinon davantage de chez eux pour verser leur sang dans une guerre à laquelle ils ne comprenaient sûrement rien.

Le haut commandement de l'armée franchit dès le lendemain matin les dernières lieues séparant le dépôt de vivres et l'A-pic. Ils arrivaient en haut d'une colline quand Ce'Nedra tira brutalement sur les rênes de Paladin et contempla l'A-pic pour la première fois de sa vie. C'était impossible ! songea-t-elle, bouche bée. Il ne pouvait rien exister de si monumental ! L'immense falaise noire se cabrait au-dessus d'eux, telle une monstrueuse vague de roche noire pétrifiée qui marquait la frontière entre l'est et l'ouest et empêcherait à jamais le passage de l'un à l'autre. Et le symbole immuable de la division du monde se dresserait là jusqu'à la fin des âges, obstacle éternel que rien ne saurait aplanir.

En se rapprochant, Ce'Nedra nota une vive animation au pied de l'A-pic et sur le rebord du plateau. Dès cordages descendaient vers la plaine et un réseau complexe de poulies alignées au pied de l'énorme falaise.

— Pourquoi ont-ils mis les poulies en bas ? questionna le roi Anheg d'un ton méfiant.

— Et comment voulez-vous que je le sache ? rétorqua le roi Rhodar en haussant les épaules. Je ne suis pas ingénieur.

— Mouais. Eh bien, puisque vous le prenez comme ça, je ne laisserai pas un seul de vos hommes toucher à mes vaisseaux tant que personne ne m'aura dit pourquoi les poulies sont en bas et pas en haut.

Le roi Rhodar poussa un gros soupir et appela un ingénieur qui graissait méticuleusement une énorme poulie.

— Vous n'auriez pas un plan du dispositif à portée de la main ? lui demanda l'imposant monarque.

L'homme hocha la tête, tira de sa tunique un rouleau de parchemin maculé de cambouis et le lui remit. Rhodar y jeta un rapide coup d'œil et le tendit à Anheg.

Anheg examina le dessin complexe en essayant de suivre les lignes et surtout de percevoir la logique qui avait présidé à leur tracé.

— Je n'y comprends rien, ronchonna-t-il.

— Moi non plus, répliqua placidement Rhodar. Mais vous vouliez savoir pourquoi les poulies étaient en bas et pas en haut, eh bien, vous pouvez voir pourquoi sur le plan.

— Sauf que je ne vois pas grand-chose.

— Ça, ce n'est vraiment pas ma faute.

Non loin de là, un bloc de pierre presque aussi gros qu'une maison, emprisonné dans un lacis de cordes, s'éleva majestueusement sur la paroi rocheuse, salué par un tonnerre d'acclamations qui couvrit presque le grincement des cordages.

— Vous admettrez tout de même que c'est impressionnant, pas vrai, Anheg ? commenta Rhodar. Surtout quand on pense que cet énorme rocher est soulevé par ces huit chevaux, là-bas, avec l'aide de ce contrepoids, bien sûr, fit-il en tendant le doigt vers un autre bloc de pierre qui amorçait une descente tout aussi impressionnante depuis le sommet de l'A-pic.

Anheg lorgna les deux blocs de pierre d'un œil noir.

— Dites-moi, Durnik, appela-t-il par-dessus son épaule, vous savez comment ça marche, vous ?

— Bien sûr, Sire Anheg, répondit le forgeron. Vous voyez ce rocher, eh bien, il fait contrepoids à...

— Non, ne m'expliquez rien, je vous en prie, coupa Anheg. Il me suffit de savoir qu'une personne de ma connaissance et en qui j'ai confiance y comprend quelque chose.

Plus tard, le même jour, le premier vaisseau cheresque fut élevé jusqu'en haut de l'A-pic. Le roi Anheg observa la manœuvre pendant un moment puis se détourna avec une grimace.

— Ce n'est pas normal, marmonna-t-il en regardant Barak.

— Je trouve que tu emploies beaucoup cette expression, ces temps-ci, nota Barak.

Anheg regarda son cousin d'un œil torve.

— C'était une simple remarque, ajouta innocemment Barak.

— Je déteste le changement, Barak. Ça me rend nerveux.

— Le monde évolue, Anheg. Il change un peu tous les jours.

— Je ne suis pas obligé d'aimer ça, grommela le roi de Cherek. Je pense que je vais me retirer sous ma tente et vider une chope ou deux.

— Tu veux un coup de main ? proposa Barak.

— Je pensais que tu préférerais rester dans le coin et regarder évoluer le monde.

— Il évoluera bien sans moi.

— C'est ce qu'il fera de toute façon, conclut Anheg d'un ton morose. Allez, j'en ai assez vu comme ça. On y va.

Et les deux hommes partirent à la recherche de quelque chose à boire.

CHAPITRE XI

Mayaserana, la reine d'Arendie, était d'humeur pensive. Elle brodait dans la vaste chambre d'enfant baignée de soleil située tout en haut du palais, à Vo Mimbre. Son fils, le prince héritier d'Arendie, gazouillait dans son berceau en jouant avec les perles de toutes les couleurs enfilées sur une ficelle que lui avait offertes le prince héritier de Drasnie — comme si le prince héritier de Drasnie était en âge de faire des cadeaux. Mayaserana n'avait jamais eu l'occasion de rencontrer la reine Porenn mais elles étaient mères toutes les deux, et la petite reine blonde que l'on disait si exquise avait beau être loin au nord, elle se sentait très proche d'elle.

Nerina, la baronne de Vo Ebor, était assise auprès de la reine. Les deux nobles dames étaient vêtues de velours, la reine cramoisi, la baronne bleu pâle, et portaient la haute coiffure conique, blanche, en faveur dans la noblesse mimbraïque. De l'autre côté de la pièce, un vieux joueur de luth exécutait en sourdine une lugubre mélodie en mineur.

La baronne Nerina semblait encore plus mélancolique que la reine. Des cernes sombres s'étaient creusés sous ses yeux depuis le départ des chevaliers mimbraïques, et on ne la voyait plus sourire. Elle poussa un soupir à fendre l'âme et laissa retomber sa broderie.

— Ton cœur, ô Nerina, est un luth effleuré par la tristesse, dit doucement la reine. Ne songe point à la séparation et aux périls, ou l'âme Te manquera pour jamais.

— Instruis-moi, ô Majesté, en l'art de bannir le souci, répondit Nerina, car de cet enseignement j'aurais fort besoin. Mon cœur saigne percé de mille craintes, et quelque effort que je fasse pour l'en détourner, ma pensée vagabonde revient, tel le biset au colombier, vers les terribles dangers qui menacent mon seigneur et notre plus cher ami.

— Puisses-Tu, ô Nerina, trouver un réconfort dans l'assurance que toutes les dames de Mimbre partagent Ton fardeau.

Nerina inspira profondément.

— Plus pénible est la certitude où je suis plongée. D'aucunes dames ayant fermement arrêté leur affection sur un unique objet peuvent espérer le voir revenir indemne de la guerre ; tandis que j'ai par deux fois donné mon amour et ne puis trouver une telle raison d'espérer. Il me faut perdre l'un de mes bien-aimés au moins, et cette perspective me broie le cœur.

De la double passion qui lui embrasait si ardemment l'âme que rien n'en différenciait les flammes, Nerina acceptait ouvertement, avec une calme dignité, les conséquences. Dans l'une de ces intuitions fulgurantes qui illuminent parfois de leur vive clarté la connaissance du cœur humain, Mayaserana comprit que le double amour de Nerina constituait le noyau de la tragédie qui les avait fait entrer, son mari, messire Mandorallen et elle, dans le royaume des tristes légendes. Si Nerina avait pu se résoudre à en aimer un plus que l'autre, la tragédie aurait sans doute pris fin, mais son amour pour son époux faisait si parfaitement équilibre à celui qu'elle vouait à messire Mandorallen qu'elle était arrivée à un point d'équilibre absolu, à jamais figée entre les deux hommes.

La reine poussa à son tour un profond soupir. Le martyre de Nerina lui paraissait symbolique de l'Arendie divisée, mais si le cœur tourmenté de la baronne ne connaissait jamais le repos, Mayaserana était résolue à tout mettre en œuvre pour refermer la blessure ouverte entre Mimbre et l'Asturie. Aussi avait-elle fait mander au palais une délégation des chefs les plus représentatifs du Nord rebelle. Elle avait signé cette convocation d'un titre qu'elle employait rarement, celui de duchesse d'Asturie. A son ordre, les Asturiens établissaient en ce moment une liste de leurs griefs pour sa considération.

Un peu plus tard dans l'après-midi de cette belle journée ensoleillée, Mayaserana était assise, seule, sur le double trône d'Arendie. Jamais l'absence de son royal époux ne lui avait paru aussi amère.

Le délégué de la noblesse asturienne, un certain comte Reldegen, était un grand sac d'os aux cheveux et à la barbe gris fer, qui marchait en s'appuyant sur une grosse canne. Reldegen portait un pourpoint vert bouteille, un pantalon noir... et son épée au côté, comme tous les membres du groupe. La cour avait élevé des murmures de protestation en voyant les Asturiens se présenter armés devant la reine, mais Mayaserana avait refusé d'écouter ses conseillers qui la pressaient de leur faire déposer les armes, et elle accueillit aimablement l'Asturien qui avançait vers le trône en traînant la jambe.

— Messire Reldegen.

— Altesse, répondit le comte en s'inclinant.

— *Majesté*, rectifia un courtisan mimbraïque, scandalisé.

— C'est sous le titre de duchesse d'Asturie que Sa Grandeur nous a convoqués, riposta froidement Reldegen, et ce titre nous inspire un plus grand respect que d'autres acquisitions plus récentes.

— De grâce, Messires et Gentilshommes, coupa fermement la reine, n'engageons point les hostilités. Notre but est ici d'examiner les possibilités de paix. C'est avec instance que je demande à Messire Reldegen de faire entendre sa voix à cette fin. Confie-nous l'origine de la rancœur qui a endurci le cœur de l'Asturie. Parle librement, Seigneur, et sans crainte. Honni soit celui qui oserait Te reprocher Tes paroles ou celles de quiconque en ces lieux, car telle est ma volonté, décréta-t-elle en regardant sévèrement ses conseillers.

Mimbraïques et Asturiens échangèrent des regards noirs.

— Que Sa Grâce entende donc notre principal sujet

de plainte, commença Reldegen : nos suzerains mimbraïques refusent de reconnaître nos titres. Pour n'être qu'un bout de parchemin, un titre implique une responsabilité qui est déniée aux nobles asturiens. Les privilèges du rang indiffèrent à la plupart d'entre nous, mais notre cœur se soulève de colère à l'idée que l'on nous refuse le droit de nous acquitter de nos devoirs. Des hommes de talent mènent une vie oisive, insipide, et Sa Grâce me permettra de souligner que l'Arendie souffre plus durement que nous-mêmes de ce gâchis de talents.

— C'est fort bien parlé, Messire, murmura la reine.

— Puis-je répondre, Majesté ? demanda le baron de Vo Serin, un vieillard à la barbe blanche.

— Assurément, Messire, répondit Mayaserana. Parle librement et avec franchise.

— Les nobles asturiens n'ont qu'à réclamer leurs titres, déclara le baron. Depuis cinq cents ans, la Couronne n'attend qu'une chose pour les leur octroyer : qu'ils lui prêtent serment de fidélité. Aucun titre ne peut être accordé ou reconnu sans que celui qui le porte ne lui prête serment d'allégeance.

— Ce serment, Messire, il nous est hélas impossible de le prêter, reprit Reldegen. Nous sommes toujours liés par le serment de nos ancêtres au duc d'Asturie.

— Le duc d'Asturie dont vous parlez est mort il y a cinq cents ans, lui rappela le vieux baron.

— Mais sa descendance n'est pas morte avec lui, objecta Reldegen. Sa Grâce est sa descendante directe, et nos serments d'allégeance ont toujours force de loi.

— Je vous enjoins instamment de me reprendre si je me méprends, intervint la reine en les regardant gravement l'un et l'autre. Il appert de tout ceci que l'Arendie serait divisée depuis un demi-millénaire par une antique formalité ?

— Sa Grâce a raison, acquiesça Reldegen en gonflant pensivement les lèvres. Les choses sont peut-être un peu plus compliquées, mais c'est bien là l'essence du problème.

— Mimbre et l'Asturie se seraient battues et auraient versé le sang de leurs enfants pendant cinq cents ans pour un détail de procédure ?

Le comte Reldegen retourna cette idée dans tous les sens et tenta à plusieurs reprises de parler pour s'interrompre chaque fois avec un regard perplexe, désemparé.

— C'est très arendais, n'est-ce pas ? fit-il enfin avec un petit rire.

Le vieux baron de Vo Serin le regarda vivement et se mit à rire à son tour.

— Je T'implore, Messire Reldegen, de celer cette découverte dans Ton cœur, faute de quoi nous serons la risée de tous. N'apportons point d'eau au moulin de ceux qui soupçonnent une abjecte stupidité d'être le trait dominant de notre personnalité.

— Comment se fait-il que nul ne se soit aperçu de cette aberration ? s'enquit Mayaserana.

Le comte Reldegen haussa tristement les épaules.

— Sans doute, Altesse, est-ce là une conséquence du fait que les Asturiens et les Mimbraïques ne se parlent pas. Nous avons toujours été trop prompts à en découdre.

— Eh bien, reprit fraîchement la reine, que suggérez-vous, nobles gentilshommes, pour remédier à cette déplorable situation ?

— Une proclamation, peut-être ? suggéra le comte Reldegen en interrogeant le baron du regard.

— Sa Majesté pourrait relever la noblesse mimbraïque de son serment antérieur, acquiesça pensivement le vieillard. Cette pratique n'est point courante, mais il y a des précédents.

— Après quoi nous lui jurerions tous notre foi en tant que reine d'Arendie ?

— Ce serment répondrait en effet à toutes les exigences de l'honneur et de la bienséance.

— Ne suis-je point cette seule et même personne ? objecta la reine.

— Point du tout, Majesté, démentit le baron. La duchesse d'Asturie et la reine d'Arendie sont deux personnes morales distinctes. Tu es en fait deux personnes dans le même corps.

— Voilà qui est troublant, Messire, observa Mayaserana.

— Sans doute est-ce là, Altesse, pourquoi nul ne s'en est rendu compte avant, renchérit Reldegen. Vous portez, Ton auguste époux et Toi-même, deux titres correspondant à deux identités distinctes. Je m'étonne, ajouta-t-il avec un petit sourire, que ce trône ait été assez solide pour tant de monde. Ce ne sera point la panacée, ajouta-t-il en retrouvant sa gravité. La division entre Mimbre et l'Asturie est si profonde qu'il faudra des générations pour la faire oublier.

— Et prêteras-Tu aussi serment de fidélité à mon époux ? demanda la reine.

— Au roi d'Arendie, oui. Au duc de Mimbre, jamais.

— C'est toujours un début. Allons, Messires, occupons-nous de cette proclamation et tâchons de panser, à l'aide d'encre et de parchemin, la profonde blessure de notre pauvre Arendie.

— C'est fort bien parlé, commenta Reldegen avec admiration.

De sa vie, Ran Borune XXIII n'était pour ainsi dire pas sorti du palais impérial de Tol Honeth. Lors de ses rares visites aux principales cités de l'empire, il avait voyagé en voiture fermée. Ran Borune n'avait sans doute jamais fait une lieue à pied, et comment un homme qui n'avait jamais fait une lieue à pied aurait-il pu comprendre ce que c'était ? Ses conseillers s'arrachaient les cheveux à essayer de lui fourrer cette notion dans la tête.

La solution vint d'une source surprenante : le dénommé Jeebers, ex-précepteur et candidat à l'emprisonnement à vie — sinon pire — pas plus tard que l'été passé, fit, timidement et avec circonspection, une suggestion qui régla le problème. Désormais, maître Jeebers faisait tout timidement et avec circonspection. Il en avait bien rabattu depuis ses démêlés avec le pouvoir impérial, et certaines personnes s'étaient même prises de sympathie pour ce petit homme sec comme un coup de trique, au crâne déplumé.

Maître Jeebers avait donc fait observer que si l'empereur pouvait apprécier les choses à leur véritable échelle, il les comprendrait sûrement. Comme tant de bonnes idées qui voyaient le jour de temps à autre en Tolnedrie, celle-ci échappa aussitôt à tout contrôle. On réalisa sur une acre de terre impériale une maquette de la région orientale de l'Algarie et de la partie voisine du Mishrak ac Thull, et pour permettre à l'empereur de se faire une idée de la situation, on fit mouler en plomb quelques silhouettes humaines d'un pouce de haut.

L'empereur annonça aussitôt qu'il lui fallait plus de figurines de plomb pour se rendre compte du nombre de gens en cause. C'est ainsi qu'une nouvelle industrie naquit à Tol Honeth et que le plomb devint du jour au lendemain une denrée rare.

Afin de mieux voir le théâtre des opérations, l'empereur montait tous les matins en haut d'une tour de trente pieds érigée à cet usage. Et, de son perchoir, l'empereur faisait manœuvrer ses régiments de plomb conformément aux dernières dépêches d'Algarie, avec l'aide d'un sergent de la garde impériale choisi pour sa voix de stentor.

L'empereur faillit recevoir la démission collective de son état-major. C'étaient souvent des hommes d'âge plus que mûr, et rejoindre l'empereur tous les matins en haut de sa tour exigeait d'eux un effort surhumain. Ils eurent beau tenter à tour de rôle, et pas qu'une fois, d'expliquer au petit homme au nez en bec d'oiseau qu'ils voyaient aussi bien du sol, Ran Borune ne voulut rien savoir.

— Il va nous tuer, Morin, pleurnicha un jour un général ventripotent. Je crois que j'aimerais mieux partir à la guerre que d'escalader cette satanée échelle quatre fois par jour.

— Déplacez les piqueurs drasniens de quatre pas vers la gauche ! beugla le sergent, en haut de sa tour.

A terre, une douzaine d'hommes commencèrent à redéployer les petites silhouettes de plomb.

— Chacun de nous doit servir l'empereur dans la spécialité qu'il lui a choisie, répondit messire Morin avec philosophie.

— Je voudrais vous y voir ! rétorqua le général.

— Notre empereur m'a investi d'une autre responsabilité, riposta Morin avec une certaine suffisance.

Le soir, le petit empereur épuisé se mit au lit avec plaisir.

— C'est très excitant, Morin, murmura-t-il d'une voix ensommeillée en serrant sur son cœur le coffret capitonné qui renfermait les figurines d'or massif représentant Ce'Nedra, Rhodar et les autres chefs militaires. Mais c'est épuisant.

— Oui, Majesté.

— J'ai tellement de choses à faire...

— C'est la nature du commandement, Majesté, observa Morin.

Mais l'empereur dormait déjà.

Messire Morin prit le coffret des mains de l'empereur et remonta les couvertures sur ses épaules avec des soins paternels.

— Dormez, Ran Borune, dit-il tout bas. Vous pourrez recommencer à jouer au petit soldat demain.

Sadi l'eunuque avait attendu l'orage et quitté le palais de Sthiss Tor sans tambour ni trompette, par une porte dérobée qui s'ouvrait derrière les quartiers des esclaves et donnait sur une ruelle sordide, tortueuse, menant plus ou moins dans la direction du port. Il était habillé comme monsieur Tout-le-Monde et flanqué de l'assassin borgne, Issus, déguisé en docker pour la circonstance. Si les précautions de Sadi étaient des plus banales, le choix de son compagnon ne l'était pas : l'empoisonneur ne faisait partie ni de la garde du palais ni de la suite personnelle de Sadi. Mais les conventions étaient le dernier de ses soucis en cette fin d'après-midi. S'il avait décidé d'emmener le borgne pour cette petite promenade, c'est que, l'un dans l'autre, il n'était pas mêlé aux intrigues de palais et qu'il avait la réputation de servir avec une indéfectible loyauté celui qui le payait — tant qu'il le payait.

Il tombait des cordes. Les deux hommes entrèrent dans un bouge mal famé, traversèrent la salle et gagnèrent, au fond, un dédale de pièces exiguës où la clientèle était assurée de trouver des distractions d'un autre genre. Au bout d'un couloir fétide, une femme osseuse, au regard dur, dont les bras disparaissaient, du poignet au coude, sous des bracelets en toc, leur indiqua sans un mot une porte qui en avait vu d'autres, puis elle se détourna brusquement et disparut.

La porte donnait sur une chambre sordide, meublée en tout et pour tout d'un lit où ils trouvèrent des vêtements qui empestaient le goudron et l'eau de mer. Deux chopes de bière tiède étaient posées par terre. Sadi et Issus se changèrent sans un mot, puis le mercenaire au crâne chauve tira de sous un oreiller crasseux deux moumoutes et des fausses moustaches.

— Comment peuvent-ils avaler ça ? demanda Sadi en reniflant l'une des chopes et en plissant le nez.

Issus haussa les épaules.

— Les Aloriens ont de drôles de goûts. Vous n'êtes pas obligé de boire ça, Sadi. Renversez-en la moitié sur vos vêtements, c'est tout. Les marins drasniens répandent beaucoup de bière quand ils sont en bordée. Je suis beau ?

— Ridicule, fit Sadi après un bref coup d'œil. Mon pauvre Issus, les cheveux et la barbe ne vous vont vraiment pas.

— Vous ne vous êtes pas regardé, s'esclaffa Issus en versant soigneusement le contenu de sa chope sur le devant de sa tunique maculée de goudron. Je pense que nous avons l'air assez drasnien pour ce que nous voulons faire. En tout cas, nous en avons l'odeur. Accrochez un peu mieux votre barbe et allons-y avant qu'il n'arrête de pleuvoir.

— Nous sortons par-derrière ?

Issus secoua la tête en signe de dénégation.

— Si nous sommes suivis, la porte de derrière sera gardée. Nous sortirons à la façon de tous les marins drasniens.

— C'est-à-dire ?

— J'ai pris mes dispositions pour qu'on nous jette dehors.

C'était la première fois que Sadi se faisait jeter hors de quelque endroit que ce fût et il ne trouva pas l'expérience spécialement amusante. Les deux sombres brutes qui procédèrent à l'opération ne prirent pas de gants, et Sadi sortit de là assez endolori.

Issus se releva comme il put, resta un moment planté devant la porte à beugler des insultes, puis il extirpa Sadi de la boue et ils s'engagèrent en titubant dans la rue menant à l'enclave drasnienne. Les deux hommes que Sadi avait repérés sous un porche, juste en face de la taverne, au moment où il s'en faisait éjecter ne firent pas mine de les suivre.

Une fois dans l'enclave drasnienne, Issus les mena sans perdre de temps à la maison de Droblek, le préfet maritime. On les fit aussitôt entrer et on les conduisit auprès du maître de céans. L'énorme Droblek suait et transpirait dans une pièce mal éclairée mais confortable où se trouvait déjà le comte Melgon, l'aristocratique ambassadeur de Tolnedrie.

— Le chef des eunuques de Son Altesse Salmissra aurait-il décidé de changer de look ? s'enquit suavement le comte Melgon en regardant Sadi ôter sa perruque et sa fausse barbe.

— Simple tentative de diversion, Messire, rétorqua Sadi. Je ne tiens pas particulièrement à ce que le monde entier soit au courant de notre entrevue.

— On peut lui faire confiance ? lança abruptement Droblek en indiquant Issus d'un mouvement de menton.

— On peut vous faire confiance, Issus ? répéta ingénument Sadi en arquant un sourcil interrogateur.

— Vous m'avez payé jusqu'à la fin du mois, répondit Issus avec un haussement d'épaules. Après, on verra. On me fera peut-être une meilleure offre.

— Vous avez entendu, fit Sadi en prenant les deux autres à témoin. On peut lui faire confiance jusqu'à la fin du mois — si tant est que l'on puisse faire confiance à quelqu'un dans cette ville. Je peux dire une chose d'Issus, c'est que c'est un homme simple, pas compliqué. Une fois qu'on l'a acheté, il ne cherche pas à faire monter les enchères. Disons que c'est une forme d'éthique personnelle.

— Si nous en venions au fait ? ronchonna Droblek. Vous pourriez nous expliquer pourquoi vous vous êtes donné tant de mal pour organiser cette rencontre ? Vous n'auriez pas pu nous faire tout simplement venir au palais ?

— Mon cher Droblek, susurra Sadi, vous savez quel genre d'intrigues infestent la cour. Je préfère que notre conversation reste plus ou moins confidentielle. Pour le reste, c'est assez simple : j'ai été approché par l'envoyé de Taur Urgas.

Les deux hommes le regardèrent sans manifester la moindre surprise.

— Vous étiez déjà au courant, sans doute.

— Nous ne sommes plus des enfants, Sadi, répliqua Melgon.

— Je suis actuellement en cours de négociation avec le nouvel ambassadeur de Rak Goska, poursuivit Sadi.

— N'est-ce pas déjà le troisième depuis le début de l'été ? releva le comte Melgon.

— Les Murgos semblent particulièrement vulnérables à certaines fièvres des marais, confirma Sadi avec un hochement de tête attristé.

— C'est ce que nous avons cru remarquer, lâcha sèchement Droblek. Quel pronostic formulez-vous quant à la santé du nouvel ambassadeur ?

— Je doute qu'il soit mieux immunisé que ses prédécesseurs. Il se sent déjà un peu patraque.

— Il y coupera peut-être, avec un peu de chance, insinua Droblek.

— Il y a peu de chances, émit Issus avec un mauvais rire.

— La propension des ambassadeurs murgos à défuncter impromptu a beaucoup retardé nos négociations, continua Sadi d'un ton onctueux. Je vous serais reconnaissant, messieurs, d'informer Ran Borune et le roi Rhodar que ce contretemps risque de se prolonger.

— Pourquoi ? demanda Droblek.

— Je tiens à ce qu'ils comprennent et apprécient à sa juste valeur ma coopération à l'effort de guerre contre les royaumes angaraks.

— La Tolnedrie n'est pas impliquée dans cette campagne, rétorqua précipitamment Melgon.

— Bien sûr que non, acquiesça Sadi avec un sourire.

— Jusqu'où pensez-vous aller, Sadi ? s'émerveilla Droblek.

— Tout dépend qui marquera les premiers points, répondit suavement Sadi. Si la reine de Riva donne l'impression de tomber sur un bec dans les territoires orientaux, je suppose que l'épidémie prendra fin, que les ambassadeurs murgos cesseront de mourir si opportunément et que je serai pour ainsi dire contraint de conclure un accord avec Taur Urgas.

— Vous ne trouvez pas cela un tout petit peu méprisable, Sadi ? avança Droblek d'un ton mordant.

— Nous sommes des gens méprisables, Droblek, reconnut Sadi avec un haussement d'épaules désabusé. Mais nous survivons, ce qui n'est pas une mince performance pour une petite nation coincée entre deux grandes puissances. Dites à Rhodar et Ran Borune que je ferai lanterner les Murgos tant que les choses iront bien pour eux. Je tiens à ce qu'ils sachent ce qu'ils me doivent.

— Et vous les avertirez quand vous serez prêt à changer de position ? demanda Melgon.

— Bien sûr que non. Je suis corrompu mais pas stupide.

— Vous faites un piètre allié, Sadi, laissa tomber Droblek.

— Je n'ai jamais prétendu faire de miracles. Je cherche à protéger mes intérêts. Il se trouve que, pour le moment, ils coïncident avec les vôtres, c'est tout. Mais je ne voudrais pas qu'on m'oublie le moment venu.

— Vous voulez le beurre et l'argent du beurre, conclut abruptement Droblek.

— Eh oui ! répondit Sadi avec un sourire. C'est répugnant, n'est-ce pas ?

La reine Islena de Cherek était complètement paniquée. Là, Merel était allée trop loin. Le conseil qu'elles avaient reçu de Porenn semblait parfaitement judicieux — elle leur suggérait un coup magistral qui désarmerait définitivement Grodeg et le culte de l'Ours — mais le seul fait d'imaginer la rage du redoutable écclésiastique constituait pour elle une satisfaction suffisante. Comme bien des gens, la reine Islena prenait un tel plaisir à imaginer la victoire que la réalité perdait presque tout intérêt. Les affrontements imaginaires étaient sans risque ; ils finissaient toujours bien quand on fournissait soi-même les répliques à son adversaire. Livrée à elle-même, Islena en serait probablement restée là.

L'ennui, c'est que Merel ne se contentait pas de chimères. Le plan astucieux conçu par la petite reine de Drasnie n'avait qu'un défaut : elles n'avaient pas assez d'hommes pour le mener à bien. Mais Merel avait trouvé un allié plein de ressources et l'avait introduit dans le cercle privé de la reine. Les Cheresques n'avaient pas tous accompagné Anheg et sa flotte en Algarie ; ceux qui n'auraient pas fait de bons marins étaient restés là. Sous le regard implacable de Merel, la reine Islena avait subitement conçu un enthousiasme à tout casser pour la chasse. Et c'est dans la forêt, à l'abri des oreilles indiscrètes, que les détails de la conspiration furent arrêtés.

— Quand on veut tuer un serpent, on lui coupe la tête. On ne s'amuse pas à lui ôter un bout de queue de temps à autre, avait remarqué Torvik.

Le garde-chasse aux larges épaules était assis à la lisière de la forêt avec Merel et Islena tandis que ses hommes écumaient les bois en faisant assez de ravages pour donner l'impression que la reine de Cherek avait passé la journée en proie à une frénésie meurtrière.

— Le culte de l'Ours n'est pas concentré en un seul et unique endroit, avait repris le gaillard, mais nous ne devrions pas avoir trop de mal à réunir les principaux membres au Val d'Alorie et à leur régler leur compte d'un seul coup. Je gage que ça irritera suffisamment notre serpent pour qu'il tende le cou, et nous n'aurons plus qu'à lui couper la tête.

Cette image avait fait tiquer la reine. Elle n'était pas convaincue que le forestier bourru parlait au figuré.

A présent, l'irrémédiable était commis : Torvik et ses hommes de main avaient passé la nuit à arpenter silencieusement les rues ténébreuses du Val d'Alorie pour cueillir en plein sommeil les adeptes de l'Ours, les emmener au port et les faire mettre aux fers, à fond de cale dans les bateaux au mouillage. Les chasseurs n'étaient pas des débutants ; ils avaient bien fait les choses. Au petit matin, les derniers membres du culte de l'Ours restés en ville étaient le grand prêtre de Belar et la douzaine de prêtres qui logeaient au temple.

La reine Islena était assise, pâle et tremblante, sur le trône de Cherek. Elle portait sa robe écarlate et sa couronne d'or et elle tenait à la main un sceptre d'un poids réconfortant : elle pourrait toujours s'en servir comme arme en cas de besoin. Car la reine était sûre que ça n'allait pas tarder.

— Tout est de votre faute, Merel, commença-t-elle d'un ton accusateur. Si vous aviez laissé faire le temps, nous ne serions pas dans ce pétrin.

— Nous serions dans un autre, encore pire, rétorqua froidement Merel. Reprenez-vous, Islena. Ce qui est fait est fait et il n'y a pas à revenir en arrière.

— Grodeg me terrifie, balbutia Islena.

— Il n'est pas armé, que voulez-vous qu'il vous fasse ?

— Je ne suis qu'une femme, gémit Islena. Il va se mettre à hurler de sa voix terrible et je vais m'effondrer.

— Ah, ce que vous pouvez être trouillarde, Islena ! lança Merel. Vous êtes tellement timorée que vous avez mis Cherek au bord du désastre. Grodeg n'a qu'à faire la grosse voix pour que vous fassiez ses quatre volontés, tout ça parce que vous n'aimez pas qu'on vous crie après. Vous n'êtes plus une enfant, tout de même. Vous avez donc si peur du bruit ?

— Vous vous oubliez, Merel, éclata Islena. Je suis votre reine, après tout.

— Eh bien, par tous les Dieux d'Alorie, agissez en reine et pas comme une fille de salle débile qui a peur de son ombre. Redressez-vous ; faites comme si vous aviez un manche à balai dans le dos. Et pincez-vous les joues ; vous êtes pâle comme la mort. Maintenant, écoutez-moi, Islena, poursuivit âprement Merel, si je vous vois flancher, je demande à Torvik d'embrocher Grodeg avec sa lance, ici même, dans la salle du trône !

— Vous n'oseriez pas faire une chose pareille ! hoqueta Islena. On ne peut pas tuer un prêtre !

— C'est un homme comme les autres. Si on lui

enfonce une épée dans le ventre, je vous fiche mon billet qu'il mourra.

— Même Anheg n'oserait pas faire une chose pareille !

— Je ne suis pas Anheg.

— Vous serez maudite !

— Les malédictions ne me font pas peur.

Torvik entra dans la salle du trône. Il tenait négligemment une lance à large pointe, comme celles que l'on utilise pour la chasse au sanglier.

— Il arrive, annonça-t-il laconiquement.

— Oh, par tous les Dieux... gémit Islena.

— Ah, ça sufit ! cracha Merel.

Grodeg entra à grandes enjambées dans la salle du trône au sol jonché de paille. Il était blême de rage. Sa robe blanche, froissée, donnait l'impression d'avoir été enfilée en hâte, et sa tignasse blanche aurait eu bien besoin d'un coup de peigne.

— Je veux m'entretenir avec la reine en audience privée, tempêta-t-il en approchant.

— Ce n'est pas à vous, Messire, d'en décider, mais à la reine, lui rappela Merel d'une voix coupante comme un glaive.

— La femme du comte de Trellheim parle-t-elle au nom de la reine ? rugit Grodeg en regardant Islena.

Islena crut qu'elle allait défaillir, puis elle vit Torvik planté derrière le grand prêtre, l'épée dans sa grosse patte. Et il ne la tenait plus négligemment.

— Calmez-vous, vénéré Grodeg, ordonna la reine.

Elle était persuadée, tout à coup, que la vie du grand prêtre ne dépendait pas seulement de ses paroles mais aussi du ton de sa voix. Au moindre frémissement, Merel ferait un geste et Torvik plongerait cette épouvantable lame dans le dos de Grodeg comme si on lui demandait d'écraser une mouche.

— Je veux vous voir seule, répéta obstinément Grodeg.

— Non.

— Non ? tonna-t-il, incrédule.

— Vous nous avez entendue, Grodeg, répondit-elle.

Et arrêtez de crier comme ça. Nous ne sommes pas sourde.

Il la regarda en ouvrant et en refermant spasmodiquement la bouche comme s'il manquait d'air, puis il reprit le dessus.

— Pourquoi tous mes amis ont-ils été arrêtés ? articula-t-il enfin.

— Ils n'ont pas été arrêtés, Messire, répondit la reine. Ils se sont portés volontaires pour rejoindre la flotte de notre royal époux.

— Ridicule ! fit-il en renâclant.

— Vous feriez mieux de modérer votre langage, Grodeg, l'avertit Merel. La patience de la reine a des limites et votre impertinence les a franchies.

— Mon impertinence ? Comment osez-vous me parler sur ce ton ? s'exclama-t-il, puis il se redressa de toute sa hauteur et toisa la reine d'un air implacable. J'insiste pour voir la reine seul à seul, répéta-t-il de sa voix de tonnerre.

Tout à coup, la voix qui avait toujours fait frémir Islena l'irrita. Elle s'efforçait de lui sauver la vie, et cet imbécile s'obstinait à lui crier après !

— Messire Grodeg, dit-elle d'un ton glacial auquel elle ne l'avait pas habitué, si vous osez élever une fois de plus la voix en notre présence, nous vous faisons bâillonner. Et vous pouvez toujours ouvrir ces yeux stupéfaits, nous n'avons rien à voir en privé. Il vous reste, Messire, à recevoir vos ordres, que vous suivrez à la lettre. Nous vous ordonnons de vous rendre directement au port. Là, vous monterez à bord d'un vaisseau en partance pour l'Algarie où vous rejoindrez les forces cheresques en lutte contre l'ennemi angarak.

— Je refuse ! rétorqua Grodeg.

— Réfléchissez bien, Messire Grodeg, ronronna Merel. La reine a donné un ordre. Tout refus pourrait être interprété comme une forfaiture.

— Je suis le grand prêtre de Belar, fit Grodeg entre ses dents. Vous n'oserez jamais m'enrôler de force, comme un vulgaire paysan.

Il donnait l'impression d'avoir le plus grand mal à maîtriser sa voix.

— Le grand prêtre de Belar serait-il prêt à parier un cherlek là-dessus ? intervint Torvik avec une douceur trompeuse.

Il posa le bout de sa lance sur le sol, prit une pierre dans la bourse accrochée à sa ceinture et se mit à aiguiser sa lame déjà acérée. Ce bruit eut un effet miraculeux sur Grodeg.

— Grodeg, vous allez vous rendre immédiatement au port et monter sur ce vaisseau, répéta Islena. Sinon, on vous jettera aux oubliettes où vous tiendrez compagnie aux rats jusqu'au retour de notre royal époux. Alors, Grodeg, que préférez-vous : Anheg ou les rats ? Décidez-vous vite. Vous commencez à nous agacer et, très franchement, votre vue nous donne des haut-le-cœur.

La reine Porenn de Drasnie donnait ostensiblement la tétée à son jeune fils. Par considération pour la reine, personne ne l'espionnait pendant qu'elle allaitait. Mais Porenn n'était pas seule ; Javelin, le chef des services de renseignements drasniens, était assis non loin d'elle, le dos respectueusement tourné. Il avait, pour sauver les apparences, revêtu une robe et un bonnet de servante qui lui donnaient quelque chose d'étrangement féminin, mais cela ne semblait pas le gêner.

— Il y a donc tant d'adorateurs de l'Ours dans les services de renseignements ? demanda la reine, atterrée.

— C'est fort à craindre, Majesté. Nous aurions dû être plus vigilants. Enfin, nous avions d'autres préoccupations, alors.

Porenn médita cette information en berçant machinalement son enfant à la mamelle.

— Islena a déjà pris des mesures, n'est-ce pas ? repritelle au bout d'un moment.

— C'est ce que j'ai appris ce matin même, répondit Javelin. A l'heure qu'il est, Grodeg fait voile vers l'embouchure de l'Aldur et les hommes de la reine ratissent la campagne en raflant tous les membres du culte au passage.

— Le fait d'expulser tous ces hommes de Boktor ne risque-t-il pas de mettre nos opérations en péril ?

— Nous nous en sortirons, Votre Altesse, lui assura

Javelin. Nous serons peut-être obligés d'activer un peu la remise du diplôme à l'actuelle promotion de l'Académie et de parfaire la formation des élèves sur le tas, mais nous y arriverons.

— Eh bien, dans ce cas, emparez-vous de tous les membres du culte qui se trouvent à Boktor, isolez-les et collez-les sur un bateau, décida Porenn. Je veux que vous les envoyiez dans les postes les plus sinistres que vous pourrez trouver, et à cinquante lieues les uns des autres, surtout. Et pas de faux-fuyants, de maladies subites ou de démissions. Veillez à ce que tous les adeptes de l'Ours infiltrés dans les services de renseignements aient quitté Boktor à la tombée du jour.

— Avec plaisir, Porenn, répondit Javelin. Oh, à propos : ce marchand nadrak — Yarblek, c'est ça — est rentré de Yar Nadrak et voudrait vous entretenir à nouveau de la vie et des mœurs du saumon. On dirait que c'est une idée fixe...

CHAPITRE XII

Il leur fallut deux bonnes semaines pour hisser la flotte de Cherek au sommet de l'A-pic. Le roi Rhodar suivit le déroulement des opérations en piaffant d'impatience.

— Voyons, Rhodar, vous saviez bien que ça ne se ferait pas en un jour, constata Ce'Nedra en le voyant fulminer. Qu'est-ce qui vous met de si méchante humeur ?

— Le fait, Ce'Nedra, que pendant la montée, les vaisseaux sont exposés à tous les regards, tempêta-t-il en lorgnant la paroi abrupte d'un œil noir. Ces bâtiments sont la clé de notre campagne. Que quelqu'un, en face, ait l'idée d'additionner deux et deux, et nous pourrions bien nous colleter avec les Angaraks au grand complet et pas seulement les Thulls.

— Vous vous faites trop de bile, répliqua-t-elle. Cho-Hag et Korodullin brûlent tout ce qui leur tombe sous la main, là-haut. 'Zakath et Taur Urgas ont d'autres chats à fouetter que de venir voir ce que nous fabriquons.

— Ça doit être merveilleux d'être aussi insouciant, fit-il d'un ton sarcastique en se remettant à faire les cent pas.

— Allons, Rhodar, ne faites pas la mauvaise tête.

Le général Varana, toujours vêtu de son mantelet tolnedrain, s'approcha d'une démarche incertaine qui ne trompait personne : il allait faire une suggestion.

— Enfin, Varana, éclata Rhodar, pourquoi ne mettez-vous pas votre uniforme ?

— Parce que je ne suis pas ici à titre officiel, répondit

calmement le général. Je me permets de vous rappeler, Majesté, que la Tolnedrie est neutre dans cette affaire.

— C'est un mensonge et nous le savons tous.

— Un mensonge nécessaire, Majesté. Ainsi, les relations diplomatiques ne sont pas rompues entre l'empereur, Taur Urgas et 'Zakath. Les pourparlers risqueraient fort de s'envenimer si quelqu'un voyait un général tolnedrain en uniforme se baguenauder dans le coin. Sa Majesté m'en voudrait-elle de lui faire une petite suggestion ? reprit-il après un bref silence.

— Ça dépend de la suggestion, rétorqua hargneusement Rhodar, puis il esquissa une grimace d'excuse. Ne m'en veuillez pas, Varana. Cette attente me met en rogne. Alors, qu'avez-vous derrière la tête ?

— Je me disais que vous songiez sûrement à transférer le quartier général vers le sommet, à présent. Vous tenez sans doute à ce que les choses soient organisées lorsque le gros de l'infanterie arrivera, or il faut toujours un certain temps pour aplanir les difficultés quand on déménage le Q. G. ...

— Je vous préviens tout de suite, Varana, il n'est pas question que je me laisse hisser comme ça, déclara platement Rhodar en regardant un lourd vaisseau cheresque s'élever lentement le long de l'immense falaise.

— C'est parfaitement sans danger, Majesté, lui assura Varana. Je l'ai fait à plusieurs reprises. Dame Polgara elle-même est montée par ce moyen, pas plus tard que ce matin.

— Polgara pourrait toujours prendre son vol si les choses tournaient mal. Je n'ai pas ce privilège. Vous voyez le trou que ça ferait si je tombais d'une telle hauteur ?

— L'autre solution est rigoureusement épuisante, Majesté. Les ravines qui dégringolent du sommet ont été un peu aplanies pour permettre aux chevaux de monter, mais elles sont encore très abruptes.

— Ça fera un peu fondre ma graisse.

— Comme voudra sa Majesté, conclut Varana en haussant les épaules.

— Je vous accompagne, Rhodar, proposa vivement Ce'Nedra.

Il lui jeta un regard soupçonneux.

— Je n'ai guère confiance dans ces machines, moi non plus, avoua-t-elle. Je vais me changer et nous pourrons nous mettre en route.

— Aujourd'hui ? rétorqua-t-il d'un ton plaintif.

— Pourquoi remettre ça à plus tard ?

— Je pourrais vous donner une douzaine de raisons.

Le terme « très abrupt » était un doux euphémisme. Il eût été plus juste de dire « à la verticale ». La pente était si raide qu'il était impensable de monter à cheval, mais des cordes avaient été placées tout le long des passages les plus escarpés afin de faciliter l'escalade. Ce'Nedra, qui avait revêtu une de ses courtes tuniques de dryade, s'engagea dans l'ascension avec l'agilité d'un écureuil, mais le roi Rhodar avançait beaucoup plus lentement.

— Je vous en prie, Rhodar, arrêtez un peu de gémir, dit-elle au bout d'une heure de grimpette. J'ai l'impression d'entendre une vache malade.

— Vous êtes injuste, Ce'Nedra, dit-il d'une voix expirante en s'arrêtant pour éponger son visage ruisselant de sueur.

— Je n'ai jamais prétendu être juste, rétorqua-t-elle avec un petit sourire impertinent. Allez, venez, nous ne sommes pas arrivés.

Elle prit cinquante toises d'avance sur lui.

— Vous n'avez pas froid, comme ça ? haleta-t-il d'un ton réprobateur en levant les yeux vers elle. Les dames comme il faut n'exhibent pas tant leurs jambes.

— Et qu'est-ce qu'elles ont, mes jambes ?

— Elles sont nues, voilà ce qu'elles ont.

— Oh, ne soyez pas si bégueule ! Je suis à l'aise et c'est tout ce qui compte. Alors, vous venez, oui ou non ?

— Il n'est pas bientôt l'heure de déjeuner ? gémit Rhodar.

— Nous venons à peine de déjeuner.

— Déjà ? J'avais oublié.

— On dirait que vous oubliez souvent votre dernier repas. Avant même qu'on ait débarrassé la table, en général.

— C'est le martyre de l'obèse, Ce'Nedra, fit-il avec

un soupir lamentable. Le dernier repas appartient à l'histoire. Seul compte le prochain.

Il jeta un coup d'œil endeuillé à la piste abrupte qui les attendait et poussa un nouveau gémissement.

— C'est vous qui l'avez voulu, lui rappela-t-elle impitoyablement.

Le soleil était bas sur l'horizon, à l'ouest, quand ils arrivèrent au sommet. Laissant le roi Rhodar tourner de l'œil, la princesse Ce'Nedra regarda, impressionnée, les fortifications érigées sur le bord supérieur de l'A-pic. C'était une muraille ininterrompue de terre et de pierres, d'une trentaine de pieds de haut. Par une ouverture, la princesse vit une succession d'autres remparts un peu moins hauts, précédés de fossés hérissés de pieux acérés et de ronces. En divers points de la muraille principale s'élevaient des casemates imprenables, d'une masse imposante, tandis qu'à l'intérieur étaient érigées des rangées bien nettes de cabanes pour les soldats.

Les fortifications grouillaient d'hommes dont l'activité incessante soulevait des nuages de poussière. Un groupe de cavaliers algarois aux vêtements maculés de cendres, montés sur des chevaux fourbus, venait à peine de rentrer qu'un détachement de chevaliers mimbraïques en armure, leurs étendards claquant au vent à la pointe de leurs lances, sortit en trombe, à la recherche d'une nouvelle ville à raser.

Les énormes treuils placés au bord de l'A-pic craquaient et gémissaient sous le poids des navires cheresques qui montaient de la plaine et venaient attendre entre les murailles qu'on leur fasse franchir les cinquante dernières lieues les séparant du cours supérieur de la Mardu.

Polgara, Durnik et Barak s'approchèrent pour saluer la princesse et le roi de Drasnie, encore groggy.

— Alors, comment s'est passée la grimpette ? fit Barak.

— Effroyable, souffla Rhodar comme s'il rendait le dernier soupir. Vous n'avez rien à manger ? J'ai dû perdre au moins dix livres.

— Ça ne se voit pas, le rassura Barak.

— Ce genre d'exercice ne vous vaut rien, Rhodar, décréta Polgara. Pourquoi vous êtes-vous entêté ?

— Parce que j'ai un vertige de tous les diables, hoqueta Rhodar. Je préférerais monter ça dix fois de suite plutôt que de me laisser hisser en haut de cette falaise par ces engins de malheur. L'idée d'être suspendu dans le vide me donne la chair de poule.

— Une grosse poule, commenta Barak avec un immense sourire.

— Personne n'a rien à manger ? répéta Rhodar d'une voix mourante.

— Un peu de poulet froid, peut-être ? proposa Durnik avec sollicitude en lui tendant une cuisse de poulet tout doré.

— Où avez-vous trouvé du poulet ? haleta Rhodar en s'emparant avec avidité du pilon rôti.

— Les Thulls en avaient avec eux, répondit Durnik.

— Les Thulls ? Quels Thulls ? s'exclama Ce'Nedra.

— Ceux qui se rendent, répondit le forgeron. Il en arrive des villages entiers depuis près d'une semaine, maintenant. Ils viennent s'asseoir au bord des fossés, le long des remparts, et ils attendent qu'on les capture. Ils sont très patients. Ils poireautent parfois plus d'une journée, mais ça n'a pas l'air de les déranger.

— Et pourquoi se constituent-ils prisonniers ? s'étonna Ce'Nedra.

— Il n'y a pas de Grolims, ici, expliqua Durnik. Pas d'autels ni de sacrifices à Torak. Ils doivent penser que la perspective d'échapper à ce genre de chose vaut la peine de se laisser un peu capturer. Alors nous les faisons entrer et nous les mettons au travail sur les fortifications. Ce sont de bons ouvriers quand ils sont convenablement dirigés.

— Vous êtes sûr que c'est bien prudent ? demanda Rhodar, la bouche pleine. Il pourrait y avoir des espions parmi eux.

— Nous y avons pensé, fit Durnik en hochant la tête. Mais ils n'ont pas la disposition d'esprit voulue pour ça. Les seuls espions de la région sont des Grolims.

— Vous ne laissez pas entrer les Grolims, tout de

même ? questionna Rhodar, sidéré, en laissant retomber sa main tenant l'os de poulet qu'il était occupé à nettoyer.

— Ne vous en faites pas, le rassura Durnik. Nous laissons le soin aux Thulls de régler le problème. Ils connaissent les Grolims. Ils les emmènent généralement à une demi-lieue, le long de l'A-pic, et ils les jettent en bas. Au début, ils voulaient faire ça ici, mais leurs anciens leur ont expliqué que ça ne serait pas chic pour les gens qui travaillent en dessous, alors ils font ça à un endroit où ils ne risquent pas de faire mal à quelqu'un. Les Thulls sont très attentionnés. Pour un peu, on en viendrait à les trouver sympathiques.

— Vous avez pris un coup de soleil sur le nez, Ce'Nedra, remarqua Polgara. Vous n'avez pas pensé à prendre un chapeau ?

— Les chapeaux me donnent mal à la tête, fit la princesse avec un haussement d'épaules. Et puis je n'en mourrai pas.

— Vous avez une certaine image à préserver, mon chou. Vous n'aurez pas l'air très royal avec le nez qui pèle.

— Il n'y a pas de quoi se mettre martel en tête, Dame Polgara. Vous m'arrangerez ça en un tournemain, n'est-ce pas ? rétorqua la princesse avec un petit geste censé évoquer un tour de passe-passe.

Polgara lui répondit d'un coup d'œil à lui glacer le sang dans les veines.

Le roi Anheg de Cherek et le Gardien de Riva arrivèrent sur ces entrefaites.

— Alors, Rhodar, on a fait une bonne promenade ? demanda plaisamment Anheg.

— Je vais vous coller mon poing dans le nez, vous allez voir si j'ai fait une bonne promenade ! ronchonna l'obèse.

— Eh bien, on n'est pas de bonne humeur, à ce que je vois ! fit le Cheresque avec un rire féroce. J'ai reçu des nouvelles qui devraient vous faire plaisir.

— Des nouvelles ? gémit Rhodar en se levant péniblement.

— Elles sont arrivées pendant que vous preniez un peu d'exercice, précisa Anheg d'un ton fruité. Quand je vous dirai ce qui s'est passé chez vous, vous n'allez pas me croire.

— On parie ?

— Vous n'allez *jamais* me croire, je vous assure.

— Allez, Anheg, videz votre sac.

— Eh bien, voilà : nous allons recevoir des renforts. Islena et Porenn ne sont pas restées inactives, ces temps-ci.

Polgara lui jeta un regard pénétrant.

— Je ne savais même pas qu'Islena savait lire et écrire, reprit Anheg en brandissant un papier plié, et j'ai reçu ça.

— Ne faites pas tant de mystères, Anheg, ordonna Polgara. Alors, qu'ont fait ces dames ?

— Si j'ai bien compris, après notre départ, les adorateurs de l'Ours ont envoyé le bouchon un peu trop loin. Grodeg a dû s'imaginer qu'une fois les hommes au loin, le pouvoir allait lui tomber tout cru dans le bec. Il s'est mis à jouer les fiers-à-bras au Val d'Alorie, et les membres du culte ont commencé à pointer leur nez au quartier général des services de renseignements à Boktor, à croire qu'ils préparaient leur coup depuis des années. Bref, Porenn et Islena ont échangé leurs informations et quand elles ont réalisé à quel point Grodeg était près de s'emparer du pouvoir dans les deux royaumes, elles ont pris les mesures qui s'imposaient : Porenn a fait expulser tous les membres du culte de Boktor et les a expédiés dans les garnisons les plus sinistres qu'elle a pu trouver et Islena a envoyé ceux qui se trouvaient au Val d'Alorie, jusqu'au dernier, grossir les rangs de l'armée.

— Elles ont *quoi* ? hoqueta Rhodar.

— C'est sidérant, non ? ajouta Anheg, et un large sourire s'imprima lentement sur son visage rude. Islena a réussi là où j'aurais échoué. Les femmes ne sont pas censées être au courant des difficultés soulevées par l'arrestation des prêtres et des nobles — l'obligation de réunir des preuves et ce genre de formalités ; ce qu'on aurait pris pour une inconcevable bourde de ma part passera pour de l'ignorance, venant d'elles, et on en rira. Il faudra que je fasse mes plus plates excuses à Grodeg, évidemment, mais en attendant, la farce aura été jouée. Maintenant ces parasites sont ici, et je ne vois pas quelle raison ils pourraient invoquer pour rentrer au pays.

— Et comment Grodeg a-t-il pris la chose ? s'enquit Rhodar avec un sourire au moins aussi pervers.

— Il écumait de rage. Je pense qu'Islena l'a affronté toute seule. Elle lui a donné le choix : nous rejoindre ou aller faire un tour aux oubliettes.

— On ne peut pas mettre le grand prêtre de Belar aux oubliettes, ça ne se fait pas ! s'exclama Rhodar.

— Peut-être, mais Islena n'était pas au courant, et Grodeg savait qu'elle l'ignorait. Il se serait retrouvé enchaîné au fond d'un cachot humide avant qu'on ait eu le temps de la prévenir que ça ne se faisait pas. Vous imaginez mon Islena proposant ce genre d'ultimatum à ce vieux moulin à paroles ? s'esclaffa Anheg, avec une farouche fierté.

— Il y aura tôt ou tard des combats plutôt acharnés dans cette campagne, remarqua Rhodar en esquissant un sourire rusé.

Anheg opina du chef.

— Et les adeptes du culte se targuent de leurs aptitudes guerrières, n'est-ce pas ?

Anheg acquiesça à nouveau avec un grand sourire.

— Il serait donc tout indiqué qu'ils prennent la tête d'une offensive, non ? suggéra le roi de Drasnie.

Le sourire du souverain cheresque devint positivement diabolique.

— Ils auraient sûrement de lourdes pertes à déplorer, insinua Rhodar.

— Certes, mais c'est pour la bonne cause, répondit pieusement Anheg.

— Je ne voudrais pas jouer les rabat-joie, mais je pense qu'il serait temps de mettre la princesse à l'ombre, annonça Polgara aux deux monarques exultants.

Pendant quelques jours, une activité fébrile grouilla dans les fortifications du haut de l'A-pic. Tandis que l'on finissait de hisser les derniers vaisseaux cheresques par-dessus le bord de la falaise, les Algarois et les Mimbraïques poursuivaient leurs raids dans la campagne thulle.

— Il n'y a plus un épi de blé à cinquante lieues à la ronde, rapporta Hettar. Il faudra que nous allions plus loin si nous voulons encore trouver quelque chose à brûler.

— Vous avez rencontré beaucoup de Murgos ? s'informa Barak.

— Pas assez pour que ça soit vraiment intéressant, répondit l'homme au profil de faucon en haussant les épaules, mais nous en croisons quelques-uns de temps à autre.

— Et que devient Mandorallen ?

— Il y a un certain temps que je ne lui ai pas parlé, mais j'ai vu monter pas mal de fumée des endroits où il allait. Il a dû trouver de saines occupations.

— A quoi ressemble le pays, par ici ? questionna Anheg.

— Ça peut aller quand on s'éloigne de l'A-pic, mais la partie du pays des Thulls qui longe le bord du plateau serait plutôt inhospitalière.

— Comment ça, « plutôt inhospitalière » ? Je dois faire passer mes vaisseaux à travers ce pays, moi !

— Du sable, des cailloux, quelques ronces, pas d'eau, et on se croirait dans un four, expliqua Hettar.

— Eh bien, bravo ! commenta Anheg.

— C'est vous qui me l'avez demandé, rétorqua Hettar. Maintenant, si vous voulez bien m'excuser, je vais prendre un cheval frais et de nouvelles torches.

— Vous repartez déjà ? s'émerveilla Barak.

— Ça m'occupe.

Quand le dernier vaisseau fut sur le plateau, les treuils drasniens commencèrent à faire monter des monceaux de nourriture et de matériel qui emplirent bientôt à ras bord les réserves prévues dans les fortifications. Les prisonniers thulls se révélèrent très précieux : ils transportaient tout ce qu'on voulait sans gémir ou discuter. Les visages taillés à coups de serpe exprimaient une telle gratitude, une avidité si simpliste de faire plaisir que Ce'Nedra n'arrivait pas à les haïr, bien qu'ils fussent techniquement ennemis. La princesse découvrit peu à peu les horreurs qui faisaient de la vie du peuple thull un enfer quotidiennement renouvelé. Il n'y avait pas une famille qui n'ait perdu plusieurs de ses membres sous les couteaux des Grolims : des maris, des femmes, des enfants et des parents, tous sacrifiés à Torak, et la pensée qui dominait la vie des Thulls était d'éviter à tout prix de connaître le même sort. Une perpétuelle terreur avait effacé de leur physionomie toute trace de sentiment humain. Ils vivaient dans un isolement effroyable, sans amour, sans amis, sans rien d'autre que l'angoisse et la peur. La prétendue insatiabilité des femmes thulles n'avait rien à voir avec la morale, ou l'absence de morale. C'était une simple question de survie. Pour échapper au couteau du sacrifice, les Thulles n'avaient pas d'autre ressource que d'être constamment enceintes. Elles n'étaient pas animées par le désir mais par la peur, une peur qui les déshumanisait complètement.

— Je ne comprends pas comment on peut vivre comme ça, éclata la princesse alors qu'elle regagnait en compagnie de Polgara le campement provisoire qu'on leur avait aménagé entre les murailles. Qu'est-ce qu'ils attendent pour se rebeller et jeter les Grolims dehors ?

— Et qui mènerait la rébellion ? rétorqua calmement Polgara. Les Thulls ne sont pas fous ; les Grolims peuvent capter leurs pensées comme vous cueilleriez une pomme dans un verger. Celui qui songerait seulement à organiser un semblant de résistance serait le premier à périr sur l'autel du sacrifice.

— Mais ils mènent une vie tellement horrible !

— Ça, nous arriverons peut-être à y changer quelque chose, déclara Polgara. D'une certaine façon, ce que nous essayons de faire ne profitera pas seulement au Ponant mais aussi aux Angaraks. Si nous remportons la victoire, ils seront libérés des Grolims. Ils ne nous remercieront peut-être pas tout de suite, mais, avec le temps, il se peut qu'ils apprécient.

— Et pourquoi ne nous remercieraient-ils pas ?

— Parce que si nous gagnons, mon chou, ce sera en tuant leur Dieu. C'est très dur de remercier quelqu'un pour ça.

— Mais Torak est un monstre.

— C'est tout de même leur Dieu. La perte de son Dieu est une blessure terrible et insidieuse. Demandez aux Ulgos ce que c'est que de vivre sans Dieu. Il y a cinq mille ans qu'UL les a acceptés pour être ses enfants, et ils n'ont jamais oublié comment c'était avant.

— Nous allons gagner, n'est-ce pas ? implora soudain Ce'Nedra, toutes ses craintes ravivées.

— Je ne sais pas, mon chou, répondit calmement la sorcière. Personne ne le sait, ni Beldin, ni mon père, ni même Aldur. Tout ce que nous pouvons faire, c'est essayer.

— Et qu'arrivera-t-il si nous perdons ? demanda la princesse d'une petite voix effrayée.

— Nous serons réduits en esclavage, exactement comme les Thulls. Torak deviendra roi et Dieu du monde entier. Les autres Dieux seront à jamais bannis, et la fureur des Grolims se déchaînera sur nous.

— Je ne pourrais pas vivre dans un monde pareil.

— Aucun de nous n'aimerait ça.

— Vous avez déjà rencontré Torak ? reprit tout à coup la princesse.

— Une ou deux fois, acquiesça Polgara. La dernière fois, c'était à Vo Mimbre, juste avant son duel avec Brand.

— A quoi ressemble-t-il ?

— C'est un Dieu. La puissance de son esprit est stupéfiante. Quand il parle, on ne peut pas faire autrement que de l'écouter, et quand il ordonne, on est obligé de lui obéir.

— Pas vous, tout de même ?

— Je ne pense pas que vous puissiez comprendre, mon chou, murmura Polgara, le visage grave, ses yeux fabuleux aussi lointains que la lune.

Elle tendit machinalement les bras et prit Mission sur ses genoux. L'enfant la regarda en souriant et, comme bien souvent, effleura la mèche blanche qui lui ornait le front.

— Si impérieuse est la voix de Torak que nul ne peut lui résister, reprit la sorcière. On a beau savoir qu'il est pervers et maléfique, dès qu'il parle, toute volonté de résistance s'effrite et on se sent soudain comme un chétif insecte.

— Vous n'avez sûrement pas eu peur, vous ?

— Je savais bien que vous ne comprendriez pas. Evidemment, que j'ai eu peur. Nous avons tous eu peur, même mon père. Priez pour ne jamais rencontrer Torak. Ce n'est pas un petit Grolim de rien du tout comme Chamdar ou un vieux magicien retors comme Ctuchik. C'est un Dieu. Un Dieu hideusement mutilé, à qui on s'est opposé à un moment donné. Il voulait quelque chose, une chose si profonde qu'aucun esprit humain ne pourrait la concevoir. Cette chose lui a été refusée et ce refus l'a rendu fou. Sa folie n'a rien à voir avec celle de Taur Urgas, qui reste malgré tout humain. La folie de Torak est celle d'un Dieu, d'un être capable de donner vie à ses rêves les plus pervers. Seule l'Orbe peut réellement le comprendre. Je parviendrais peut-être à lui résister un moment, mais s'il y mettait toute la force de sa volonté, je finirais inévitablement par lui céder, et ce qu'il exige de moi est trop effroyable pour que j'y songe.

— Je ne vous suis pas très bien, Dame Polgara.

La sorcière regarda longuement la petite jeune fille.

— Ça, je veux bien vous croire, dit-elle enfin. C'est une partie de l'histoire que la Société historique tolnedraine a toujours ignorée. Asseyez-vous, Ce'Nedra. Je vais essayer de vous expliquer.

La princesse s'installa de son mieux sur un banc de bois, dans leur chambre de fortune. Polgara était inhabituellement sereine, presque rêveuse. Elle entoura Mission de ses bras, le serra contre elle et posa la joue sur ses boucles blondes comme si le contact du petit garçon l'apaisait.

— Il y a deux Prophéties, Ce'Nedra, mais le moment approche où il n'y en aura plus qu'une. Tout ce qui est, a été ou sera un jour fera partie de celle des deux Prophéties qui l'emportera sur l'autre. Tout homme, toute femme, tout enfant, a deux destinées possibles. Pour certains, il n'y a pas grande différence entre les deux, mais pour moi, il y en a une énorme.

— Je ne vous suis pas très bien.

— Dans la Prophétie que nous servons, celle qui nous a amenés ici, je suis Polgara la sorcière, la fille de Belgarath et la gardienne de Belgarion.

— Et dans l'autre ?

— Dans l'autre, je suis l'épouse de Torak.

Ce'Nedra étouffa un hoquet de surprise.

— Vous comprenez à présent pourquoi j'ai eu peur, continua Polgara. J'ai peur de Torak depuis le jour où mon père m'a expliqué tout ceci, alors que j'avais votre âge. Si j'ai peur, ce n'est pas pour moi mais parce que je sais que si je flanche, si la volonté de Torak l'emporte sur la mienne, alors la Prophétie que nous servons échouera. Torak remportera la victoire sur moi et sur l'humanité tout entière. Quand il m'a appelée, à Vo Mimbre, j'ai éprouvé l'envie fugitive mais irrésistible de courir vers lui. Pourtant, j'ai résisté. Je n'ai jamais rien fait de plus difficile. Mais c'est mon refus qui l'a poussé à ce duel avec Brand, duel au cours duquel le pouvoir de l'Orbe s'est déchaîné contre lui. Mon père avait tout misé sur ma volonté. Le vieux loup est parfois un redoutable joueur.

— Et si... commença Ce'Nedra, mais elle ne put se résoudre à articuler sa question.

— Si Garion perd ? dit Polgara, et son calme montrait qu'elle avait maintes fois envisagé cette possibilité. Eh bien, Torak viendra réclamer son épouse et aucun pouvoir sur terre ne sera assez fort pour l'arrêter.

— Je préférerais mourir, balbutia la princesse.

— Moi aussi, Ce'Nedra, mais peut-être n'aurai-je même pas ce choix. La volonté de Torak est tellement plus forte que la mienne... Qui sait s'il ne trouvera pas le moyen de me priver de toute possibilité, voire du désir de m'ôter l'existence. Il se pourrait alors que je sois fabuleusement heureuse d'être son élue, sa bien-aimée. Mais tout au fond de moi, je pense qu'une partie de mon être hurlera d'horreur et continuera à hurler d'horreur dans les siècles des siècles, jusqu'à la consommation des temps.

Cette pensée était trop horrible. La petite princesse ne put se retenir plus longtemps. Elle se laissa tomber à genoux, entoura Polgara et Mission de ses bras et éclata en sanglots.

— Allons, Ce'Nedra, il n'y a pas de quoi pleurer, voyons, fit gentiment Polgara en caressant les cheveux de la petite jeune fille en pleurs. Garion n'est pas encore arrivé à la Cité de l'Eternelle Nuit, et Torak dort toujours. Nous avons encore un peu de temps devant nous. Et qui sait ? Nous gagnerons peut-être.

CHAPITRE XIII

Une fois la flotte cheresque massée sur le plateau, le rythme des activités s'accéléra dans les fortifications. Les unités d'infanterie de Rhodar commençaient à arriver du campement de l'Aldur et à escalader les ravines étroites menant au sommet de l'A-pic ; d'interminables queues de voitures amenaient le ravitaillement et le matériel au pied de la falaise où les énormes treuils attendaient pour les hisser le long de la paroi de basalte. Les commandos de Mimbraïques et d'Algarois sortaient généralement avant l'aube pour aller sans cesse plus loin ravager les villes et les champs encore épargnés. La destruction des pauvres villages thulls si mal protégés, les traînées de feu d'une demi-lieue de large tracées dans les champs de grains mûrs avaient fini par décider les Thulls léthargiques à organiser un semblant de résistance. Ce fut lamentable : les Thulls se précipitaient inévitablement vers le dernier endroit attaqué par les Mimbraïques ; ils arrivaient des heures, sinon des jours trop tard, pour ne trouver que des ruines fumantes, des soldats morts et des paysans terrifiés, dépouillés de tout. Et s'ils tentaient d'intercepter les Algarois aux chevaux rapides comme l'éclair, ils ne rencontraient que des acres et des acres de terre calcinée. Les assaillants avaient pris la fuite et les tentatives pathétiques des Thulls pour les rattraper étaient vouées à l'échec.

Les Thulls n'eurent même pas l'idée d'attaquer les fortifications à partir desquelles opéraient les pillards, ou si elle les effleura, ils l'écartèrent aussitôt, n'ayant pas le cran d'attaquer des positions aussi fortement défendues. Ils préféraient s'agiter dans tous les sens, éteindre les incendies et se plaindre amèrement à leurs alliés murgos et malloréens de leur manque de coopération. Les Malloréens de l'empereur 'Zakath refusaient obstinément de mettre le nez hors de leur camp de base de Thull Zelik, mais les Murgos de Taur Urgas firent quelques descentes dans le sud du Mishrak ac Thull, un peu en signe de solidarité envers leurs frères angaraks, ou plutôt, supputa le roi Rhodar, parce que leurs manœuvres les amenaient dans les parages. On découvrit même quelques éclaireurs murgos aux environs des fortifications. Des patrouilles sortaient tous les jours pour nettoyer les collines arides des espions murgos tandis que les hallebardiers drasniens et des bataillons de légionnaires exploraient les vallées rocheuses, dénudées, des alentours. Des hommes de clan algarois, censés se reposer de leurs lointaines équipées, inventèrent un nouveau jeu baptisé « safari-Murgo », se vantèrent beaucoup de leurs coups de main et insistèrent vertueusement sur le fait que s'ils sacrifiaient leur temps de repos, c'est qu'ils se sentaient responsables de la sécurité des fortifications. Protestations qui n'abusaient évidemment personne.

— Il est vraiment indispensable de patrouiller dans cette région, Rhodar, se récria le roi Cho-Hag. Mes enfants ne font que leur devoir.

— Leur devoir ? ricana Rhodar. Mettez un Algarois à cheval et montrez-lui une colline dont il n'a pas encore vu le versant opposé ; il trouvera toujours un prétexte pour aller jeter un coup d'œil derrière.

— Vous êtes injuste avec nous, s'offusqua Cho-Hag.

— Je vous connais.

Ce'Nedra et ses deux plus proches compagnes avaient observé avec une amertume croissante le départ des cavaliers algarois au cœur léger. Tandis qu'Ariana était, comme toutes les Mimbraïques, habituée à une vie assez sédentaire et à attendre patiemment au coin du feu pendant que les hommes batifolaient dehors, Adara, la cousine algaroise de Garion, supportait mal sa réclusion.

En bonne Algaroise, elle avait besoin de sentir le vent caresser son visage et jouer dans ses cheveux, et d'entendre le tonnerre des sabots de son cheval. Son caractère finit par se gâter et elle soupirait de plus en plus souvent.

— Alors, mesdames, qu'allons-nous faire aujourd'hui ? leur demanda Ce'Nedra par un beau matin ensoleillé, après le petit déjeuner. Comment allons-nous passer le temps jusqu'à midi ?

C'était une question purement gratuite, puisqu'elle avait déjà des projets pour la journée.

— Nous pourrions faire un peu de broderie, suggéra Ariana. Cet art occupe plaisamment les doigts et le regard tout en libérant l'esprit et les lèvres pour la conversation.

Adara leva les yeux au ciel en soupirant.

— Et si nous allions voir mon seigneur montrer aux serfs à se préparer au combat ?

Ariana trouvait toujours un prétexte pour aller voir Lelldorin pendant la moitié de la journée au moins.

— Si je vois encore un homme transformer une balle de foin en pelote à épingles, je crois que je vais crier, déclara Adara d'un ton quelque peu acerbe.

— Nous pourrions faire une tournée d'inspection, suggéra vivement Ce'Nedra afin de couper court à la prise de bec qu'elle sentait poindre à l'horizon.

— Ce'Nedra, nous avons déjà inspecté douze fois toutes les casemates et tous les baraquements des fortifications, lui rappela Adara avec une certaine impatience. Si un vieux sergent m'explique encore bien poliment le fonctionnement d'une catapulte, je le mords.

— Mais nous n'avons pas inspecté l'extérieur des fortifications, insinua la princesse avec un petit sourire malicieux. Ne pensez-vous pas que cela nous incombe aussi ?

Adara lui jeta un rapide coup d'œil et un sourire apparut lentement sur son visage.

— Absolument, acquiesça-t-elle avec enthousiasme. Il est étrange que nous n'y ayons pas songé plus tôt. Je dirais que nous avons été fort négligentes, non ?

— Je crains que le roi Rhodar ne soit vivement opposé à un tel projet, objecta Ariana en fronçant le sourcil.

— Rhodar n'est pas là, riposta Ce'Nedra. Il est parti faire l'inventaire des dépôts avec le roi Fulrach.

— Dame Polgara ne serait sûrement pas d'accord non plus, insista Ariana, d'un ton indiquant que sa volonté fléchissait.

— Dame Polgara est en conférence avec Beldin, le sorcier, indiqua Adara, l'œil brillant de malice.

— De sorte, mesdames, que nous sommes plus ou moins livrées à nous-mêmes, n'est-ce pas ? fit Ce'Nedra, la bouche en cœur.

— Il est à craindre que nous nous fassions vertement tancer à notre retour, nota Ariana.

— Eh bien, nous en serons fort marries, ricana Ce'Nedra.

Un quart d'heure plus tard, la princesse et ses deux amies, vêtues de cuir noir comme les cavaliers algarois, franchissaient les fortifications au petit galop, escortées par Olban. Le plus jeune fils du Gardien de Riva n'avait pas l'air emballé par l'idée, mais Ce'Nedra ne lui avait pas laissé le temps de discuter et encore moins de prévenir les gens susceptibles de mettre fin au projet, aussi Olban accompagna-t-il la petite reine de Riva sans poser de questions, comme toujours.

Les tranchées hérissées de pieux qui longeaient la muraille extérieure étaient très intéressantes, mais rien ne ressemblait plus à une tranchée qu'une autre tranchée, et il fallait un esprit particulièrement pénétrant pour les trouver longtemps intéressantes.

— Très joli, décréta allègrement Ce'Nedra à un hallebardier drasnien qui montait la garde au sommet d'une butte. Ces tranchées sont splendides, et tous ces pieux magnifiquement aiguisés... Je me demande bien où vous avez pu trouver tout ce bois ? ajouta-t-elle avec un coup d'œil au paysage aride.

— Je pense que ce sont les Sendariens qui l'ont fait venir du nord, Majesté, répondit le hallebardier. Nous avons demandé aux Thulls de le débiter en tronçons et de tailler le bout en pointe. Ils sont très doués pour faire les pieux, une fois qu'on leur a expliqué comment s'y prendre.

— Vous n'avez pas vu passer une patrouille à cheval, il y a une demi-heure à peu près ? reprit innocemment Ce'Nedra.

— Si, Majesté. Messire Hettar d'Algarie et quelques-uns de ses hommes. Ils sont partis par là, fit le garde en tendant le doigt vers le sud.

— Ah ! Si on vous demande quelque chose, dites que nous sommes allés les rejoindre. Nous devrions être de retour d'ici quelques heures. Messire Hettar a promis de nous attendre à la limite sud des fortifications, déclara très vite Ce'Nedra pour prévenir toute objection. Ne le faisons pas attendre. Vous avez vraiment mis un temps *fou* à vous changer, mesdames, fit-elle en se tournant vers ses compagnes. Vous savez ce que c'est, fit-elle en dédiant un clin d'œil complice au garde. Le costume d'équitation ne tombe pas comme il faudrait, et je te donne un dernier petit coup de brosse, et ça dure des heures. Allons, mesdames, dépêchons-nous. Messire Hettar ne va pas être content.

Avec un petit gloussement stupide, la princesse fit faire une volte à Paladin et s'éloigna au galop vers le sud.

— Ce'Nedra, s'exclama Ariana d'un ton outré quand elles furent hors de portée de voix, vous lui avez menti !

— Evidemment.

— Mais c'est terrible !

— Pas tant que de passer la journée à broder des paquerettes sur un jupon débile, rétorqua la princesse.

Elles s'éloignèrent des fortifications, traversèrent une rangée de collines basses, tannées par le soleil, et s'engagèrent au galop dans l'immense vallée qui butait, dix bonnes lieues plus loin, sur l'énorme masse brune d'une chaîne de montagnes. Les trois filles se sentaient toutes petites dans ce paysage colossal. Leurs chevaux semblaient n'être que de minuscules fourmis rampant vers les montagnes indifférentes.

— Je ne m'attendais pas à quelque chose d'aussi vaste, murmura Ce'Nedra en se protégeant les yeux du soleil pour contempler le sommet des collines au loin.

Le fond de la vallée était plat comme un dessus de table, ponctué de buissons d'épineux rabougris et de pierres rondes, pas plus grosses que le poing. Les sabots de leurs chevaux soulevaient à chaque pas des nuages de poussière jaune, impalpable. Il n'y avait pas un souffle de vent. La matinée n'était qu'à peine entamée, mais le soleil était déjà brûlant, et des vagues de chaleur ondoyaient sur le sol, faisant danser les buissons vert-de-gris, poussiéreux.

Il faisait de plus en plus chaud. Il n'y avait pas trace d'eau et la sueur séchait presque instantanément sur les flancs de leurs chevaux haletants.

— Je pense que nous devrions songer à faire demi-tour, suggéra Adara en retenant sa monture. Il serait vain d'espérer atteindre les collines qui ferment la vallée.

— Elle a raison, Majesté, ajouta Olban. Nous sommes déjà allés trop loin.

Ce'Nedra tira sur les rênes de Paladin. L'animal laissa retomber sa tête comme s'il était au bord de l'évanouissement.

— Oh, arrête de t'apitoyer sur ton sort ! le houspilla-t-elle, agacée, car les choses ne se passaient pas du tout comme elle avait prévu. Si seulement nous pouvions trouver de l'ombre, reprit-elle en balayant du regard l'immense étendue désertique, semée de pierres.

Elle avait les lèvres sèches et le soleil commençait à lui taper sur la tête.

— Les environs ne paraissent point, douce Princesse, offrir ce réconfort, murmura Ariana, le regard perdu à l'horizon.

— Quelqu'un a-t-il pensé à prendre de l'eau ? demanda Ce'Nedra en s'épongeant le front avec son mouchoir.

Personne n'y avait songé.

— Nous ferions peut-être mieux de rentrer, décida-t-elle en regardant autour d'elle avec regret. Il n'y a rien à voir par ici, de toute façon.

— Des cavaliers ! fit soudain Adara en tendant le doigt.

Une douzaine d'hommes venaient de surgir d'un repli du sol, entre les collines, à une bonne lieue de là, et s'engageaient dans la plaine.

— Des Murgos ? hoqueta Olban en portant aussitôt la main à son épée.

Adara s'abrita les yeux du soleil et observa attentivement les cavaliers qui approchaient.

— Non, répondit-elle au bout d'un instant. Des Algarois. Ça se voit tout de suite à leur façon de monter.

— J'espère qu'ils ont de l'eau, fit Ce'Nedra.

Les cavaliers venaient droit sur eux en soulevant un nuage de poussière. Tout à coup, Adara étouffa un hoquet de surprise et devint d'une pâleur mortelle.

— Qu'y a-t-il ? s'inquiéta Ce'Nedra.

— Messire Hettar est avec eux, souffla-t-elle en réponse.

— Je me demande comment vous pouvez reconnaître quelqu'un à cette distance.

Adara se mordit la lèvre et resta coite.

Hettar retint sa monture en sueur tout près du petit groupe. Son profil d'oiseau de proie, sa queue de cheval lui donnaient un aspect sauvage, effrayant.

— Que faites-vous ici ? demanda-t-il d'un ton farouche.

— Nous avons eu envie de prendre un peu l'air, répondit Ce'Nedra d'un petit ton badin, dans l'espoir de le dérider.

Hettar l'ignora et prit Olban à partie.

— Vous avez sûrement perdu l'esprit, Olban ? lança-t-il âprement au jeune Rivien. Vous n'auriez jamais dû laisser les dames quitter les fortifications !

— Je n'ai pas d'ordres à donner à Sa Majesté, rétorqua Olban en s'empourprant.

— Allons, allons, Hettar, protesta Ce'Nedra. Il n'y a pas de quoi fouetter un chat ; nous faisions une petite promenade, voilà tout.

— Pas plus tard qu'hier, nous avons encore tué trois Murgos à une demi-lieue d'ici, répliqua Hettar. Si vous voulez prendre de l'exercice, faites le tour des fortifications en courant à l'intérieur. Ne sortez pas sans escorte en territoire hostile. Vous avez agi d'une façon très irréfléchie, Ce'Nedra. Rentrons, maintenant, ordonna-t-il d'un ton sans réplique, le visage aussi peu engageant que la mer en hiver.

— Nous venions justement de prendre la même décision, Messire, murmura Adara, les yeux baissés.

— Comment une Algaroise telle que vous, Dame Adara, a-t-elle pu sortir par cette chaleur sans penser à prendre de l'eau pour sa monture ? reprit-il après un coup d'œil réprobateur à son cheval épuisé. Je vous croyais plus intelligente que ça, conclut-il en hochant la tête d'un air dégoûté.

Le visage pâle et défait d'Adara faisait peine à voir.

— Donnez à boire à leurs chevaux, ordonna Hettar d'un ton péremptoire à l'un de ses hommes, puis nous les ramènerons aux fortifications. Mesdames, la promenade est terminée.

Adara était au supplice. Le visage embrasé par la honte, elle se tortillait sur sa selle en essayant d'éviter le regard implacable de Hettar. Dès que son cheval eut fini de boire, elle fit claquer ses rênes et enfonça ses talons dans ses flancs. Surpris, l'animal bondit en avant, ses sabots raclant le sol jonché de pierres, et partit ventre à terre.

Hettar poussa un juron et s'élança à sa poursuite.

— Qu'est-ce qui lui prend ? s'exclama Ce'Nedra.

— Notre douce compagne n'a point supporté les remontrances de messire Hettar, observa Ariana. Son opinion est plus chère à son cœur que sa propre vie.

— Hettar ? fit Ce'Nedra, sidérée.

— Ton œil, ô Princesse, T'aurait-il celé que notre douce amie en tient pour lui ? avança Ariana, quelque peu surprise. Il faut croire que Tu as la tête à l'évent.

— Hettar ? répéta Ce'Nedra. Si j'avais pu imaginer...

— Peut-être cela vient-il de ce que je suis mimbraïque, suggéra Ariana. Les femmes de mon peuple sont plus que les autres sensibles aux émois de leurs proches.

Il fallut peut-être une centaine de toises à Hettar pour rattraper Adara. Il arrêta brutalement son cheval en tirant sur ses rênes d'une main et commença à l'admonester d'une voix dure, la sommant de lui expliquer la raison de sa conduite. Adara ne savait plus comment se tourner sur sa selle pour l'empêcher de voir son visage.

Puis un mouvement imperceptible attira le regard de Ce'Nedra : un Murgo écarta le carré de toile bise sous lequel il était dissimulé, surgit comme un diable de sa boîte entre deux buissons rabougris, à une vingtaine de pas des deux cavaliers, et banda son arc dans leur direction.

— Hettar ! hurla Ce'Nedra.

Hettar ne pouvait voir le Murgo, car il était derrière lui, mais Adara comprit tout de suite qu'il visait son dos vulnérable. Dans un geste désespéré, elle lui arracha ses rênes des mains et, talonnant son cheval, fonça vers lui. Sa monture fit un écart, perdit l'équilibre et tomba à la renverse. Pris au dépourvu, l'homme au visage de faucon vida les étriers tandis qu'Adara cravachait son cheval à tour de bras.

Sans le moindre scrupule, le Murgo décocha sa flèche sur la jeune fille qui plongeait sur lui.

Malgré la distance, Ce'Nedra entendit distinctement le bruit que fit la flèche en frappant Adara. Elle en garderait jusqu'à la fin de ses jours le souvenir horrifié. Adara se plia en deux, sa main libre se crispa sur l'empenne de la flèche qui sortait de sa poitrine, pourtant elle maintint l'allure et sa trajectoire ne dévia pas d'un pouce. Elle renversa le Murgo qui roula à terre, sous les sabots de son cheval, mais l'homme se releva aussitôt. Il portait la main à son épée quand Hettar fondit sur lui, le sabre au clair. Puis ce fut comme si l'acier s'embrasait sous le soleil aveuglant et le Murgo s'écroula avec un cri terrible.

Hettar se tourna vers Adara sans prendre le temps d'essuyer sa lame ruisselante de sang.

— Je n'ai jamais rien vu de plus stupide... commença-t-il avec fureur.

Il ne finit pas sa phrase. La jeune fille s'était arrêtée à quelques toises du Murgo. Elle était pliée en deux sur sa selle, les mains crispées sur la poitrine, ses cheveux noirs retombant comme un voile de deuil sur son visage livide. Puis, lentement, elle s'affaissa et glissa à bas de sa monture.

Hettar lâcha son sabre et se précipita vers elle avec un cri étranglé.

— Adara ! gémit la princesse, horrifiée, en portant ses mains à son visage.

Hettar recueillit doucement la jeune fille dans ses bras. De sa poitrine sortait l'empenne de la flèche qui palpitait au rythme de son souffle haletant.

Lorsque le petit groupe les rejoignit, Hettar contemplait, hagard, le visage livide de la jeune fille.

— Petite idiote, murmurait-il d'une voix brisée. Petite idiote...

Ariana se laissa tomber à terre sans attendre l'arrêt de son cheval et courut vers eux.

— Ne la bouge point, Messire, lui ordonna-t-elle sèchement. La flèche lui a percé le poumon et si Tu la déplaces, son extrémité acérée tranchera le fil de sa vie.

— Retirez-la, ordonna Hettar entre ses dents.

— Que non pas, Messire. Oter la flèche causerait son trépas plus sûrement que de la laisser.

— Je ne peux pas supporter de la voir dépasser de son corps comme ça, hoqueta-t-il comme s'il allait éclater en sanglots.

— Eh bien, ne la regarde pas, Messire, rétorqua abruptement Ariana en s'agenouillant près d'Adara et en palpant la gorge de la blessée d'une main fraîche, compétente.

— Elle n'est pas morte, n'est-ce pas ? reprit Hettar d'une voix presque implorante.

Ariana secoua la tête.

— Elle est grièvement blessée, mais la vie palpite encore en son sein. Veuille, doux Sire, ordonner à Tes hommes d'improviser sur l'heure une litière. Nous devons emmener notre tendre amie au fort et la confier aussitôt aux soins experts de dame Polgara, faute de quoi la vie l'abandonnera.

— Vous ne pouvez rien faire ? croassa Hettar.

— Assurément non, Messire, dans cette étendue

désolée, brûlée par le soleil. Point n'ai instruments ni remèdes, et la gravité de la blessure passe peut-être le domaine de mes compétences. Dame Polgara constitue son seul espoir. La litière, Messire. Allons, hâte-Toi !

Polgara ressortit de la chambre d'Adara vers la fin de l'après-midi, le visage austère et les yeux durs comme le silex.

— Comment va-t-elle ? lui demanda vivement Hettar.

Il arpentait le couloir de la casemate depuis le moment où ils avaient ramené la blessée, s'arrêtant de temps en temps pour flanquer dans les murs de pierre brute de grands coups de poing impuissants.

— Un peu mieux, répondit Polgara. Le pire est passé, mais elle est encore très faible. Elle vous a demandé.

— Elle s'en remettra, n'est-ce pas ? reprit Hettar.

— Sûrement, s'il n'y a pas de complications. Elle est jeune, et la blessure était moins sérieuse qu'il n'y paraissait. Le remède que je lui ai donné rend loquace, mais ne restez pas trop longtemps près d'elle. Elle a besoin de se reposer, conseilla la sorcière. — Puis son regard se posa sur le visage en larmes de Ce'Nedra. — Quand vous l'aurez vue, Majesté, venez dans ma chambre, ordonna-t-elle fermement. Nous avons à parler, toutes les deux.

Le visage de porcelaine d'Adara était encadré par la masse de ses cheveux bruns répandus sur l'oreiller. Elle était très pâle et semblait avoir du mal à fixer son regard, mais ses yeux étaient très brillants. Ariana était assise à son chevet.

— Alors, Adara, comment ça va ? demanda tout bas Ce'Nedra, de ce ton faussement enjoué que l'on prend dans la chambre d'un malade.

Adara lui répondit par un pauvre petit sourire.

— Vous avez mal ?

— Non, fit Adara dans un souffle. Je n'ai pas mal, mais je me sens toute drôle et j'ai la tête légère, légère...

— Pourquoi avez-vous fait ça, Adara ? demanda abruptement Hettar. Vous n'étiez pas obligée de foncer comme ça sur ce Murgo.

— Vous passez trop de temps avec les chevaux, Messire le Sha-dar, murmura Adara avec un sourire évanescent. Vous ne comprenez plus ceux de votre race et leurs sentiments.

— Que voulez-vous dire ? questionna-t-il, perplexe.

— Exactement ce que je viens de dire, Messire Hettar. Si vous voyiez une jument considérer un étalon avec intérêt, la signification de son regard vous apparaîtrait avec clarté, mais dès qu'il s'agit d'êtres humains, vous ne comprenez plus rien, n'est-ce pas ?

Elle eut une légère quinte de toux.

— Ça va aller ? demanda-t-il faiblement.

— Étonnamment bien, si l'on considère que je suis mourante.

— Que dites-vous là ? Vous n'allez pas mourir !

Elle ferma les paupières et esquissa un sourire.

— Je vous en prie, souffla-t-elle. Je sais ce que ça veut dire, de recevoir une flèche en pleine poitrine. C'est pour ça que j'ai demandé à vous voir. Je voulais voir votre visage une dernière fois. Il y a si longtemps que je vous regarde…

— Vous êtes fatiguée, assura-t-il avec brusquerie. Vous irez mieux après vous être un peu reposée.

— Ça, pour me reposer, je vais me reposer, reconnut-elle d'un ton mélancolique. Mais je doute fort d'aller mieux après. Le sommeil dans lequel je vais sombrer est de ceux dont on ne s'éveille jamais.

— C'est ridicule !

— Certes, mais ce n'en est pas moins vrai, soupira-t-elle. Et voilà, mon cher Hettar. Vous avez fini par m'échapper. Belle chasse à l'homme, pourtant. J'avais même demandé à Garion s'il pouvait user d'un sortilège sur vous.

— Garion ?

Elle acquiesça d'un battement de paupières.

— Vous voyez combien j'étais désespérée. Mais il m'a répondu que ce n'était pas possible, poursuivit-elle avec une petite grimace. A quoi peut bien servir la sorcellerie si on ne peut l'employer à se faire aimer ?

— Aimer ? croassa Hettar.

— De quoi croyez-vous que nous parlons, Messire

Hettar ? De la pluie et du beau temps ? souffla-t-elle en le regardant avec un sourire éperdu. Il y a des moments où je vous trouve incroyablement obtus. Ne me regardez pas ainsi, Messire. Dans un instant, je cesserai de vous donner la chasse et vous serez libre.

— Nous en reparlerons quand vous irez mieux, dit-il enfin.

— Jamais je n'irai mieux, Hettar. Vous n'avez pas entendu ? Je suis mourante.

— Mais non, vous n'êtes pas mourante. Polgara nous a assuré que vous seriez bientôt sur pied.

Adara jeta un rapide coup d'œil à Ariana.

— Point mortelle n'est Ta blessure, ô douce amie, lui confirma doucement Ariana. Il est vrai que Tu ne vas pas mourir.

Adara ferma les yeux. Une légère rougeur monta à ses joues.

— Comme c'est embarrassant, murmura-t-elle. Je vous demande pardon, Hettar, poursuivit-elle en rouvrant les yeux. Je ne vous aurais rien dit si j'avais su que les médecins parviendraient, par leurs manigances, à me sauver la vie. Sitôt rétablie, je regagnerai mon clan. Je ne vous importunerai plus.

Hettar baissa les yeux sur elle. Son visage anguleux était parfaitement inexpressif, comme à l'accoutumée.

— Je ne pense pas que je serais d'accord, répondit-il en lui prenant doucement la main. Il y a des choses dont il faut que nous parlions, tous les deux. Ce n'est ni l'heure ni le lieu, mais tâchez de ne pas devenir trop inaccessible.

— C'est la pitié qui vous fait parler, soupira-t-elle.

— Non. Le sens pratique. J'ai maintenant, grâce à vous, un autre sujet de réflexion que l'extermination des Murgos. Il me faudra sans doute un moment pour me faire à cette idée, mais quand j'y aurai réfléchi, il faudra absolument que nous en reparlions.

Elle se mordit la lèvre et tenta de détourner le visage.

— J'ai fait un beau gâchis. A votre place, je serais mort de rire. Il vaut mieux que nous ne nous revoyions jamais.

— Non, dit-il avec fermeté en lui étreignant la main. Sûrement pas. Et n'essayez pas de m'échapper, parce que je vous retrouverais, quand bien même je devrais demander à tous les chevaux d'Algarie de vous chercher.

Elle lui jeta un regard surpris.

— Je suis Sha-dar, vous vous souvenez ? Les chevaux font tout ce que je leur demande.

— Ce n'est pas juste, protesta-t-elle.

— Et demander à Garion d'user de son pouvoir sur moi ? riposta-t-il avec un petit sourire interrogateur.

— Par tous les Dieux d'Alorie... souffla-t-elle en piquant un fard.

— Il faut qu'elle se repose, maintenant, décréta Ariana. Vous pourrez revenir la voir demain.

Une fois dans le couloir, Ce'Nedra leva les yeux sur le grand gaillard et lui passa un savon.

— Vous auriez tout de même pu lui dire quelque chose d'un peu plus encourageant, non ?

— Ç'aurait été prématuré, répondit-il. Nous sommes un peuple réservé, Princesse. Nous ne disons pas les choses pour le simple plaisir de parler. Adara comprend la situation.

Hettar semblait plus farouche que jamais avec son visage anguleux, impassible, et sa mèche crânienne flottant comme une crinière sur ses épaules gainées de cuir, mais ses yeux semblaient s'être adoucis, et elle crut discerner un pli étonné entre ses sourcils.

— Polgara n'a pas dit qu'elle voulait vous voir ? insinua-t-il.

C'était une façon polie mais ferme de l'envoyer promener. Ce'Nedra s'éloigna à grands pas, en marmonnant des récriminations où il était beaucoup question du manque d'égards qui semblait avoir contaminé la partie mâle de la population.

Dame Polgara l'attendait, assise dans sa chambre.

— Eh bien ? commença-t-elle en la voyant entrer. Vous donnerez-vous la peine de m'expliquer ?

— Vous expliquer quoi ?

— La raison de cette imbécillité qui a failli coûter la vie à Adara.

— Vous ne croyez tout de même pas que c'était ma faute !

— Qui a eu cette idée sinon vous ? Et que faisiez-vous hors des fortifications ?

— Nous étions juste sorties faire un petit tour. Nous nous ennuyons tellement, enfermées ici toute la journée.

— L'ennui... Belle raison d'envoyer vos amies à la mort.

Ce'Nedra la regarda en happant l'air comme une carpe, le visage blême tout à coup.

— Enfin, Ce'Nedra, pourquoi pensez-vous que nous nous sommes donné la peine de faire ériger ces fortifications sinon pour nous protéger ?

— Je ne savais pas qu'il y avait des Murgos dans les environs, gémit la princesse.

— Vous avez pris la peine de vous en assurer ?

Le poids de sa culpabilité sembla tout à coup s'abattre sur les épaules de Ce'Nedra. Elle se mit à trembler comme une feuille et porta une main frémissante à sa bouche. C'était sa faute. Elle pouvait se tortiller dans tous les sens et tenter de nier sa responsabilité, par son inconscience, l'une de ses plus chères amies avait failli mourir. Adara avait manqué payer de sa vie un moment d'insouciance puérile. Ce'Nedra enfouit son visage dans ses mains et éclata en sanglots.

— Les larmes ne laveront jamais le sang versé, Ce'Nedra, reprit Polgara après l'avoir laissée pleurer un moment comme pour lui laisser le temps de prendre la mesure de sa faute. Je commençais à me dire que je pouvais vous faire confiance, mais il est évident que je me trompais. Vous pouvez partir, à présent. Je n'ai plus rien à vous dire ce soir.

La petite princesse prit la fuite en sanglotant.

CHAPITRE XIV

— Et c'est partout comme ça ? Je n'ai pas vu *un* arbre depuis que nous avons quitté les fortifications, grincha Anheg.

L'armée avançait péniblement, pareille à une grosse chenille rampant dans l'immense vallée vers les montagnes qui dansaient sous le soleil de plomb, presque marines à force d'ondoyer au gré des vagues de chaleur.

— Le paysage change d'ici une vingtaine de lieues, Majesté, répondit calmement Hettar, l'air aussi à l'aise sur sa selle que dans un fauteuil. En redescendant des hauts plateaux, nous verrons des arbres, des espèces de petits sapins rabougris, histoire de rompre un peu la monotonie.

L'immensité du désert réduisait à une mince colonne la marée humaine qui s'étirait sur des lieues et des lieues et se signalait moins par la masse des hommes, des chevaux et des vaisseaux cheresques cahotant sur le sol rocailleux que par la masse de poussière jaune, granuleuse, qu'ils soulevaient.

— Je ne sais pas ce que je donnerais pour un souffle de vent, fit lamentablement Anheg en s'essuyant le visage.

— Ne parle pas de malheur, Anheg, l'enjoignit Barak. Il ne faudrait pas grand-chose pour lever une tempête de sable.

— La rivière est encore loin ? demanda plaintivement le roi Rhodar en balayant du regard le paysage immuable.

La chaleur étouffante ne valait rien au corpulent monarque. Il avait le visage comme une betterave et ruisselant de sueur.

— A une quarantaine de lieues, répondit Hettar.

Le général Varana remontait la colonne, monté sur un étalon rouan. Il portait une courte jupette de cuir, un pectoral et un casque ordinaires, sans aucune indication de son rang.

— Les chevaliers mimbraïques viennent de nettoyer encore un nid de Murgos, rapporta-t-il.

— Combien ? questionna laconiquement le roi Rhodar.

— Une vingtaine. Les Algarois en ont laissé échapper trois ou quatre mais ils les pourchassent.

— Vous ne pensez pas que nos éclaireurs devraient prendre un peu d'avance ? s'inquiéta le roi Anheg en s'épongeant à nouveau. Même bâchés et montés sur roulettes, ces vaisseaux ne ressemblent guère à des voitures. Je n'aimerais vraiment pas me battre tout le long de la Mardu. Si nous y arrivons jamais.

— N'ayez crainte, Anheg ; j'ai envoyé des hommes patrouiller dans le coin, le rassura le roi Cho-Hag.

— Personne n'a rencontré de Malloréens ? reprit Anheg.

— Pas encore, répondit Cho-Hag. Pour le moment, nous n'avons vu que des Thulls et des Murgos.

— Décidément, 'Zakath a l'air de se plaire à Thull Zelik, commenta Varana.

— Je voudrais bien en savoir un peu plus long sur lui, leur confia Rhodar.

— D'après ses envoyés, l'empereur serait un homme très civilisé, dit Varana. Cultivé, courtois, d'un grand raffinement.

— Je suis sûr que ça cache quelque chose, objecta Rhodar. Les Nadraks crèvent de trouille devant lui, et il n'en faut pas qu'un peu pour impressionner un Nadrak.

— Tant qu'il restera à Thull Zelik, je me fiche pas mal de sa véritable personnalité, décréta Anheg.

Le colonel Brendig se détacha de l'interminable colonne d'infanterie et de voitures et s'approcha d'eux.

— Le roi Fulrach voudrait que vous donniez le signal de la halte, annonça-t-il.

— *Encore ?* s'exclama Anheg, agacé.

— Majesté, il y a deux heures que nous marchons, et par cette chaleur, c'est exténuant pour l'infanterie, objecta Brendig. Si les hommes sont déjà épuisés par la marche, ils ne seront pas en état de combattre le moment venu.

— Allez, Brendig, faites arrêter la colonne, ordonna Polgara. Nous pouvons faire confiance à Fulrach pour ces questions. Et vous, Anheg, poursuivit-elle en se tournant vers le roi de Cherek, ne soyez pas si ronchon.

— Je cuis dans mon jus, Polgara, se lamenta-t-il.

— Essayez de marcher un peu, suggéra-t-elle aimablement. Vous comprendrez peut-être ce que peut ressentir l'infanterie.

Anheg se renfrogna mais ne dit pas un mot.

Quand la colonne s'arrêta, la princesse Ce'Nedra retint son cheval ruisselant de sueur. Elle n'avait pas dit grand-chose depuis qu'Adara avait été blessée. Elle en avait pris un coup en comprenant quelle terrible responsabilité elle portait dans cette affaire qui avait failli coûter la vie à son amie et paraissait s'être retirée dans sa coquille, ce qui lui ressemblait bien peu. Elle ôta le chapeau de paille qu'un prisonnier thull lui avait fait aux fortifications et regarda le soleil aveuglant en plissant les yeux.

— Remettez votre chapeau, Ce'Nedra, lui ordonna dame Polgara. Je ne tiens pas à ce que vous attrapiez une insolation.

Ce'Nedra s'exécuta docilement.

— Il revient, annonça-t-elle en tendant le doigt vers un petit point noir, haut dans le ciel.

— Vous voulez bien m'excuser ? conclut sèchement le général Varana en faisant faire demi-tour à son cheval pour prendre congé.

— Vous êtes absurde, Varana, protesta le roi Rhodar. Quand admettrez-vous qu'il peut faire des choses auxquelles vous avez toujours refusé de croire ?

— C'est une question de principe, Majesté, répondit

le général. Les Tolnedrains ne croient pas à la sorcellerie. Je suis un Tolnedrain, je ne puis donc croire à son existence. Force m'est toutefois de reconnaître, reprit-il d'une voix hésitante, que ses informations sont d'une précision étonnante, quelle que soit la façon dont il les obtient.

Un énorme faucon à bande bleue tomba tout à coup, comme une pierre, de l'air embrasé, ouvrit les ailes au dernier moment et se posa par terre juste devant eux.

Le général Varana lui tourna résolument le dos et contempla d'un air pénétré une colline rigoureusement sans intérêt qui se dressait à deux bonnes lieues de là.

Le faucon devint flou et reprit forme humaine avant même d'avoir replié ses ailes.

— Alors, vous faites encore relâche ? s'indigna Beldin.

— Voyons, mon Oncle, il faut bien que les troupes se reposent de temps en temps, répliqua Polgara.

— Ce n'est pas une promenade de santé, Pol ! rétorqua hargneusement le nain contrefait en débitant un chapelet d'imprécations.

— Qu'est-ce qui ne va pas ? demanda doucement Polgara.

— Des poux, grommela-t-il en se grattant une aisselle.

— Où avez-vous attrapé des poux ?

— En allant demander à d'autres oiseaux s'ils n'avaient rien vu. J'ai dû les attraper dans un nid de vautours.

— Qu'est-ce qui vous a pris d'aller frayer avec des vautours, aussi ?

— Les vautours ne sont pas si mauvais, Pol. Ils remplissent une fonction nécessaire, et leurs petits ne sont pas dépourvus de charme. La femelle avait becqueté une carcasse de cheval mort, à une vingtaine de lieues au sud. Quand elle m'a raconté ça, je suis allé jeter un coup d'œil. Eh bien, il y a une colonne de Murgos qui monte par ici.

— Combien ? demanda le général Varana, sans se retourner.

— Peut-être un millier, répondit Beldin avec un haussement d'épaules évasif. Ils en mettent un coup. Vous devriez tomber dessus d'ici demain matin.

— Un millier de Murgos... commença le roi Rhodar en fronçant les sourcils. Rien d'inquiétant. Pas pour une armée de la taille de la nôtre. Mais à quoi bon sacrifier un millier d'hommes ? A quoi songe Taur Urgas ? Hettar, vous pourriez remonter la colonne et demander à Korodullin et au baron de Vo Mandor de se joindre à nous ? Je pense que nous devrions tenir une conférence.

Hettar eut un signe d'acquiescement et s'éloigna au petit trot vers les unités mimbraïques qui chevauchaient en tête.

— Y avait-il des Grolims avec les Murgos, mon Oncle ? demanda Polgara au répugnant bossu.

— Non. Ou alors ils étaient bien cachés. Je n'ai pas voulu regarder de trop près pour ne pas me faire repérer.

Le général Varana renonça tout à coup à son examen attentif des collines environnantes et se tourna vers le petit groupe.

— La première hypothèse qui me vient à l'esprit, c'est que ces Murgos constituent un geste de la part de Taur Urgas. Comme les Malloréens restent accrochés à Thull Zelik telle une moule à son rocher, il espère peut-être se concilier les bonnes grâces du roi Gethell en envoyant quelques bataillons garder les villes et les villages thulls que nous avons rasés.

— Il n'a peut-être pas tort, Rhodar, commenta Anheg.

— Mouais, acquiesça Rhodar d'un air dubitatif. Sauf que Taur Urgas est incapable de la moindre réflexion sensée.

Le roi Korodullin, Mandorallen et le baron de Vo Mandor les rejoignirent à vive allure, les sabots de leurs chevaux crépitant sur le sol aride. Ils étaient en sueur et faisaient vraiment pitié dans leurs carapaces de métal chauffées à blanc.

— Comment pouvez-vous supporter tout cet attirail ? observa Rhodar.

— C'est l'habitude, ô Majesté, répondit Korodullin.

L'armure nous est bien d'un certain inconfort, mais nous avons appris à la supporter.

Le général Varana esquissa rapidement la situation à leur profit.

— La chose ne vaut point la peine qu'on s'y attarde, déclara Mandorallen en haussant les épaules. Je prendrai quelques douzaines d'hommes et nous balaierons cette menace du sud.

— Tu vois ce que je te disais ? fit Barak avec un clin d'œil au roi Anheg. Tu comprends maintenant pourquoi j'étais si inquiet de traverser le Cthol Murgos en sa compagnie ?

Le roi Fulrach, qui s'était joint à la conférence, s'éclaircit la gorge comme s'il hésitait à parler.

— Puis-je faire une suggestion ? dit-il enfin.

— Grande est notre impatience à l'idée de partager les sagaces réflexions du roi de Sendarie, répondit Korodullin avec une courtoisie outrée.

— Cette colonne de Murgos ne semble guère menaçante pour nous, n'est-ce pas ? s'enquit Fulrach.

— Pas vraiment, Majesté, acquiesça Varana. Enfin, plus maintenant que nous sommes au courant de leur présence. A notre avis, ce serait une colonne envoyée à la rescousse des Thulls pour les calmer un peu. Sans doute leur présence dans les parages est-elle purement accidentelle.

— J'aimerais tout de même mieux éviter qu'ils se rapprochent au point de reconnaître mes vaisseaux pour ce qu'ils sont, déclara fermement Anheg.

— Nous ne leur en laisserons pas le loisir, assura Rhodar.

— N'importe quelle fraction de notre armée mettrait aisément fin à une aussi piètre menace, reprit Fulrach, mais je me demande s'il ne serait pas préférable pour le moral des troupes de laisser la victoire à l'armée entière ?

— Là, Fulrach, j'avoue que je ne vous suis pas, nota Anheg.

— Au lieu de laisser messire Mandorallen anéantir seul ce millier de Murgos, pourquoi ne pas confier ce soin à une compagnie constituée d'éléments appartenant à tous les corps de l'armée ? Non seulement cela nous permettra d'expérimenter notre coordination tactique, mais cela donnera à tous les hommes une occasion de relever la tête. La victoire facile d'aujourd'hui raffermira leur volonté lorsqu'ils rencontreront demain des obstacles plus difficiles à surmonter.

— Fulrach, il y a des moments où vous me sidérez positivement, déclara Rhodar. Je pense que votre problème, c'est que vous n'avez vraiment pas l'air d'avoir inventé l'eau chaude.

Les unités destinées à affronter la colonne murgo furent sélectionnées par tirage au sort, à la suggestion, encore une fois, du roi Fulrach.

— Comme ça, personne n'ira s'imaginer que c'est une sorte de force d'élite, avait-il expliqué.

Tandis que le reste de la colonne continuait vers le cours supérieur de la Mardu, la section placée sous le commandement de Barak, Hettar et Mandorallen partit vers le sud afin d'intercepter l'avant-garde ennemie.

— Ils vont s'en sortir, n'est-ce pas, Dame Polgara ? demanda Ce'Nedra avec angoisse en les regardant s'enfoncer dans la vallée désertique vers la ligne compacte des montagnes.

— J'en suis sûre, mon chou, lui assura Polgara.

Mais la princesse ne dormit pas cette nuit-là. Pour la première fois, une partie de son armée était engagée dans un vrai combat, et elle passa la nuit à se tourner et à se retourner dans son lit en imaginant toutes sortes de désastres.

La section spéciale revint victorieuse dans la matinée du lendemain. Les hommes arboraient bien quelques bandages et une douzaine de chevaux n'avaient plus de cavalier, mais les visages étaient rayonnants.

— Belle petite bataille, rapporta Barak avec un sourire qui lui allait d'une oreille à l'autre. Nous leur sommes tombés dessus juste avant le coucher du soleil. Ils n'ont pas eu le temps de comprendre ce qui leur arrivait.

Le général Varana, qui avait accompagné le détachement en tant qu'observateur, fournit aux monarques assemblés une description un peu plus précise de l'engagement.

— Les opérations se sont plus ou moins déroulées selon la stratégie prévue. Les archers asturiens ont d'abord arrosé la colonne de flèches, puis les unités d'infanterie ont pris position au sommet d'une colline. Nous avons déployé les légionnaires, les hallebardiers drasniens, les Sendariens et les serfs arendais sur le front, appuyés par les archers qui noyaient l'ennemi sous un déluge de flèches. Les Murgos ont chargé comme nous l'escomptions. Les Cheresques et les Riviens se sont aussitôt refermés sur eux et les Algarois ont commencé à harceler leurs flancs, ouvrant une brèche dans leurs rangs. Alors, les chevaliers Mimbraïques ont donné l'assaut.

— C'était magnifique ! s'exclama Lelldorin en gesticulant comme un forcené malgré un bandage en haut du bras. C'était déjà la débandade chez les Murgos quand on a entendu un bruit de tonnerre : les chevaliers ont surgi de derrière une colline, leurs étendards flottant derrière eux ; la terre tremblait sous les sabots de leurs chevaux. Ils se sont abattus sur les Murgos comme une coulée d'acier en abaissant leurs lances au dernier moment. Ils n'ont même pas ralenti ; ils leur sont rentrés dedans comme dans du beurre. Les Murgos ont été littéralement écrasés, et tout le monde a couru vers eux pour leur donner le coup de grâce. C'était grandiose ! conclut-il, les yeux brillants.

— Il est encore pire que Mandorallen, vous ne trouvez pas, Hettar ? observa Barak.

— Je pense qu'ils ont ça dans le sang, répondit doctement l'Algarois.

— Il n'y a pas eu de rescapés ? s'enquit Anheg.

— Après la tombée de la nuit, nous en avons entendu quel ques-uns tenter de s'enfuir en douce, répondit Barak avec un sourire tordu. C'est là que Relg et ses Ulgos sont entrés dans la danse : ils les ont nettoyés. Ne t'en fais pas, Anheg, ils ne sont pas près d'aller raconter leurs exploits à Taur Urgas.

— Il attend sûrement de recevoir des nouvelles, non ? fit Anheg avec un rictus entendu.

— Eh bien, je lui souhaite beaucoup de patience, rétorqua Barak, parce qu'il risque d'attendre un moment.

Ariana pansa la blessure de Lelldorin avec des airs de martyre en le tançant vertement pour son manque de prudence. Elle ne se contenta pas d'une simple réprimande ; elle en fit tout un plat, et ses phrases interminables, alambiquées, donnaient à sa mercuriale une telle portée que le jeune homme en avait les larmes aux yeux. Son égratignure devint le symbole de son égoïsme et de son manque d'égards pour sa compagne. Ce'Nedra admira l'habileté avec laquelle Ariana retournait ses maladroites excuses pour en faire un ramassis d'injures plus graves les unes que les autres, et elle rangea cette précieuse technique dans un recoin de sa petite cervelle, pour plus tard. Certes, Garion était sensiblement plus futé que Lelldorin, mais, avec un peu d'entraînement, elle ne voyait pas ce qui empêcherait cette tactique de marcher avec lui.

Au contraire, les retrouvailles de Relg et de Taïba se passèrent de paroles. La belle Marague, qui avait fui les souterrains de Rak Cthol et son quartier des esclaves pour tomber dans un esclavage plus rigoureux encore, se jeta sans réfléchir au cou du fanatique et se serra contre lui avec un cri étouffé. Les yeux de l'Ulgo manquèrent lui sortir de la figure et son premier mouvement fut de la repousser, mais le rituel « ne me touchez pas » ne franchit pas ses lèvres. Taïba finit par se rappeler l'aversion que lui inspirait son contact et, désemparée, laissa retomber ses bras, mais elle ne pouvait détacher ses prunelles de l'homme au visage blême. Alors, comme s'il empoignait des braises, celui-ci tendit timidement la main vers la femme, qui parut d'abord incrédule puis s'empourpra lentement. L'Ulgo et la Marague se regardèrent un moment les yeux dans les yeux, puis ils s'éloignèrent en se tenant par la main. Taïba garda les yeux modestement baissés, mais un petit sourire de triomphe planait sur ses lèvres sensuelles.

La victoire sur la colonne murgo regonfla l'armée à bloc. Ce fut tout à coup comme si les hommes ne sentaient plus la chaleur et la poussière, et une sorte de camaraderie se développa entre les diverses unités.

Quatre jours plus tard, les régiments de tête atteignaient le cours supérieur de la Mardu et le lendemain ils trouvaient un endroit propice à la mise à l'eau des vaisseaux. Hettar et ses hommes, qui étaient partis loin vers l'avant en reconnaissance, signalèrent qu'après un dernier passage de rapides, une dizaine de lieues plus loin, le fleuve impétueux se calmait et descendait paisiblement dans la plaine du Mishrak ac Thull.

— Nous porterons les bâtiments pour leur faire franchir les rapides, mais en attendant, mettons-les à l'eau, décréta le roi Anheg. Nous avons perdu assez de temps comme ça.

L'armée attaqua vigoureusement, à la pelle et à la pioche, la rive pourtant assez élevée à cet endroit, la réduisant bientôt à une rampe en pente douce. L'un après l'autre, les vaisseaux furent amenés le long de la rampe et mis à l'eau.

— Le remâtage va prendre un moment, remarqua Anheg.

— Allons, Anheg, vous avez le temps d'y penser. Vous n'allez pas mettre à la voile tout de suite, voyons, continua Rhodar en réponse au regard noir du roi de Cherek. Les mâts dépasseraient trop. Même le Thull le plus bête du monde comprendrait tout de suite ce qui se passe s'il voyait une forêt de mâts venir vers lui, sur la rivière.

A la tombée de la nuit, tous les vaisseaux étaient à l'eau. Polgara mena la princesse, Ariana et Taïba à bord du bâtiment de Barak. La brise qui remontait la rivière ridait la surface du fleuve et faisait doucement tanguer le navire sous le ciel pourpre où s'allumaient les étoiles.

— Dites, Barak, nous sommes loin de Thull Mardu ? demanda Ce'Nedra, le regard perdu dans la prairie thulle, par-delà les feux de camp.

Le grand bonhomme regarda le fleuve en plissant les yeux.

— Une journée jusqu'aux rapides, répondit-il en se tiraillant la barbe, une de portage et encore deux après.

— Quatre jours, dit-elle d'une toute petite voix.

Il acquiesça d'un signe de tête.

— Je ne sais pas ce que je donnerais pour que ce soit fini, soupira-t-elle.

— Chaque chose en son temps, Ce'Nedra, répliqua le géant à la barbe rouge. Chaque chose en son temps.

CHAPITRE XV

Les hommes de clan algarois et les chevaliers mimbraïques patrouillaient sur les rives, dans l'herbe roussie par le soleil, tandis que les rameurs cheresques descendaient le courant vers les rapides. Les vaisseaux étaient pleins à craquer, et pourtant c'est à peine si la moitié de l'armée avait pu y prendre place. Les fantassins qui n'avaient pu monter à bord chevauchaient en rangs serrés sur les montures de rechange de la cavalerie.

Les épicéas couverts de protubérances épars au pied des collines jonchaient à présent la prairie, de chaque côté du fleuve. Des touffes de saules se dressaient juste au bord de l'eau, entre les ronces. Le ciel était dégagé, et s'il faisait encore chaud, l'humidité ambiante était une bénédiction pour les hommes et leurs montures, qui avaient tant souffert de la sécheresse dans l'immensité rocheuse des hauts plateaux. Le paysage leur était étranger à tous, et les cavaliers qui partaient en éclaireurs le long des rives chevauchaient avec circonspection, la main sur la garde de leur arme.

Puis, à un détour du fleuve, ils reconnurent les eaux grondantes, mousseuses, des rapides. Barak donna un coup de gouvernail et échoua son bâtiment en grommelant.

— On dirait que le moment est venu de continuer à pied.

Une dispute avait éclaté près de la proue du navire. Le roi Fulrach s'élevait avec véhémence contre la décision de laisser ses voitures de marchandises en amont des rapides.

— Je ne leur ai pas fait faire tout ce chemin pour les abandonner ici, tempêtait le roi à la barbe brune.

— Elles avancent beaucoup trop lentement, rétorquait Anheg. Nous sommes pressés, Fulrach. Je dois faire franchir Thull Mardu à mes vaisseaux avant que les Murgos ou les Malloréens se réveillent et comprennent ce que nous préparons.

— Leur lenteur ne vous gênait pas quand vous aviez faim et soif dans les hauts plateaux, répliqua Fulrach, fou furieux.

— C'était avant, et là-haut. Ici et maintenant, il faut que je m'occupe de mes vaisseaux.

— Eh bien, moi, je m'occuperai de mes voitures.

— Elles seront très bien ici, Fulrach, décréta Rhodar d'un ton sans réplique. Il faut vraiment que nous nous dépêchions, et vos voitures nous ralentiraient.

— Je vous préviens, si quelqu'un les brûle, vous risquez d'avoir drôlement faim avant de regagner les fortifications.

— Nous laisserons des hommes pour les garder. Allons, Fulrach, soyez raisonnable. Vous vous en faites beaucoup trop.

— Il faut bien que quelqu'un s'en fasse. Vous êtes vraiment formidables, vous, alors ! Vous donnez toujours l'impression d'oublier qu'à la guerre il n'y a pas que les batailles.

— Arrêtez de radoter comme une vieille femme, Fulrach !

— Anheg, je préfère ignorer cette dernière remarque, répliqua Fulrach d'un ton glacial, puis il tourna les talons et s'éloigna avec raideur, le visage de marbre.

— Qu'est-ce qui lui prend ? demanda innocemment le roi de Cherek.

— Ecoutez, Anheg, si vous ne pouvez pas apprendre à fermer votre clapet, il faudra que nous vous mettions une muselière, décréta Rhodar.

— Je pensais que nous étions ici pour nous battre contre les Angaraks, intervint doucement Brand. La règle du jeu aurait-elle changé ?

Les prises de bec entre ses amis inquiétaient Ce'Nedra. Très préoccupée, elle alla voir Polgara qui frottait le cou de Mission avec un gant de toilette.

— Ce n'est pas grave, mon chou, fit la sorcière. Ils sont un peu énervés par la perspective du combat, voilà tout.

— Mais ce sont des hommes, des combattants aguerris.

— Et alors ? rétorqua Polgara en cherchant une serviette.

La princesse ne trouva rien à répondre.

Le portage se passa en douceur, et les vaisseaux retrouvèrent le lit du fleuve en aval des rapides dès la fin de l'après-midi. Ce'Nedra était à bout de nerfs. Après ces mois de préparation et de marche vers l'est, le moment fatidique approchait. D'ici deux jours, ils se heurteraient aux murailles de Thull Mardu. Etait-ce le bon moment ? Et d'abord, était-ce vraiment nécessaire ? Ne pouvaient-ils tout simplement éviter le combat en portant les vaisseaux autour de la cité ? Les rois d'Alorie lui avaient assuré que la cité devait être neutralisée, mais les doutes de C'Nedra grandissaient à chaque lieue. Et si c'était une erreur ? Debout à la proue du vaisseau de Barak, la princesse regardait sans les voir les méandres du fleuve en se rongeant les sangs.

Et puis, le soir du deuxième jour après le portage, Hettar revint au galop sur la rive nord du fleuve, retint son cheval et leur fit un grand signe du bras. D'un coup de gouvernail, Barak rapprocha son vaisseau de la rive.

— La cité n'est plus qu'à deux lieues en aval, hurla le grand Algarois. Si vous avancez davantage, les guetteurs vont vous voir du haut des murailles.

— Alors dites aux autres de mouiller l'ancre, décida Rhodar. Nous allons attendre la nuit ici.

Barak acquiesça d'un signe de tête et fit un geste impérieux à un marin qui passait par là. L'homme s'empressa de brandir un grand bâton au bout duquel était cloué un chiffon rouge vif, et la flotte, derrière eux, ralentit. Puis on entendit le grincement des treuils, les ancres se fichèrent dans la vase, et bientôt les vaisseaux tanguèrent et roulèrent paresseusement dans le courant.

— Ça me plaît de moins en moins, grommela Anheg d'un ton morose. Les choses pourraient mal tourner, dans le noir.

— C'est pour eux qu'elles vont mal tourner, pronostiqua Brand.

— Allez, Anheg, ça fait douze fois que nous en parlons, fit Rhodar. Nous étions d'accord : il n'y a pas de meilleur plan.

— Ça ne s'est jamais fait, objecta Anheg, pour la douzième fois.

— Justement, souligna Varana. Les habitants de la cité ne s'y attendent pas.

— Vous êtes sûr, Relg, que vos hommes arriveront à voir où ils mettent les pieds ? demanda Anheg.

Le hochement de tête du fanatique Ulgo fit cliqueter les plaques métalliques qui garnissaient son capuchon.

— Ce que vous considérez comme les ténèbres est notre lumière habituelle, le rassura-t-il en tâtant d'un pouce circonspect la lame de son couteau en forme d'hameçon.

— Je déteste innover, pesta Anheg en levant un œil mauvais vers le ciel qui s'empourprait.

Ils attendirent la tombée de la nuit. Des oiseaux poussaient des gloussements ensommeillés dans les fourrés, au bord de l'eau ; les grenouilles donnèrent le coup d'envoi de leur symphonie vespérale. Les unités de cavalerie commencèrent à sortir lentement de l'ombre et à se masser de chaque côté du fleuve. Les chevaliers mimbraïques montés sur leurs énormes destriers formaient des colonnes entourées par la marée sombre des hommes de clan algarois. Cho-Hag et Korodullin commandaient la rive sud ; Hettar et Mandorallen tenaient le nord.

Et les ténèbres s'épaississaient lentement.

Un jeune chevalier mimbraïque qui avait été blessé au cours de l'attaque contre l'avant-garde murgo était planté le long du bastingage, le regard perdu dans le crépuscule. Il avait les épaules larges, le cou pareil à une colonne, une peau de fille, blanche comme un lys, sous des boucles brunes qui ombraient un regard pur, presque innocent, à l'expression quelque peu mélancolique.

Ce'Nedra ne pouvait plus supporter l'attente ; il fallait qu'elle parle à quelqu'un. Elle s'approcha du jeune homme.

— Pourquoi cette tristesse, Messire Chevalier ? lui demanda-t-elle doucement.

— Parce que cette égratignure m'interdit de prendre part au combat qui se prépare, Majesté, répondit-il en indiquant son bras en écharpe.

Il n'avait pas l'air surpris par la présence de la petite princesse, ou par le fait qu'elle lui adresse la parole.

— Faut-il que vous haïssiez les Angaraks pour que la perspective de manquer la moindre occasion d'en découdre avec eux vous occasionne pareille souffrance, ironisa-t-elle gentiment.

— Que non point, ma Dame, répondit-il. Je n'ai de haine pour aucun homme, quelle que soit sa race. Mais je me lamente de ne pouvoir prouver mon habileté dans cette joute.

— Une joute ? C'est donc ainsi que vous envisagez le combat de cette nuit ?

— Assurément, Majesté. Et comment devrais-je l'envisager ? Je ne nourris aucune rancœur personnelle envers le peuple angarak et il est malséant de haïr son adversaire en un loyal combat. Quelques hommes, rares encore, sont tombés sous ma lance ou mon épée lors de divers tournois, mais onc n'ai haï aucun d'eux. Ils m'inspiraient tout au contraire de l'affection tandis que nous nous affrontions.

— Vous vous efforciez tout de même de leur faire du mal ?

Ce'Nedra ne comprenait pas la décontraction du jeune homme.

— Telle est, Majesté, la règle du jeu. C'est la mort ou du moins le sang versé qui décide de l'issue du combat.

— Comment vous appelez-vous, Messire Chevalier ?

— Beridel est mon nom, répondit-il. Je suis le fils de messire Andorig, baron de Vo Enderig.

— L'homme au pommier ?

— Lui-même, Majesté, confirma le jeune homme, apparemment tout fier. Mon père chevauche maintenant à la droite du roi Korodullin. Je les aurais accompagnés, cette nuit, sans cette infortune...

Il regarda tristement son bras cassé.

— Il y aura d'autres nuits, Messire Beridel, lui assura Ce'Nedra. Et d'autres combats.

— En vérité, Majesté, acquiesça le jeune homme, et son visage s'illumina fugitivement.

Puis il poussa un profond soupir et sombra à nouveau dans sa sinistre rumination. Ce'Nedra s'éloigna discrètement en le laissant à ses pensées.

— On ne peut pas discuter avec eux, vous savez, fit une voix rocailleuse sortie de l'ombre.

C'était Beldin, l'affreux bossu.

— On dirait vraiment que rien ne leur fait peur, commenta Ce'Nedra, un peu sur la défensive (le sorcier mal embouché la mettait toujours mal à l'aise).

— C'est un Arendais mimbraïque, observa Beldin avec un reniflement. Il n'a pas assez de cervelle pour avoir peur.

— Tous les hommes de l'armée sont-ils comme lui ?

— Non. La plupart crèvent de trouille, mais ils participeront quand même à la bataille. Pour diverses raisons.

— Et vous ? demanda-t-elle sans réfléchir. Vous avez peur, vous aussi ?

— Mes craintes sont un peu plus exotiques, répondit-il sèchement.

— Par exemple ?

— Il y a longtemps que nous sommes sur cette affaire, Belgarath, Pol, les jumeaux et moi. Je m'en fais moins pour moi qu'à l'idée de tout ce qui pourrait mal tourner.

— Et qu'est-ce qui pourrait mal tourner ?

— La Prophétie est très complexe et elle ne dit pas tout. Les deux issues possibles de nos actes sont encore rigoureusement équivalentes, pour autant que je sache. Le moindre détail pourrait faire pencher la balance d'un côté ou de l'autre, et j'ai toujours peur d'avoir oublié un détail infime.

— Nous faisons tout ce qui est en notre pouvoir.
— Il se pourrait que ça ne suffise pas.
— Que pourrions-nous faire de plus ?
— Je n'en sais rien, et c'est bien ce qui me préoccupe.
— Pourquoi se tracasser pour quelque chose à quoi on ne peut rien changer ?
— J'ai l'impression d'entendre Belgarath ! Il a parfois une fâcheuse tendance à écarter les problèmes d'un haussement d'épaules et à compter sur la chance. J'aime que les choses soient un peu plus claires. Restez près de Pol, ce soir, petite, reprit-il après avoir contemplé les ténèbres pendant un instant. Ne vous écartez pas d'elle. Cela vous amènera peut-être dans un endroit où vous n'aviez pas l'intention d'aller, mais ne la quittez pas d'une semelle, quoi qu'il arrive.
d'une semelle, quoi qu'il arrive.
— Qu'est-ce que ça veut dire ?
— Je l'ignore, répondit-il, un peu agacé. Tout ce que je sais, c'est que vous êtes censés rester ensemble, le forgeron, l'enfant égaré que vous avez ramassé en chemin, vous et elle. Il va se passer quelque chose d'imprévu.
— Une catastrophe ? Mais il faut prévenir les autres !
— Rien ne prouve que ce soit un désastre. C'est ça, le problème. Il se peut que ce soit un événement nécessaire et, dans ce cas, nous n'allons pas l'empêcher. Mais je vous ai dit tout ce que je savais. Allez trouver Polgara et restez près d'elle.
— Oui, Beldin, acquiesça docilement Ce'Nedra.
Puis les premières étoiles apparurent dans le ciel. Alors la flotte cheresque leva l'ancre et commença à glisser lentement, sans un bruit, sur la rivière. Thull Mardu était encore à plusieurs lieues, mais les hommes n'échangeaient plus que de rauques chuchotements. Ils resserraient leurs ceinturons, jetaient un dernier coup d'œil à leurs armures et assuraient fermement leur casque sur leur tête en faisant bien attention à ne pas faire de bruit.
Vers le milieu du navire, Relg avait organisé un dernier service religieux avant la bataille et psalmodiait tout bas les syllabes gutturales de la langue ulgo. La peau

blanche des Ulgos avait été noircie au charbon de bois, et les hommes agenouillés dans l'adoration de leur étrange Dieu se fondaient dans les ombres.

— Le succès de l'entreprise dépend entièrement d'eux, Polgara, murmura Rhodar en observant les dévotions des Ulgos. Vous êtes sûre de votre Relg ? Il y a des moments où je me demande s'il ne serait pas un peu dérangé.

— C'est l'homme de la situation, le rassura la sorcière. Les Ulgos ont encore plus de raisons que nous de haïr Torak.

Au détour d'un vaste méandre du fleuve, les vaisseaux entraînés par le courant arrivèrent en vue de Thull Mardu. La cité fortifiée se dressait sur son île au milieu de l'eau, à un quart de lieue en aval. Quelques torches brûlaient au-dessus des murs et une faible lueur émanait de l'intérieur. Barak se retourna et, tout en lui faisant un rempart de son corps, découvrit brièvement une lanterne sourde, laissant échapper un unique éclair de lumière. Les ancres plongèrent sans bruit dans les eaux ténébreuses et les vaisseaux ralentirent puis s'immobilisèrent dans un imperceptible craquement de cordes.

Quelque part dans la ville un chien se mit à aboyer furieusement, puis une porte s'ouvrit en coup de vent et l'aboiement s'acheva dans un jappement de douleur.

— Moi, je n'aime pas les gens qui flanquent des coups de pied à leur chien, marmonna Barak.

Sans un mot, Relg et ses hommes gagnèrent le bastingage et descendirent dans les barques qui les attendaient au-dessous.

Ce'Nedra scrutait les ténèbres en retenant son souffle. Elle distingua fugitivement, à la pâle clarté des étoiles, les ombres qui se glissaient vers la ville, puis ces ombres se noyèrent dans les ténèbres. Derrière eux, le léger clapotis d'une rame attira un murmure de remontrance. La princesse se retourna et vit une marée mouvante de barques quitter la flotte et suivre le courant. L'avant-garde glissa silencieusement le long du navire, suivant Relg et ses Ulgos vers la cité insulaire des Thulls.

— Vous croyez vraiment qu'ils sont assez nombreux, Rhodar ? chuchota Anheg.

Le corpulent roi de Drasnie eut une moue approbatrice.

— Tout ce qu'on leur demande, c'est de déblayer le terrain pour que nous puissions nous amarrer et d'empêcher la porte de se refermer quand les Ulgos l'auront ouverte, murmura-t-il en réponse. Ils n'ont pas besoin d'être des centaines pour ça.

La brise nocturne ridait la surface de la rivière, faisant osciller le navire. L'attente était insoutenable. Ce'Nedra porta le bout de ses doigts à l'amulette que Garion lui avait donnée, il y avait si longtemps. Un murmure confus lui emplit les oreilles, comme toujours.

— *Yaga, tor gohek vilta.*

C'était la voix âpre de Relg, parlant tout bas.

— *Ka tak. Veed !*

— Alors ? fit Polgara en haussant légèrement un sourcil.

— Je ne comprends rien à ce qu'ils racontent, répondit la petite princesse, désemparée. Ils parlent ulgo.

Puis ce fut comme si l'amulette poussait un étrange gémissement, aussitôt interrompu par un horrible gargouillis.

— Je... on dirait qu'ils viennent de tuer quelqu'un, annonça Ce'Nedra d'une voix tremblante.

— Alors ça y est, c'est commencé, commenta Anheg avec quelque chose qui ressemblait fort à une sinistre satisfaction.

Ce'Nedra laissa retomber sa main. Elle ne pouvait supporter d'entendre mourir des hommes dans le noir. L'attente se poursuivit. Quelqu'un poussa un cri terrible. Un cri d'agonie.

— Ça y est ! déclara Barak. C'est le signal. Levez l'ancre ! hurla-t-il à ses hommes.

Deux brasiers autour desquels s'agitaient des silhouettes indistinctes s'allumèrent tout à coup sous les sombres remparts de Thull Mardu. Le vacarme de lourdes chaînes retentit au même moment dans la ville, bientôt suivi d'une sorte de gémissement ou de grincement, et une lourde porte descendit majestueusement sur le bras nord du fleuve.

— Souquez ferme ! rugit Barak à son équipage.

Il donna un brutal coup de barre et dirigea la proue du vaisseau vers le pont-levis.

D'autres torches apparurent en haut des murailles. Des cris d'alarme retentirent. Quelque part, une cloche de fer lança un appel désespéré.

— Ça a marché ! exultait Anheg en flanquant de grosses bour rades dans les côtes de Rhodar. Ça a marché !

— Bien sûr que ça a marché, répondit Rhodar, tout aussi euphorique. Mais ne me tapez pas dessus comme ça, je vais avoir des bleus.

Le silence n'était plus de mise ; un immense rugissement s'éleva dans le sillage du vaisseau de Barak. Des torches s'embrasèrent, baignant d'une lueur sanglante le visage des hommes penchés sur les bastingages.

Une immense gerbe d'eau surgit du fleuve, à vingt toises à droite du vaisseau de Barak, aspergeant le pont.

— Une catapulte ! rugit Barak en tendant le doigt vers les murailles qui les dominaient de toute leur hauteur.

La lourde carcasse de l'engin de guerre se balançait, pareille à un énorme insecte carnivore, au-dessus des remparts, son long bras articulé revenant en arrière, prêt à lancer un nouveau projectile sur la flotte. Puis le bras s'immobilisa : un déluge de flèches avait fait le ménage en haut du mur et un bataillon de Drasniens, aisément identifiables à leurs longues hallebardes, s'était emparé de la position.

— Attention, vous autres ! hurla l'un des hommes dans la confusion qui régnait en bas des remparts.

Et lentement, lourdement, l'engin bascula et s'écrasa sur les roches avec un bruit d'enfer. Puis il y eut comme un roulement de tonnerre : les chevaliers mimbraïques se précipitaient sur le pont-levis et se ruaient dans la ville.

— Dès que nous serons amarrés au pont, Polgara, je veux que vous alliez sur la rive nord avec toutes ces dames, ordonna âprement le roi Rhodar. Les hostilités vont probablement durer toute la nuit. Pas la peine de vous exposer inutilement ; vous risqueriez de prendre un mauvais coup et c'est tout.

— Très bien, Rhodar. Ne faites pas de bêtises, vous non plus. Vous faites une belle cible, vous savez.

— Je m'en sortirai toujours, Polgara. Et puis je ne raterais ça pour rien au monde, ajouta-t-il en éclatant d'un rire curieusement enfantin. Il y a des années que je ne m'étais autant amusé.

Polgara lui jeta un coup d'œil acéré.

— Ah, les hommes ! fit-elle d'un ton qui voulait tout dire.

Un détachement de chevaliers mimbraïques escorta les dames et Mission jusqu'à une crique de la rive septentrionale, à un quart de lieue en amont de la cité assiégée. C'était une petite anse protégée sur trois côtés par des berges herbues et qui descendait en pente douce vers le fleuve. Durnik et Olban dressèrent vivement une tente, firent du feu puis remontèrent sur la berge pour observer le déroulement des opérations.

— Tout se passe comme prévu, proclama Durnik. Les vaisseaux cheresques s'amarrent côte à côte en travers du bras sud. Dès qu'ils auront mis l'appontement en place, les troupes qui sont de l'autre côté pourront passer.

— Vous voyez si les hommes qui sont à l'intérieur ont pris la porte sud ? demanda Olban en scrutant les ténèbres.

— Pas très bien, répondit Durnik. On dirait que les combats font rage de ce côté de la ville.

— Je donnerais n'importe quoi pour être là-bas, se lamenta Olban.

— Vous ne bougerez pas d'ici, jeune homme, décréta fermement Polgara. Vous vous êtes improvisé garde du corps de la reine de Riva, vous n'allez pas déserter votre poste parce qu'il se passe des choses plus intéressantes ailleurs.

— Oui, euh, non, Dame Polgara, bredouilla le jeune Rivien, un peu démonté. C'est juste que...

— Juste que quoi ?

— Je voudrais bien savoir ce qui se passe. Mon père

et mes frères sont en première ligne, et moi je suis ici, à regarder.

Tout à coup, une grande langue de flammes s'éleva des murailles et illumina le fleuve d'une lueur rouge, malsaine.

— Pourquoi faut-il toujours que ça se termine par un incendie ? soupira tristement Polgara.

— J'imagine que ça ajoute à la confusion, répondit Durnik.

— Peut-être, mais j'ai déjà vu ça trop souvent, répliqua la sorcière. C'est toujours la même chose. Ils ne peuvent pas s'empêcher de mettre le feu. Je ne veux plus voir ça.

Elle tourna le dos à la cité en flammes et s'éloigna lentement vers la rivière.

La nuit n'en finissait pas. Vers le lever du jour, alors que les étoiles pâlissaient dans le ciel, la princesse Ce'Nedra, rompue de fatigue, se dressa sur la butte herbeuse, au-dessus de la crique sablonneuse, et regarda avec une sorte de fascination perverse mourir la cité de Thull Mardu. Des quartiers entiers semblaient être la proie des flammes. L'effondrement des toits et des bâtiments projetait de grandes gerbes d'étincelles orange vers le ciel. Ce qui semblait si excitant, si glorieux en imagination, s'était révélé très différent dans la réalité, et la pensée de ce qu'elle avait fait la rendait malade. Elle finit par porter le bout de ses doigts à l'amulette pendue à son cou. Il fallait qu'elle sache ce qui se passait, aussi horrible que ce fût. Rien ne pouvait être pire que de rester dans l'ignorance.

— Belle petite bataille, en somme, disait le roi Anheg.

Il semblait très haut quelque part, peut-être au sommet des murailles de la cité.

— La routine, répondit Barak, son cousin. La garnison murgo n'a pas mal tenu le coup, mais les Thulls ont été au-dessous de tout. C'était à celui qui se rendrait le premier.

— Qu'en avez-vous fait ? questionna le roi Cho-Hag.

— Nous les avons enfermés dans la place centrale,

reprit Barak. Ils s'amusent à tuer les Grolims que nous faisons sortir du temple.

Le ricanement d'Anheg fit un bruit assez détestable aux oreilles de Ce'Nedra.

— Et comment va Grodeg ? demanda le souverain cheresque.

— Il devrait s'en sortir, fit à nouveau la voix de Barak.

— Dommage. Quand j'ai vu cette hache lui sortir du dos, j'ai béni celui qui avait résolu mon problème.

— Il a tapé trop bas, commenta Barak d'un ton mélodramatique. Il lui a brisé la colonne vertébrale sans atteindre un seul organe vital. Notre ami ne marchera peut-être plus mais il respire toujours.

— On ne peut vraiment pas faire confiance aux Murgos, se lamenta Anheg, écœuré.

— Ils ont tout de même bien réduit le culte de l'Ours, constata joyeusement Barak. Il ne compte sûrement guère plus d'une vingtaine de membres, à l'heure qu'il est. Enfin, ils se sont courageusement battus.

— C'est pour ça qu'ils étaient là. Bon, nous avons encore un peu de répit avant le lever du jour ?

— Une demi-heure, peut-être.

— Que fait Rhodar ?

— Il est avec Fulrach ; ils mettent les entrepôts à sac, répondit le roi Cho-Hag. Les Murgos avaient emmagasiné des vivres, ici. Fulrach a l'intention de les confisquer.

— Pourquoi pas ? convint Anheg. Nous devrions peut-être leur envoyer des renforts. Il serait temps de repartir. Dès le lever du jour, avec cette fumée, tout le monde saura ce que nous avons fait à vingt lieues à la ronde. Nous ferions mieux de donner l'ordre à la flotte d'appareiller. Les fortifications de l'A-pic ne sont pas tout près.

— Vous pensez mettre longtemps pour arriver à la Mer du Levant ? demanda Cho-Hag.

— Oh ! deux ou trois jours, répondit Anheg. Ça devrait aller assez vite, avec le courant. Mais il vous faudra bien une semaine pour regagner les fortifications, non ?

— Ça se pourrait bien, répondit Cho-Hag. L'infanterie va nous ralentir sérieusement. Ah, Brendig ! Je vais l'envoyer chercher Rhodar. Colonel Brendig ! Vous pourriez essayer de mettre la main sur Rhodar et lui demander de nous rejoindre ?

— Qu'est-ce que c'est que ça ? s'exclama tout à coup Barak.

— Quoi, « ça » ? gronda Anheg.

— J'ai cru voir quelque chose par là, au sud. A peu près à l'endroit où cette colline commence à apparaître.

— Je ne vois rien.

— C'était très fugitif. Comme si quelque chose bougeait dans le coin.

— Sans doute un éclaireur murgo venu jeter un coup d'œil, suggéra Anheg avec un petit rire. Je doute fort que nous arrivions à garder longtemps le secret sur nos activités.

— Ça recommence, annonça Barak.

— Cette fois, je l'ai vu, acquiesça le roi Cho-Hag.

Il y eut un long silence. Le ciel s'éclaircit imperceptiblement à l'est. Ce'Nedra retenait son souffle.

— Par Belar ! jura Anheg d'une voix entrecoupée. Il y en a jusqu'à l'horizon !

— Lelldorin ! beugla Barak par-dessus le haut de la muraille. Brendig est allé chercher Rhodar. Retrouvez-les et dites-leur de venir tout de suite. La plaine est couverte de Murgos, au sud.

CHAPITRE XVI

— Dame Polgara ! s'écria Ce'Nedra en écartant à la volée le rabat de toile. Dame Polgara !

— Qu'y a-t-il, Ce'Nedra ? fit la voix de Polgara dans l'obscurité de la tente.

— Barak et Anheg sont sur les murailles de la ville, répondit la princesse, affolée. Ils viennent de voir une armée murgo venir du sud.

Polgara sortit rapidement à la lueur du feu de camp. Elle tenait par la main le petit Mission qui dormait debout.

— Où est Beldin ?

— Je ne l'ai pas revu depuis hier soir.

Polgara leva le visage et ferma les yeux. Un instant plus tard, un bruissement d'ailes annonçait le grand faucon. Il se posa sur le sable, non loin des braises rougeoyantes, et Beldin reprit forme humaine en jurant comme un beau diable.

— Comment, mon Oncle, ont-ils réussi à venir jusqu'ici sans que vous les repériez ? demanda la sorcière.

— Il y a des Grolims parmi eux, grommela-t-il sans cesser de faire crépiter l'air de ses jurons. Les Grolims ont senti que je les observais, alors les troupes se sont déplacées de nuit, sous leur protection.

— Et le jour, où se cachaient-elles ?

— Dans les villages thulls, sans doute. Ce n'est pas ce qui manque dans le coin. Je ne me suis pas assez méfié, conclut-il en se remettant à pester.

— Inutile de jurer comme ça, mon Oncle, observa fraîchement Polgara. Ce qui est fait est fait.

— Ce n'est malheureusement pas le seul problème, Pol, annonça le sorcier. Une autre armée au moins aussi énorme vient du nord : des Malloréens, des Nadraks et des Thulls. Nous sommes pris en tenaille.

— Combien de temps cela nous laisse-t-il ? demanda Polgara.

— Pas beaucoup, répondit Beldin en haussant les épaules. Les Murgos ont du chemin à faire ; disons une heure. Les Malloréens seront là avant.

Polgara se mit à son tour à jurer avec ferveur.

— Allez tout de suite voir Rhodar, mon Oncle, dit-elle entre ses dents. Qu'il ordonne à Anheg de lever l'ancre avant que les Angaraks aient le temps de faire venir des catapultes et de détruire les vaisseaux au mouillage.

Le bossu hocha la tête et se pencha légèrement vers l'avant en incurvant les bras. Sa métamorphose s'amorça avant qu'il ait fini son geste.

— Olban, reprit Polgara, allez vite chercher messire Mandorallen et messire Hettar.

Olban lui jeta un regard surpris puis courut vers son cheval.

Durnik se laissa glisser du talus sur la petite plage.

— Il faut que vous partiez tout de suite, vos compagnes et vous-même, Dame Pol, déclara-t-il gravement. Il va y avoir du grabuge et ce n'est pas votre place.

— Je ne m'en irai pas, Durnik, rétorqua la sorcière avec une légère irritation. C'est moi qui ai commencé tout ça et j'en verrai la fin.

Ariana était retournée sous la tente dès qu'elle avait compris la situation. Elle en ressortit avec le gros sac de toile qui renfermait ses remèdes.

— M'accorderas-Tu, noble Polgara, la permission de prendre congé ? demanda-t-elle d'un ton professionnel assez sec. Au combat, les hommes sont blessés, et je dois m'apprêter à leur administrer mes soins. Cet endroit est par trop restreint et éloigné pour recevoir les blessés.

— D'accord, acquiesça Polgara après un rapide coup d'œil. Mais prenez garde à ne pas trop vous rapprocher des combats.

— Je vous accompagne, annonça Taïba en repoussant

son capuchon. Je n'y connais pas grand-chose, mais vous m'apprendrez sur le tas.

— Assistez-les dans leurs préparatifs, Durnik, ordonna Polgara. Puis revenez ici.

Le forgeron hocha gravement la tête et aida les deux femmes à remonter le talus.

Mandorallen et Hettar arrivèrent sur ces entrefaites.

— Vous êtes au courant ? leur demanda aussitôt Polgara.

Mandorallen acquiesça d'un signe de tête.

— Avons-nous une chance de battre en retraite avant l'arrivée des forces ennemies ?

— Non, gente Dame, répondit le grand chevalier. Elles sont trop près. En outre, notre but est depuis le premier jour de faciliter le passage de la Mer du Levant aux vaisseaux cheresques. Nous devons retenir les Angaraks le temps que les navires soient hors de portée des engins de guerre ennemis.

— Je n'ai jamais voulu cela, fit Polgara avec colère en se remettant à vociférer.

Le Gardien de Riva et le général Varana rejoignirent Mandorallen et Hettar en haut du talus escarpé. Les quatre hommes mirent pied à terre et descendirent sur la petite plage.

— Nous avons donné l'ordre d'évacuer la ville et la majeure partie de la flotte lève l'ancre, annonça le Rivien de sa voix grave. Ne resteront ici que les vaisseaux nécessaires au maintien des ponts sur le bras sud du fleuve.

— Avons-nous encore le temps de réunir nos troupes sur l'une ou l'autre des rives ? questionna Polgara.

— Trop tard, Dame Polgara, répondit Brand.

— Nous allons être divisés par le fleuve, objecta-t-elle. Et séparément, nos forces ne seront pas assez puissantes pour affronter les Angaraks.

— Nous ne pouvons faire autrement, ma chère, reprit Varana. Nous devons tenir les deux rives pour donner le temps à la flotte de s'éloigner.

— Je pense que Rhodar s'est mépris sur la stratégie des Angaraks, avança Brand. Il était tellement sûr que Taur Urgas et 'Zakath éviteraient l'un comme l'autre de perdre des hommes qu'il n'a même pas envisagé cette possibilité.

Le général Varana noua ses mains musculeuses derrière son dos et se mit à arpenter la petite plage en traînant la jambe.

— Je pense que je commence à comprendre la raison d'être de la colonne murgo que nous avons écrasée sur les hauts plateaux, déclara-t-il enfin, le visage creusé par la réflexion.

— Votre Honneur ? fit Mandorallen, perplexe.

— C'était un test pour s'assurer de nos intentions, expliqua Varana. Les Angaraks s'interrogeaient sur notre objectif. A la guerre, quand on tente une diversion, l'un des principes de base est de ne pas se livrer à un engagement sérieux. Cette colonne était un appât et nous l'avons gobé, hélas !

— Vous voulez dire que nous n'aurions pas dû l'attaquer ? souligna Hettar.

— Manifestement pas, acquiesça Varana en se rembrunissant. Nous avons dévoilé nos batteries en avouant implicitement que cette expédition n'était pas une diversion. J'ai sous-estimé Taur Urgas. Il a sacrifié un millier d'hommes pour savoir ce que nous mijotions. Apprêtons-nous maintenant à combattre, conclut Varana. J'aurais préféré que nous disposions d'un meilleur terrain, mais il faudra bien nous contenter de ce que nous avons.

Hettar jeta un coup d'œil vers le fleuve et son visage d'oiseau de proie prit une expression avide.

— Je me demande si j'aurai le temps de passer sur l'autre rive, fit-il d'un ton rêveur.

— D'un côté ou de l'autre, c'est pareil, non ? nota Barak, intrigué.

— Les Murgos sont en face, constata l'Algarois. Je n'ai rien, personnellement, contre les Malloréens.

— Ce n'est pas une affaire personnelle, Messire Hettar, répliqua le Tolnedrain.

— Pour moi, si, rétorqua Hettar d'un ton sinistre.

— Nous devons veiller à la sécurité de dame Polgara et de la princesse, observa Mandorallen. Peut-être pourrait-on les escorter jusqu'aux fortifications, en haut de l'A-pic.

— La région doit grouiller de patrouilles, objecta Brand en secouant la tête. Ce ne serait pas prudent.

— Il a raison, Mandorallen, reconnut Polgara. D'ailleurs, vous avez besoin de tous les hommes disponibles ici, ajouta-t-elle avec un coup d'œil au nord-est. Et puis il y a ça...

D'un mouvement de menton, elle leur désigna les nuages d'un noir d'encre qui s'accumulaient sur l'horizon, des nuées agitées de tourbillons, illuminées d'éclairs inquiétants.

— Un orage ? s'étonna le général Varana.

— Pas à cette époque de l'année, et sûrement pas dans cette direction. Les Grolims préparent quelque chose et ce sera mon combat. A vous de jouer, Messieurs. Si nous devons livrer bataille, fourbissons nos armes.

— Les vaisseaux lèvent l'ancre et les troupes quittent la ville, annonça Durnik en regagnant la petite anse avec Olban.

Le roi Rhodar arriva au galop. La sueur traçait des rigoles dans la suie qui souillait sa grosse face rougeaude.

— Anheg s'en va, leur confirma-t-il en descendant de cheval, effort qui lui arracha un grommellement.

— Et Fulrach ? s'inquiéta Brand.

— Il mène le gros des troupes sur la rive sud.

— Ne craint-il pas de dégarnir ce côté ? insinua courtoisement le général Varana.

— Le pont est trop étroit, répliqua Rhodar. Il faudrait des heures pour amener un nombre significatif d'hommes ici. Brendig a déjà mis une équipe en place pour miner les piles et le faire tomber avant l'arrivée des Angaraks.

— Pour quoi faire ? questionna Ce'Nedra.

— Thull Mardu est une position stratégique, Votre Altesse, lui expliqua le général Varana. Autant éviter que les Angaraks s'en emparent. Vous avez réfléchi à la tactique que vous allez adopter ? reprit-il en se tournant vers le roi Rhodar.

— L'idéal serait de donner à Anheg une demi-journée d'avance, répondit Rhodar. Le sol qui borde le fleuve devient marécageux à une vingtaine de lieues d'ici et les Angaraks ne pourront plus se rapprocher assez pour le menacer. Je pensais former une ligne d'infanterie traditionnelle — les hallebardiers, les légions, les Sendariens et ainsi de suite —, appuyée par les archers, et utiliser les Algarois pour harceler les flancs, les chevaliers mimbraïques restant en réserve jusqu'à ce que les Malloréens livrent le premier assaut.

— Si Votre Majesté veut bien m'excuser, ce n'est pas une tactique victorieuse, objecta le général Varana.

— Nous ne sommes pas là pour gagner, Varana, mais pour retarder les Angaraks d'une demi-douzaine d'heures avant de battre en retraite, lui rappela Rhodar. Je ne vais pas gâcher des vies humaines à tenter de remporter la bataille, d'autant que je n'ai aucune chance de vaincre. Hettar, poursuivit-il en se tournant vers l'Algarois, envoyez donc un détachement le long du fleuve, en aval. Dites-leur de déloger tous les Malloréens qu'ils trouveront sur la rive. L'importance de la flotte a peut-être échappé à 'Zakath et Taur Urgas. Les Angaraks ne sont pas de bons marins ; ils n'ont pas dû réfléchir aux dégâts que pourrait faire Anheg dans la Mer du Levant.

— Pardonnez-moi, Majesté, reprit Varana, mais toute votre stratégie, même la flotte, ne constitue qu'une action de diversion.

— Justement, Varana, rétorqua Rhodar. Rien de tout ceci n'a d'importance, en fait. Ce qui compte vraiment, c'est ce qui se passera en Mallorée quand Belgarion arrivera à Cthol Mishrak. Allons, Messieurs, nous ferions mieux de nous préparer. Les Malloréens vont nous tomber dessus d'ici peu et j'aimerais que nous leur réservions le meilleur accueil.

Les nuages que leur avait signalés Polgara se dirigeaient vers eux à une vitesse inquiétante. C'était une masse grouillante de ténèbres violacées qui avançait, comme une monstrueuse araignée, sur les pattes crochues de ses éclairs, chassant devant elle un vent chaud qui ployait les herbes et fouettait sauvagement la crinière des chevaux. Au moment où le roi Rhodar s'apprêtait à affronter l'armée malloréenne, Polgara se dressa de toute sa hauteur sur la butte et regarda, le visage blême et les cheveux flottant au vent, approcher le nuage.

— Occupez-vous de Mission, Ce'Nedra, demanda-t-elle calmement. Ne le quittez pas d'une semelle, quoi qu'il arrive.

— Oui, Dame Polgara, acquiesça Ce'Nedra en tendant les bras à l'enfant.

Il vint aussitôt vers elle. Son petit visage grave ne trahissait aucune inquiétude. Elle le ramassa, le serra contre elle et posa sa joue contre la sienne.

— Mission ? fit l'enfant en tendant le doigt vers le nuage.

C'est alors que des silhouettes ténébreuses, vêtues de robes noires, portant des masques d'acier étincelant et de courtes lances à la pointe acérée, surgirent du sol, entre les rangs de l'armée. Sans réfléchir, un jeune chevalier mimbraïque plongea son sabre dans l'une des formes masquées. Il ne rencontra que le néant. Mais au moment où sa lame traversait l'ombre, la foudre s'abattit en crépitant, tel un serpent de lumière ondulant furieusement, sur la pointe de son casque. Le cavalier fut agité de spasmes, des tourbillons de fumée s'élevèrent des fentes de son ventail et il grilla dans son armure. Une lumière irréelle entoura l'homme et le cheval, la bête tomba sur les genoux, puis l'éclair disparut et le cavalier et sa monture s'écroulèrent, plus morts qu'un bloc de pierre.

Polgara laissa échapper un sifflement et s'adressa à ses hommes. Elle n'éleva pas la voix, mais on entendit ses paroles jusqu'aux derniers rangs de l'armée.

— Ne touchez pas les ombres, les avertit-elle. Ce sont des illusions provoquées par les Grolims. Vous n'avez rien à craindre tant que vous n'y touchez pas. Elles ne peuvent qu'attirer la foudre sur vous, alors ne vous en approchez pas.

— Mais Dame Pol, protesta Durnik, les troupes ne vont pas pouvoir avancer en ordre si les hommes doivent éviter les ombres !

— Je m'en occupe, répondit-elle d'un ton féroce.

Elle serra les poings et les leva au-dessus de sa tête. Son visage se figea. Elle se concentra intensément et articula un mot, un seul, en ouvrant les mains. L'herbe couchée par le vent s'incurva tout à coup en sens inverse, ployant sous la volonté de Polgara. Les silhouettes effleurées par ce champ de force semblèrent vaciller et se recroqueviller les unes après les autres, puis les illusions suscitées par les

Grolims explosèrent sans bruit. Les dernières ombres volèrent en sombres éclats, loin derrière les derniers rangs de l'armée. Polgara paraissait à bout de forces. Elle serait tombée si Durnik n'avait pas bondi pour la soutenir.

— Ça va ? demanda le forgeron d'un ton angoissé.

— Ça ira mieux dans un instant, répondit-elle en s'appuyant contre lui. C'est épuisant.

Elle lui dédia un pauvre petit sourire et laissa retomber sa tête avec lassitude.

— Ils ne risquent pas de revenir ? s'enquit Ce'Nedra. Je veux dire, vous n'avez pas atteint les vrais Grolims mais juste leurs ombres, n'est-ce pas ?

— Oh, si, je les ai atteints, répliqua Polgara avec un petit rire las. Ces Grolims ne jetteront plus jamais d'ombre.

— Plus jamais ? hoqueta la petite princesse.

— Plus jamais.

Puis Beldin les rejoignit, porté par le vent qui lui retroussait les plumes.

— Nous avons du pain sur la planche, Polgara, bougonna-t-il sans attendre d'avoir retrouvé forme humaine. Il faut que nous fassions éclater la tempête qu'ils amènent de l'ouest. J'ai parlé avec les jumeaux. Ils s'occupent du côté sud. Nous prendrons ce côté-ci, tous les deux.

Elle lui jeta un coup d'œil interrogateur.

— Leur armée va avancer juste sous la tourmente, expliqua-t-il. Inutile d'essayer de la repousser maintenant. Ce serait trop compliqué. Nous allons plutôt éventrer les nuages par l'arrière afin qu'ils se déversent sur les Angaraks.

— Combien de Grolims s'activent sur cet orage, mon Oncle ?

— Qui sait ? répondit-il en haussant les épaules. Mais je peux te dire qu'ils sont entièrement absorbés par son contrôle. Si nous nous attaquons au même endroit tous les quatre en même temps, les pressions qui s'exercent à l'intérieur des nuages feront le reste.

— Nos hommes ne sont pas des enfants. Ils ne vont pas fondre à cause d'un petite tempête. Pourquoi ne pas la laisser passer, tout simplement ? demanda Durnik.

— Ce n'est pas une simple petite tempête, forgeron, répondit Beldin avec acrimonie, juste au moment où un gros objet blanc heurtait le sol, à quelques pas d'eux. Prenez quatre ou cinq de ces grêlons sur le coin de la figure et vous ne vous inquiéterez plus de l'issue du combat.

— Ils sont aussi gros que des œufs de poule ! nota Durnik, surpris.

— Et ils ne vont sûrement pas diminuer, lui assura Beldin en se retournant vers Polgara. Donne-moi la main. Je vais passer le signal à Beltira et nous frapperons tous en même temps. Tu es prête ?

Une avalanche de grêlons s'enfonçait dans le sol élastique. Un magnifique spécimen s'écrasa sur une pierre, volant en mille éclats. De l'armée émanait un crépitement assourdissant : les grêlons rebondissaient sur l'armure des chevaliers mimbraïques ou heurtaient avec fracas les boucliers que les fantassins avaient précipitamment relevés au-dessus de leur tête.

Puis la pluie se mit de la partie. Des trombes d'eau chassées par le vent s'abattirent sur la plaine en vagues furieuses, empêchant toute visibilité. Il était presque impossible de respirer. Olban bondit sur Ce'Nedra et Mission pour les protéger de son bouclier. Un gros grêlon lui heurta l'épaule, lui arrachant une grimace, mais son bras ne frémit pas.

— Encore un petit effort, Pol, nous y sommes presque ! hurla Beldin. Qui sème le vent récolte la tempête ! Qu'ils en bouffent un peu à leur tour !

Le visage de Polgara se crispa sous l'effort et elle manqua défaillir, mais elle joignit sa volonté à celle de Beldin et leurs pouvoirs mêlés se déchaînèrent sur les nuées en furie. Ces forces incommensurables se heurtèrent avec un bruit inouï et ce fut tout à coup comme si le ciel se déchirait. Des zigzags éblouissants strièrent l'air fumant. D'immenses éclairs s'entrechoquaient, très haut au-dessus d'eux, criblant le sol de boules de feu. Les trombes d'eau qui s'abattaient sur les corps calcinés se changeaient aussitôt en vapeur. Mais le Ponant n'était pas seul à déplorer des victimes.

L'immense orage avec ses pressions intolérables sembla

se cabrer puis céda sous la volonté combinée de Polgara, Beldin et des jumeaux, sur la rive sud. Le nuage éventré déversa ses entrailles en plein sur les Malloréens. Une immense langue de feu balaya leurs rangs serrés, jonchant le sol de cadavres fumants. C'était la déroute chez les Grolims qui avaient, par leurs sortilèges, poussé le front orageux vers la rivière. Les éléments déchaînés se retournèrent aussitôt sur les Angaraks, les submergeant sous un déluge de pluie et de feu.

Du centre du terrible nuage qui planait sur leurs têtes surgirent des doigts de ténèbres, noirs, fuligineux, qui se mirent à racler la terre avec des hurlements atroces. Dans un sursaut convulsif, l'un de ces immenses entonnoirs tournoyants griffa le sol entre les rouges livrées malloréennes, ouvrant une tranchée de deux cents toises de large dans les rangs de l'armée ennemie. Des débris retombèrent de chaque côté de la colonne tourbillonnante qui avançait inexorablement, semant la destruction absolue sur son passage. Les vents insensés qui soufflaient dans cette tornade déchiquetaient hommes et chevaux, et des lambeaux d'armures, de tuniques rouges et pire encore se déversaient sur les Malloréens paralysés de terreur.

— Magnifique ! exulta Beldin en bondissant de joie.

Tout à coup, le son d'une immense trompe perça le tumulte. Les rangs serrés des hallebardiers drasniens et des légions tolnedraines s'ouvrirent devant les lignes malloréennes en désordre et Mandorallen surgit, son armure ruisselante, à la tête des chevaliers mimbraïques. Le choc fut terrible et fit un vacarme écœurant, ponctué de cris. Ecrasés sous la charge, les Malloréens démoralisés rompirent les rangs et ce fut la débâcle. Ils tentèrent de fuir, mais les Algarois s'abattirent sur eux par les flancs, leurs sabres hachant la pluie.

Mandorallen sonna sa trompe pour la seconde fois. Les chevaliers mimbraïques firent volte-face et repartirent au galop, abandonnant un immense désastre derrière eux.

Puis ce fut l'accalmie. La pluie se réduisit spasmodiquement et des coins de ciel bleu apparurent entre les nuages qui fuyaient très haut dans le ciel. L'orage des Grolims s'était dispersé sur les plaines du Mishrak ac Thull.

Ce'Nedra regarda de l'autre côté du fleuve. La tempête avait presque cessé, là-bas aussi. Les unités commandées par Cho-Hag et Korodullin donnaient l'assaut aux premières lignes de l'armée murgo en déroute. Puis la princesse scruta le bras sud du fleuve. Le pont constitué par les derniers navires cheresques avait lâché prise pendant la tourmente et il n'y avait plus à la place que de l'eau. Les dernières troupes fuyaient la cité par le pont enjambant le bras nord. L'un des derniers à traverser fut un grand Sendarien qui remonta aussitôt vers l'amont. Ce'Nedra reconnut Rundorig, l'ami d'enfance de Garion. Il pleurait à chaudes larmes.

— Oh, Maître Durnik ! dit-il entre deux sanglots en arrivant près d'eux. Doroon est mort.

— Que dis-tu ? s'exclama Polgara en relevant le visage.

— Doroon s'est noyé, Dame Pol, répondit Rundorig, et ses pleurs redoublèrent. Nous nous apprêtions à regagner la rive sud quand la tempête a rompu les cordes qui retenaient les vaisseaux et Doroon est tombé à l'eau. Il ne savait pas nager. J'ai essayé de le rattraper, mais il a sombré avant que j'arrive près de lui.

Le grand jeune homme enfouit son visage dans ses mains.

Le visage de Polgara devint d'un blanc crayeux et ses yeux s'emplirent de larmes.

— Occupez-vous de lui, Durnik, ordonna-t-elle au forgeron, puis elle se détourna et s'éloigna, ployée par le chagrin.

— J'ai vraiment essayé, Durnik, balbutia Rundorig. J'ai fait tout ce que j'ai pu pour m'approcher de lui mais il y avait trop de gens et je l'ai vu disparaître sous l'eau sans pouvoir rien faire.

Les larmes aux yeux, Durnik passa son bras autour des épaules du garçon éploré et le serra gravement contre lui.

Pourtant Ce'Nedra avait les yeux secs. Elle avait tendu la main à ces jeunes gens pacifiques, elle était allée les chercher chez eux, leur avait fait traverser la moitié du monde, et voilà que l'un des plus vieux amis de Garion était mort dans les eaux glacées de la Mardu. Son trépas pesait sur ses épaules comme un fardeau, mais elle n'arrivait pas à pleurer. Prise d'une terrible fureur, elle se tourna vers Olban.

— Tuez-les ! siffla-t-elle entre ses dents.

— Ma Dame ? fit Olban, bouche bée.

— Allez-y ! Prenez votre épée et tuez-les. Tuez tous les Angaraks que vous pourrez, Olban. Tuez-les pour moi !

Et là, enfin, ses larmes coulèrent.

Olban regarda d'abord la petite princesse en larmes puis la multitude des Malloréens qui battaient en retraite devant l'assaut mimbraïque et il tira son épée avec exaltation.

— Aux ordres de ma Reine ! hurla-t-il en courant vers son cheval.

Les coups de sabre des Algarois avaient beau mettre en déroute les premières lignes ennemies, il semblait y avoir toujours plus de Malloréens sur le champ de bataille. Les collines du nord furent bientôt couvertes d'hommes en tunique rouge, et on aurait dit que la terre saignait. L'offensive suivante fut pourtant menée par les Thulls. Les hommes en sarrau couleur de boue prirent leur position avec réticence, harcelés de coups de fouet par des cavaliers malloréens.

— La stratégie malloréenne de base, grommela Beldin. 'Zakath préfère envoyer les Thulls au casse-pipe et ménager ses forces en vue de sa propre campagne contre Taur Urgas.

— Qu'allons-nous faire maintenant ? demanda Ce'Nedra en relevant son visage ruisselant de larmes.

— Tuer des Thulls, répondit platement le vieillard difforme. Une ou deux charges mimbraïques devraient leur saper le moral. Les Thulls ne font pas de très bons soldats. Ils s'enfuiront à la première occasion.

Au moment où l'océan de boue des forces thulles se déversait vers les rangs serrés des hallebardiers et des légionnaires massés au bas de la colline, les archers asturiens qui se trouvaient juste derrière les fantassins levèrent leurs arcs et emplirent le ciel d'une nuée compacte de flèches longues d'une toise. En voyant fondre leurs compatriotes, ligne après ligne, les Thulls se dégonflèrent, et ce n'étaient pas les claquements de fouet et les cris hargneux des Malloréens qui allaient leur redonner courage.

Puis la trompe de Mandorallen retentit pour la troisième fois, les rangs de l'infanterie s'ouvrirent à nouveau, et les chevaliers mimbraïques donnèrent l'assaut. Les Thulls jetèrent un coup d'œil aux hommes et aux chevaux caparaçonnés d'acier qui fondaient sur eux et prirent la fuite sans demander leur reste, renversant et piétinant dans leur panique les Malloréens qui faisaient si bien claquer leurs fouets.

— Et voilà, le problème des Thulls est réglé, grommela Beldin en contemplant le carnage avec un rictus satisfait. 'Zakath n'a pas fini d'engueuler le roi Gethell, je crois.

Les chevaliers mimbraïques reprirent position derrière l'infanterie, et les deux armées se regardèrent en chiens de faïence de part et d'autre du champ de bataille jonché de cadavres angaraks.

Tout à coup, un froid glacial descendit sur les épaules de Ce'Nedra et elle eut un frisson. Il n'y avait pas un souffle de vent, mais le soleil qui avait percé les lambeaux de nuages après la dispersion de l'orage suscité par les Grolims était sans chaleur aucune et de nébuleuses volutes de brume commençaient à s'élever du sol et de la surface sombre du fleuve.

— Polgara, lança Beldin avec un claquement de langue irrité, j'ai besoin de toi.

— Fichez-moi la paix, mon Oncle, répondit la sorcière d'une voix altérée par la douleur.

— Tu pleurnicheras plus tard, répliqua-t-il d'un ton hargneux. Les Grolims privent l'air de toute chaleur. Si nous ne provoquons pas tout de suite un courant d'air, il y aura bientôt un brouillard à couper au couteau.

— Vous ne respectez vraiment rien, n'est-ce pas ? accusa-t-elle en se tournant vers lui, le visage de glace.

— Pas grand-chose, admit-il, mais ce n'est pas la question. Si les Grolims arrivent à lever une nappe de brouillard, ces sales Malloréens puants nous marcheront sur le dos avant que nous les ayons vus venir. Allez, Pol ! Des gens se font tuer tous les jours. Tu feras du pathos une autre fois.

Il lui tendit ses mains noueuses, plus couvertes de protubérances que les racines d'un chêne millénaire.

Les écharpes de brume s'épaississaient. Elles se drapèrent sur les cadavres qui jonchaient le champ de bataille devant l'infanterie, les noyant dans un océan de blancheur opaque.

— Du vent, Pol, fit Beldin en lui prenant les mains. Tout le vent que tu pourras déchaîner.

Le combat qui s'ensuivit fut silencieux. Polgara et Beldin bandèrent leur volonté et la projetèrent au loin à la recherche d'une brèche dans la masse d'air inerte emprisonnant le brouillard accumulé le long du fleuve. Des remous agitaient la brume par à-coups et s'estompaient aussi vite qu'ils étaient nés.

— Plus fort, Pol, insista Beldin.

Sa vilaine face ruisselait de sueur tandis qu'il s'efforçait de rompre l'immobilité absolue de l'immense masse d'air.

Tout à coup, Polgara lâcha les mains du vieux sorcier.

— Nous n'y arriverons jamais comme ça, mon Oncle, déclara-t-elle, et ses traits creusés trahissaient son épuisement. Nous n'avons pas de prise. Que font les jumeaux ?

— Il ne faut pas compter sur eux, répondit le bossu. Imagine-toi que Taur Urgas s'est fait escorter par les grands prêtres de Rak Cthol, et les jumeaux en ont plein les bras.

— Nous opérons à trop courte distance, fit Polgara en se redressant. A la moindre petite brise que nous soulevons, une douzaine de Grolims se précipitent pour l'apaiser.

— Exact. Et alors ?

— Nous devrions essayer d'élargir notre rayon d'action, suggéra-t-elle. Mettons une masse d'air en mouvement loin d'ici, hors de leur portée, de sorte qu'elle arrive nantie d'une telle inertie qu'ils ne puissent plus l'arrêter.

— Je trouve ça très dangereux, Polgara, objecta Beldin en plissant le front. Même si nous y arrivons, ça nous mettra sur les genoux tous les deux et s'ils tentent autre chose nous n'aurons plus la force de réagir.

— C'est un risque à courir, mon Oncle, convint-elle. Mais les Grolims sont plutôt obtus. Ils feront tout pour protéger cette nappe de brouillard même quand ils n'auront plus aucune chance d'y parvenir. Ils finiront bien par se fatiguer, eux aussi. Peut-être trop pour essayer quoi que ce soit d'autre après.

— Je n'aime pas les « peut-être ».

— Vous avez une meilleure idée ?

— Pas pour l'instant, non.

— Eh bien, dans ce cas...

Ils joignirent à nouveau leurs mains.

Il sembla à la princesse que le temps s'étirait indéfiniment. Le cœur au bord des lèvres, elle regardait les deux sorciers debout, face à face, les mains dans les mains, les yeux clos, se projeter mentalement vers les hauts plateaux désertiques de l'ouest et unir leurs efforts pour attirer cet air brûlant dans l'immense vallée de la Mardu. Ce'Nedra avait l'impression de sentir le froid glacial de la pensée des Grolims peser de tout son poids sur l'air stagnant et s'opposer à toutes les tentatives de dispersion de cette blancheur impalpable, oppressante.

Polgara haletait, le visage crispé dans un effort surhumain. Beldin était penché en avant sous le fardeau de ses épaules contrefaites. On aurait dit qu'il tentait de soulever une montagne.

C'est alors que Ce'Nedra sentit une légère odeur de poussière et d'herbe sèche, parcheminée par le soleil. Ce fut très fugitif et elle pensa d'abord l'avoir imaginée. Puis la sensation revint, plus forte cette fois, et le brouillard se mit à tournoyer mollement. Mais les effluves se dissipèrent à nouveau, et avec eux le souffle d'air qui les avait apportés.

Polgara poussa un gémissement étranglé, et des tourbillons se formèrent dans le brouillard. Des gouttelettes de rosée commencèrent à perler sur l'herbe humide qui s'incurva légèrement, et les émanations poussiéreuses des hauts plateaux du Mishrak ac Thull devinrent plus fortes.

Alors que le vent se déversait dans la vallée, depuis les étendues arides de l'ouest, l'effort mental qui maintenait le brouillard en place sembla se teinter de désespoir, comme si les Grolims comprenaient la vanité de leurs efforts. Le réseau de pensée commença à se déliter et ses lambeaux se dispersèrent. Les Grolims les plus faibles avaient craqué, à bout de forces.

La brise prit de la force, devint un vent chaud qui rida la surface du fleuve et courba l'herbe de la prairie, et le brouillard commença à se dissiper, tel un immense organisme vivant condamné à mort par le contact du vent aride.

Ce'Nedra vit reparaître la cité de Thull Mardu, toujours en flammes, et l'infanterie qui s'étirait sur la plaine, le long de la rivière.

Le vent chaud, poussiéreux, souffla sur le brouillard, aussi immatériel que la pensée qui l'avait suscité, et le dispersa. Alors le soleil du matin troua les nuées, baignant le champ de bataille de sa lumière dorée.

— Polgara ! s'écria Durnik, affolé.

Ce'Nedra se retourna juste à temps pour voir Polgara glisser à terre, le visage exsangue.

CHAPITRE XVII

Lelldorin de Wildantor faisait fébrilement les cent pas devant les lignes de ses archers. Il s'arrêtait au moindre bruit émanant du brouillard qui engloutissait le champ de bataille.

— Vous entendez quelque chose ? demanda-t-il d'un ton pressant au légionnaire tolnedrain planté non loin de là.

Le Tolnedrain secoua la tête.

Le même murmure s'élevait un peu partout de ces blanches ténèbres.

— Tu entends quelque chose ?

— Et toi, tu entends quelque chose ?

— Mais qu'est-ce qu'ils fabriquent ?

Puis un petit cliquetis retentit vers les premiers rangs.

— Là ! s'écrièrent les hommes d'une seule voix.

— Attendez ! s'écria Lelldorin en voyant un de ses compatriotes lever son arc. Ce n'est peut-être qu'un Thull blessé. Economisez vos flèches !

— J'ai senti quelque chose ! s'exclama un hallebardier drasnien. Oh Belar, faites que ce soit le vent !

Lelldorin scrutait le brouillard en jouant fiévreusement avec la corde de son arc. Un souffle lui effleura la joue.

— Le vent ! exulta quelqu'un.

— Le vent !

Ce mot parcourut l'armée comme une traînée de poudre.

Mais la brise mourut et le brouillard se réinstalla, plus impénétrable que jamais. Quelqu'un poussa un gémissement de désespoir. Puis la masse cotonneuse s'anima et se mit à tournoyer mollement, comme de la boue. C'était bien le vent.

Lelldorin retint sa respiration. La brume se mit en mouvement, fleuve blanchâtre courant sur le sol comme de l'eau.

— On dirait qu'il y a quelque chose là-dedans ! aboya un Tolnedrain. Préparez-vous !

Le flux s'accéléra. La blancheur se dispersa, comme dissoute par la brise chaude, poussiéreuse, qui soufflait dans la vallée. Lelldorin tenta de distinguer le front ennemi. Des formes mouvantes se déplaçaient dans les tourbillons de brume, à moins de soixante-dix pas de l'infanterie.

Puis le soleil eut raison des derniers lambeaux de brouillard qui dévoilèrent, dans un ultime chatoiement, le champ de bataille grouillant de Malloréens. Leur avance régulière, sournoise, cessa l'espace d'un instant, comme s'ils étaient aveuglés par la soudaine réapparition de la lumière.

— Maintenant ! hurla Lelldorin en levant son arc.

A son ordre, les archers décochèrent leur trait comme un seul homme, et les mille cordes relâchées au même instant arrachèrent à l'air une prodigieuse vibration. Une nappe compacte de flèches passa en sifflant au-dessus de l'infanterie fermement plantée devant eux, sembla s'immobiliser un instant dans l'air et s'abattit sur les rangs serrés des Malloréens.

Les Malloréens n'eurent pas une hésitation ; ils ne flanchèrent pas ; ils fondirent comme neige au soleil, détalant par régiments entiers dans un rugissement de désespoir.

Lelldorin ramassa en souplesse l'une des flèches fichées dans le sol à ses pieds, l'encocha, banda son arc, la décocha, en cueillit une autre et recommença, encore et toujours. Et l'infanterie avançait inexorablement, précédée par la nuée d'acier des flèches asturiennes, pareille à un pont étincelant arqué au-dessus des fantassins et qui plongeait sur les Malloréens, les clouant au sol. Les Malloréens morts jonchaient le champ de bataille, telles les herbes coupées par un gigantesque faucheur.

La trompe d'airain de messire Mandorallen fit alors entendre son cri de défi. Les rangs des archers et de l'infanterie s'ouvrirent et la terre trembla sous le tonnerre de la charge mimbraïque. Le moral à zéro, les Malloréens rompirent les rangs et prirent la fuite.

Torasin, le cousin de Lelldorin, abaissa son arc en riant à gorge déployée et se gaussa des Angaraks en déroute.

— Nous avons réussi, Lelldorin ! s'écria-t-il au comble de la joie. Nous leur avons brisé l'échine !

Lelldorin le verrait toujours ainsi : l'arc à la main, ses boucles noires rejetées en arrière, son visage exalté, le dos tourné au champ de bataille jonché de morts et de blessés.

— Attention, Tor ! hurla-t-il.

Trop tard. Au déluge de flèches asturiennes, les Malloréens répondaient par un autre genre d'averse. Cent catapultes dissimulées derrière les premières collines, au nord, projetaient dans l'air un nuage compact de roches qui s'écrasaient sur les hommes massés le long de la rivière. Un bloc de pierre un peu plus gros qu'une tête humaine atteignit Torasin en pleine poitrine, le plaquant au sol.

— Tor ! s'écria Lelldorin, saisi d'horreur, en courant vers lui.

Torasin avait les yeux fermés et du sang coulait de son nez. Il avait la poitrine enfoncée.

— Venez m'aider ! cria Lelldorin à un groupe de serfs debout non loin de là.

Les serfs s'approchèrent docilement, mais leur regard en disait plus long que mille paroles : Torasin avait cessé de vivre.

Barak faisait grise mine, les mains sur la barre de son énorme bâtiment. Les matelots ramaient en cadence, au son d'un tambour voilé, et le vaisseau filait dans le courant. Anheg était appuyé au bastingage et tirait un nez au moins aussi long que celui de son cousin. Il avait ôté son casque pour que l'air frais du fleuve chasse l'odeur de fumée de ses cheveux.

— Tu crois qu'ils ont des chances de s'en tirer ? demanda-t-il.

— Pas beaucoup, répondit abruptement Barak. Nous n'avions pas prévu que les Murgos et les Malloréens nous tomberaient dessus à Thull Mardu. L'armée est coupée en deux par le fleuve et les deux moitiés sont numériquement inférieures. Ils vont passer un sale quart d'heure, j'en ai bien peur.

Il jeta un coup d'œil derrière lui, vers la demi-douzaine de barques longues et étroites à la remorque de son navire.

— Etarquez les haussières ! beugla-t-il aux hommes qui se trouvaient à bord.

— Malloréens en vue à un quart de lieue sur la rive nord ! hurla la vigie depuis le haut du mât.

— Mouillez les ponts ! tonna Barak.

Les marins jetèrent par-dessus bord des seaux attachés au bout de longues cordes, les remontèrent et arrosèrent les ponts de bois.

— Prévenez les autres bâtiments ! ordonna Anheg à un marin barbu campé à la poupe du navire.

Le matelot eut un geste d'acquiescement, se retourna et agita vigoureusement un grand drapeau attaché à une longue perche.

— Attention aux braises ! hurla Barak aux hommes qui s'activaient autour d'une énorme cuvette pleine de cailloux et de charbons ardents. Si vous foutez le feu au vaisseau, vous n'aurez plus qu'à regagner la Mer du Levant à la nage.

Juste devant le brasero se trouvaient trois lourdes catapultes armées et prêtes à lancer. Le roi Anheg jeta un coup d'œil aux Malloréens massés autour d'une douzaine d'engins de guerre fermement plantés sur la rive nord.

— Je crois que c'est le moment d'envoyer ton arme secrète, suggéra-t-il.

Barak acquiesça d'un grognement et fit de grands signes aux embarcations qui le suivaient. Les rameurs appuyèrent sur les avirons et les barques firent un bond en avant, coupant le sillage. Une catapulte à long bras, lestée d'un faisceau de flèches, était montée à la proue de chacun des bateaux.

— Chargez les engins ! rugit Barak à l'attention des hommes groupés autour du brasero. Et tâchez de ne pas flanquer de goudron sur le pont !

Les matelots prirent de longs crochets de fer, ôtèrent des

braises trois énormes pots de terre cuite contenant un mélange crépitant de goudron, de poix et de naphte, les plongèrent vivement dans des fûts de goudron, les enroulèrent tout aussi précipitamment dans des chiffons imprégnés de naphte et les placèrent dans les godets des engins bandés et prêts à tirer.

Pendant ce temps, les canots se rapprochaient à vive allure du rivage où les Malloréens s'efforçaient d'armer leurs catapultes. Du bras détendu des engins cheresques fusèrent tout à coup des bouquets de flèches. Les traits filèrent à toute vitesse dans l'air, ralentirent au sommet de leur courbe, puis se dispersèrent et s'abattirent en une pluie mortelle sur les hommes en tunique rouge.

Suivant de près ses canots-lance-flèches, le vaisseau de Barak s'approcha de la berge broussailleuse. Ses deux grosses pattes fermement appliquées sur la barre, le géant à la barbe rouge regardait avec intensité son artificier, un vieux marin à la barbe grisonnante et aux bras pareils à des troncs de chêne. Celui-ci observait une rangée d'encoches taillées dans le bastingage, juste devant ses engins, et brandissait au-dessus de sa tête un long bâton blanc qu'il tendait vers la droite ou la gauche. Barak orientait délicatement la barre en réponse à ses indications. Le bâton s'abattit sèchement vers le bas. Barak maintint la barre d'un poing de fer tandis que des torches effleuraient les haillons entortillés autour des pots, les embrasant.

— Feu ! aboya l'artificier.

Le bras des catapultes se détendit dans un formidable bruit de ressort, projetant les pots enflammés et leur mortel contenu vers les Malloréens qui s'affairaient autour de leurs engins. Les pots éclatèrent en heurtant le sol, répandant un déluge de flammes sur les balistes malloréennes et les hommes qui se trouvaient à côté.

— Bien visé, commenta Anheg d'un ton professionnel.

— Un jeu d'enfant. Les engins à demeure ne présentent pas un grand danger, commenta Barak avec un haussement d'épaules, en jetant un coup d'œil vers l'arrière où les bateaux-lance-flèches de Greldik se rapprochaient, prêts à larder les Malloréens de flèches. Les Malloréens ne sont manifestement pas plus malins que les Murgos. Il ne leur est jamais venu à l'idée que nous pourrions riposter ?

— C'est le gros défaut des Angaraks, rétorqua Anheg. Ça se voit dans tous leurs écrits. Torak n'a jamais encouragé la créativité.

— Tu veux que je te dise ce que je pense, Anheg ? reprit Barak en jetant à son cousin un regard spéculatif. Eh bien, je me dis qu'il y avait pas mal de frime dans toutes les histoires que tu as faites, à Riva, quand Ce'Nedra a annoncé qu'elle voulait lever une armée. Ce n'est pas ton genre de te braquer comme ça sur un détail ; tu es beaucoup trop intelligent. Oh ! tu peux toujours rigoler ! Pas étonnant qu'on t'appelle Anheg le Rusé. Qu'avais-tu derrière la tête ?

— J'ai fait ça pour couper l'herbe sous le pied de Brand, avoua le roi de Cherek en souriant finement. Si je lui en avais laissé l'occasion, il aurait tué le projet de Ce'Nedra dans l'œuf. Les Riviens sont très conservateurs. J'ai donc parlé pour lui. Et quand j'ai capitulé, il n'avait plus aucun argument à défendre.

— Je t'ai trouvé très convaincant. A tel point que je me suis demandé un moment si tu n'avais pas perdu les pédales.

— Merci, fit le roi des Cheresques avec une courbette ironique. Avec la figure que je me paye, les gens ont tendance à s'attendre au pire. Je me suis rendu compte que ça pouvait servir de temps en temps. Tiens, voilà les Algarois, annonça-t-il en tendant le doigt vers la berge.

Un groupe de cavaliers surgit des collines, derrière les engins en flammes, et se jeta comme une horde de loups sur les Malloréens confondus.

— Je voudrais bien savoir où ils en sont, à Thull Mardu, reprit Anheg avec un gros soupir. J'imagine que nous ne le saurons jamais.

— C'est probable, acquiesça Barak. Nous finirons tous au fond de la Mer du Levant.

— Enfin, nous ne partirons pas tout seuls. Nous emmènerons un bon paquet de Malloréens avec nous, hein, mon vieux Barak ?

Barak lui répondit d'un sourire pervers.

— Tout de même, l'idée de mourir noyé ne me dit pas grand-chose, ajouta Anheg en faisant la grimace.

— Tu auras peut-être la chance de recevoir une flèche dans le ventre.

— Merci, rétorqua aigrement Anheg.

Une heure plus tard — et trois autres positions angaraks ayant été détruites —, les berges de la Mardu devinrent marécageuses. Anheg fit amarrer à une souche un radeau chargé de bois. Les matelots y mirent le feu et jetèrent un seau de cristaux verdâtres dans les flammes. Une énorme colonne de fumée verte monta aussitôt dans le ciel bleu.

— J'espère que Rhodar verra ça, commenta le roi de Cherek, les sourcils froncés.

— Même s'il ne regarde pas par ici, les Algarois se chargeront de le mettre au courant, le rassura Barak.

— J'espère seulement qu'il aura le temps de se replier.

— Et moi donc ! répliqua Barak. Mais comme tu disais, nous ne le saurons probablement jamais.

Le roi Cho-Hag, le Chef des Chefs de Clan d'Algarie, approcha son cheval de celui du roi Korodullin d'Arendie. Beltira et Belkira, les sorciers jumeaux, étaient assis par terre. Ils respiraient lourdement, vidés par l'effort. Cho-Hag frissonna intérieurement à la pensée de ce qui aurait pu arriver sans ces deux saints hommes. Les os des plus braves guerriers s'étaient liquéfiés à la vue des hideuses illusions que les Grolims avaient fait surgir de terre, juste avant la tempête effrayante qui s'était abattue sur l'armée. Du brouillard suffoquant qui l'avait presque aussitôt suivie, seule demeurait une brume impalpable. Les deux sorciers au doux visage avaient repoussé toutes les attaques des Grolims avec une calme détermination. Mais à présent les Murgos arrivaient sur eux ; la sorcellerie allait devoir céder la place aux armes.

— Moi, je les laisserais se rapprocher encore un peu, suggéra Cho-Hag en observant la marée humaine qui marchait sur les hallebardiers drasniens et les légions tolnedraines.

— Es-Tu sûr, ô Cho-Hag, de Ta stratégie ? demanda le jeune roi d'Arendie d'un ton soucieux. Les chevaliers de Mimbre ont pour coutume de mener leurs attaques de front. Ta proposition de donner l'assaut aux flancs m'intrigue.

— Ça fera plus de victimes, Korodullin, répondit Cho-Hag en changeant de position sur sa selle pour soulager ses pauvres jambes. En chargeant les deux flancs à la fois, vos chevaliers couperont des régiments entiers du gros de l'armée, après quoi l'infanterie pourra se jeter sur eux.

— Je ne suis point au fait des manœuvres de l'infanterie, avoua Korodullin. Vaste est mon ignorance du combat à pied.

— Vous n'êtes pas le seul, mon ami, lui assura Cho-Hag. Cette stratégie m'est aussi étrangère qu'à vous. Mais il ne serait pas juste de priver les fantassins de leur portion de Murgos. Après tout, ils ont beaucoup marché, eux aussi.

Le roi d'Arendie réfléchit gravement. Il était manifestement imperméable à l'humour.

— Je n'y songeais point, convint-il. Force m'est d'admettre qu'il serait bien égoïste de notre part de leur dénier leur tribut. Combien de Murgos constitueraient, à Ton avis, une récompense suffisante ?

— Oh, je ne sais pas trop, répondit Cho-Hag, le visage de marbre. Disons quelques milliers. Nous ne voudrions pas passer pour des radins, mais nous n'avons pas besoin d'être trop généreux non plus.

— Etroite est la frontière entre la parcimonie et une prodigalité irraisonnée, roi Cho-Hag, dit Korodullin avec un gros soupir, et fort malaisé en est l'établissement.

— Ah, c'est l'un des fardeaux de la royauté, Korodullin.

— C'est fort juste, Cho-Hag, fort juste.

Le jeune roi d'Arendie poussa un soupir à fendre l'âme et s'appliqua à déterminer quelle proportion des Murgos il pouvait se permettre de céder à l'infanterie.

— Te semble-t-il que les fantassins se contenteraient de deux Murgos par personne ? fit-il enfin d'une voix hésitante.

— Ça ne me paraît pas mal.

— Allons, c'est accordé, décréta Korodullin, soulagé. C'est la première fois que je divise des Murgos. Eh bien, ce n'est point si difficile qu'il y paraît.

Le roi Cho-Hag ne put s'empêcher d'éclater de rire.

Dame Ariana s'approcha de Lelldorin, passa ses bras autour de ses épaules secouées de sanglots et l'éloigna doucement du grabat où gisait le corps de son cousin.

— Ne pouvez-vous rien faire pour lui, Ariana ? implora-t-il, le visage ruisselant de larmes. Peut-être une sorte de bandage et un emplâtre...

— Il passe, ô mon Seigneur, le domaine de mes compétences, répondit doucement Ariana. Sache que je partage Ton affliction devant sa mort.

— Ne prononcez pas ce mot-là, Ariana. Torasin ne peut pas être mort.

— Tu m'en vois fort chagrine, mon Seigneur, répondit-elle simplement. Il n'est plus de ce monde et tout mon art ne saurait le ramener.

— Et Polgara ! s'exclama tout à coup Lelldorin. Envoyez-la chercher ! ordonna-t-il, et un espoir impossible se fit jour dans ses yeux.

— Comment l'enverrais-je quérir, ô mon Seigneur ? objecta Ariana en balayant du regard la tente de fortune où Taïba et quelques volontaires lui amenaient les blessés. Les victimes requièrent tous nos soins et toute notre attention.

— Eh bien, j'irai ! déclara Lelldorin.

Il fit volte-face et quitta la tente en courant.

Ariana remonta un drap sur le visage livide de Torasin avec un sourire attristé et se retourna vers les blessés qui ne cessaient d'arriver sous l'abri de toile.

— Ne vous inquiétez pas pour lui, ma Dame, fit un serf arendais au visage émacié comme elle se penchait sur le corps de son compagnon. Il est mort, reprit-il, devant le coup d'œil interrogateur de la jeune fille. Il a reçu une flèche en pleine poitrine. Pauvre Detton, souffla-t-il en baissant les yeux sur le cadavre. Il est mort dans mes bras. Vous savez quelles furent ses dernières paroles ? Il a dit : « au moins, j'ai fait un bon petit déjeuner »,et il est mort.

— Pourquoi l'as-Tu amené ici, puisque Tu savais que nul ne pouvait plus rien pour lui ? demanda doucement Ariana.

— Je ne pouvais pas l'abandonner dans une tranchée pleine de boue comme un chien crevé, répondit l'homme au visage émacié en haussant les épaules. De sa vie, personne n'a jamais eu la moindre considération pour lui. C'était mon ami, je n'avais pas envie de le laisser là, comme un ballot de linge sale. Je suppose que ça n'a plus beaucoup d'importance pour lui, ajouta-t-il avec un petit rire amer, mais ici, au moins, il aura trouvé un peu de dignité. Excuse-moi, mon vieux Detton, dit-il en tapotant maladroitement l'épaule du mort, mais il faut que je retourne me battre.

— Quel est Ton nom, ami ? demanda Ariana.

— Lammer, ma Dame.

— Ta présence au combat est-elle requise d'urgence ?

— J'en doute fort, ma Dame. Je lançais des flèches aux Malloréens, mais je ne vise pas très bien.

— Alors, mon bon Lammer, Tu seras plus utile ici. Il y a beaucoup de blessés et nous ne sommes pas nombreuses à les soigner. Sous Tes dehors rugueux, je sens en Toi une profonde compassion. Veux-Tu m'aider ?

Il la dévisagea un instant.

— Que voulez-vous que je fasse ? demanda-t-il.

— Taïba met des chiffons à bouillir pour en faire des bandages. Occupe-Toi d'abord du feu, puis Tu trouveras devant la tente une charrette pleine de couvertures. Tu me les apporteras, après quoi j'aurai d'autres tâches à Te confier.

— Très bien, répondit laconiquement Lammer en s'approchant du feu.

— Nous ne pouvons rien faire pour elle ? implora Ce'Nedra.

La princesse regardait fixement le visage blême de Polgara qui gisait, inconsciente, dans les bras de Durnik.

— Si : la laisser dormir, grommela Beldin. Ça ira mieux d'ici un jour ou deux.

— Mais qu'est-ce qu'elle a ? demanda le forgeron d'une voix angoissée.

— Elle est épuisée, lança Beldin. Ça ne se voit pas ?

— Pour avoir soulevé une petite brise de rien du tout ? Je l'ai vue faire des choses bien plus compliquées.

— Vous n'avez pas la moindre idée de ce que vous racontez, forgeron, ronchonna le sorcier bossu, tout pâle et tout tremblant, lui aussi. Changer le temps met en branle les forces les plus puissantes qui soient. Je préférerais tenter d'arrêter une inondation ou de déplacer une montagne que de susciter un courant d'air dans une masse d'air inerte.

— Les Grolims ont bien provoqué un orage, objecta Durnik.

— L'air était déjà en mouvement. Rien à voir avec le calme plat. Vous avez une idée même approximative de la quantité d'air qu'il faut déplacer pour susciter le moindre zéphyr ? Vous imaginez les forces nécessaires, le poids de l'air ?

— L'air ne pèse rien, protesta Ce'Nedra.

— Vraiment ? rétorqua Beldin d'une voix lourde de sarcasme. Ça me fait bien plaisir de l'apprendre ! Et maintenant, vous ne voudriez pas la boucler et me laisser reprendre un peu mon souffle, les deux génies ?

— Comment se fait-il que vous ayez tenu le coup et pas elle ? s'indigna Ce'Nedra.

— Je suis plus rusé. Elle se donne toujours à fond dans tout ce qu'elle fait, et ça ne date pas d'aujourd'hui. Elle tire trop sur la corde et elle se retrouve à bout de forces.

Le nain difforme se redressa de toute sa modeste hauteur, s'ébroua comme un chien sortant de l'eau et regarda autour de lui. Il était blanc comme un linge.

— Allez, j'ai encore du pain sur la planche. Je pense que les Grolims de Mallorée en ont pris un sérieux coup dans les dents, mais je préfère les tenir à l'œil, par prudence. Vous deux, restez ici avec Pol. Et ne perdez pas cet enfant de vue, fit-il en indiquant Mission, planté sur le sable, au bord du fleuve, son petit visage empreint d'une gravité qui n'était pas de son âge.

Puis il s'accroupit, se métamorphosa en faucon et prit son essor sans attendre que ses plumes aient fini de se former.

Ce'Nedra le suivit des yeux tandis qu'il s'élevait en spirale au-dessus du champ de bataille et ramena son regard sur Polgara, toujours inerte.

Les chevaliers mimbraïques de Korodullin attendirent le dernier moment pour charger, puis ils abaissèrent leurs lances et, telles deux énormes faux, rentrèrent à une allure de tonnerre dans les flancs des Murgos qui fonçaient sur les hallebardiers et les légionnaires. Le résultat fut dévastateur. L'air retentit de cris et de bruits métalliques d'une violence inconcevable. Et dans leur sillage, dans cette tranchée de cent toises de large, les hommes en armure montés sur leurs massifs destriers abandonnaient une traînée de Murgos massacrés et de résidus humains.

Le roi Cho-Hag observait le carnage, juché sur son cheval en haut d'une colline, à quelque distance à l'ouest.

— Parfait, dit-il enfin d'un ton approbateur. Parfait, mes enfants, répéta-t-il en parcourant du regard les visages avides des hommes de clan massés autour de lui. Et maintenant, coupons-leur la retraite.

Il mena lui-même ses hommes qui contournèrent en douceur les flancs extérieurs des forces d'assaut étroitement groupées et prirent par surprise les unités murgos de l'arrière.

La tactique de harcèlement des clans algarois faisait des ravages. Les cavaliers vêtus de cuir noir fonçaient dans la masse confuse des Murgos terrifiés et se retiraient, le sabre ruisselant de sang. Le roi Cho-Hag mena ainsi plusieurs charges. Son habileté au sabre était légendaire en Algarie, et ceux qui le suivaient regardaient, emplis d'une crainte respectueuse, pleuvoir ses coups sur les têtes et les épaules des Murgos. Toute la force de la stratégie algaroise reposait sur la vitesse : une plongée soudaine sur un cheval rapide, une série de coups de sabre prompts comme l'éclair, et l'agresseur se retirait avant que l'ennemi ait eu le temps de reprendre ses esprits. Le bras du roi Cho-Hag était le plus rapide de toute l'Algarie.

— Roi Cho-Hag ! s'écria l'un de ses hommes. La bannière noire !

Il tendait le doigt vers les régiments de Murgos qui grouillaient dans une vallée peu profonde, à quelques centaines de toises de là.

Les yeux de Cho-Hag se mirent tout à coup à briller d'une lueur farouche ; un fol espoir se faisait jour en lui.

— Que l'on amène mes couleurs ! rugit-il.

L'homme qui portait l'enseigne bordeaux et blanc du Chef des Chefs de Clan d'Algarie éperonna son cheval.

— Allons-y, mes enfants ! hurla Cho-Hag.

Tandis que ses guerriers frappaient d'estoc et de taille, le roi infirme des Algarois leva son sabre et mena ses hommes droit au cœur de la horde de Murgos, les yeux rivés sur l'étendard noir de Taur Urgas, le roi des Murgos.

Et là, au milieu de la garde royale, Cho-Hag vit la cotte de mailles rouge sang de Taur Urgas. Le Chef des Chefs de Clan d'Algarie tendit vers lui son sabre ensanglanté et poussa un cri de défi.

— Bats-toi si tu es un homme, chien murgo ! tonna-t-il.

Surpris par ce cri, Taur Urgas fit tourner son cheval et regarda, incrédule, le roi d'Algarie qui fondait sur lui. Ses yeux brûlèrent alors d'une lueur démente et ses lèvres écumantes se retroussèrent en un rictus de haine.

— Dégagez le passage ! rauqua-t-il. Qu'il vienne !

Les membres de sa garde le dévisagèrent avec surprise.

— Laissez passer le roi d'Algarie ! vociféra Taur Urgas. Il est à moi !

Et les troupes murgos s'écartèrent devant Cho-Hag.

— Le moment est enfin venu, Taur Urgas, dit froidement le roi d'Algarie en retenant sa monture.

— En vérité, Cho-Hag, répondit Taur Urgas. Il y a des années que j'attends ce moment.

— Si j'avais su, je serais venu plus tôt.

— Ce jour est le dernier de ton existence, Cho-Hag.

On aurait à présent vainement cherché une étincelle de raison dans le regard du roi des Murgos et de la bave moussait aux commissures de ses lèvres.

— Alors, Taur Urgas, tu as l'intention de te battre à coups de paroles creuses ? Aurais-tu oublié comment tirer ton épée ?

Taur Urgas dégaina son immense rapière avec un cri strident, insensé, enfonça ses talons dans les flancs de son cheval noir et chargea le roi des Algarois en décrivant des moulinets avec sa lame.

— Crève, Cho-Hag ! beuglait-il. Crève !

Ce ne fut pas un duel : un duel a des règles. Les deux rois se jetèrent l'un sur l'autre avec une brutalité primitive. Mille ans de haine refoulée bouillaient dans leurs veines. Taur Urgas, qui avait irrémédiablement basculé dans la folie, se mit à sangloter et à bredouiller des paroles incohérentes en projetant sa lourde épée vers son ennemi. Cho-Hag, froid comme un marbre, le bras plus rapide que le dard du scorpion, parait les coups du Murgo et, dans un mouvement incessant de sa lame claquant comme un fouet, frappait sans relâche les épaules et la face du roi des Murgos.

Prises de court par la sauvagerie de la confrontation, les deux armées reculèrent, laissant aux cavaliers royaux la place pour se livrer leur mortel combat.

Taur Urgas vomissait des obscénités en abattant frénétiquement sa lame sur la forme fugitive de son ennemi tandis que Cho-Hag, de plus en plus glacial, détournait les coups du Murgo et, de sa lame vibrante, tailladait son visage ensanglanté. Puis, toute raison abolie, Taur Urgas poussa un cri de bête sauvage, lança son cheval droit sur Cho-Hag, se dressa sur ses étriers, prit la poignée de son épée à deux mains et l'éleva comme une hache pour fendre en deux son ennemi de toujours. Mais Cho-Hag fit faire un petit écart à son cheval et mit dans son arme toute la force de son bras. A l'instant où Taur Urgas portait son coup mortel, le sabre du roi des Algarois plongea avec un crissement âpre, métallique, dans la cotte de mailles rouge sang, pénétra dans le corps aux muscles tendus et ressortit, dégoulinant de sang, dans son dos.

Anesthésié par la folie, Taur Urgas ignora le coup mortel qu'il avait reçu et leva à nouveau son épée, mais la force lui manqua pour aller au bout de son geste et son arme lui échappa. Il regarda avec un hoquet incrédule le sabre qui sortait de sa poitrine, et une écume sanglante jaillit de sa bouche. Il leva ses mains crispées comme pour déchiqueter le visage de son ennemi, mais Cho-Hag écarta ses serres d'une claque méprisante, tira sur la garde de son arme, et sa lame incurvée quitta le corps du Murgo avec un sifflement répugnant.

— C'en est fini de toi, Taur Urgas, déclara-t-il d'une voix polaire.

— Non ! croassa Taur Urgas, la main crispée sur une lourde dague, à sa ceinture.

Cho-Hag observa froidement ses pitoyables efforts. Un

flot de sang noir jaillit de la bouche ouverte de Taur Urgas qui vida mollement les étriers. Le roi des Murgos se redressa tant bien que mal, en toussant et en crachant des injures mêlées de sang à l'adresse de l'homme qui venait de le tuer.

— Joli combat, tout de même, commenta Cho-Hag avec un sourire sinistre en se détournant.

Taur Urgas s'écroula en griffant le sol dans sa rage impuissante.

— Reviens te battre ! sanglota-t-il. Reviens !

Cho-Hag lui jeta un coup d'œil par-dessus son épaule.

— Désolé, Majesté, mais mes affaires m'appellent ailleurs. Je suis sûr que vous comprenez.

Et sur ces mots, il s'éloigna.

— Reviens ! gémit Taur Urgas en enfonçant ses doigts dans la terre souillée de son sang. Reviens !

Il s'écroula face contre terre dans l'herbe ensanglantée.

— Reviens te battre, Cho-Hag ! hoqueta le roi des Murgos, à bout de forces.

La dernière fois que Cho-Hag vit le roi mourant du Cthol Murgos, il mordait la poussière et griffait la terre de ses doigts tremblants.

Un terrible gémissement parcourut les régiments murgos assemblés tandis qu'une acclamation saluait le retour de Cho-Hag, victorieux, devant les lignes algaroises.

— Ils reviennent, annonça le général Varana avec une froideur toute professionnelle en observant la marée malloréenne qui affluait.

— Alors, il vient, ce signal ? pesta Rhodar en scrutant intensément le fleuve, en aval. Que fait Anheg ?

Les premières lignes des troupes d'assaut malloréennes frappèrent dans un vacarme infernal. Les hallebardiers drasniens se ruèrent sur eux avec leurs longues lances, faisant un carnage parmi les assaillants en tunique rouge, puis les légions tolnedraines élevèrent leurs boucliers à mi-corps, offrant à l'ennemi un mur compact contre lequel il vint s'écraser. Obéissant à un ordre bref, impérieux, les légionnaires firent légèrement pivoter leur bouclier et chaque homme projeta sa lance dans l'ouverture séparant son écu de celui du voisin. Les lances tolnedraines n'étaient pas aussi longues que les hallebardes des Drasniens, mais il y avait de quoi faire des dégâts. Un cri vibrant, formidable, s'éleva des premières lignes malloréennes comme les hommes en tunique rouge tombaient en masse sous les pieds des hommes qui les suivaient.

— Vous croyez qu'ils vont réussir à passer ? haleta Rhodar.

Le roi de Drasnie soufflait comme un phoque à chaque assaut des Malloréens.

Varana soupesa tranquillement les forces en présence.

— Non, conclut-il enfin. Pas cette fois. Vous avez réfléchi à la façon dont vous alliez vous replier ? Il n'est pas facile de battre en retraite quand le combat est engagé.

— C'est pour ça que je ménage les Mimbraïques, répondit Rhodar. Ils reposent leurs chevaux pour donner le dernier assaut. Dès que nous aurons vu le signal d'Anheg, Mandorallen et ses hommes repousseront les Malloréens et les autres unités se mettront à courir comme des lapins.

— Les chevaliers ne les retiendront pas éternellement, objecta Varana. Et ils se jetteront à nouveau sur vous.

— Nous reformerons les rangs un peu plus haut, le long de la rivière.

— Il nous faudra un moment pour regagner l'A-pic si nous nous arrêtons tous les quarts de lieue pour livrer combat, commenta le Tolnedrain.

— Je sais, lança Rhodar d'un air mauvais. Vous avez une meilleure idée ?

— Non, convint Varana. C'était juste pour dire.

— Alors, il vient, ce signal ? fit à nouveau Rhodar.

Sur une colline un peu à l'écart des hostilités, un jeune serf arendais jouait de la flûte. Sa mélodie était d'une tristesse poignante, mais elle montait jusqu'au ciel. C'était un demeuré ; il ne comprenait rien au combat qui faisait rage sur la rive nord du fleuve. Il avait réussi à s'éloigner sans se faire repérer. Il était à présent tranquillement assis dans l'herbe, à flanc de colline, sous le chaud soleil matinal, et il mettait toute son âme dans sa musique.

Le soldat malloréen qui rampait derrière lui, l'épée dégainée, n'avait pas l'oreille musicale. Il ne savait pas que la musique du jeune serf de la forêt arendaise était la plus belle qu'il ait été donné à un homme d'entendre. Et même s'il l'avait su, ça ne lui aurait fait ni chaud ni froid.

La musique s'arrêta tout à coup pour ne jamais reprendre.

Ariana n'en pouvait plus. On lui amenait de plus en plus de blessés et elle dut bientôt prendre une résolution déchirante. Seuls seraient soignés ceux qui avaient une chance de survie. Elle soulageait les souffrances des hommes mortellement atteints en leur donnant une décoction d'herbes amères et les abandonnait au trépas. Chacune de ces décisions lui brisait le cœur, et elle vaquait à ses soins les yeux pleins de larmes.

C'est alors que Brand, le Gardien de Riva, entra sous la tente, le visage défait, la cotte de mailles maculée de sang. Les profondes entailles de son bouclier en disaient long sur la violence des coups qu'il avait parés. Il était suivi de trois de ses fils portant la forme ensanglantée, inerte, de leur plus jeune frère, Olban.

— Vous pourriez vous occuper de lui ? demanda Brand d'une voix altérée.

— Je peux soulager sa douleur, répondit-elle évasivement.

Un coup d'œil avait suffi à la blonde mimbraïque pour se rendre compte que la blessure béante dans la poitrine du jeune rivien était fatale. Elle s'agenouilla très vite près de lui, lui souleva la tête et porta une tasse à ses lèvres.

— Père, murmura faiblement Olban après avoir bu, j'ai quelque chose à vous dire.

— Nous aurons tout le temps de parler plus tard, répondit Brand d'un ton bourru. Quand tu seras remis.

— Non, Père. Je ne me remettrai pas, souffla Olban.

— Absurde, rétorqua Brand, d'une voix un peu incertaine.

— Le temps presse, Père, hoqueta Olban. Ecoutez-moi, je vous en prie.

— Très bien, Olban, acquiesça le Gardien de Riva en se penchant pour entendre les paroles de son fils.

— A Riva, Père, juste après l'arrivée de Belgarion... J'étais humilié de vous voir dépouillé de votre autorité. Cette idée m'était insupportable.

Une quinte de toux amena une mousse rosâtre à ses lèvres.

— C'était mal me connaître, Olban, dit doucement Brand.

— Je vous connais, à présent. Mais j'étais jeune et orgueilleux, et Belgarion, ce rien-du-tout venu de Sendarie, vous avait écarté de la place qui vous revenait de droit.

— D'abord, ce n'était pas ma place, Olban, rectifia Brand. C'était la sienne. Belgarion est le roi de Riva. Ça n'a rien à voir avec le rang ou les honneurs. C'est un devoir, et c'est le sien, pas le mien.

— Je le haïssais, chuchota Olban. Je me mis à le suivre partout. Où qu'il aille, j'étais sur ses talons.

— Pour quoi faire ? s'étonna Brand.

— Je n'ai pas su tout de suite. Puis un jour il est sorti de la salle du trône avec son manteau de cour et sa couronne. Il semblait tellement gonflé de son importance... comme s'il était vraiment le roi et pas un vulgaire marmiton sendarien. Alors j'ai su ce qu'il me restait à faire. J'ai tiré ma dague et la lui ai lancée dans le dos.

Tout à coup, le visage de Brand se ferma.

— Après cela, j'ai essayé de fuir sa présence, poursuivit Olban. J'avais compris, au moment où la dague quittait mes doigts, que j'avais mal agi. Je pensais que si je parvenais à l'éviter, il ne saurait jamais que c'était moi qui avais attenté à sa vie. Mais il a des pouvoirs, Père. Il devine des choses qu'aucun homme ne peut savoir. Un jour, il est venu me rendre ma dague et me dire que je ne devais jamais révéler que j'avais tenté de le tuer. Il l'avait fait pour vous, Père, pour que vous ne soyez pas éclaboussé par ma disgrâce.

Brand se leva, le visage de cendre, et tourna délibérément le dos à son fils mourant.

— Venez, ordonna-t-il à ses trois autres fils. Nous avons un combat à mener et pas de temps à perdre avec un traître.

— Père, je me suis efforcé de m'acquitter de ma dette envers lui, plaida le jeune Rivien. J'ai consacré ma vie à la protection de sa reine. N'est-ce pas que ça compense un peu ?

Brand conserva un silence hostile.

— Belgarion m'avait pardonné. Ne pourrez-vous trouver dans votre cœur de père la force de me pardonner aussi ?

— Non, répondit impitoyablement Brand, sans se retourner. Je ne peux pas.

— Je vous en prie, Père, implora Olban. Ne verserez-vous pas une seule larme sur moi ?

— Pas une seule, lâcha Brand.

Mais Ariana vit que ses paroles étaient un mensonge. Les yeux du Rivien s'étaient changés en eau dans son visage de pierre. Il quitta la tente sans ajouter une parole.

Les frères d'Olban lui serrèrent la main sans un mot et suivirent leur père.

Olban pleura en silence pendant un moment, puis la faiblesse et la drogue qu'Ariana lui avait fait prendre eurent raison de son chagrin. Il resta un moment allongé, à demi inconscient, sur son grabat, puis il se redressa péniblement et fit signe à la Mimbraïque. Elle s'agenouilla à côté de lui, passa un bras sous ses épaules et pencha la tête sur ses lèvres pour entendre ses dernières paroles.

— Je... je vous en prie, souffla-t-il. Dites à Sa Majesté ce que j'ai confié à mon père, et dites-lui surtout combien je regrette.

Puis sa tête retomba sur la joue d'Ariana et il rendit le dernier soupir.

Ariana n'eut pas le temps de s'affliger. Au même instant, trois Sendariens lui amenaient le colonel Brendig. Il avait le bras gauche en bouillie.

— Nous démolissions le pont qui traverse la ville, lui raconta laconiquement l'un des hommes. Un pilier ne voulait pas lâcher, alors le colonel est descendu l'abattre lui-même. Quand il a fini par céder, les poutres du pont lui sont tombées dessus.

Ariana examina gravement le bras mutilé de Brendig.

— Il est à craindre que votre bras gauche ne soit perdu, Messire, lui annonça-t-elle. Il faudra l'amputer, faute de quoi la chair se nécrosant pourrait vous ôter la vie.

— Je m'y attendais plus ou moins, répondit Brendig en hochant sobrement la tête. Alors, qu'attendons-nous ?

— Là ! s'écria le roi Rhodar en tendant le doigt. Une fumée verte ! C'est le signal. Nous pouvons donner l'ordre de repli, à présent.

Mais le général Varana regardait vers l'amont du fleuve.

— J'ai bien peur qu'il ne soit trop tard, Majesté, dit-il posément. Une colonne de Malloréens et de Nadraks vient juste d'arriver au bord du fleuve, à l'ouest, et il semblerait qu'ils nous coupent toute retraite.

CHAPITRE XVIII

Un immense gémissement parcourut l'armée murgo quand les troupes en robe noire apprirent la mort de leur roi, et leur moral baissa vertigineusement. Taur Urgas était redouté de ses hommes, mais sa démence sauvage était communicative et ils y puisaient un curieux sentiment d'invincibilité. Il leur semblait que rien ne pouvait l'arrêter, et ils avaient un peu l'impression de partager, eux, les instruments de son implacable volonté, son apparente invulnérabilité. Sa disparition leur faisait prendre conscience de leur propre mortalité, et c'est avec une confiance amoindrie qu'ils chargèrent les armées de l'ouest coincées le long de la rive sud.

Le roi Cho-Hag regarda avec une satisfaction morbide s'effriter la résolution de l'armée murgo, puis il rejoignit les lignes de l'infanterie et des chevaliers mimbraïques en effervescence pour s'entretenir avec les autres chefs militaires. Le roi Fulrach parcourut à grands pas la distance qui le séparait des lignes sendariennes. Le monarque replet, à la barbe noire, faisait vraiment déguisé avec son plastron étincelant, mais il suffisait de jeter un coup d'œil à son épée pour constater qu'il en avait fait le meilleur usage, et son casque arborait de sévères entailles, preuve s'il en était besoin que le roi de Sendarie avait pris part aux hostilités.

— Vous avez vu le signal d'Anheg ? questionna Fulrach en s'approchant.

— Non, répondit Cho-Hag avec un hochement de tête, mais ça ne devrait plus tarder. Nous férions mieux de penser à ce que nous allons faire. Vous avez des nouvelles de Korodullin ?

— Les médecins s'occupent de lui, annonça Fulrach.

— Il est blessé ? s'exclama Cho-Hag, surpris.

— Je ne pense pas que ce soit grave. Il a reçu un coup de masse sur la tête en allant prêter main forte à son ami, le baron de Vo Ebor. Son casque a amorti le choc, mais il saigne un peu des oreilles. Enfin, les docteurs disent qu'il s'en sortira. C'est plutôt le baron qui est mal en point...

— Qui a pris la tête des Mimbraïques, alors ?

— Messire Andorig. C'est un hardi combattant, bien qu'un peu dur de la comprenette.

— Là, mon ami, vous venez de fournir une description criante de la quasi-totalité des Arendais, commenta Cho-Hag avec un petit rire sec en descendant maladroitement de cheval sans lâcher le pommeau de sa selle, car ses jambes n'auraient pu supporter son poids. Ils sont remarquables au combat, mais un peu bas de plafond. Allons, nous tâcherons de nous passer d'Andorig. Dès qu'Anheg aura fait signe, continua-t-il en regardant les Murgos battre en retraite, je crois que nous aurons intérêt à nous replier le plus vite possible. Les Murgos sont un peu abattus en ce moment, mais ils risquent de reprendre du poil de la bête quand ils auront encaissé le choc.

— Ça, c'est possible, reconnut Fulrach en haussant un sourcil. Dites-moi, vous avez vraiment tué Taur Urgas en combat singulier ?

— Ce n'était pas un vrai duel, reprit Cho-Hag en hochant modestement la tête. Il délirait complètement. Il s'est jeté sur moi sans même se garder. Bon, au signal d'Anheg, nous donnerons l'ordre aux chevaliers mimbraïques de charger les Murgos. Ça devrait être la débandade dans leurs lignes. Je leur donnerai la chasse avec mes hommes pour les disperser ; vous en profiterez pour remonter le fleuve avec votre infanterie. Nous nous occuperons des Murgos, Andorig et moi, le temps que vous preniez du champ. Qu'en pensez-vous ?

— Ça paraît jouable, approuva Fulrach avec un

hochement de tête méditatif. Vous pensez qu'ils tenteront de nous poursuivre ?

— Je tâcherai de les en dissuader, lui assura Cho-Hag avec un large sourire. Vous avez une idée de ce qui se passe de l'autre côté du fleuve ?

— C'est difficile à dire, mais la situation n'a pas l'air réjouissante.

— Vous voyez un moyen de les aider ?

— Pas vraiment, soupira Fulrach.

— Moi non plus, avoua Cho-Hag en se remettant péniblement en selle. Je vais donner ses instructions à Andorig. Ouvrez l'œil : je m'étonne que nous n'ayons pas encore vu le signal d'Anheg.

— Belgarath ! appela silencieusement Ce'Nedra, les yeux clos, la main crispée sur son amulette. Belgarath, vous m'entendez ?

Debout un peu à l'écart de Durnik qui veillait sur Polgara, toujours prostrée, la princesse concentrait sa volonté afin d'envoyer sa pensée loin dans le ciel, vers le vieux sorcier.

— Ce'Nedra ? répondit la voix du vieil homme, aussi claire que s'il avait été tout près d'elle. Que faites-vous ? Où est Polgara ?

— Oh, Belgarath ! hoqueta la princesse, et pour un peu elle se serait mise à sangloter de soulagement. Aidez-nous ! Dame Polgara est sans connaissance et les Malloréens vont donner l'assaut à nouveau. Nous allons être écrasés, Belgarath. Aidez-nous !

— Doucement, ordonna sèchement le vieillard. Qu'est-il arrivé à Polgara ? Où êtes-vous ?

— Nous sommes à Thull Mardu, répondit Ce'Nedra. Nous avons tenté de prendre la ville qui se trouve au milieu du fleuve pour permettre à la flotte cheresque de passer, mais les Malloréens et les Murgos nous ont tendu une embuscade et ils nous attaquent depuis ce matin.

Belgarath se mit à jurer.

— Et Pol ? qu'est-ce qu'elle a ? reprit-il âprement.

— Les Grolims ont provoqué un orage épouvantable, puis du brouillard. Dame Polgara et Beldin ont fait souffler du vent, et elle s'est évanouie. Beldin dit qu'elle est épuisée et qu'il faut la laisser dormir.

— Où est Beldin ?
— Il est allé surveiller les Grolims. Vous pouvez nous aider ?
— Ecoutez, Ce'Nedra, je suis à mille lieues de vous, en Mallorée, pratiquement à la porte de Torak. Si je lève le petit doigt, il va sortir de son sommeil et Garion n'est pas encore prêt à le rencontrer.
— Alors nous sommes perdus, gémit Ce'Nedra.
— Ah, ce n'est pas le moment de pleurnicher ! Vous allez réveiller Polgara.
— Beldin a dit que nous devions la laisser se reposer.
— Oui, eh bien, elle aura tout le temps de flemmarder plus tard, rétorqua Belgarath. Vous voyez le sac qu'elle traîne partout ? Celui où elle garde toutes ses herbes ?
— Je... Oui, je pense. Durnik l'avait il y a un moment.
— Durnik est avec vous ? Parfait. Maintenant, écoutez-moi bien : prenez le sac et ouvrez-le. Ce que vous cherchez se trouve dans une petite pochette de soie. Ne touchez pas aux bouteilles et aux flacons : c'est là qu'elle garde ses poisons. Dans l'un des sachets de soie, vous trouverez une poudre jaune, à l'odeur âcre. Mettez-en une cuillerée dans de l'eau bouillante ; placez le récipient près de la tête de Pol et couvrez-lui la tête avec un linge afin qu'elle soit obligée de respirer les vapeurs.
— Et qu'est-ce que ça va lui faire ?
— Ça va la remettre sur pied.
— Vous êtes sûr ?
— Ne discutez pas, Ce'Nedra. Elle reprendra conscience, croyez-moi. Ces vapeurs réveilleraient un mort. Dès qu'elle sera ranimée, elle saura ce qu'il faut faire.
Ce'Nedra hésita.
— Garion est là ? balbutia-t-elle enfin.
— Il dort. Nous avons eu une soirée mouvementée.
— Quand il ouvrira l'œil, dites-lui que je l'aime, fit-elle très vite, comme si elle avait peur de ne plus pouvoir articuler ces paroles si elle réfléchissait.
— A quoi bon le perturber ? demanda le vieil homme.

— Belgarath ! s'exclama Ce'Nedra, outrée.

— C'était pour vous taquiner. Allez, faites ce que je vous ai dit et ne me rappelez plus. J'essaie de me glisser auprès de Torak sans me faire remarquer, et je risque d'avoir du mal à passer inaperçu si je crie tout le temps comme ça après quelqu'un qui se trouve à un millier de lieues.

— Nous ne crions pas.

— Oh si ! D'une façon très particulière, mais tout de même. Bon, maintenant, lâchez cette amulette et au boulot.

L'instant d'après, sa voix avait disparu.

Durnik ne voulut jamais comprendre, évidemment, et Ce'Nedra dut se débrouiller toute seule. Elle chercha un petit chaudron, le remplit d'eau et le plaça sur le feu que le forgeron avait fait la nuit précédente. Puis elle ouvrit le sac d'herbes de Polgara. Mission, l'enfant blond, n'en perdait pas une miette.

— Que faites-vous, Princesse ? demanda anxieusement Durnik, toujours penché sur Polgara, inerte.

— Je prépare quelque chose pour lui procurer un sommeil plus réparateur, mentit éhontément Ce'Nedra.

— Vous êtes sûre de savoir ce que vous fabriquez ? Il y a des choses très dangereuses, là-dedans.

— Je sais ce que je cherche, Durnik. Faites-moi confiance.

La poudre sur laquelle elle finit par mettre la main était si âcre qu'elle en avait les larmes aux yeux. Elle en versa soigneusement une petite quantité dans le chaudron d'où s'élevèrent aussitôt des vapeurs infernales, l'apporta près de Polgara en détournant le visage et posa une cape dessus.

— Durnik, trouvez-moi un bâton, ordonna-t-elle.

Le forgeron lui tendit une flèche brisée, l'air perplexe.

A l'aide de la cape et de la flèche, Ce'Nedra improvisa une petite tente au-dessus du chaudron fumant et de la tête de la sorcière.

— Et maintenant ? demanda Durnik.

— Maintenant, nous attendons, répondit-elle.

Un groupe de soldats sendariens apparut en haut des

berges herbeuses qui protégeaient la petite plage. Leurs justaucorps étaient tout tachés de sang et plusieurs des hommes étaient bandés. Ils avaient manifestement été blessés au combat, mais contrairement aux autres hommes qui étaient passés ce matin-là, ils portaient encore leurs armes.

C'est alors que Polgara se mit à tousser.

— Qu'avez-vous fait ? s'écria Durnik en arrachant la cape qui lui couvrait le visage.

— C'était nécessaire, plaida Ce'Nedra. J'ai parlé à Belgarath. C'est lui qui m'a dit de la réveiller, et comment faire.

— Vous allez la tuer ! accusa Durnik avec une fureur surprenante en envoyant valser le chaudron d'un coup de pied.

Polgara toussait toujours, puis elle ouvrit les yeux. Elle avait le regard vide, comme si elle ne les voyait pas.

— Vous pourriez nous donner un peu d'eau ? demanda l'un des Sendariens blessés en s'approchant d'eux.

— Il y en a plein le fleuve, répondit Ce'Nedra avec un geste distrait, sans les regarder.

Durnik jeta à l'homme un coup d'œil surpris et porta aussitôt la main à son épée, mais les hommes en uniforme sendarien furent plus rapides que lui. Ils durent tout de même se mettre à trois pour le désarmer.

— Vous n'êtes pas des Sendariens ! s'exclama Durnik en se débattant.

— Un petit futé, railla l'un des hommes d'une voix si gutturale qu'elle était presque inintelligible.

Un autre tira son épée et se pencha sur Polgara, toujours prostrée.

— Arrête de gesticuler, l'ami, ordonna-t-il à Durnik avec un affreux rictus, ou je la tue.

— Qui êtes-vous ? tempêta Ce'Nedra, indignée. Que croyez-vous que vous êtes en train de faire ?

— Nous sommes membres de la garde d'élite impériale. Et nous sommes ici, Votre Altesse, à la requête de Sa Majesté 'Zakath, empereur de Mallorée. Sa Majesté requiert l'honneur de votre présence sous son pavillon, répondit aimablement l'homme à l'épée, puis son visage se durcit et il se tourna vers ses acolytes. Emmenez-les ! ordonna-t-il. Tirons-nous d'ici avant que quelqu'un ne commence à se poser des questions.

— Ils creusent toujours, annonça Hettar avec un mouvement de menton vers l'ouest où toute retraite leur était maintenant coupée. Ils ont déjà ouvert une tranchée d'un quart de lieue à partir du fleuve.

— Quelle chance avons-nous de les contourner ? fit Rhodar.

— Aucune, avec tous ces Nadraks, répondit Hettar avec un hochement de tête impuissant.

— Alors il va falloir que nous les enfoncions, décréta le roi de Drasnie.

— Je ne me vois pas prendre des tranchées d'assaut avec la cavalerie, objecta Hettar.

— Nous allons les pulvériser avec l'infanterie, déclara le gros roi suant et transpirant. Les archers asturiens ont un avantage sur les Malloréens : leurs arcs sont plus longs et ont une meilleure portée. Les archers feront mouvement vers l'avant. Après avoir ratissé les tranchées, ils régleront leur compte aux archers malloréens, en seconde ligne. Les hallebardiers passeront en premier. Varana, vos légionnaires pourraient-ils nettoyer les fossés une fois la voie ouverte ?

— Nos hommes sont bien entraînés à la guerre de tranchée, lui assura le Tolnedrain. Comptez sur nous pour vous les nettoyer, vos tranchées.

— Nous emmènerons les blessés avec le gros de l'armée, reprit Rhodar. Envoyez quelqu'un chercher Polgara et la princesse. Nous allons partir.

— Quelle tâche, Sire, nous as-Tu confiée, à messire Hettar et à moi-même ? s'enquit calmement Mandorallen.

De vilaines entailles déparaient l'armure du grand chevalier, mais on n'aurait jamais dit, à l'entendre parler, qu'il avait passé la matinée entière à se battre sans merci.

— La garde de nos arrières, répliqua Rhodar. Empêchez l'ennemi de nous tomber dessus par-derrière. Et vous, Hettar, poursuivit-il en se tournant vers l'Algarois au visage de faucon, je voudrais que vous vous occupiez des Nadraks avec vos hommes. Je n'aimerais pas qu'ils se jettent sur nous tandis que nous nous activerons dans les tranchées.

– C'est une manœuvre désespérée, roi Rhodar, constata le général Varana avec gravité. Attaquer des ouvrages de défense même établis à la hâte est toujours très coûteux en vies humaines, et vous allez lancer l'offensive sous la menace des divisions venues de l'arrière. Si vous vous cassez les dents, vous serez pris en tenaille entre deux forces supérieures en nombre et anéantis en deux temps trois mouvements.

– Je sais, admit Rhodar d'un ton lugubre. Mais notre seul espoir de fuite consiste à enfoncer les lignes qui nous coupent toute retraite. Il faut que nous remontions le fleuve. Dites à vos hommes que nous devons prendre ces tranchées dès le premier assaut. Sans cela, nous sommes morts. Eh bien, Messieurs, il ne me reste plus qu'à vous souhaiter bonne chance.

Mandorallen sonna la charge une fois de plus, et une fois de plus les Malloréens se retirèrent en désordre devant la terrifiante attaque des chevaliers caparaçonnés d'acier. Mais cette fois, sitôt l'ennemi repoussé, les hallebardiers et les légionnaires firent demi-tour à gauche et abandonnèrent la position pour suivre au petit trot les Sendariens et les Asturiens qui se repliaient vers l'ouest.

Les chevaliers mimbraïques payèrent cher leur action de retardement. Des chevaux sans cavaliers galopaient comme des fous sur le champ de bataille, rentrant de plein fouet dans les lignes malloréennes et faisant leur contingent de victimes. Çà et là, parmi les tuniques rouges qui jonchaient le sol, gisait un chevalier à l'armure étincelante. Et les Mimbraïques se jetaient sans trêve et sans merci contre la marée rouge qui avançait toujours, ralentissant sa progression mais ne parvenant pas à la stopper tout à fait.

– C'est loin d'être gagné, Majesté, hurla Varana. Même si nous réussissons à passer, le gros des forces malloréennes nous talonnera de près.

Le général tolnedrain chevauchait, en compagnie du roi Rhodar, vers les tranchées qui leur coupaient toute retraite.

— Vous avez vraiment le don d'enfoncer des portes ouvertes, Général, rétorqua Rhodar. Quand nous aurons franchi les tranchées ennemies, nous mettrons les archers en position à l'arrière. Les Malloréens avanceront sous un déluge de flèches. Ça devrait les faire réfléchir.

— Tant que les Asturiens auront des flèches, insinua Varana.

— Dès que nous serons de l'autre côté, j'enverrai les Algarois en éclaireurs. Fulrach a des voitures entières pleines de flèches aux rapides.

— Qui se trouvent à deux jours de marche.

— Vous ne voyez jamais le bon côté des choses, hein ?

— Je m'efforce seulement d'anticiper, Majesté.

— Ça ne vous ennuierait pas d'aller anticiper ailleurs ?

Les Algarois avaient manœuvré de façon à se retrouver sur le flanc droit de l'armée qui battait en retraite et formaient leurs commandos afin de charger les Nadraks qui avaient pris position sur les collines, au-dessus du fleuve. Hettar avançait à une allure régulière, sa mèche crânienne flottant au vent de sa course, le sabre au clair, les yeux plus durs que le silex. Les Nadraks, qui semblaient au début attendre sa charge, se détournèrent de façon tout à fait inattendue et repartirent rapidement vers le fleuve.

Une demi-douzaine d'hommes chevauchant sous la bannière nadrake se détachèrent de cette unité pour venir vers les Algarois. L'un des cavaliers brandissait un drapeau blanc improvisé à l'aide d'un chiffon attaché au bout d'un bâton. Le petit groupe s'arrêta net, à une centaine de toises du cheval de Hettar.

— Il faut que je parle à Rhodar, piaula l'un des Nadraks d'une voix suraiguë.

C'était un grand gaillard efflanqué, au visage vérolé,

et à la barbe pelée, mais il portait une couronne sur la tête.

— C'est un piège ? rétorqua Hettar.

— Evidemment, connard, répliqua le maigrichon, mais pas contre vous, ce coup-ci. Amène-moi tout de suite auprès de Rhodar.

— Tenez-les à l'œil, ordonna Hettar à l'un de ses chefs de clan, avec un mouvement de menton vers les forces nadrakes qui déferlaient à présent vers les tranchées malloréennes qui coupaient la retraite des forces du Ponant. J'emmène ce malade voir le roi Rhodar.

Il se détourna et conduisit le groupe de Nadraks vers les premières lignes de l'infanterie.

— Alors, Rhodar ! hurla d'une voix perçante l'échalas couronné. Tu ne réponds jamais à ton courrier ?

— Qu'est-ce que tu mijotes, Drosta ? riposta Rhodar sur le même ton.

— Je change de camp, Rhodar, proclama le roi Drosta lek Thun avec un rire presque hystérique. Je rejoins les rangs de ton armée. Il y a déjà plusieurs semaines que je suis en contact avec ta royale épouse. Tu n'as pas reçu ses messages ?

— Je pensais que c'était encore un de tes plans tordus.

— Tu parles que c'est un plan tordu ! confirma le roi des Nadraks en gloussant. J'ai plus d'un tour dans mon sac. Mon armée est en train d'ouvrir une brèche pour te permettre de t'échapper. Tu veux sauver ta peau ou pas ?

— Et comment !

— Eh bien, moi aussi, figure-toi. Mes troupes vont réduire en chair à pâtée les Malloréens embusqués dans ces fichues tranchées et nous n'aurons plus qu'à filer ventre à terre.

— Je n'ai aucune confiance en toi, Drosta, lâcha abruptement le roi de Drasnie.

— Voyons, Rhodar, fit Drosta avec une feinte amertume, est-ce que c'est une façon de parler à un vieil ami comme moi ?

Il éclata d'un rire strident.

— Je voudrais bien savoir pourquoi tu changes de camp au beau milieu de la bataille, surtout que tu es du côté du manche.

— Rhodar, mon royaume est sous la botte des Malloréens. Si je ne t'aide pas à les zigouiller, 'Zakath va tout simplement annexer le Gar og Nadrak. Mais je ne crois pas que ce soit le moment et l'endroit rêvés pour une conférence au sommet. Alors, mon aide t'intéresse ou pas ?

— Toutes les aides m'intéressent.

— Parfait. Nous aurons peut-être l'occasion, plus tard, de nous soûler la gueule comme il faut en parlant de tout ça, mais pour l'instant tirons-nous avant que 'Zakath n'apprenne ce que je suis en train de faire et ne vienne personnellement me chercher, suggéra le roi du Gar og Nadrak dans un éclat de rire perçant, presque hystérique. Ça y est, Rhodar, exulta-t-il. J'y suis arrivé, j'ai enfin trahi 'Zakath de Mallorée et je m'en suis sorti.

— Pas encore, Drosta, rectifia sèchement Rhodar.

— C'est comme si c'était fait, à condition de courir assez vite. Et en ce moment, Rhodar, je me sens des ailes.

'Zakath, le redoutable empereur de l'infinie Mallorée, était un homme de taille moyenne, aux cheveux de jais et au teint olivâtre. Il avait peut-être trente-cinq ans, des traits réguliers, assez beaux, mais ses yeux étaient hantés par une profonde mélancolie. Il portait une robe de lin toute simple, sans aucun ornement ou décoration marquant sa toute-puissance.

'Zakath était alangui dans une sorte de divan bas, garni de coussins, sous le pavillon royal érigé au centre du camp malloréen, véritable mer de tentes inondant les plaines du Mishrak ac Thull. Des tables et des chaises incrustées de nacre et d'or étaient disposées sur les inestimables tapis malloréens qui couvraient le sol de terre battue. Des chandelles baignaient le pavillon d'une vive clarté. Dans un coin, une petite formation jouait en sourdine des mélodies en mineur.

Le seul compagnon du roi était un chaton, un vulgaire chat tigré. L'animal avait les pattes interminables et la maladresse des jeunes animaux — et surtout des félins — en pleine croissance. 'Zakath suivait de ses yeux tristes et amusés la petite bête qui jouait avec un parchemin roulé en boule, courant sans bruit sur le tapis avec une intense concentration.

'Zakath ne fit pas l'honneur à la princesse Ce'Nedra et à ses compagnons de lever le regard sur eux lorsqu'on les introduisit sous son pavillon, mais il tendit la main pour leur imposer silence.

— Il chasse, murmura l'empereur d'une voix blanche.

Le chaton s'approcha furtivement de sa prétendue proie, se ramassa comme s'il allait sauter, trémoussa du derrière, agita frénétiquement les pattes arrière en battant l'air de sa queue et bondit sur le parchemin. Le craquement de la boule le fit sursauter. Il flanqua un coup de patte dedans, d'abord pour voir, puis, ayant trouvé un nouveau jeu, l'expédia à l'autre bout du pavillon et la poursuivit maladroitement mais avec enthousiasme.

— Un jeune chat qui a encore beaucoup à apprendre, commenta 'Zakath avec un sourire désabusé, puis il se leva en souplesse et s'inclina devant Ce'Nedra. Votre Majesté impériale, dit-il d'un ton cérémonieux.

Il avait une voix vibrante, claire et en même temps étrangement atone.

— Votre Majesté impériale, répondit Ce'Nedra avec un signe de tête.

— Je vous en prie, mon brave, fit 'Zakath en indiquant son divan à Durnik, qui soutenait Polgara, toujours inconsciente. Allongez-la ici. Je vais faire mander mes médecins et ils remédieront à son indisposition.

— Votre Majesté est trop bonne, articula Ce'Nedra en scrutant le visage de 'Zakath dans l'espoir de discerner ses véritables intentions. La courtoisie de votre accueil nous laisse pantois... compte tenu des circonstances.

Il eut un nouveau sourire, assez fantasque cette fois.

— D'autant, bien sûr, que tous les Malloréens sont censés être des fous et des fanatiques, à l'instar des Murgos. La courtoisie n'est pas dans leur caractère, n'est-ce pas ?

— Nous n'avons que très peu d'informations sur la Mallorée et son peuple, répliqua la princesse. Je ne savais pas très bien à quoi m'attendre.

— C'est très surprenant, observa l'empereur. Je sais beaucoup de choses sur votre père et vos amis aloriens.

— Votre Majesté peut compter sur les Grolims pour le renseigner, releva Ce'Nedra, alors que nous sommes contraints de nous reposer sur des hommes ordinaires.

— On fait trop de cas des Grolims, Princesse. Ce sont d'abord les loyaux serviteurs de Torak et ensuite de leur propre hiérarchie. Ils ne me disent que ce qu'ils veulent bien me dire, même si je m'arrange de temps en temps pour arracher certains détails à l'un d'eux, histoire de rappeler les autres à leurs devoirs.

Un serviteur entra sous le pavillon, s'agenouilla et pressa son front sur le sol.

— Oui ? demanda 'Zakath.

— Votre Majesté impériale a demandé que l'on fasse comparaître devant elle le roi du Pays des Thulls, répondit le serviteur.

— Ah oui ! J'allais oublier. Veuillez m'excuser un instant, Princesse Ce'Nedra, une petite affaire requiert mon attention. Mais je vous en prie, mettez-vous à l'aise, vos amis et vous-même. Quand nous aurons dîné, ajouta-t-il après un coup d'œil critique à l'armure de Ce'Nedra, je demanderai aux femmes de ma suite de vous trouver des vêtements plus convenables, ainsi qu'à dame Polgara. Avez-vous besoin de quoi que ce soit pour l'enfant ? reprit-il avec un regard intrigué à Mission qui observait le chat en ouvrant de grands yeux.

— Il va très bien, Majesté, répondit Ce'Nedra.

Son esprit fonctionnait à toute vitesse. Elle aurait moins de mal qu'elle ne pensait à traiter avec cet homme courtois et raffiné.

— Faites entrer le roi des Thulls, ordonna 'Zakath en s'abritant les yeux d'une main lasse.

— Tout de suite, Votre Majesté impériale, répondit le serviteur en se relevant précipitamment et en sortant du pavillon à reculons, après moult courbettes.

Gethell, le roi du Mishrak ac Thull, était un homme

corpulent, au cheveu rare, couleur de boue. Son visage était d'un blanc crayeux et il tremblait de tous ses membres.

— V-V-Votre M-Majesté impériale, croassa-t-il.

— Vous avez oublié de vous prosterner, Gethell, constata 'Zakath.

L'un des gardes malloréens flanqua un bon coup de poing dans l'estomac de Gethell qui se plia en deux.

— Voilà qui est mieux, approuva 'Zakath. Je vous ai fait venir, Gethell, suite aux nouvelles consternantes qui me sont parvenues du champ de bataille. D'après mon état-major, vos troupes ne se seraient pas bien conduites lors de la bataille de Thull Mardu. Je ne suis pas soldat, mais il me semble que vos hommes auraient pu supporter au moins une charge des chevaliers mimbraïques avant de prendre la fuite. Or on m'informe qu'ils n'en ont rien fait. Avez-vous une explication à me proposer ?

Gethell se mit à bredouiller des paroles incompréhensibles.

— C'est bien ce qu'il me semblait, reprit 'Zakath. L'expérience m'a appris que l'on pouvait toujours imputer les défaillances des hommes à leurs dirigeants. Il semblerait que vous n'ayez pas enseigné la bravoure à vos hommes. C'est une grave négligence, Gethell.

— Pardonnez-moi, puissant 'Zakath, implora le roi des Thulls, terrorisé, en se laissant tomber à genoux.

— Mais bien sûr que je vous pardonne, cher ami, répondit 'Zakath. Comment pouvez-vous croire que je vous en tiendrais rigueur ? C'est absurde ! Et pourtant, une sorte de réprimande s'impose, vous ne pensez pas ?

— J'accepte librement mon châtiment, déclara Gethell, sans se relever.

— Magnifique, Gethell, magnifique ! Je suis très heureux que cette conversation se déroule de façon si positive. Nous avons réussi à éviter toutes sortes de désagréments. Voulez-vous avoir la bonté d'emmener le roi Gethell et de lui faire donner le fouet ? demanda-t-il à son serviteur.

— Tout de suite, Majesté.

Deux soldats relevèrent brutalement le roi des Thulls.

— Voyons, reprit 'Zakath d'un ton rêveur, qu'allons-nous faire de lui après lui avoir donné le fouet ? Ah, je sais, fit-il après un moment de réflexion. Il n'y aurait pas une bonne grosse poutre, dans le coin ?

— Il n'y a que de la prairie à perte de vue, Majesté.

— Quel dommage... soupira 'Zakath. Je vous aurais bien fait crucifier, Gethell, mais je crains fort que nous soyons obligés d'y renoncer. Peut-être cinquante coups de fouet supplémentaires feront-ils l'affaire ?

Gethell gargouilla quelque chose. Il donnait l'impression que les yeux allaient lui sortir de la tête.

— Allons, allons, cher ami, ça ne suffirait absolument pas. Vous êtes leur roi, après tout, vous devez donner le bon exemple. Allons, partez, maintenant. J'ai des invités. Espérons que votre supplice incitera vos hommes à réfléchir à la façon dont je les traiterai eux si je vous réserve à vous pareil traitement. Je compte sur vous pour les encourager dans cette voie quand vous serez remis, parce que, la prochaine fois, je prendrai mes dispositions pour avoir la poutre requise à portée de la main. Emmenez-le, ordonna-t-il à ses hommes sans leur faire l'aumône d'un coup d'œil.

» Pardonnez-moi pour cette interruption, Votre Altesse, s'excusa l'empereur de Mallorée. Ces petites formalités administratives finissent par vous prendre tout votre temps...

Le roi des Thulls sanglotait lorsque les gardes en tunique rouge l'entraînèrent hors du pavillon.

— J'ai commandé un petit souper fin pour vos amis et vous-même, Princesse Ce'Nedra, reprit 'Zakath. Soyez assurés que je prendrai toutes les dispositions nécessaires pour votre confort.

— Je ne voudrais pas offenser Votre Majesté impériale, commença courageusement Ce'Nedra, mais nous nous interrogeons sur les projets que vous formez pour notre devenir.

— Rassurez-vous, Altesse, répondit 'Zakath de sa voix atone. Je me suis laissé dire que ce fou de Taur Urgas était mort. Je ne vous remercierai jamais assez de m'avoir rendu ce service. Je ne nourris d'autre part aucune rancune personnelle contre vous... Comme c'est charmant, murmura 'Zakath d'un ton curieusement mélancolique après un coup d'œil à son chat.

L'animal ronronnait avec extase sur les genoux de Mission qui lui caressait le ventre en souriant.

Alors l'empereur de l'infinie Mallorée se leva et s'approcha du divan où Durnik protégeait toujours dame Polgara de ses bras.

— Ma Reine, fit-il en s'inclinant respectueusement devant elle. Votre beauté transcende toutes les descriptions.

Polgara ouvrit les yeux et lui jeta un regard impassible. Un espoir dément fit bondir le cœur de Ce'Nedra. Polgara avait repris conscience.

— Vous êtes bien courtois, Messire, répondit faiblement Polgara.

— Je comprends à présent, ô ma Reine, pourquoi mon Dieu se languit de vous depuis des siècles, soupira-t-il.

Il semblait qu'il fût sujet à de graves crises de mélancolie.

— Qu'allez-vous faire de nous ? s'enquit le forgeron.

— Le Dieu de mon peuple n'est ni bon ni bienveillant, répondit 'Zakath avec un nouveau soupir. Si l'on m'avait laissé disposer des événements, tout aurait pu être différent. Seulement on ne m'a pas demandé mon avis. Je suis angarak et je dois m'incliner devant la volonté de Torak. Le Dieu-Dragon s'agite dans son sommeil et je dois obéir à ses ordres. J'en suis profondément affligé, mais je dois vous remettre, vos compagnons et vous-même, entre les mains des Grolims. Ils vous mèneront à Cthol Mishrak, la Cité de la Nuit, où Zedar, le disciple de Torak, décidera de votre sort.

Troisième Partie

MALLOREE

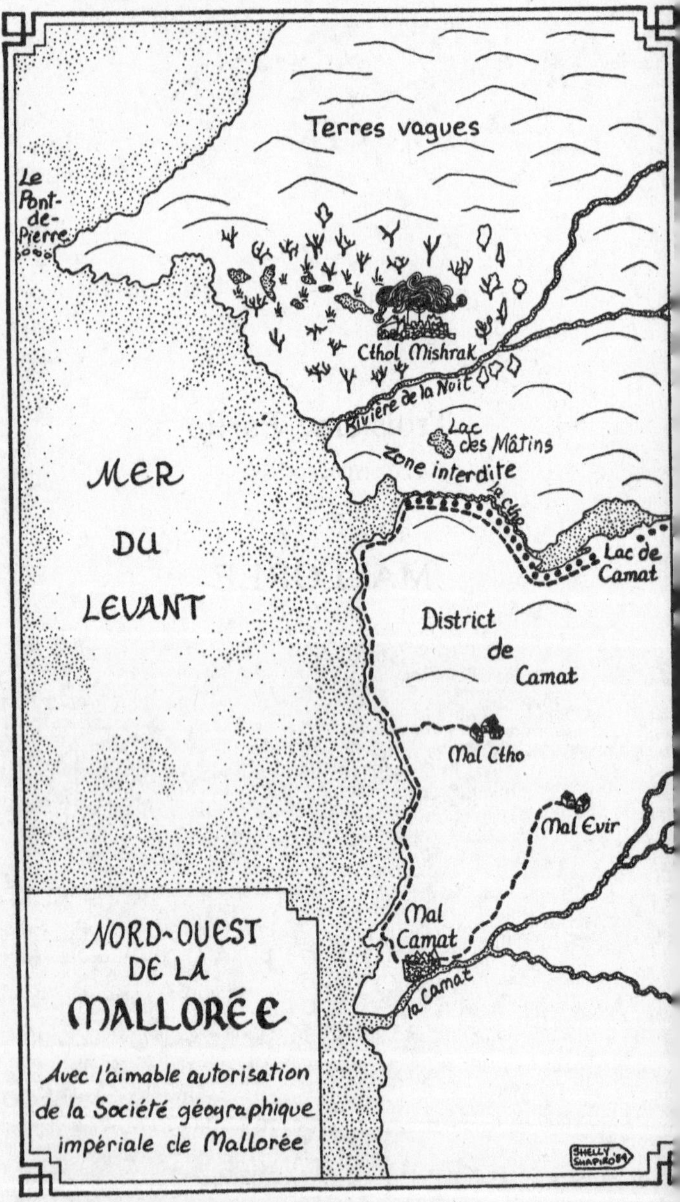
Terres vagues
Le Pont-de-Pierre
Cthol Mishrak
Rivière de la Nuit
Lac des Mâtins
Zone interdite
La Ctho
Lac de Camat
MER DU LEVANT
District de Camat
Mal Ctho
Mal Evir
Mal Camat
la Camat
NORD-OUEST DE LA MALLORÉE
Avec l'aimable autorisation de la Société géographique impériale de Mallorée
SHELLY SHAPIRO '89

CHAPITRE XIX

Ce'Nedra et ses compagnons restèrent près d'une semaine au camp impérial. L'empereur 'Zakath semblait trouver dans leur compagnie un plaisir étrange et mélancolique. Il les traitait comme des hôtes de marque. Il leur avait fait aménager des quartiers dans le dédale de tentes et de pavillons de soie qui abritaient sa suite et prévenait leur moindre désir.

Ce curieux personnage aux yeux tristes intriguait la princesse Ce'Nedra. Il était la courtoisie incarnée, mais le souvenir de son entretien avec le roi Gethell la faisait frémir. Sa brutalité était d'autant plus terrifiante qu'il ne perdait jamais son sang-froid. Il donnait l'impression de ne pas avoir besoin de dormir non plus, et quand il éprouvait l'obscure envie de parler, ce qui lui arrivait souvent au beau milieu de la nuit, il envoyait chercher Ce'Nedra. Il ne s'excusait jamais d'avoir interrompu son sommeil. Sans doute ne se rendait-il même pas compte qu'il l'importunait peut-être.

— Où le roi Rhodar a-t-il reçu son entraînement militaire ? lui demanda 'Zakath lors d'une de leurs entrevues nocturnes. Aucune des informations que j'avais sur lui ne laissait soupçonner pareilles compétences.

La lumière dorée des chandelles jouait sur le visage de l'empereur enfoui dans les coussins pourpres d'un fauteuil moelleux, son chat endormi sur ses genoux.

— Je ne saurais vous le dire, Majesté, répondit Ce'Nedra en jouant distraitement avec la manche de la robe soyeuse qu'il lui avait donnée peu après son arrivée. J'ai rencontré le roi Rhodar pour la première fois l'hiver dernier.

— C'est très bizarre, reprit 'Zakath d'un ton rêveur. Nous l'avions toujours pris pour un vieil imbécile entiché d'une jeune épouse. Il ne nous serait jamais venu à l'esprit qu'il pût présenter une menace. Nous étions plus préoccupés par Brand et Anheg. Mais Brand est trop effacé pour faire un vrai chef, et Anheg nous paraissait trop excentrique pour nous inquiéter vraiment. Et voilà que Rhodar sort de nulle part et prend les choses en main. Les Aloriens sont une énigme vivante, vous ne trouvez pas ? Comment une Tolnedraine sensée telle que vous peut-elle les supporter ?

— Ils ne sont pas dépourvus de charme, Majesté, répliqua-t-elle avec un petit sourire mutin.

— Où est Belgarion ? lâcha-t-il abruptement.

— Nous n'en savons rien, Majesté, éluda Ce'Nedra. Dame Polgara était hors d'elle quand il a pris la poudre d'escampette.

— En compagnie de Belgarath et de Kheldar, ajouta l'empereur. Nous avons entendu parler des recherches que vous aviez lancées. Dites-moi, Princesse, aurait-il, par hasard, emmené Cthrag Yaska avec lui ?

— Cthrag Yaska ?

— La pierre qui brûle et que vous appelez l'Orbe d'Aldur, dans le Ponant.

— Je n'ai pas le droit d'en parler, Majesté, rétorqua-t- elle d'un ton pincé, et je suis sûre que vous êtes trop courtois pour tenter de me tirer les vers du nez.

— Voyons, Princesse ! s'exclama-t-il d'un ton réprobateur.

— Je regrette, Majesté, s'excusa-t-elle, et elle lui jeta ce sourire de petite fille qui était son ultime ressource.

— Vous êtes une jeune femme tortueuse, Ce'Nedra, enchaîna l'empereur de Mallorée avec un gentil sourire.

— Eh oui ! Dites-moi, Majesté, qu'est-ce qui a pu vous amener à enterrer la hache de guerre et à vous allier à Taur Urgas contre nous ? questionna Ce'Nedra pour lui prouver qu'elle était capable, elle aussi, de poser des questions pièges.

— Notre agression n'était pas concertée, Princesse. Je me suis contenté de répondre aux mouvements de Taur Urgas.

— Je ne comprends pas.

— J'aurais très bien pu rester à Thull Zelik ; mais dès qu'il a quitté Rak Goska et commencé à marcher vers le nord, je me devais de réagir. Le pays des Thulls revêt une trop grande importance stratégique pour que je permette à des forces hostiles de l'occuper.

— Et maintenant, 'Zakath ? Maintenant que Taur Urgas est mort, vers quel ennemi allez-vous vous tourner ? demanda effrontément Ce'Nedra.

— Vous ne nous comprendrez jamais, Ce'Nedra, accusa-t-il avec un petit sourire glacial. Taur Urgas n'était qu'une incarnation du fanatisme murgo. Ctuchik n'est plus, Taur Urgas a cessé de vivre, toutefois le pays des Murgos est toujours là, de même que la vie continuera en Mallorée quand je rendrai le dernier soupir. Notre inimitié remonte au commencement des temps. Mais un empereur malloréen est enfin en mesure d'écraser à jamais le Cthol Murgos et de régner en souverain absolu sur les Angaraks.

— Tout ça pour conquérir le pouvoir, alors ?

— Et que pourrait-on vouloir d'autre ? s'interrogea-t-il tristement. J'ai cru, quand j'étais très jeune, qu'il y avait autre chose, mais les événements m'ont détrompé. Vous verrez, avec le temps, ajouta-t-il dans un soupir, et une insondable souffrance embruma un instant son visage. Votre Belgarion se refroidira avec les années et la fièvre glacée du pouvoir s'imposera à lui. Quand elle l'aura entièrement consumé et qu'il ne connaîtra plus qu'une passion, le pouvoir, alors nous nous affronterons aussi inéluctablement que deux immenses marées. Je ne le provoquerai pas avant que son éducation soit complète. Quelle satisfaction pourrait-on trouver à détruire un homme qui ne comprend pas pleinement la réalité ? Quand il aura perdu toutes ses illusions et que seule lui restera la soif du pouvoir, alors il sera un adversaire à ma mesure. Mais je ne vous ai que trop empêchée de dormir, Princesse, dit-il d'un ton sinistre, et ses yeux morts étaient froids comme les glaces du Pôle. Allez vous coucher, rêvez d'amour et de toutes ces fariboles. Les rêves meurent vite. Profitez-en pendant qu'il en est temps encore.

Tôt le lendemain matin, Ce'Nedra entra dans le pavillon où Polgara se remettait du terrible combat contre les Grolims de Thull Mardu. Elle était réveillée, mais encore affreusement faible.

— Il est aussi ravagé que Taur Urgas, lui raconta Ce'Nedra. Il est tellement obsédé par l'idée de devenir roi des rois du peuple angarak qu'il ne s'intéresse même pas à ce que nous faisons.

— Ça pourrait changer quand Anheg aura commencé à envoyer ses vaisseaux de guerre par le fond, conjectura Polgara. Enfin, comme nous ne pouvons rien faire pour le moment, contentez-vous de lui prêter une oreille complaisante.

— Vous ne pensez pas que nous pourrions essayer de nous évader ?

— Non... Ce qui arrive était prévu de toute éternité, continua-t-elle devant le regard surpris de Ce'Nedra. Une force nous impose à tous quatre, Durnik, Mission, vous et moi, d'aller en Mallorée. Gardons-nous bien de nous y opposer.

— Vous saviez que ça devait arriver ?

— Je savais que nous irions mais j'ignorais comment, précisa Polgara avec un sourire las. 'Zakath ne nous met pas de bâtons dans les roues, tout au contraire, alors ne l'asticotez pas.

— Comme vous voudrez, Dame Polgara, consentit Ce'Nedra avec un soupir résigné.

L'empereur 'Zakath reçut l'après-midi même les premiers rapports concernant les agissements du roi Anheg dans la Mer du Levant. Ce'Nedra, qui était présente, éprouva une satisfaction secrète en voyant l'homme de glace trahir pour la première fois son irritation.

— Vous en êtes sûr ? demanda-t-il au messager qui lui avait apporté le parchemin annonçant la nouvelle.

— Je me contente de transmettre le message, puissant Seigneur, balbutia le serviteur en se recroquevillant sous la colère de l'empereur.

— Vous étiez à Thull Zelik quand les vaisseaux sont arrivés ?

— Il n'y en avait qu'un, puissant Seigneur.

— Un seul sur cinquante ? Par où sont passés les autres ? Ils sont peut-être venus par la côte ?

— Les matelots disent qu'il n'y en avait pas d'autres, Majesté.

— Enfin, Princesse, quel genre de barbare est votre Anheg de Cherek ? s'exclama 'Zakath. Chacun de ces vaisseaux portait deux cents hommes !

— Le roi Anheg est un Alorien, Majesté, riposta froidement Ce'Nedra. Et les Aloriens sont des gens imprévisibles.

'Zakath reprit son calme, non sans mal.

— Je vois, fit-il enfin. Voilà donc quel était votre plan, n'est-ce pas ? Le siège de Thull Mardu n'était qu'un subterfuge.

— Pas tout à fait, Majesté. On m'a assuré qu'il était indispensable de neutraliser la ville pour permettre le passage de la flotte.

— Mais pourquoi couler ma flotte ? Je n'avais rien contre les Aloriens, moi !

— Mais Torak, si, ou du moins est-ce ce qu'on m'a dit, et c'est Torak qui commandera les armées unies du peuple angarak. Nous ne pouvons permettre à vos forces de prendre pied sur ce continent, Majesté. C'est un avantage que nous ne pouvons concéder à Torak.

— Torak dort, et il est vraisemblable qu'il dormira encore un certain nombre d'années.

— D'après nos informations, il ne devrait pas tarder à se réveiller. Belgarath lui-même est convaincu que le moment de son réveil approche.

— Alors il faut que je vous remette sans tarder entre les mains des Grolims, déclara l'empereur en étrécissant légèrement les yeux. J'espérais pouvoir attendre que Polgara ait repris des forces avant de lui imposer ce voyage ; mais si ce que vous dites est vrai, il n'y a plus un instant à perdre. Dites à vos amis de faire leurs préparatifs, Princesse. Vous partez pour Thull Zelik demain matin.

— Comme vous voudrez, Majesté, acquiesça Ce'Nedra en inclinant la tête, un frisson désagréable sur la nuque.

— Je suis un laïc, Princesse, déclara-t-il comme si cela expliquait tout. Je m'incline devant l'autel de Torak quand les circonstances l'exigent, mais je ne prétends pas être pieux. Je n'interviendrai pas dans la guerre de religion qui oppose Belgarath et Zedar, je me garderai bien de m'interposer entre Torak et Aldur quand ils s'affronteront et je vous engage vivement à faire de même.

— La décision ne m'appartient pas, Majesté. Mon rôle dans cette affaire a été décidé bien avant ma naissance.

— Vous voulez sans doute parler de la Prophétie ? avança-t-il avec amusement. Nous en avons une, nous aussi, Princesse, et je doute que la vôtre soit plus fiable que la nôtre. Les Prophéties ne sont qu'un stratagème des prêtres pour garder le peuple crédule sous leur férule.

— Vous n'avez donc foi en rien, Sire ?

— J'ai foi en mon propre pouvoir. Le reste n'a pas de sens.

Les Grolims qui les escortèrent par brèves étapes vers Thull Zelik, au nord du Mishrak ac Thull, furent avec eux d'une correction glaciale. Ce'Nedra n'aurait su dire s'ils devaient cette attitude aux consignes de l'empereur 'Zakath ou à la crainte que leur inspirait Polgara. La fin de l'été avait sonné le glas de la canicule et l'air sentait vaguement la poussière. La plaine où mûrissait l'automne était semée de hameaux, amas désordonnés de maisons au toit de chaume reliées par des sentes de terre battue, où les hommes regardaient d'un air morne et craintif passer les prêtres de Torak avec leur masque hautain.

La plaine à l'ouest de Thull Zelik disparaissait sous un océan de tentes rouges, mais en dehors de quelques détachements de gardes, l'énorme camp érigé par l'armée malloréenne était désert. Les troupes qui avaient déjà mis pied au Mishrak ac Thull avaient rejoint

'Zakath près de Thull Mardu, et le flot des nouveaux arrivants s'était subitement interrompu.

La ville de Thull Zelik sentait l'eau salée, le poisson, le goudron et les algues pourrissantes, comme tous les ports du monde. Les grosses maisons de pierre grise, basses et ramassées, à l'image de leurs habitants, longeaient des rues pavées descendant vers le port niché dans l'anse d'un large estuaire, face à un port presque identique situé sur l'autre rive.

— Quelle est cette ville ? s'enquit Ce'Nedra auprès d'un Grolim en regardant avec curiosité par-delà les eaux sales.

— Yar Marak, répondit sèchement le prêtre en robe noire.

— Ah ! répondit-elle.

Ses sinistres leçons de géographie lui revenaient à présent : les deux villes, la thulle et la nadrake, se faisaient face par-delà l'estuaire de la Cordu. La frontière entre le Mishrak ac Thull et le Gar og Nadrak passait exactement au milieu du fleuve.

— J'imagine qu'en revenant de Thull Mardu l'empereur prendra des mesures pour raser cet endroit, ajouta l'un des autres Grolims. Il était très mécontent de l'attitude au combat du roi Drosta, et un châtiment s'impose.

Ils allèrent directement au port où quelques navires étaient à quai.

— Mon équipage refuse de prendre la mer, annonça aux Grolims le capitaine du vaisseau qui devait les emmener en Mallorée. Les Cheresques rôdent sur la mer comme une horde de loups. Ils brûlent et coulent tout ce qui flotte.

— La flotte cheresque est plus au sud, objecta le prêtre chargé du détachement.

— La flotte cheresque est partout, vénéré prêtre, rectifia le capitaine. Il y a deux jours, ils ont brûlé deux villes côtières à deux cents lieues au sud d'ici, et pas plus tard qu'hier, ils ont envoyé par le fond une douzaine de navires à cent lieues au nord. Vous ne pouvez pas imaginer à quelle allure ils se déplacent. Ils ne prennent même pas le temps de piller les villes qu'ils brûlent. Ce ne sont pas des hommes, conclut-il en frémissant, c'est une catastrophe naturelle !

— Nous mettons à la voile d'ici une heure, insista le Grolim.

— Il faudrait pour cela que vos prêtres sachent manier les avirons et gréer un navire, rétorqua le capitaine. Mes hommes sont terrorisés. Ils ne voudront jamais prendre la mer.

— Nous saurons les en convaincre, insinua le Grolim d'un ton menaçant.

Il donna quelques ordres à ses subalternes, et l'instant d'après, un autel se dressait sur le pont arrière, flanqué d'un brasero empli de charbons ardents. Le chef des Grolims prit place à l'autel et commença à psalmodier d'une voix caverneuse, les bras levés au ciel, un couteau à la lame luisante dans la main droite. Sous les yeux horrifiés de Ce'Nedra, ses comparses prirent au hasard un matelot qui hurla et se débattit pendant qu'ils le renversaient sur l'autel où le Grolim le sacrifia sans autre forme de procès.

— Contemple notre offrande, Dieu-Dragon des Angaraks ! tonna le Grolim en élevant ses mains ruisselantes de sang.

Il déposa le cœur de l'homme sur les braises où il crépita horriblement avant de noircir et de se recroqueviller sous la morsure du feu. Un gong retentit à la proue du vaisseau.

Le Grolim qui venait de célébrer le sacrifice se tourna vers les matelots rassemblés au milieu du bâtiment, le visage de cendre.

— La cérémonie se poursuivra jusqu'au départ du vaisseau, annonça-t-il, les mains rouges encore du sang de sa victime. Qui veut offrir son cœur à notre bien-aimé Dieu ?

Le navire mit aussitôt à la voile.

Ce'Nedra se détourna, malade de dégoût. Elle croisa le regard de Polgara. Les yeux de la sorcière brûlaient de haine et elle semblait en proie à un violent combat intérieur. Ce'Nedra, qui la connaissait bien, savait que seul un prodigieux effort de volonté l'empêchait de déchaîner une effroyable vengeance sur le Grolim maculé de sang planté derrière l'autel. Elle protégeait de son bras le petit Mission, debout à côté d'elle. Le visage de l'enfant arborait une expression que Ce'Nedra n'y avait jamais vue. Il avait le regard triste, compatissant, et en même temps empli d'une résolution de fer comme s'il avait décidé de détruire tous les autels de Torak jusqu'au dernier, si ce pouvoir lui était donné.

— Maintenant, descendez sous le pont, leur ordonna l'un des Grolims. Nous atteindrons les rivages de l'infinie Mallorée d'ici quelques jours.

Le capitaine mit le cap vers le nord, serrant la côte nadrake, prêt à se réfugier dans la première crique venue si les bâtiments cheresques se présentaient à l'horizon. Puis il jeta un coup d'œil à la mer déserte, avala péniblement sa salive et donna un coup de barre, résigné à effectuer la traversée et déterminé à en finir au plus vite.

Ils étaient à une bonne journée de la côte nadrake quand ils virent une inquiétante colonne de fumée noire monter vers le ciel, loin au sud. Ils finirent la traversée sur une mer jonchée de débris calcinés et de cadavres livides, boursouflés, qui montaient et descendaient au gré des sombres vagues. Les marins terrifiés tiraient de toutes leurs forces sur leurs avirons. Les coups de fouet étaient inutiles. Rien n'aurait pu les encourager davantage à presser l'allure.

Puis, un vilain matin où la tempête menaçait et où l'air était d'une lourdeur oppressante, une trace noire s'éleva sur l'horizon. Les marins redoublèrent d'efforts, avides de gagner la sécurité de la côte malloréenne qui se dressait devant eux.

Leurs barques s'échouèrent sur une plage de gravier noir, incrusté de sel, où les vagues venaient mourir avec un étrange chuintement funèbre. Un détachement de Grolims ceints d'écharpes écarlates les attendaient à cheval juste au bord de l'eau.

— Des grands prêtres, remarqua froidement Polgara. Quel honneur !

Le Grolim qui commandait leur escorte remonta rapidement vers le haut de la plage et se prosterna devant les grands prêtres en prononçant quelques paroles d'une voix étouffée par le respect. L'un d'eux, un homme d'un certain âge aux yeux enfoncés dans un visage ridé comme une vieille pomme, mit pied à terre avec raideur et s'approcha de Ce'Nedra et ses compagnons qui descendaient de l'une des barques.

— Ma Reine, dit-il en s'inclinant cérémonieusement devant Polgara, je m'appelle Urtag, et je suis grand prêtre du district de Camat. Nous sommes venus, mes frères et moi-même, pour vous escorter à la Cité de la Nuit.

— Je suis déçue de ne pas avoir été accueillie par Zedar, rétorqua froidement la sorcière. J'espère qu'il n'est pas souffrant, au moins ?

— Vous ne devriez pas vous plaindre, ô Reine des Angaraks, du destin qui vous est promis de toute éternité, lui recommanda Urtag avec irritation.

— Deux destinées m'attendent, Urtag, riposta-t-elle. Je n'ai pas encore décidé laquelle je suivrai.

— Je n'ai aucun doute à ce sujet, déclara-t-il.

— Probablement n'avez-vous jamais osé envisager les autres solutions, répondit-elle. Eh bien, Urtag, qu'attendons-nous ? Une plage battue par les vents n'a jamais constitué l'endroit rêvé pour mener une discussion philosophique.

Les grands prêtres grolims avaient amené des chevaux avec eux et tous, convoyeurs et convoyés, furent bientôt en selle. Tournant le dos à la mer, ils s'éloignèrent alors vers le nord-est et une zone de plissement boisée. La plage de galets était bordée de résineux à l'écorce noire, mais sitôt la première rangée de collines franchie, le petit groupe entra dans une vaste forêt de trembles au tronc blanc. Ce'Nedra ne pouvait s'empêcher de trouver quelque chose de sinistre et de malsain à ces fûts rigides, blafards, pareils à des cadavres dénudés.

— Dites, Dame Pol, commença Durnik d'une voix réduite à un soupir, ne devrions-nous pas imaginer une sorte de plan ?

— Pour quoi faire, Durnik ? répliqua la sorcière.

— Eh bien, pour nous enfuir, évidemment.

— Mais nous n'avons pas envie de nous enfuir, Durnik.

— Ah bon ?

— Mais non ; les Grolims nous emmènent juste là où nous voulons aller.

— Et pourquoi voulons-nous aller à leur Cthol Mishrak ?

— Nous avons quelque chose à y faire.

— D'après tout ce que j'ai pu entendre, c'est un sale endroit, reprit-il. Vous êtes sûre que ce n'est pas une erreur ?

— Oh, mon cher, cher Durnik, reprit-elle en posant une main sur son bras. Faites-moi confiance.

— Bien sûr, Dame Pol, acquiesça-t-il aussitôt. Mais si je suis amené à prendre des mesures pour vous protéger, il vaudrait mieux que je sois préparé. Ne pensez-vous pas que je devrais savoir ce qui nous attend ?

— Je vous le dirais si je pouvais, Durnik, mais je l'ignore. Tout ce que je sais, c'est que nous devons aller à Cthol Mishrak, tous les quatre. Ce qui va s'y passer a besoin de nous pour s'accomplir. Nous avons chacun quelque chose à y faire.

— Même moi ?

— Surtout vous, Durnik. Je n'ai pas tout de suite compris qui vous étiez en réalité, et c'est pourquoi j'avais d'abord essayé de vous dissuader de venir, mais je comprends, maintenant. Votre présence est indispensable, car vous allez faire la seule chose susceptible d'influencer le destin, quel qu'il soit.

— Et quelle est cette chose ?

— Nous n'en savons rien.

— Et si je la fais mal ? reprit Durnik en ouvrant de grands yeux inquiets.

— Je ne crois pas que vous puissiez mal faire, le rassura-t-elle. D'après ce que j'ai compris, ce que vous allez faire découle tout naturellement de ce que vous êtes, de *qui* vous êtes. Vous ne pourriez pas mal agir, Durnik, répéta-t-elle avec un petit sourire tordu. Pas plus que vous ne pourriez mentir, voler ou trahir. Vous êtes fait pour faire ce qu'il faut, alors ne vous inquiétez pas.

— Vous en parlez à votre aise, Dame Pol, mais moi, si ça ne vous fait rien, je m'inquiéterai juste un peu. En privé, bien sûr.

— Mon cher, cher Durnik, répéta-t-elle en lui prenant impulsivement la main avec un petit rire affectueux. Que deviendrais-je sans vous ?

Durnik s'empourpra et tenta de détourner le regard, mais les yeux fabuleux de la sorcière étaient rivés aux siens et il devint carrément écarlate.

Ils laissèrent la forêt de trembles derrière eux pour entrer dans un paysage étrangement désolé. Des blocs de pierre blanche surgissaient d'un fouillis de ronces, pareils à des pierres tombales dans un cimetière abandonné de longue date, et des arbres morts projetaient leurs branches noueuses vers le ciel de plomb comme autant de griffes implorantes. L'horizon, devant eux, était bouché par un banc de nuages curieusement fixes et si noirs qu'ils paraissaient presque violets. Nulle part il n'y avait trace de présence humaine et rien ne marquait la route qu'ils suivaient.

— C'est le désert, dans ce pays ? remarqua la princesse à l'adresse de Polgara.

— Il n'y a personne à Cthol Mishrak, en dehors de quelques Grolims, confirma la sorcière. Torak a détruit la ville et en a chassé son peuple le jour où mon père, le roi Cherek et ses fils ont volé l'Orbe dans la tour de fer.

— Quand était-ce ?

— Il y a bien, bien longtemps, mon chou. Pour autant que nous le sachions, c'était peut-être le jour où nous sommes nées, Beldaran et moi, et où notre mère est morte. C'est assez difficile à dire. On ne faisait pas grand cas des dates, en ce temps-là.

— Mais... votre mère étant morte et Belgarath ici, qui s'est occupé de vous ?

— Beldin, évidemment, répondit Polgara avec un sourire. Ce n'était peut-être pas la nourrice idéale, mais il a fait de son mieux jusqu'au retour de mon père.

— C'est pour ça que vous l'aimez tant ?

— En partie, oui.

Le nuage menaçant planait toujours dans le ciel, aussi immuable qu'une chaîne de montagnes, mais plus ils s'en approchaient et plus il leur paraissait haut.

— Drôle de nuage, commenta Durnik en contemplant d'un œil songeur l'épais rideau pourpre qui bouchait l'horizon. L'orage est derrière nous, mais ce nuage paraît complètement immobile.

— Il l'est, Durnik, répondit Polgara. Il n'a pas bougé depuis la construction de Cthol Mishrak par les Angaraks, depuis que Torak l'a mis là pour cacher la ville.

— Et ça fait longtemps ?

— Près de cinq mille ans.

— Alors le soleil ne brille jamais sur la ville ?

— Jamais.

Les grands prêtres grolims se mirent à scruter les alentours avec une certaine appréhension. Urtag finit par ordonner une halte.

— Nous devons annoncer notre présence, expliqua-t-il. Nous ne tenons pas à ce que les veilleurs nous prennent pour des intrus.

Ses acolytes acquiescèrent anxieusement, sortirent un masque d'acier poli des plis de leur robe et s'en recouvrirent soigneusement le visage. Puis chacun tira une grosse torche de ses sacoches et l'alluma en marmonnant une brève incantation. Les torches brûlaient avec une curieuse flamme verdâtre en dégageant une affreuse odeur de soufre.

— Je me demande ce qui se passerait si je soufflais vos torches, insinua Polgara en ébauchant un sourire pervers. J'en suis capable, vous savez.

— Ce n'est pas le moment de plaisanter, ma Dame, protesta Urtag en la regardant d'un air mi-figue, mi-raisin. Les veilleurs sont sans pitié pour les envahisseurs. Notre vie dépend de ces torches. Je vous conjure de ne pas déclencher une catastrophe.

Elle eut un petit rire aérien et n'insista pas.

Au fur et à mesure qu'ils s'engageaient sous le nuage, il faisait de plus en plus sombre. Ce n'était pas précisément l'obscurité limpide de la nuit mais plutôt une sorte de fuliginosité sale, collante, une noirceur compacte emplissant l'air. Ils gravirent une colline et une immense cuvette s'étendit devant eux à perte de vue, coiffée par le nuage comme par un couvercle. Les ruines de la Cité de la Nuit se dressaient au centre, à moitié englouties par les ténèbres omniprésentes. La végétation se réduisait à quelques touffes d'herbes malingres, décolorées par le manque de lumière. Des rochers surgissaient de la terre, de gros blocs ronds, maculés d'une sorte de lichen lépreux, et une profusion de champignons blancs, bulbeux, à la fois grotesques et répugnants, proliféraient sur le sol détrempé comme une éruption malsaine.

Les grands prêtres grolims s'engagèrent à pas lents, leurs torches crachotantes prudemment dressées au-dessus de leur tête, vers le fond de la cuvette et les murailles disloquées de Cthol Mishrak.

Au moment où ils entraient dans la ville, la princesse perçut des mouvements furtifs entre les décombres. Des formes crépusculaires détalaient sournoisement dans les ruines, avec des raclements et des cliquetis de créatures aux pieds griffus. Certaines des silhouettes se tenaient debout, mais pas toutes, et Ce'Nedra se sentit glacée de terreur. Les veilleurs de Cthol Mishrak n'étaient ni des animaux ni des êtres humains, mais ils donnaient l'impression de nourrir une haine aveugle envers tous les autres êtres vivants. Et surtout, elle avait peur que l'un d'eux fasse subitement volte-face et tourne vers elle un visage si repoussant que sa raison n'y résisterait pas.

Ils suivaient une rue dévastée quand Urtag commença à entonner d'une voix caverneuse, saccadée, un antique hymne à Torak. L'air humide devint glacial, plein d'une odeur de matière en décomposition. Entre les mares d'eau sanieuse, un lichen putride dévorait les pierres des bâtiments écroulés. Des champignons livides semblaient se cramponner à toute chose et la moisissure envahissait les moindres lézardes jusqu'aux derniers recoins.

Au centre de la cité se dressait le moignon rouillé de ce qui avait jadis été une immense tour de fer. Ses montants, à présent rompus, étaient plus gros qu'un homme. Au sud de cet impressionnant vestige s'étalait une immense traînée de rouille à l'endroit où la tour s'était écroulée, détruisant tout sous sa masse. Au fil des siècles, le fer s'était oxydé et réduit à une sorte de poussière rouge, boueuse, qui témoignait seule, désormais, des prodigieuses dimensions de la structure abattue.

Le chicot subsistant s'était érodé, les années en avaient émoussé les angles aigus et la rouille se mêlait par endroits à une sorte de pus noirâtre, épais, qui suintait sur les parois de fer comme des caillots de sang coagulé.

Urtag mit pied à terre devant un vaste portail voûté et les mena en tremblant de tout son corps vers une porte de fer entrouverte. Ils entrèrent dans un immense vestibule où leurs pas éveillaient des échos interminables. Sans un mot, sa torche haut levée, Urtag traversa le sol mangé de rouille jusqu'à une autre porte de fer puis leur fit descendre une volée de marches métalliques qui plongeaient dans les ténèbres. Au bas de l'escalier, à une cinquantaine de pas peut-être de la désolation de la surface, ils se retrouvèrent devant une troisième porte de métal noir, hérissée d'énormes rivets ronds. Urtag frappa le panneau d'un poing hésitant, et le bruit se réverbéra interminablement dans le silence.

— Qui vient troubler le sommeil du Dieu-Dragon des Angaraks ? demanda une voix assourdie, de l'autre côté.

— Urtag, le grand prêtre de Camat, répondit le Grolim d'une voix entrecoupée par la peur. J'amène les prisonniers au Disciple de Torak, comme j'en ai reçu l'ordre.

Au bout d'un moment, on entendit le cliquetis d'une lourde chaîne suivi par le raclement d'un énorme verrou, puis la porte pivota lentement sur ses gonds récalcitrants.

Ce'Nedra étouffa un hoquet de surprise. Belgarath se tenait debout sur le seuil de la porte ! Il lui fallut un moment pour remarquer certaines différences subtiles mais révélatrices. L'homme aux cheveux blancs qui se dressait devant elle ne pouvait pas être le vieux sorcier ; c'était un homme qui lui ressemblait tant qu'ils auraient pu passer pour deux frères, mais, pour être subtiles, ces différences n'en étaient pas moins profondes : les yeux de l'homme qui se tenait dans l'ouverture de la porte étaient hantés par le chagrin et l'horreur mêlés à un terrifiant dégoût de soi-même, le tout englobé dans l'adoration aveugle d'un homme qui s'était entièrement abandonné à un terrible maître.

— Bienvenue à la tombe du Dieu qui n'a qu'un œil, Polgara, dit l'homme.

— Ça faisait longtemps, Belzedar, répondit-elle d'une voix étrangement neutre.

— Je n'ai plus droit à ce nom, fit-il avec un imperceptible regret.

— C'est vous qui l'avez voulu, Zedar.

— Peut-être, concéda-t-il avec un haussement d'épaules. Mais pas forcément. Peut-être ce que je fais est-il aussi nécessaire. Entrez, je vous en prie, poursuivit-il en ouvrant la porte en grand. Cette crypte est habitable, sinon confortable. Tu as rempli ton devoir, Urtag, Grand Prêtre de Torak, fit-il en regardant le vieillard frémissant droit dans les yeux, et tout service mérite une récompense. Entre donc.

Il s'effaça et les mena dans une salle voûtée aux murs de pierres ajustées sans mortier. D'immenses arches de fer boulonnées à la rangée supérieure supportaient le plafond et la formidable ruine qui se dressait au-dessus. Les énormes braseros placés dans les coins tenaient en respect le froid glacial dégagé par cette gigantesque masse de pierre et d'acier. Une table et quelques chaises étaient placées au centre de la salle. Des paillasses roulées et une pile bien nette de couvertures grises étaient entassées le long d'un mur. La flamme des chandelles posées sur la table ne vacillait pas dans l'air mort de la tombe.

Zedar prit l'une des chandelles en passant et les mena vers une alcôve creusée dans la paroi du fond.

— Ta récompense, Urtag, annonça-t-il au Grolim en élevant sa bougie. Viens contempler le visage de ton Dieu.

Une immense silhouette vêtue d'une robe noire à

capuchon gisait sur un sarcophage de pierre, le visage dissimulé derrière un masque d'acier étincelant aux yeux clos.

Urtag jeta un regard terrorisé dans l'alcôve et se prosterna devant le sarcophage.

La formidable silhouette poussa un soupir rauque, sépulcral, et remua légèrement dans son sommeil. Sous les yeux fascinés de Ce'Nedra, pétrifiée d'horreur, le prodigieux masque d'acier se tourna vers eux. Sa paupière gauche, étincelante, se releva l'espace d'un instant, et derrière cette paupière brûlait le feu terrible de l'œil qui n'était plus. Le visage d'acier s'anima comme s'il était de chair, sembla contempler avec un indicible mépris le prêtre qui rampait sur les dalles, et un chuchotement caverneux s'éleva des lèvres d'acier.

Urtag sursauta, comme tétanisé, et leva sa face épouvantée vers son Dieu pour écouter le terrible murmure qu'il était seul à entendre dans la crypte obscure. Son visage se vida de toute couleur et une expression d'horreur indicible déforma lentement ses traits. Le funèbre marmottement se poursuivait. Ses paroles étaient incompréhensibles, mais on ne pouvait se méprendre sur ses inflexions. Ce'Nedra crispa désespérément ses poings sur ses oreilles.

Urtag finit par pousser un hurlement et se relever d'un bond, blanc comme un linge, les yeux sortant de la tête. Il décampa en bredouillant, comme pris de démence, et l'écho de ses cris retentit tout le long de l'escalier de fer tandis qu'il fuyait, terrorisé, la tour en ruine.

CHAPITRE XX

Le chuchotement avait commencé presque tout de suite après l'arrivée de Belgarath, Silk et Garion en Mallorée. C'était au départ un murmure qui chuintait sans cesse aux oreilles de Garion, mais au bout de quelques jours, certaines paroles devinrent compréhensibles. C'étaient des mots bien particuliers — maison, mère, amour et mort —, des mots qui attiraient immanquablement l'attention.

Contrairement aux territoires morindiens qu'ils avaient traversés, l'extrême nord de la Mallorée était vallonné et couvert d'une herbe drue, d'un vert intense. Des rivières sans nom serpentaient entre les collines, sous le ciel de plomb. Ils avaient l'impression de ne pas avoir vu le soleil depuis des semaines. Une masse d'air froid était descendue sur la Mer du Levant et un vent âpre, qui sentait la glace des Pôles, soufflait inlassablement tandis qu'ils avançaient vers le sud.

Belgarath faisait montre d'une extrême circonspection. On aurait vainement cherché signe de la torpeur dans laquelle il parcourait ordinairement les routes du monde civilisé. Garion sentait l'esprit du vieil homme scruter mentalement les environs à la recherche du moindre danger. Si délicate était son exploration que c'était à peine un souffle se mêlant au vent qui caressait les herbes.

Silk n'était pas moins prudent. Il s'arrêtait régulièrement pour tendre l'oreille, humer l'air comme un chien de chasse, parfois mettre pied à terre et coller son oreille au sol.

— Plutôt stressant, comme boulot, commenta le petit

homme en remontant sur son cheval après une de ces haltes.

— Mieux vaut être un peu trop prudent que de se jeter tête baissée dans quelque chose, rétorqua Belgarath. Vous avez entendu quelque chose ?

— Je crois que j'ai entendu ramper un ver, mais il ne m'a rien dit de spécial, répondit Silk d'un ton enjoué. Vous savez comment sont les vers...

— Ça va, Silk.

— C'est vous qui l'avez demandé, Belgarath.

— Oh, ça suffit, fermez-la !

— Tu l'as bien entendu, hein, Garion ?

— Je n'ai jamais rencontré un individu de plus mauvaise foi, grommela Belgarath.

— Je sais, répliqua Silk. C'est pour ça qu'on m'aime. C'est crispant, hein ? Bon, ils sont encore loin, vos bois ?

— A plusieurs jours de route. La limite de la végétation arborescente est bien plus bas, vers le sud. L'hiver est trop long et l'été trop court pour les arbres, ici.

— Le coin n'est pas folichon, observa Silk en contemplant les collines arrondies qui s'étendaient à perte de vue.

— Compte tenu des circonstances, je pense que je supporterai ce petit inconvénient. Les autres solutions sont moins plaisantes.

— Je vous crois sur parole.

Et leurs chevaux avançaient toujours dans l'herbe vert-de-gris qui leur arrivait aux genoux.

Le susurrement qui emplissait la tête de Garion reprit de plus belle. Tout à coup, une phrase émergea clairement du chuchotis inintelligible.

— Ecoute-moi, ô Enfant de Lumière.

Cette déclaration avait quelque chose de terriblement persuasif. Garion se concentra pour en entendre davantage.

— *A ta place, je ne ferais pas ça,* intervint la voix sèche qu'il connaissait bien.

— *Quoi ?*

— *Ne fais pas ce qu'il te dit.*

— *Qui est-ce ?*

— *Torak, évidemment. Qui veux-tu que ce soit ?*

— *Il est réveillé ?*

— *Pas encore. Enfin, pas tout à fait. Mais il n'a jamais été complètement endormi non plus.*

— *Et que fait-il ?*

— *Il essaie de te dissuader de le tuer.*

— *Il n'a pas peur de moi, alors ?*

— *Oh si, il a peur. Il a aussi peur de toi que toi de lui, et il ne sait pas plus que toi ce qui va arriver.*

Ces paroles remirent du baume au cœur de Garion.

— *Et qu'est-ce que je dois faire de tous ses murmures ?*

— *Tu ne peux pas y faire grand-chose. Mais ne commence pas à lui obéir, c'est tout.*

Ils campèrent ce soir-là, comme tous les autres, dans un creux abrité entre deux collines et, comme d'habitude, ils ne firent pas de feu pour éviter de révéler leur présence.

— Je commence à en avoir marre de manger froid, se lamenta Silk en mordant à belles dents dans un morceau de bœuf séché. Regardez-moi ça : on dirait une vieille semelle.

— C'est excellent pour vos gencives, affirma Belgarath.

— Vous pouvez être très désagréable quand vous voulez, vous savez ?

— Vous ne trouvez pas que les nuits rallongent ? fit Garion pour couper court à la discussion.

— C'est la fin de l'été, commenta Belgarath. D'ici quelques semaines, ici ce sera l'automne, et l'hiver viendra très vite.

— Je me demande où nous serons quand l'hiver viendra, fit Garion d'un ton assez lamentable.

— Si j'étais toi, je ne me poserais pas la question, lui conseilla Silk. Ce n'est pas de ruminer le problème qui t'aidera à le résoudre ; ça va juste te mettre les nerfs en boule.

— En hyper-boule, rectifia Garion. Ils sont déjà en boule.

— On peut dire « hyper-boule » ? fit Silk, par curiosité.

— Maintenant, on peut, répondit Belgarath. Garion vient d'inventer le mot.

— Je voudrais bien inventer des mots comme toi, fit Silk d'un ton admiratif, ses petits yeux de fouine brillant d'une lueur malicieuse.

— Je t'en prie, Silk, ne te fiche pas de moi. J'ai déjà assez de soucis comme ça.

— Nous ferions mieux de dormir, décréta Belgarath. Tout ça ne rime à rien et nous avons une longue route à faire, demain.

Cette nuit-là, le murmure envahit le sommeil de Garion. Il s'exprima en images et lui transmit une proposition amicale : une main tendue dans un geste d'amour. La solitude qui hantait son enfance depuis le jour où il avait découvert qu'il était orphelin sembla s'apaiser, soulagée par cette offre, et il éprouva une envie désespérée de courir vers cette main tendue.

Puis il vit distinctement deux silhouettes debout côte à côte. Celle de l'homme était immense, d'une puissance surhumaine, mais Garion connaissait celle de la femme, et sa seule vue lui serra le cœur. Le personnage si impressionnant lui était étranger, et en même temps pas tout à fait. La beauté de ses traits n'était pas de ce monde. Il avait le plus beau visage que Garion ait jamais contemplé. Quant à la femme… rien n'était plus familier à Garion que ses yeux magnifiques et la mèche blanche qui ornait sa chevelure, au-dessus du front. Et tous deux, l'étranger et tante Pol, lui tendaient les bras.

— Tu seras notre fils, chuchota la voix. Notre fils adoré. Polgara sera ta mère et je serai ton père. Et ce ne sera pas une chimère, ô Enfant de Lumière, car tout m'est possible. Polgara sera vraiment ta mère et elle t'entourera de sa tendresse ; et moi, ton père, je vous aimerai et vous chérirai tous les deux. Nous repousseras-tu pour affronter à nouveau la solitude amère qui est l'ordinaire de l'orphelin ? Préféreras-tu ce vide glacé à la chaude affection de parents aimants ? Viens à nous, Belgarion, et accepte notre amour.

Garion s'arracha au sommeil et se redressa sur sa couche, couvert de sueur et tout tremblant.

— *Aidez-moi !* s'écria-t-il sans bruit en explorant frénétiquement les recoins de son esprit à la recherche de la présence sans nom qui l'habitait.

— *Allez, qu'est-ce qui t'arrive encore ?* fit la voix sèche.

— *Il triche !* déclara Garion, outré.

— *Comment ça, il triche ? Quelqu'un serait-il venu établir des règles du jeu pendant que j'avais le dos tourné ?*

— *Vous savez très bien ce que je veux dire. Il m'a proposé de faire de tante Pol ma mère si je faisais ce qu'il voulait.*

— *Il ment. Il n'a pas le pouvoir d'intervenir sur le passé. Ne l'écoute pas.*

— *Comment voulez-vous que je fasse ? Il n'arrête pas de fouiller dans mon esprit, et il a le chic pour appuyer où ça fait mal.*

— *Pense à Ce'Nedra. Ça l'embrouillera.*

— *Ce'Nedra ?*

— *Chaque fois qu'il essaiera de te tenter avec Polgara, pense à ta petite princesse fantasque. Songe au jour où tu l'as regardée se baigner dans la Sylve des Dryades.*

— *Je ne l'ai même pas regardée !*

— *Vraiment ? Alors comment se fait-il que tu te souviennes si bien de tous les détails ?*

Garion s'empourpra. Il avait oublié que ses pensées les plus secrètes n'étaient pas si secrètes que ça.

— *Concentre-toi sur Ce'Nedra, c'est tout. Ça l'agacera sûrement autant que moi... C'est tout ce que tu arrives à imaginer ?* reprit la voix au bout d'un moment.

Garion ne tenta même pas de répondre.

Ils repartirent vers le sud sous un vilain ciel chargé. Deux jours plus tard, ils rencontraient les premiers arbres, d'abord chichement dispersés au bord de la prairie où de grands troupeaux de créatures cornues paissaient placidement. Puis les bosquets s'épaissirent et ils se retrouvèrent dans une forêt aux troncs sombres et aux feuilles persistantes.

Torak poursuivait ses tentatives de séduction, mais Garion les déjouait en songeant à sa petite princesse aux cheveux de feu. Il sentait l'irritation de son ennemi chaque fois qu'il introduisait ces rêves éveillés dans les images soigneusement mises en scène que Torak tentait inlassablement de lui imposer. Torak aurait voulu qu'il pense à sa solitude et à la chance qui lui était offerte d'avoir enfin une famille aimante, et l'intrusion de Ce'Nedra dans le tableau perturbait le Dieu. Garion se rendit bientôt compte que Torak n'avait des hommes qu'un entendement très limité. Il était pétri des vérités premières et des pulsions élémentaires qui l'embrasaient depuis le commencement des âges et ne comprenait pas les subtilités et les désirs conflictuels qui motivaient les hommes. Garion en profita pour faire obstacle aux murmures insidieux par lesquels Torak tentait de le détourner de son but.

L'affaire lui était assez familière, au fond. Il avait déjà vécu quelque chose de comparable. Il tenta de préciser cet étrange sentiment de déjà vu. La vision d'une souche d'arbre tordue, carbonisée par la foudre, raviva tout à coup ses souvenirs. Vue sous un certain angle, on aurait vaguement dit un homme à cheval, un cavalier ténébreux qui semblait les regarder passer. Elle n'avait pas d'ombre sous ce ciel couvert, et cette image provoqua un déclic dans sa mémoire. Toute son enfance, Garion avait vu, à la limite de son champ de vision, la silhouette étrange et menaçante d'un cavalier en cape noire, qui ne projetait pas d'ombre même sous le soleil le plus ardent. C'était Asharak le Murgo, le Grolim que Garion avait détruit lors de son premier acte conscient de sorcellerie. Mais l'avait-il vraiment anéanti ? Il existait un lien étrange entre Garion et la sombre silhouette qui avait hanté son enfance. Ils étaient ennemis ; Garion l'avait toujours su ; mais leur inimitié avait quelque chose de curieusement intime, quelque chose qui semblait les rapprocher. Garion commença à envisager une possibilité stupéfiante. Et si le cavalier sombre n'était pas vraiment Asharak ? ou, plutôt, s'il avait été investi par une autre conscience, plus puissante ?

Plus il y réfléchissait, plus Garion était convaincu d'avoir mis le doigt par hasard sur le fin mot de l'histoire. Torak avait fait la preuve que, si son corps était endormi, sa conscience hantait encore le monde, ployant les événements à ses fins. Asharak était sans nul doute intervenu, mais il était dominé par la conscience de Torak. Le Dieu des Ténèbres le surveillait depuis le jour de sa naissance. La peur qu'il avait perçue dans l'obscure silhouette planant à la limite de son champ de vision n'était pas celle d'Asharak mais de Torak. Torak qui connaissait Garion depuis sa plus tendre enfance, qui savait qu'un jour il brandirait l'épée du roi de Riva et viendrait à la rencontre prévue avant la création du monde.

Obéissant à une impulsion subite, Garion fouilla sous sa tunique et prit son amulette dans sa main. Puis, au prix de quelques contorsions, il tendit le bras derrière lui et mit la marque qui ornait sa paume droite au contact de l'Orbe enchâssée sur le pommeau de l'immense épée attachée dans son dos.

— *Je vous connais, vous savez,* déclara-t-il en silence en projetant sa pensée vers le ciel boueux. *N'essayez pas de me gagner à votre cause, vous n'y arriverez pas. Tante Pol n'est pas plus votre femme que je ne suis votre fils, alors vous feriez mieux d'arrêter de jouer à ce petit jeu et de vous préparer, parce que je viens vous tuer.*

Le défi lancé par Garion à la face du Dieu des Ténèbres emplit l'Orbe d'une exaltation farouche et le fourreau qui emprisonnait l'épée se mit tout à coup à luire d'un vif éclat bleu.

Il y eut un silence mortel, puis ce qui était jusqu'alors un murmure devint un immense rugissement.

— *Eh bien, viens, Belgarion, l'Enfant de Lumière !* hurla Torak en réponse. *Je t'attends dans la Cité de la Nuit. Arme-toi de toute ta volonté et de tout ton courage, parce que je suis prêt à te rencontrer.*

— Au nom des sept Dieux, qu'est-ce que tu fabriques ? souffla hargneusement Belgarath, le visage marbré d'étonnement et de colère mêlés.

— Il y a plus d'une semaine maintenant que Torak me murmure des choses, expliqua calmement Garion en lâchant l'Orbe. Il m'a promis toutes sortes de choses si je renonçais à le combattre et je commençais à en avoir marre, alors je lui ai dit d'arrêter.

Belgarath se mit à crachoter et à gesticuler.

— Il sait que je viens, Grand-Père. Il sait qui je suis depuis le jour de ma naissance. Il ne m'a pas perdu de vue un instant. Nous ne pourrons jamais le prendre par surprise ; ce n'est même pas la peine d'essayer. Je voulais qu'il sache que j'approchais. Il serait peut-être temps qu'il commence à s'inquiéter un peu à son tour.

Silk regardait Garion, les yeux écarquillés.

— C'est bien un Alorien, déclara-t-il enfin.

— C'est un petit imbécile ! cracha Belgarath. Il ne t'est jamais venu à l'idée que Torak n'était pas notre seul sujet de préoccupation ? tempêta-t-il en se retournant vers Garion.

Garion accusa le coup.

— Cthol Mishrak est gardée, jeune crétin ! Tout ce que tu as réussi à faire, c'est à annoncer notre arrivée à tous les Grolims à cent lieues à la ronde.

— Je n'avais pas réfléchi à ça, balbutia Garion.

— Je ne m'attendais pas à ce que tu y penses. Il y a des moments où je me demande si tu as une cervelle.

— Alors qu'est-ce qu'on fait ? s'enquit Silk en scrutant les environs avec appréhension.

— Nous n'avons pas intérêt à nous éterniser ici, répondit Belgarath. Tu es sûr que tu n'as pas une trompette sous ta tunique ? fit-il d'un ton lourd de sarcasme en jetant un regard noir à Garion. Parce que tu pourrais nous précéder en sonnant la fanfare. Allons-y, dit-il enfin avec un hochement de tête dégoûté.

CHAPITRE XXI

Les frênes, comme la mort, montaient pâles et raides vers le ciel morne, pareils aux barreaux d'une cage dont ils ne sortiraient jamais. Belgarath les menait au pas, se frayant prudemment un chemin dans le silence interminable.

— Nous sommes encore loin ? demanda Silk d'une voix tendue.

— Guère plus d'une journée, maintenant, répondit Belgarath. Le nuage devient de plus en plus épais, là-haut.

— Vous disiez qu'il ne se déplaçait jamais ?

— Jamais. Il n'a pas bougé depuis que Torak l'a mis là.

— Et s'il y avait un coup de vent ?

— Les lois de la nature sont suspendues, dans la région. Pour ce que j'en sais, il se pourrait que le nuage n'en soit pas un vrai mais autre chose.

— Quoi, par exemple ?

— Peut-être une sorte d'illusion. Les Dieux sont très doués pour susciter ce genre de choses.

— Ils nous cherchent ? les Grolims, je veux dire.

Belgarath eut un signe d'acquiescement.

— Et vous prenez des mesures pour les empêcher de nous trouver ?

— Evidemment, répliqua le vieil homme en le regardant en face. Qu'est-ce que c'est que ces bavardages ? On dirait un vrai moulin à paroles, depuis une heure.

— Je suis un peu tendu, avoua Silk. Je suis en territoire inconnu et ça me rend toujours un peu nerveux. Je suis beaucoup plus à l'aise quand je sais que j'ai une porte de sortie.

— Vous êtes toujours prêt à mettre les bouts, pas vrai ?

— C'est la moindre des choses, dans mon métier. Qu'est-ce que c'était que ça ?

Garion l'avait entendu aussi : un faible aboiement, loin derrière eux. L'animal fut bientôt rejoint par d'autres, et ils clabaudaient sur un registre grave, comme dans un tonneau.

— Des loups ? suggéra-t-il.

— Non, rétorqua Belgarath, le visage blême. Pas des loups.

Il fit claquer les rênes de son cheval qui broncha et se mit au trot, le terreau amortissant le bruit de ses sabots.

— Alors, Grand-Père, qu'est-ce que c'est ? insista Garion en talonnant sa monture.

— Les Mâtins de Torak, lança Belgarath d'un ton âpre.

— Des chiens ?

— Pas vraiment. Plutôt des Grolims d'un genre un peu particulier. Après la construction de la cité, Torak a décidé de faire garder les environs et certains Grolims se sont portés volontaires pour renoncer définitivement à la forme humaine.

— J'ai déjà eu affaire à des chiens de garde, déclara Silk d'un ton confiant.

— Pas comme ceux-là. Essayons de les prendre de vitesse.

Ils lancèrent leurs chevaux au galop et foncèrent entre les troncs. Les branches leur giflaient le visage au passage, et Garion leva le bras pour se protéger. Les aboiements semblaient se rapprocher. Puis le cheval de Silk trébucha et le petit homme faillit vider les étriers.

— Nous ne nous en sortirons pas comme ça, Belgarath, dit-il alors que ses compagnons retenaient leur monture. Le sol est trop traître pour que nous maintenions longtemps cette allure.

Belgarath leva la main. Les aboiements se rapprochaient.

— De toute façon, ils vont plus vite que nous, approuva le vieil homme.

— Vous feriez mieux de trouver quelque chose, reprit Silk en regardant derrière lui avec angoisse.

— Je m'en occupe, rétorqua Belgarath en levant le nez comme pour prendre le vent. Allons-y. Je sens de l'eau stagnante. La région est pleine de marécages. Nous arriverons peut-être à les semer en traversant une assez vaste étendue d'eau.

Ils descendirent vers le fond de la vallée. L'odeur d'eau croupie devint de plus en plus forte.

— Tout droit, fit Garion en tendant le doigt vers une étendue d'eau brunâtre qui apparaissait par intermittence entre les troncs blancs.

C'était un vaste étang huileux, nauséabond, emprisonné au fond d'une cuvette envahie par les ronces. Des arbres morts surgissaient de l'eau et dressaient vers le ciel indifférent la muette supplication de leurs branches dénudées.

— Je ne vois pas quel animal pourrait retrouver notre trace dans cette infection, décréta Silk en fronçant le nez.

— Nous verrons bien, répondit Belgarath. Ça devrait suffire à dérouter n'importe quel chien normal, mais n'oubliez pas que les Mâtins sont en fait des Grolims. Ils ont des facultés de raisonnement en dehors de leur odorat.

Ils firent avancer dans les eaux sanieuses leurs chevaux réticents dont les sabots arrachaient des mottes de pourriture à la boue du fond, emplissant l'air d'une effroyable puanteur, et décrivirent entre les arbres morts des zigzags clapotants.

Les redoutables hurlements des Mâtins se rapprochaient. D'abord tout excités et pleins d'une avidité terrifiante, ils semblèrent bientôt déconcertés.

— Je pense qu'ils sont arrivés au bord de l'étang, annonça Silk en penchant la tête pour écouter.

— Grand-Père ! s'écria Garion en tirant brutalement sur ses rênes.

Une forme noire, écumante, était plantée juste devant

eux dans l'eau brune. On aurait dit un chien énorme, aussi grand qu'un cheval, et ses yeux brûlaient d'une flamme verte, maléfique. Il avait des épaules et un poitrail massifs, et de sa gueule sortaient des crocs incurvés, dégoulinants de bave, d'un bon pied de long.

— Nous vous tenons, grommela-t-il d'une curieuse voix rauque, en tordant la gueule comme s'il mâchait ses paroles.

Silk porta machinalement la main à l'une des dagues dissimulées sur lui.

— Pas la peine, intervint Belgarath. Ce n'est qu'une ombre.

— Ils peuvent projeter leur ombre ? s'exclama Silk.

— Je vous ai dit que c'était des Grolims.

— Nous avons faim, gronda le Mâtin aux yeux féroces. Je vais bientôt revenir avec mes compagnons de horde et nous nous régalerons de chair humaine.

Puis la forme vacilla et disparut.

— Ils savent où nous sommes, à présent, reprit Silk d'une voix anxieuse. Vous feriez mieux de trouver quelque chose, Belgarath. Vous ne pouvez pas avoir recours à la sorcellerie ?

— Pour trahir notre position précise ? Les Mâtins ne sont pas seuls à rôder dans ces marécages.

— Mouais, eh bien, je serais assez tenté de courir le risque. Une chose à la fois. Vous avez vu ses dents ?

— Ils arrivent, fit Garion d'une voix tendue.

Les monstres pataugeaient loin derrière eux, dans les marais, soulevant des gerbes d'eau avec leurs énormes pattes.

— Faites quelque chose, Belgarath !

Un furieux roulement de tonnerre retentit dans le ciel presque noir à présent et un immense soupir sembla traverser l'air tout à coup oppressant.

— Ne vous arrêtez pas, surtout ! ordonna Belgarath en talonnant son cheval et en le dirigeant vers le bord du marécage à travers les eaux brunes, visqueuses.

Les feuilles des trembles, sur la rive, tournèrent tout à coup leurs feuilles vers le haut, révélant leur dessous argenté, comme si une immense vague livide avait traversé la forêt.

Les Mâtins étaient maintenant tout près. Ils galopaient dans le marécage huileux avec des aboiements triomphants.

Puis il y eut un éclair éblouissant, un coup de tonnerre à tout casser et des trombes d'eau se déversèrent sur eux avec un bruit assourdissant. Un vent de tempête arracha les feuilles des trembles, les projeta en l'air et chassa la pluie horizontalement devant lui, changeant le marécage en écume et limitant la visibilité à trois pas.

— C'est vous qui avez fait ça, Belgarath ? hurla Silk.

Mais le visage stupéfait du sorcier révélait clairement qu'il était aussi étonné que Silk. Ils se tournèrent tous les deux vers Garion.

— C'est toi qui as fait ça ? demanda Belgarath.

Une voix sortit de la bouche de Garion, mais ce n'était pas la sienne.

— Ce n'est pas lui, c'est moi. J'ai œuvré trop longtemps pour me laisser barrer la route par une meute de chiens.

— Je n'ai rien entendu, s'émerveilla Belgarath en essuyant son visage ruisselant. Pas un murmure.

— Tu n'écoutais pas au bon moment, reprit la voix. J'ai mis cet orage en branle au début du printemps.

— Vous saviez que nous en aurions besoin ?

— C'est évident. Prenez par l'est. Les Mâtins ne vous suivront pas sous ces cataractes. Contournez la cité afin d'y entrer par l'est. Il y a moins de veilleurs de ce côté-là.

Et la pluie tombait toujours, ponctuée par des éclairs et des coups de tonnerre d'une violence surnaturelle.

— Combien de temps va durer ce déluge ? hurla Belgarath pour couvrir le bruit.

— Le temps qu'il faudra. Il était en gestation dans la Mer du Levant depuis une semaine. Il a atteint la côte ce matin. Tournez vers l'est, maintenant.

— Pouvons-nous parler tout en avançant ? demanda Belgarath. J'ai beaucoup de questions à vous poser.

— Ce n'est pas le moment de discuter, Belgarath. Le temps presse. Les autres sont arrivés à Cthol Mishrak ce matin, juste avant l'orage. Tout est prêt. Ne perdez pas de temps.

— Ce serait pour *ce soir* ?

— Oui, si vous arrivez à temps. Torak est presque réveillé, à présent. Je pense qu'il vaudrait mieux que vous soyez là-bas quand il ouvrira les yeux.

— Allons-y, ordonna sèchement Belgarath, l'air préoccupé.

Il les mena vers la terre ferme à travers la pluie battante, les sabots de leurs chevaux soulevant de grandes gerbes d'eau boueuse.

La pluie tomba encore plusieurs heures, poussée par un vent furieux, qui hurlait sans relâche. Trempés, frigorifiés, à demi aveuglés par les feuilles et les brindilles tourbillonnantes, les trois compagnons continuèrent au petit trot vers l'est. Les aboiements des Mâtins prisonniers du marécage prirent des accents déconcertés, frustrés, et s'estompèrent derrière eux, masqués par le tonnerre et la pluie.

La nuit les surprit devant une rangée de collines basses, loin vers l'est. A la pluie avait succédé une sorte de crachin obsédant, agrémenté de bourrasques hargneuses, glaciales, et d'averses capricieuses, nées dans la Mer du Levant.

— Vous êtes sûr de connaître le chemin, Belgarath ? demanda Silk.

— Je ne devrais pas avoir de mal à le retrouver, répondit Belgarath d'un ton sinistre. Cthol Mishrak a une odeur particulière.

Les gouttes isolées qui tambourinaient sur les feuilles et leur dégoulinaient sur la tête cessèrent au moment où ils sortirent du bois. L'odeur dont avait parlé Belgarath n'était pas une puanteur agressive mais plutôt un mélange de remugles insidieux. La rouille détrempée paraissait en être la principale composante, mais l'eau stagnante et les champignons moisis y apportaient leur contribution et le résultat était un subtil parfum de décomposition. Quand ils eurent laissé le dernier arbre derrière eux, Belgarath retint sa monture.

— Eh bien, nous y voilà, dit-il tout bas.

Devant eux s'étendait une cuvette faiblement éclairée par une sorte de lueur pâle, malsaine, qui semblait irradier du sol. Au centre de cette immense dépression se dressaient les restes déchiquetés de la ville anéantie.

— Qu'est-ce que c'est que cette drôle de lumière ? murmura Garion, les nerfs tendus à se rompre.

— De la phosphorescence, grommela Belgarath. Ça vient des champignons qui poussent un peu partout. Le soleil ne brille jamais sur Cthol Mishrak ; c'est le milieu rêvé pour les choses innommables qui poussent dans le noir. Nous allons laisser les chevaux ici, fit-il en mettant pied à terre.

— Vous pensez que c'est une bonne idée ? intervint Silk en descendant de cheval d'un bond. Et si nous voulons partir en vitesse ?

Il était trempé et grelottait de froid.

— Vous savez, répondit calmement Belgarath, si les choses se passent comme nous l'espérons, rien ni personne dans cette ville ne nous cherchera noise. Et si les choses se terminent mal, ça n'aura plus aucune importance.

— Je n'aime pas les décisions irrémédiables, marmonna Silk d'un ton sombre.

— Eh bien, il fallait choisir un autre lieu de villégiature, rétorqua Belgarath. Ce que nous sommes sur le point de faire est sûrement la chose la plus irrémédiable qui soit. Et quand nous aurons commencé, il n'y aura plus de retour en arrière possible.

— Je ne suis pas obligé d'aimer ça. Et maintenant ?

— Nous allons nous changer, Garion et moi, en quelque chose d'un peu moins voyant. Vous avez le chic pour vous déplacer dans le noir sans vous faire remarquer, mais nous ne sommes pas aussi doués que vous.

— Vous allez employer la sorcellerie aussi près de Torak ? objecta Silk.

— Nous procéderons le plus discrètement possible, le rassura Belgarath. De toute façon, le changement de forme est presque entièrement dirigé vers l'intérieur et ne fait pas beaucoup de bruit. Tâche de faire ça en douceur, reprit-il en se tournant vers Garion. Essaie de diluer le bruit et de l'assourdir. Tu vois ce que je veux dire ?

— Je crois, Grand-Père.

— Je vais commencer. Regarde comment je m'y prends. Mais d'abord, écartons-nous un peu, ajouta-t-il après un coup d'œil aux chevaux. Ces animaux-là ont peur des loups et je ne tiens pas à ce qu'ils deviennent hystériques.

Ils longèrent un moment la lisière des arbres.

— Ça devrait aller, décréta Belgarath lorsqu'ils se furent suffisamment éloignés. Maintenant, regarde.

Il se concentra un moment, puis sa forme commença à perdre de sa netteté. La métamorphose fut très progressive et, pendant un long moment, le visage de l'homme et du loup semblèrent se superposer. La transformation s'accompagna d'un murmure imperceptible, puis le grand loup à la robe d'argent se retrouva assis sur son derrière, devant eux.

— A toi, maintenant, dit-il à Garion avec ce léger changement d'expression si capital dans le langage des loups.

Garion se concentra de toutes ses forces sur l'image qu'il voulait incarner. Il procéda avec une telle lenteur que, pour un peu, il aurait senti la fourrure lui pousser sur le corps.

Silk, qui s'était frotté le visage et les mains avec de la terre, regarda les deux loups d'un air interrogateur.

Belgarath eut un hochement de tête et les mena vers le fond de la cuvette et les ruines pourrissantes de Cthol Mishrak.

Des formes fugitives rôdaient en flairant le sol dans la lueur diffuse. Certaines sentaient le chien ; d'autres avaient plutôt une odeur reptilienne. Des Grolims encapuchonnés dans leur robe noire montaient la garde, perchés sur des tumulus et des roches, scrutant les ténèbres des yeux et de l'esprit à la recherche des intrus éventuels.

Le sol paraissait mort, sous les pattes de Garion. Rien n'y poussait, aucune vie ne s'accrochait à cette lande stérile. Les deux loups encadrant Silk accroupi rampaient, le ventre collé au sol, les pattes repliées, vers la tour écroulée, s'abritant derrière les roches surgies du sol, entre les crevasses ourlées par les intempéries. Leur avance semblait à Garion d'une lenteur mortelle, mais Belgarath ne se souciait pas de l'heure. Il leur arrivait, lorsqu'ils passaient près d'un veilleur grolim, d'avancer une patte à la fois. Le temps passait, mais ils pénétraient sans cesse plus avant dans la Cité de la Nuit, ou ce qu'il en restait.

Deux prêtres de Torak discutaient tout bas, sous leur capuchon noir, près de la muraille effondrée. Leur conversation étouffée parvenait clairement aux oreilles exercées de Garion.

— les Mâtins sont bien énervés, cette nuit, disait l'un.

— C'est l'orage, répondait l'autre. Le mauvais temps leur porte toujours sur les nerfs.

— Je me demande quel effet ça peut faire d'être un Mâtin, reprit le premier Grolim d'un ton rêveur.

— Tu peux toujours te joindre à eux, si ça t'intéresse tant que ça.

— Je ne pense pas que ça m'intéresse à ce point-là.

Silk et les deux loups passèrent, aussi silencieux qu'une fumée, à moins de dix toises des veilleurs en grande conversation, et s'introduisirent en rampant par-dessus les pierres éboulées dans la Cité de la Nuit. Une fois dans les ruines, ils avancèrent un peu plus vite. Les ombres dissimulant leurs mouvements, ils se déplaçaient furtivement entre les pierres fracassées, dans le sillage de Belgarath, se rapprochant inéluctablement du centre de la cité et du chicot de la tour de fer qui se dressait, rigide et impitoyable, vers le ciel noir.

L'odeur de rouille, d'eau croupie et de pourriture était presque renversante. Avec son odorat exercé, Garion commençait à avoir du mal à respirer. Il ferma la gueule et s'efforça de penser à autre chose.

— Qui va là ? fit une voix âpre, juste devant eux.

Un Grolim sortit, l'épée dégainée, de la rue jonchée de décombres, et scruta intensément les ombres profondes où ils étaient tous les trois accroupis, figés dans une immobilité absolue. Garion sentit, plutôt qu'il ne le vit ou ne l'entendit, Silk porter la main d'un geste assuré vers la dague qui se trouvait dans une gaine, derrière sa nuque. Puis le petit homme ramena brutalement le bras vers le bas et sa lame fila en tournoyant sur elle-même, avec une précision mortelle.

Au vrombissement de la dague succéda un grognement étouffé puis un soupir, et le Grolim se plia en deux et bascula en avant, lâchant son épée qui heurta le sol avec fracas.

— Dépêchons-nous ! s'exclama Silk.

Il longea en courant la forme confuse du Grolim mort, étalé sur les pierres.

Garion le suivit en souplesse. Au passage, il sentit le sang frais, et cette odeur lui mit tout à coup un goût de métal chauffé dans la bouche.

Ils arrivèrent au gigantesque amas de poutres métalliques distordues et de plaques convulsées qui avait été la tour de fer et se glissèrent en silence par la porte entrouverte dans l'obscurité absolue qui régnait à l'intérieur. L'odeur de rouille était associée aux relents d'un mal ancien, sinistre. Garion s'arrêta et renifla nerveusement l'air corrompu. Il sentait ses poils se hérisser sur sa nuque et retint de justesse le grondement sourd qui lui montait à la gorge.

Puis l'épaule de Belgarath le frôla et il le suivit à l'odorat dans les ténèbres, vers une porte située à l'autre bout de l'immense salle aux parois de fer.

Belgarath s'arrêta et Garion sentit à nouveau l'imperceptible effleurement qui marquait le retour du vieux loup à la forme humaine. Garion banda sa volonté à son tour et redevint tout doucement lui-même.

Silk laissa échapper dans un soupir presque inaudible un chapelet de jurons pittoresques et d'une grande ferveur.

— Qu'est-ce qui se passe ? murmura Belgarath.

— J'ai oublié de récupérer mon poignard, répondit le petit Drasnien en grinçant des dents. C'était l'un de mes préférés.

— Et maintenant, Grand-Père ? demanda Garion dans un chuchotement rauque.

— Juste derrière cette porte, il y a un escalier qui descend.

— Et en bas ?

— Une sorte de cave. La tombe où Zedar a ramené le corps de Torak. On y va ?

Garion poussa un gros soupir et carra les épaules.

— Je pense que c'est pour ça que nous sommes venus, non ?

CHAPITRE XXII

— Allons, Zedar, vous ne pensez pas vraiment que je me contenterai de cette explication ?

Garion se figea, la main sur la porte de fer, au pied de l'escalier.

— Vous ne fuirez pas éternellement vos responsabilités en invoquant la fatalité, poursuivit la voix derrière la porte.

— Ne sommes-nous pas tous le jouet de la fatalité, Polgara ? répondit une voix étrangère, à la fois lasse et triste. Je n'irai pas jusqu'à dire que je ne suis pas à blâmer, mais mon apostasie n'était-elle pas prédestinée ? L'univers est partagé par la haine depuis le commencement des âges. Qui peut dire, maintenant que les deux Prophéties se précipitent l'une vers l'autre en vue de la confrontation finale qui décidera de tout, qui peut dire que ce que j'ai fait n'était pas essentiel à cette rencontre ?

— Vous éludez, Zedar, protesta tante Pol.

— Que fait-elle ici ? chuchota Garion.

— Sa présence était nécessaire, répondit tout bas Belgarath avec une sorte d'étrange satisfaction. Ecoute.

— Nous ne gagnerons rien à nous quereller, Polgara, disait Zedar l'Apostat. Nous croyons chacun avoir fait ce qu'il fallait. Aucun de nous ne parviendra jamais à convaincre l'autre de changer de camp, à présent. Pourquoi ne pas en rester là ?

— Très bien, Zedar, répondit fraîchement tante Pol.

— Et maintenant ? souffla Silk.

— Les autres devraient être là, eux aussi, murmura Belgarath. Assurons-nous-en avant d'entrer.

Garion distinguait le visage tendu de Belgarath à la faible lueur qui filtrait autour de la porte de fer.

— Comment va votre père ? reprit Zedar d'une voix neutre.

— Comme toujours. Il vous en veut beaucoup, vous savez.

— Ça ne m'étonne pas.

— Il a fini de manger, fit la voix de Ce'Nedra.

Garion jeta à Belgarath un coup d'œil surpris, mais le vieil homme porta vivement un doigt à ses lèvres.

— Déroulez-lui une de ces paillasses, mon chou, recommanda tante Pol. Et mettez une couverture sur lui. Il est tard ; il doit avoir envie de dormir.

— Je m'en occupe, proposa Durnik.

— Parfait, souffla Belgarath. Tout le monde est là.

— Comment sont-ils venus ? s'étonna Silk.

— Je n'en ai pas la moindre idée, et c'est le cadet de mes soucis. Une seule chose importe, c'est qu'ils soient là.

— Je suis heureux que vous ayez pu le reprendre à Ctuchik, poursuivit Zedar. Je m'étais attaché à lui pendant les quelques années que nous avons vécues ensemble.

— Où l'avez-vous trouvé ? questionna tante Pol. Nous ne savons même pas de quel pays il vient.

— J'ai oublié au juste, répondit Zedar, un peu perplexe. A Camaar ou à Tol Honeth. Ou peut-être de l'autre côté de la Mallorée, je ne sais plus. C'est comme si je n'étais pas censé me le rappeler.

— Essayez de vous en souvenir, insista-t-elle. Ça pourrait être important.

— Si ça peut vous amuser, concéda Zedar avec un soupir, et il se tut, comme s'il réfléchissait. Je ne tenais pas en place, commença-t-il. C'était… oh, il y a bien cinquante ou soixante ans. Je n'arrivais plus à me concentrer sur mes études et les chamailleries des diverses factions grolims commençaient à me taper sur les nerfs. Je me suis mis à voyager sans but. J'ai dû parcourir les Royaumes du Ponant et les Territoires angaraks une demi-douzaine de fois dans tous les sens, à cette époque.

» Enfin, je passais par je ne sais quelle ville quand une idée m'a tout à coup traversé l'esprit : nous savions que l'Orbe détruirait tout individu au cœur impur qui la toucherait, mais que ferait-elle à un être absolument innocent ? Je fus abasourdi par la simplicité du raisonnement. J'avais besoin de calme pour réfléchir à cette idée remarquable, et comme il y avait trop de monde là où j'étais, je tournai au premier coin de rue, dans une allée un peu retirée. L'enfant était là. On aurait dit qu'il m'attendait. Il avait peut-être deux ans, alors. Il était juste assez grand pour marcher. Je lui ai tendu la main et je lui ai dit : « J'ai une petite mission pour toi, mon garçon », et il est venu vers moi en répétant ce mot, « mission ». C'est la seule chose que je lui ai jamais entendu dire.

— Et qu'a fait l'Orbe, lorsqu'il l'a touchée pour la première fois ? s'enquit tante Pol.

— Elle s'est mise à scintiller. C'était très curieux ; on aurait dit qu'elle le reconnaissait, que quelque chose avait passé entre eux quand il a mis ses mains sur elle. Non, Polgara, continua-t-il avec un soupir, je ne sais pas qui, ou *ce* qu'est cet enfant. Ce n'est peut-être qu'une illusion, pour ce que j'en sais. L'idée de l'utiliser m'est venue d'une façon si soudaine que je me demande parfois si elle ne m'a pas été imposée. Il se pourrait très bien que ce ne soit pas moi qui l'aie trouvé mais lui qui m'ait trouvé.

Puis il se tut et le silence s'éternisa de l'autre côté de la porte de fer.

— Alors, Zedar, pourquoi avez-vous trahi notre Maître ? reprit enfin tante Pol d'une voix étrangement miséricordieuse.

— Pour sauver l'Orbe, répondit-il tristement. Enfin, c'est ce que je croyais, au départ. A l'instant où j'ai posé les yeux sur elle, elle m'a possédé. Quand Torak l'a prise à notre Maître et que Belgarath et les autres ont commencé à faire des projets pour la reprendre par la force, j'ai compris que si Aldur en personne ne se joignait pas à eux pour frapper Torak, ils échoueraient. Or je savais qu'Aldur ne ferait rien de tel. Je me suis dit que si la force échouait, la ruse réussirait peut-être. J'ai cru qu'en prêtant serment d'allégeance à Torak je parviendrais à gagner sa confiance et à m'en emparer.

— Et que s'est-il passé, Zedar ? insista la sorcière.

Il y eut un autre silence, long et pénible.

— Oh, Polgara ! reprit Zedar en étouffant un sanglot. Vous ne pouvez pas comprendre ! J'étais sûr de moi, certain de parvenir à garder une partie de mon esprit libre de la domination de Torak, mais je me trompais, ô combien ! Il m'a écrasé sous sa volonté. Il m'a pris dans sa main et a brisé toute résistance en moi. Le contact de sa main, Polgara ! s'exclama-t-il d'une voix pleine d'horreur. Il s'insinue dans les tréfonds de l'âme. Je connais Torak, je sais qu'il est haïssable, maléfique et d'une inimaginable perversité, mais quand il m'appelle, je dois lui obéir, et quoi qu'il exige de moi, je dois le faire, même si mon âme se révolte. Il tient mon cœur dans son poing jusque dans son sommeil.

Il y eut un autre sanglot étranglé.

— Vous ne saviez pas qu'on ne peut résister à un Dieu ? demanda tante Pol d'un ton compatissant. Vous étiez donc si sûr de votre pouvoir que vous avez cru l'abuser, lui dissimuler vos intentions ? N'était-ce pas de l'orgueil, Zedar ?

— Peut-être, répondit Zedar avec un soupir. Aldur était un bon Maître. Jamais il ne m'avait imposé sa volonté, alors je n'étais pas préparé au traitement que m'a réservé Torak. Torak ignore la bonté. Ce qu'il veut, il le prend, même s'il doit vous arracher l'âme. C'est sans importance pour lui. Vous découvrirez l'ampleur de son pouvoir, Polgara. Il s'éveillera bientôt et détruira Belgarath. Le roi de Riva n'est pas de taille à lutter contre ce terrible esprit. Puis Torak vous prendra pour épouse, comme il l'a toujours annoncé. Ne lui résistez pas, Polgara. Epargnez-vous ce tourment. Vous finirez inéluctablement par succomber et vous vous livrerez à lui avec plaisir, sinon avec passion.

Tout à coup, un raclement suivi d'un bruit de pas précipités se fit entendre de l'autre côté de la porte de fer.

— Durnik ! s'écria tante Pol d'un ton âpre. Non !

— Qu'est-ce qui se passe ? demanda Garion.

— Et que veux-tu que ce soit ! hoqueta Belgarath. Ouvrez cette porte !

— Reculez, espèce d'idiot ! hurla Zedar dans un vacarme confus de bousculade et de meubles renversés. Attention ! N'approchez pas !

Puis il y eut le bruit sec d'un poing frappant une masse osseuse.

— Zedar ! rugit Belgarath en tirant brutalement sur la porte de fer.

Une détonation pareille à un coup de tonnerre retentit alors derrière le panneau de métal.

— Durnik ! fit tante Pol dans un cri qui déchira l'air.

Dans une soudaine explosion de fureur, Belgarath leva sa main crispée et, joignant sa volonté ardente à la force de son bras, enfonça son poing dans la porte avec une telle violence que le panneau d'acier s'arracha à ses gonds comme un vulgaire parchemin.

Une salle au plafond voûté, supporté par d'énormes poutres de fer noircies, s'offrit au regard de Garion qui embrassa les événements d'un seul coup d'œil, avec une sorte d'étrange détachement, comme vidé de toute émotion. Il vit Ce'Nedra et Mission terrorisés, cramponnés l'un à l'autre, et tante Pol, paralysée de stupeur, qui contemplait de ses yeux écarquillés la forme immobile de Durnik, le forgeron, effondré sur le sol. Sa pâleur mortelle ne pouvait signifier qu'une chose, et telle une vague balayant la grève, une expression d'horreur crispa le visage de la sorcière tandis qu'elle prenait conscience du drame, de la perte irréparable qu'elle venait de subir.

— Non ! s'écria-t-elle. Non, pas mon Durnik !

Le cœur brisé, elle se précipita sur son corps inerte et le prit dans ses bras avec un gémissement de désespoir.

Puis Garion vit Zedar l'Apostat pour la première fois. Le sorcier regardait la dépouille de Durnik avec la consternation de celui qui sait qu'il a fini par commettre un acte lui interdisant à jamais tout espoir de rédemption.

— L'imbécile, marmonna-t-il. Pourquoi ? Pourquoi m'a-t-il obligé à le tuer ? C'était la chose entre toutes que je ne voulais pas faire.

Alors Belgarath plongea, inexorable comme la mort elle-même, à travers les lambeaux déchiquetés de la porte et se précipita sur l'homme auquel il donnait jadis le nom de frère, et la formidable rage du vieux sorcier fit reculer Zedar.

— Je n'ai pas voulu cela, Belgarath, balbutia-t-il, les mains levées comme pour parer la fureur de Belgarath. Cet imbécile s'est jeté sur moi. Il était...

— Tu... rauqua Belgarath, les mâchoires serrées par la haine. Toi, tu...

Mais les paroles étaient impuissantes à exprimer ses sentiments. Il leva les poings et frappa Zedar au visage. L'Apostat recula, mais Belgarath ne le lâcha pas et continua à le marteler de ses mains crispées.

Garion sentait flamboyer la volonté des deux sorciers, mais par à-coups, comme si leur pouvoir était emprisonné dans des émotions si puissantes qu'elles oblitéraient toute pensée. Ils roulèrent par terre tels deux ivrognes dans une taverne, en se flanquant des coups de pied, en échangeant des horions, en essayant de s'arracher les yeux, Belgarath délirant de rage et Zedar consumé de terreur et de chagrin.

Désespéré, l'Apostat tira une dague d'un fourreau, mais Belgarath lui frappa la main sur le sol jusqu'à ce qu'il la lâche et l'arme glissa au loin. Alors chacun lutta pour la récupérer, le visage figé en une grimace intense, les mains crispées comme des serres, s'efforçant à la fois de s'arracher à l'étreinte de l'autre et d'arriver à la dague en premier.

En faisant irruption dans la pièce, Garion avait, sans réfléchir, tiré l'énorme épée qu'il avait sur le dos, mais l'Orbe et la lame étaient froides et inertes dans sa main.

Les lèvres retroussées en un rictus animal, Belgarath avait noué ses mains autour de la gorge de Zedar qui tentait frénétiquement, à demi étouffé, d'empoigner les bras de son ennemi. Mais Belgarath était comme fou. Il se releva dans un effort surhumain, entraînant Zedar avec lui, et le maintenant par la gorge d'une main, il lui assena une grêle de coups avec l'autre. Puis il tendit son bras libre vers le sol et pointa le doigt sur les dalles, entre leurs pieds. Dans un grincement terrifiant, une immense lézarde s'ouvrit en zigzaguant dans les pierres qui hurlaient comme en signe de protestation. Alors les deux hommes, luttant toujours, roulèrent à terre et s'engloutirent dans la fissure béante. La terre sembla frémir, et la faille se referma avec un vacarme terrible.

Garion contempla bouche bée la fissure à peine visible par laquelle avaient disparu les deux hommes. Ce'Nedra poussa un hurlement d'horreur et cacha son visage dans ses mains.

— Fais quelque chose ! hurla Silk, mais Garion le regardait sans comprendre, le regard vide. Polgara ! s'exclama-t-il, atterré, en se tournant vers la sorcière.

Celle-ci ne réagit même pas. Accroupie par terre, elle berçait le corps inerte de Durnik, le visage en larmes.

A une profondeur infinie retentit une détonation sinistre, puis une autre. Le combat mortel se poursuivait au sein même de la terre.

Comme obéissant à une force extérieure, Garion chercha des yeux l'alcôve pratiquée dans le mur opposé ; là, dans les ténèbres, il distingua la forme allongée de Kal Torak. Garion contempla avec un curieux détachement la forme de son ennemi, enregistrant soigneusement chaque détail : la robe noire, le masque poli et Cthrek Goru, la grande épée noire du Dieu.

Garion ne fit pas un geste ; il ne pouvait ni bouger, ni éprouver la moindre émotion, mais un combat faisait rage en lui, un combat peut-être plus terrible que celui qui venait de plonger Belgarath et Zedar dans les entrailles de la terre. Les deux forces qui avaient d'abord divergé puis fait volte-face et se précipitaient à présent l'une contre l'autre dans les corridors sans fin du temps venaient de se rencontrer en lui. L'ÉVÉNEMENT qui marquait l'aboutissement des deux Prophéties était amorcé, et ses premières escarmouches avaient lieu dans l'esprit de Garion. Des ajustements minutieux, d'une prodigieuse subtilité, modifiaient certaines de ses attitudes et de ses perceptions les plus intimes.

Et comme les mêmes forces se heurtaient en lui, Torak s'agita dans son sommeil.

L'esprit du Dieu endormi assaillit Garion de terrifiantes visions et il vit clairement le terrible subterfuge que masquait la proposition d'entente et d'amour de

Torak. Si la peur du duel l'avait mené à accepter, une bonne moitié de la création aurait disparu comme on souffle une bougie. Et surtout, ce que Torak lui offrait n'était pas de l'amour mais un asservissement si vil qu'il passait les bornes de l'imagination.

Mais il n'avait pas succombé. Il avait résisté à la volonté toute-puissante de Torak et s'était finalement remis entre les mains de la Prophétie, devenant, par ce renoncement même, son instrument. Il n'avait plus peur. L'épée à la main, l'Enfant de Lumière attendait le moment où la Prophétie lui donnerait le signal du combat qui devait l'opposer au Dieu des Ténèbres.

Et tandis que Silk tentait désespérément d'inciter Garion et Polgara à entreprendre quelque chose, les dalles du sol s'entrouvrirent et Belgarath surgit de la terre.

L'esprit loin de tout, Garion vit que le vieil homme fantasque, le conteur, le voleur, le vieillard irascible qui avait mené la quête de l'Orbe n'étaient plus. Ils avaient disparu. A leur place se dressait Belgarath le sorcier, l'Homme Eternel, et l'aura de son incommensurable volonté scintillait autour de lui.

CHAPITRE XXIII

Tante Pol releva son visage éploré et regarda son père avec une terrible intensité.

— Où est Zedar ?

— Je l'ai laissé en bas, répondit froidement Belgarath.

— Mort ?

— Non.

— Ramène-le.

— Pourquoi ?

— Pour moi, répliqua-t-elle, des flammes dans les yeux.

— Non, Pol, fit le sorcier en secouant la tête. Tu n'as jamais tué personne. Tu ne vas pas commencer maintenant.

Elle reposa doucement le corps de Durnik sur le sol et se leva, le visage pâle, altéré par le chagrin et par une avidité monstrueuse.

— Alors c'est moi qui irai le chercher, déclara-t-elle, et elle leva les deux bras comme pour frapper les dalles de pierre, à ses pieds.

— Non ! protesta Belgarath en tendant sa propre main. Tu n'iras pas.

Ils s'affrontèrent en un combat silencieux, implacable. D'abord agacée par l'intervention de son père, la sorcière leva à nouveau le bras pour frapper le sol de sa volonté, mais une fois encore Belgarath étendit la main.

— Laisse-moi y aller, Père.

— Non.

Elle renouvela son effort, se crispant comme pour échapper à son étreinte invisible.

— Laisse-moi partir, Père ! s'écria-t-elle.

— Non, Pol. Ne fais pas ça. Je ne veux pas te faire de mal.

Elle essaya encore, plus farouchement, mais Belgarath serra les mâchoires et étouffa à nouveau son vouloir sous le sien.

Elle tenta dans un ultime effort d'ébranler la barrière qu'il avait érigée, mais le sorcier resta immuable, tel un roc. Finalement, les épaules de la sorcière retombèrent, elle retourna s'agenouiller à côté de Durnik et se remit à pleurer.

— Je regrette, Pol, fit doucement le vieux sorcier. J'aurais préféré ne pas avoir à le faire. Ça va ?

— Comment oses-tu me poser cette question ? riposta-t-elle d'une voix entrecoupée en se tordant les mains au-dessus du corps inerte de Durnik.

— Ce n'est pas ce que je voulais dire.

Elle se détourna et enfouit son visage dans ses mains.

— De toute façon, tu ne serais jamais arrivée jusqu'à lui, reprit le vieil homme. Ce que fait l'un de nous, l'autre ne peut le défaire, tu le sais aussi bien que moi.

— Que lui avez-vous fait ? intervint Silk d'une voix étouffée, son museau de fouine tordu dans une expression de dégoût.

— Je l'ai emmené au cœur de la terre et je l'ai scellé dans la roche.

— Il ne pourrait pas en ressortir comme vous l'y avez fait entrer ?

— Impossible. La sorcellerie, c'est la pensée, et nul ne peut reproduire exactement la pensée d'autrui. Zedar restera prisonnier de la roche à jamais, ou jusqu'à ce que je décide de le libérer. Et je ne vois pas ce qui pourrait m'y amener, ajouta-t-il en regardant d'un air sinistre le corps de Durnik.

— Il va mourir, n'est-ce pas ? demanda Silk.

— Non, répondit Belgarath en hochant la tête. Ça fait partie du châtiment que je lui ai infligé. Il y restera jusqu'à la fin des temps.

— C'est monstrueux, Belgarath, protesta Silk d'une voix vibrante.

— Et ça, alors ? riposta le sorcier en tendant le doigt vers Durnik.

Garion les entendait parler, il les voyait distinctement, mais il avait l'impression d'être ailleurs, très loin d'eux. Plus rien n'avait d'importance en dehors de celui qui gisait dans la crypte souterraine : Kal Torak, son ennemi.

Le Dieu assoupi s'agitait fébrilement à présent et la conscience de Garion, accrue par l'Orbe et par ce qu'il avait toujours appelé sa voix intérieure, distinguait dans ce frémissement une indicible souffrance. Torak se tordait de douleur dans son demi-sommeil. Le mal faisait partie de la condition humaine. Les hommes naissaient pour souffrir de temps en temps, mais leur tourment s'atténuait peu à peu et ils finissaient par guérir. Les Dieux étant invulnérables, la guérison leur était étrangère. Ainsi Torak gardait-il la trace indélébile du feu que l'Orbe avait déchaîné sur lui quand il avait fendu le monde avec. Sa douleur n'avait pas diminué avec les siècles. Derrière ce masque d'acier, la chair du Dieu-Dragon fumait encore et son œil brûlé bouillait sans fin dans son orbite. Garion eut un frisson. Pour un peu, il aurait eu pitié de son ennemi et de sa perpétuelle agonie.

Son petit visage tendu, Mission s'arracha aux bras tremblants de Ce'Nedra, traversa la tombe et posa la main sur l'épaule de Durnik. Il secoua doucement le forgeron mort comme pour le réveiller et, constatant avec étonnement qu'il ne réagissait pas, recommença un peu plus fort, son regard trahissant une totale incompréhension.

— Allez, Mission, appela Ce'Nedra d'une voix étranglée. Viens ici. Nous ne pouvons rien pour lui.

Mission lui jeta un coup d'œil et regarda à nouveau Durnik. Puis il tapota doucement l'épaule du forgeron, à sa façon particulière, poussa un soupir et revint vers la princesse. Et comme elle le serrait contre elle en pleurant, il eut encore ce petit geste curieux pour tapoter ses cheveux de flamme.

C'est alors que, du fond de la tombe, s'éleva un long soupir, un souffle rauque, frémissant. Garion ramena vivement son regard vers l'alcôve, la main crispée sur la garde de son épée inerte. Torak avait tourné la tête et il avait les yeux grands ouverts. Le Dieu s'éveillait, un feu hideux brûlant dans son œil qui n'était plus.

Belgarath inspira brutalement en voyant Torak élever le moignon carbonisé qui était sa main gauche comme pour écarter les derniers lambeaux de sommeil et empoigner, de la droite, l'énorme poignée de Cthrek Goru, son épée noire.

— Garion ! s'exclama sèchement le vieux sorcier.

Garion était toujours paralysé par les forces focalisées sur lui, mais une partie de lui tentait frénétiquement de se libérer et sa main se mit à trembler dans un effort fébrile pour soulever son épée.

— *Pas encore,* chuchota sa voix intérieure.

— Garion ! hurla Belgarath.

Dans un mouvement désespéré, il s'interposa entre le jeune homme et la forme encore allongée du Dieu des Ténèbres.

Torak lâcha son épée, empoigna Belgarath par sa tunique et, d'un geste presque méprisant, souleva comme un enfant le sorcier qui se débattait, impuissant. Puis le masque d'acier se tordit en un vilain rictus moqueur et l'esprit maléfique frappa tel un vent de tempête, projetant le vieillard à l'autre bout de la salle, lui arrachant le devant de sa tunique. Quelque chose brilla sur les doigts de Torak, et Garion comprit que c'était la chaîne à laquelle était accrochée l'amulette du vieux sorcier, le pendentif d'argent poli représentant un loup. La médaille qui était en quelque sorte la centrale d'énergie de Belgarath se trouvait maintenant entre les mains de son ennemi de toujours.

Avec une lenteur délibérée, terrifiante, le Dieu des Ténèbres se leva de son cercueil, Cthrek Goru en main, et les domina de toute sa hauteur.

— Garion ! s'écria Ce'Nedra. Fais quelque chose !

Torak avança lentement, implacablement, vers Belgarath, terrassé, et leva son épée. Mais tante Pol se leva d'un bond et se jeta entre eux.

Alors Torak abaissa lentement son épée et se fendit d'un sourire atroce à voir.

— Ma fiancée, fit-il d'une voix âpre, monstrueuse.

— Jamais, Torak, déclara-t-elle.

Il ignora sa rebuffade.

— Tu es enfin venue à moi, Polgara, reprit-il avec une jubilation perverse.

— Je suis venue vous voir mourir.

— Moi, mourir, Polgara ? Non, ma promise, ce n'est pas pour cela que tu es venue. C'est ma volonté qui t'a attirée vers moi, comme il était prévu de toute éternité. Et maintenant tu es à moi. Viens à moi, ma bien-aimée.

— Jamais !

— Jamais, Polgara ? et la voix rauque du Dieu avait quelque chose de terriblement insidieux. Tu te livreras à moi, ma promise. Je te ferai céder. Plus tu lutteras et plus douce sera ma victoire. Tu seras mienne, à la fin. Viens ici.

Et si puissant était l'esprit du Dieu qu'elle ploya devant lui comme un arbre courbé par le vent.

— Non ! s'exclama-t-elle, haletante, en détournant le visage, les yeux étroitement fermés.

— Regarde-moi, Polgara ! ordonna-t-il d'une voix à présent pareille à un ronronnement. Je suis ton destin. Tu oublieras tout ce que tu as cru aimer avant moi et tu n'aimeras plus que moi. Regarde-moi.

Désarmée, elle tourna la tête et leva les yeux sur lui. Sa haine et sa méfiance semblaient fondre et une crainte effroyable se fit jour dans ses yeux.

— Ta volonté fléchit, ma bien-aimée, reprit-il. Maintenant, viens à moi.

Elle *devait* résister ! Tout était clair à présent pour Garion. *C'était là le véritable combat.* Si tante Pol succombait, ils étaient tous perdus. Il n'y aurait pas de recours.

— *Aide-la,* fit sa voix intérieure.

— *Tante Pol !* cria silencieusement Garion. *Pense à Durnik !*

Il n'aurait su dire comment il le savait, mais il était sûr que cela seul pouvait la soutenir dans son combat à mort.

Il chercha dans sa mémoire et projeta vers elle des images de Durnik à la forge, de ses mains fortes, de son regard grave, de sa voix calme, et surtout de l'amour indicible que lui portait ce brave homme, l'amour qui était au cœur de sa vie.

Subjuguée par l'implacable volonté de Torak, elle avait commencé à bouger malgré elle, portant le poids de son corps d'un pied sur l'autre en vue du pas fatal. Qu'elle fasse ce pas et elle était perdue. Mais les images de Durnik que Garion lui envoya la heurtèrent avec violence. Ses épaules, déjà courbées en signe de défaite, se relevèrent tout à coup et ses yeux brillèrent d'une méfiance renouvelée.

— Jamais ! répéta-t-elle au Dieu qui l'attendait, plein d'assurance. Jamais je ne serai à vous !

Le visage de Torak se crispa lentement. Ses yeux lancèrent des éclairs et il tenta de la broyer sous sa volonté écrasante, mais elle résista fermement à ses assauts, se réfugiant derrière le souvenir de Durnik comme si c'était un rempart d'une telle force que même la volonté du Dieu des Ténèbres ne pourrait l'abattre.

Le masque de Torak se tordit de haine et de colère lorsqu'il comprit qu'elle ne céderait jamais, que son amour lui serait éternellement refusé. Elle avait gagné, et sa victoire avivait sa souffrance. Vaincu, furieux, affolé par sa résistance inébranlable, Torak leva la tête et poussa un hurlement poignant, un cri plein d'une inconcevable frustration.

— Alors vous mourrez tous les deux ! tonna-t-il. Tu périras avec ton père !

A ces mots, il leva sa mortelle épée sur tante Pol, mais la sorcière fit front à sa fureur sans frémir.

— *Maintenant, Belgarion !* lança la voix intérieure de Garion.

L'Orbe, qui était restée inerte pendant le terrible affrontement entre tante Pol et le Dieu mutilé, reprit vie tout à coup. L'épée du roi de Riva s'embrasa, emplissant la crypte d'une intense lumière bleue. Garion brandit son arme, prêt à intercepter le coup fatal destiné au visage de tante Pol.

Les lames d'acier se heurtèrent avec un claquement retentissant qui arracha des échos aux murs métalliques de la crypte, la faisant résonner comme une immense cloche. L'épée de Torak, déviée par la lame flamboyante, arracha une gerbe d'étincelles aux dalles du sol. Le Dieu écarquilla son œil unique. Il avait reconnu le roi de Riva, l'épée brûlant d'un feu impétueux et l'Orbe ardente. Garion vit dans son regard qu'il avait déjà oublié tante Pol et que toute l'attention de Torak était désormais concentrée sur lui.

— Tu es enfin venu, Belgarion, déclara gravement le Dieu des Angaraks. J'attendais ta venue depuis l'avènement des temps. Prépare-toi à rencontrer ton destin. Salut à toi, Belgarion, et adieu.

Il projeta son bras en arrière et lui porta un coup formidable, mais Garion éleva sa propre épée sans réfléchir et la crypte retentit à nouveau du choc des deux lames.

— Tu n'es qu'un enfant, Belgarion, reprit Torak. Oseras-tu défier la puissance et le vouloir inflexibles d'un Dieu ? Soumets-toi à moi, et je t'épargnerai.

Garion n'avait pas pleinement compris, avant d'être en butte à la volonté du Dieu mutilé, la violence du combat que tante Pol avait dû mener. Il éprouva la terrible tentation de lui obéir et ses forces l'abandonnèrent. Mais tout à coup, un chœur immense s'éleva, le chœur de toutes les voix qui s'étaient fait entendre depuis le premier jour du monde, et elles lui criaient ce seul mot :

— Non !

Alors il se sentit animé par la vie de tous ceux qui l'avaient précédé en ce monde et n'avaient vécu que pour cet unique instant, et bien qu'il fût seul à tenir l'épée de Poing-de-Fer, Belgarion de Riva n'était pas isolé. La volonté de Torak ne pouvait fléchir la sienne. Dans un mouvement de rejet inflexible, Garion éleva à nouveau son épée de flamme.

— Ainsi soit-il ! rugit Torak. A mort, Garion !

Garion crut au début que la lumière vacillante lui jouait un tour, mais il réalisa presque aussitôt que Torak grandissait, s'élevait, montait vers le plafond. Le Dieu des Ténèbres écarta d'un coup d'épaule le plafond rouillé de la tombe et se rua à travers dans un vacarme épouvantable.

Sans se poser de questions, sans même se demander comment faire, Garion se mit lui aussi à grandir, transcenda les limites exiguës de la crypte et creva le plafond, repoussant les lambeaux de métal oxydé dans son ascension.

Les deux adversaires titanesques s'affrontèrent à l'air libre, parmi les ruines pourrissantes de la Cité de la Nuit, sous le nuage perpétuel qui obscurcissait le ciel.

— Les conditions sont réunies, fit, par la bouche de Garion, la voix aride qui partageait sa conscience.

— Il faut croire, répondirent les lèvres d'acier de Torak, d'une voix détachée qui n'était pas la sienne.

— Veux-tu engager les autres dans le combat ? reprit la voix de Garion.

— Cela ne paraît guère nécessaire. Ces deux-là sont de taille à supporter l'épreuve.

— Alors, ainsi soit-il.

— Ainsi soit-il.

A ces mots, Garion éprouva une soudaine liberté, comme s'il échappait à toute contrainte. Torak, lui aussi délivré, souleva Cthrek Goru, les lèvres retroussées en un rictus de haine.

Ce fut un combat titanesque. Des roches volèrent en éclats sous leurs coups colossaux. L'épée du roi de Riva voltigeait dans un déluge de flammes bleues tandis que Cthrek Goru, la lame d'ombre de Torak, environnait chacune de ses estocades d'une obscurité presque palpable. Au-delà de la pensée, au-delà de toute émotion sinon une haine aveugle, les combattants engageaient le fer, paraient, et bondissaient dans les ruines déchiquetées, écrasant tout sous leurs pas. Les éléments se mirent de la partie. Le vent hurlait dans la cité pourrissante, abattant les pierres ébranlées. Des éclairs crépitaient, projetant autour d'eux leur lueur glauque, vacillante. La terre grondait et tremblait sous leurs énormes pieds. Le nuage inerte, qui avait, pendant cinq mille ans, dissimulé la Cité de la Nuit sous son manteau de ténèbres, entra en effervescence et se déchiqueta, faisant apparaître et disparaître entre ses lambeaux tourmentés d'énormes taches de ciel étoilé. Abasourdis par l'incommensurable combat qui avait soudain éclaté parmi eux, les Grolims, humains et non humains, fuyaient en poussant des cris de terreur.

Garion frappait de son épée de flammes le flanc aveugle de Torak, et le Dieu des Ténèbres frémissait à chaque coup sous le feu de l'Orbe, mais Garion se sentait le sang glacé d'un froid mortel toutes les fois que l'ombre de Cthrek Goru passait sur lui.

Ils étaient à peu près de la même force, ce que Garion n'aurait jamais osé espérer. Torak avait perdu l'avantage de la taille quand ils avaient tous les deux démesurément grandi, et la mutilation de Torak compensait l'inexpérience de Garion.

Garion fut trahi par un accident de terrain. Il battait en retraite sous une dégelée de coups prodigieux quand son talon dérapa sur un éboulis de pierres pourries. Il tenta en vain de reprendre son équilibre et tomba à la renverse.

L'œil unique de Torak jeta un éclair de triomphe et il leva son épée noire. Mais, prenant la poignée de son arme à deux mains, Garion éleva sa lame flamboyante afin de parer ce coup prodigieux. Le fil de leurs épées se heurta avec fracas, faisant pleuvoir sur Garion un déluge d'étincelles.

Torak éleva à nouveau Cthrek Goru, mais une étrange avidité traversa fugitivement son visage d'acier.

— Rends-toi ! tonna-t-il.

Garion contempla, l'esprit en proie à une activité fébrile, l'immense silhouette qui le dominait de toute sa hauteur.

— Je ne veux pas ta mort, Enfant, déclara Torak d'une voix presque implorante. Rends-toi et je te laisserai la vie.

C'est alors que Garion comprit. Son ennemi ne voulait pas le tuer mais le forcer à demander grâce. Torak avait un besoin impérieux de domination ! Voilà où résidait le vrai combat.

— Lance ton épée au loin, Enfant de Lumière, et incline-toi devant moi, ordonna le Dieu en le broyant sous sa volonté.

— Jamais je ne me rendrai, hoqueta Garion en repoussant de toutes ses forces l'envie irrésistible de se laisser aller. Tu peux me tuer, je ne céderai jamais.

Le masque d'acier du Dieu se convulsa comme si le refus de Garion décuplait ses souffrances.

— Il le faut, dit-il comme dans un sanglot. Tu n'es pas de taille à lutter. Rends-toi !

— Non ! hurla Garion.

Profitant de la détresse de Torak devant son brutal rejet, il quitta l'ombre de Cthrek Goru en roulant sur lui-même et se releva d'un bond. Tout était clair à présent ; il savait ce qu'il devait faire pour remporter la victoire.

— Ecoute-moi, Dieu mutilé et méprisé, rauqua-t-il entre ses dents, tu n'es rien. Ton peuple te redoute, mais il ne t'aime pas. Tu as tenté de m'induire à t'aimer, tu as essayé d'obliger tante Pol à t'aimer, mais je te repousse comme elle t'a refusé. Tu es un Dieu, mais tu n'es rien. Il n'y a pas, dans l'univers entier, un seul être, une seule chose qui t'aime. Tu es seul et vide, et même si tu me tues, j'aurai encore gagné. Méprisé, haï de tous, tu hurleras jusqu'à la fin des temps, jusqu'à ce que ta misérable existence te fuie dans un cri.

Comme en écho aux paroles de Garion qui atteignaient le Dieu mutilé tels des coups, l'Orbe s'embrasa à nouveau, déchaînant sur le Dieu-Dragon sa haine dévorante. C'était L'ÉVÉNEMENT que l'Univers attendait depuis le commencement des temps. Garion était venu vers ces ruines pourrissantes pour rejeter Torak, pas pour se battre avec lui.

Avec un cri presque animal d'angoisse et de fureur mêlées, l'Enfant des Ténèbres éleva Cthrek Goru au-dessus de sa tête et se rua sur le roi de Riva. Garion ne tenta même pas de parer le coup. Il saisit la poignée de son épée flamboyante à deux mains, pointa sa lame devant lui et fléchit les genoux en attendant la charge de son ennemi.

Ce fut presque trop facile. L'épée ardente du roi de Riva s'enfonça dans la poitrine de Torak comme un bâton plonge dans l'eau, portant le feu ardent de l'Orbe dans le corps du Dieu qui se crispa tout à coup.

L'immense main de Torak s'ouvrit convulsivement et lâcha Cthrek Goru qui tomba, désormais inutile, sur le sol. Ses lèvres d'acier s'écartèrent sur un cri, et une flamme bleue jaillit de sa bouche comme un flot de sang. Il arracha son masque d'acier poli, révélant son visage atrocement défiguré. Des larmes jaillirent de ses yeux, dc l'œil qui y voyait encore et de celui qui n'était plus, mais c'étaient des pleurs ardents, car l'épée du roi de Riva fichée dans sa poitrine l'emplissait de son feu.

Il bondit en arrière et la lame sortit de son corps avec un chuintement métallique, mais le brasier qu'elle y avait allumé ne devait jamais s'éteindre. Le Dieu des Ténèbres porta sa main crispée à sa poitrine béante et la flamme bleue jaillit entre ses doigts, éclaboussant les pierres désagrégées de flaques incandescentes.

Le Dieu frappé à mort haussa vers le firmament embrasé l'horreur de son visage strié de larmes de feu, convulsé dans une intolérable agonie, tendit les bras et poussa un cri d'angoisse mortelle.

— Mère !

Et sa voix retentit jusqu'à la plus lointaine étoile.

Torak resta ainsi pendant un instant d'éternité, les bras levés dans une attitude suppliante, avant de chanceler et de s'abattre aux pieds de Garion.

Il y eut un moment de silence absolu, puis un hurlement s'échappa des lèvres mortes de Torak, se perdant à une distance inimaginable, et la Prophétie des ténèbres s'évanouit à jamais en emportant l'ombre impénétrable de Cthrek Goru.

Ce fut à nouveau le calme absolu. Les nuages qui filaient au-dessus d'eux s'arrêtèrent dans leur course folle et les étoiles qui étaient apparues entre les lambeaux de nuages s'éteignirent. L'univers eut un frémissement et se figea, et dans cet instant terrifiant, toute chose — tout ce qui avait été, était et restait à venir — reprit brusquement le cours d'une seule et unique Prophétie. Là où il y en avait toujours eu deux, il n'y en avait plus qu'une à présent.

Et le vent se remit à souffler, d'abord imperceptiblement, puis avec force, purgeant le ciel corrompu de la Cité de la Nuit. Et les étoiles réapparurent, plus brillantes que des joyaux sur le plastron de velours de la nuit. Le retour de la lumière trouva Garion penché avec lassitude sur le corps du Dieu qu'il venait de tuer. Il tenait toujours son épée animée d'une lueur bleue, vacillante, et l'Orbe exultait dans le dédale de son esprit. Il se rendit vaguement compte qu'au moment où la lumière désertait le monde, ils avaient, Torak et lui, repris leur taille normale, mais il était trop épuisé pour s'en étonner.

De la tombe fracassée qui se trouvait non loin de là, Belgarath émergea, bouleversé, les traits tirés, la chaîne de son amulette pendouillant entre ses doigts crispés. Il s'arrêta un moment pour contempler Garion et le Dieu à terre.

Le vent gémissait dans les ruines. Quelque part, loin dans la nuit, les Mâtins de Torak se mirent à hurler à la mort.

Belgarath se redressa et leva les bras au ciel dans un geste étrangement semblable à celui que Torak avait eu avant de mourir.

— Maître ! s'écria-t-il d'une voix de tonnerre. C'est fini !

CHAPITRE XXIV

C'était fini, mais la victoire laissait un goût amer dans la bouche de Garion. Quel homme aurait pu tuer un Dieu de gaieté de cœur, aussi pervers ou maléfique que fût ce Dieu ? Aussi Belgarion de Riva contemplait-il tristement le corps de son ennemi abattu tandis qu'un vent qui sentait l'aube approchante se levait sur les ruines de la Cité de la Nuit.

— Des regrets, Garion ? demanda doucement Belgarath en posant une main sur l'épaule de son petit-fils.

— Non, Grand-Père, soupira Garion. Je ne pense pas, enfin, pas vraiment. Il n'y avait pas moyen de faire autrement, n'est-ce pas ?

Belgarath hocha gravement la tête.

— C'est juste qu'il était si solitaire, à la fin. Je lui ai tout retiré avant de le tuer. Je n'en suis pas très fier.

— Comme tu le disais, il n'y avait pas moyen de faire autrement.

— J'aurais tout de même bien voulu lui laisser quelque chose.

Des ruines de la tour de fer fracassée sortit une petite procession funèbre. Tante Pol, Silk et Ce'Nedra portaient le corps inerte de Durnik, le forgeron. Mission marchait gravement à côté d'eux.

Garion éprouva une douleur presque insupportable. Durnik, son plus vieil ami, était mort, et dans le prodigieux bouleversement interne qui avait précédé le duel avec Torak, il n'avait pas même eu le temps de s'en attrister.

— C'était nécessaire, tu comprends ? commenta tristement Belgarath.

— Pourquoi ? Pourquoi fallait-il que Durnik meure, Grand-Père ? demanda Garion, à la torture, alors que des larmes lui emplissaient les yeux.

— Parce que, sans ça, ta tante n'aurait jamais trouvé la volonté de résister à Torak. Telle a toujours été la faille de la Prophétie : la possibilité que Pol puisse céder. Tout ce dont Torak avait besoin, c'était d'une personne qui l'aime. Ça l'aurait rendu invincible.

— Que serait-il arrivé si elle était allée vers lui ?

— Tu aurais perdu le combat. Voilà pourquoi il fallait que Durnik meure, répéta le vieil homme avec un soupir de regret. J'aurais bien voulu qu'il en soit autrement, mais c'était inévitable.

Polgara et ses compagnons posèrent doucement Durnik à terre, puis Ce'Nedra s'approcha tristement de Garion et de Belgarath, fourra, sans un mot, sa petite main dans celle du jeune homme et tous trois regardèrent sans un mot la sorcière, ses larmes taries, étendre doucement les bras de Durnik le long de son corps et le couvrir de sa cape. Puis elle s'assit par terre, prit la tête du forgeron sur ses genoux et lui caressa presque machinalement les cheveux, les épaules penchées sur lui dans une attitude douloureuse.

— Je ne peux pas supporter ça, fit Ce'Nedra en enfouissant son visage en pleurs au creux de l'épaule de Garion.

Puis la lumière apparut là où régnaient les ténèbres. Sous les yeux de Garion, un rayon bleu, étincelant, descendit des lambeaux de nuage qui filaient dans le ciel nocturne et baigna les ruines de sa clarté. Au moment où elle touchait le sol, l'immense colonne lumineuse fut rejointe par des rayons similaires, rouges, jaunes et verts, et des ombres dont Garion n'aurait su dire le nom, et ce faisceau multicolore se dressa, pareil à un soudain arc-en-ciel, derrière le corps inerte de Torak. Puis Garion distingua confusément dans chaque bande colorée une silhouette étincelante. Il reconnut Aldur et identifia sans mal les autres Dieux : Mara pleurait toujours ; Issa aux yeux morts semblait onduler, tel un serpent dressé sur sa queue, dans sa colonne de lumière vert d'eau ; Nedra avait un air rusé, Chaldan une attitude pleine de fierté et Belar, le Dieu blond, juvénile, des Aloriens, quelque chose d'insolent et d'un peu vulgaire, bien que son visage, comme celui de ses frères, fût plein de tristesse. Les Dieux étaient venus se recueillir devant la dépouille de leur frère. Mais ils étaient redescendus sur terre dans la gloire de la lumière et du son. Chacune des colonnes de lumière émettait une note particulière, et ces sons unis dans une harmonie si profonde qu'elle semblait une réponse à toutes les questions jamais posées faisaient vibrer les miasmes de Cthol Mishrak.

Puis un dernier rayon blanc, aveuglant, descendit lentement du ciel et rejoignit les autres colonnes de lumière. Au cœur de cette clarté se dressait la silhouette immaculée d'UL, l'étrange Dieu que Garion avait vu une fois à Prolgu.

Alors, entouré de son halo bleu, Aldur s'approcha du vieux Dieu des Ulgos.

— Père, dit-il tristement, notre frère, ton fils Torak, est mort.

La forme frémissante, incandescente, d'UL, le père des autres Dieux, s'avança sur le sol jonché de débris et s'inclina sur le corps inerte de Torak.

— J'ai essayé de te détourner de ce chemin, mon fils, dit-il doucement, une larme roulant sur sa joue éternelle, puis il se tourna vers Aldur. Prends le corps de ton frère, mon fils, et trouve-lui un lieu de repos plus digne d'un Dieu. Je souffre de le voir si bas sur terre.

Aldur et les autres Dieux, ses frères, soulevèrent le corps de Torak et l'allongèrent sur un gros bloc de pierre parmi les antiques ruines, puis, formant un cercle silencieux, étincelant, autour du catafalque, ils pleurèrent le trépas du Dieu des Angaraks.

Inconscient du danger, comme toujours, ne paraissant même pas se rendre compte que ces silhouettes descendues du ciel n'étaient pas humaines, Mission s'avança avec assurance vers la forme éblouissante d'UL, tendit sa petite main et tirailla le bas de sa robe avec insistance.

— Père, dit-il.

UL baissa les yeux sur le petit visage.

— Père, répéta Mission, peut-être en écho aux paroles d'Aldur qui leur avaient enfin révélé la véritable identité du Dieu des Ulgos. Père, fit pour la troisième fois l'enfant en se tournant vers la forme inerte de Durnik. Mission ! ajouta-t-il en tendant le doigt vers sa dépouille, et l'on aurait curieusement dit un ordre plus qu'une prière.

Le visage d'UL se troubla.

— Ce n'est pas possible, mon enfant, objecta-t-il.

— Père, insista le petit garçon. Mission !

UL tourna vers Garion un regard inquisiteur, profondément bouleversé.

— La requête de cet enfant n'est pas à prendre à la légère, dit-il avec gravité, en s'adressant moins à Garion qu'à son autre conscience. Je me sens une obligation envers lui. Mais ce serait franchir la frontière que l'on ne repasse jamais.

— La frontière doit demeurer intacte, répondit la voix sèche qui s'exprimait par les lèvres de Garion. Tes fils sont passionnés, Très Saint UL. L'ayant traversée une fois, ils pourraient être tentés de recommencer, et peut-être l'un de ces passages changerait-il ce qui n'a pas à être changé. Ne faisons pas jouer des ressorts qui amèneraient une nouvelle fois la Destinée à suivre des chemins divergents.

UL poussa un profond soupir.

— Et si tes fils et toi-même investissaient mon instrument de leur pouvoir afin de lui faire passer la frontière ?

A ces paroles, UL eut un mouvement de surprise.

— De la sorte, tu satisferas à ton obligation sans mettre la frontière en péril. Cela ne peut se faire autrement.

— Ainsi soit-il, puisque tu le désires, acquiesça UL.

Alors il se détourna et un regard étrange passa entre le père des Dieux et son fils aîné, Aldur.

Le Dieu au halo bleu s'arracha à la triste contemplation de son frère mort pour regarder tante Pol, toujours penchée sur le corps de Durnik.

— Console-toi, ma fille, lui dit-il. C'est pour l'humanité et pour toi qu'il s'est sacrifié.

— Piètre réconfort, Maître, répondit-elle, les yeux pleins de larmes. C'était le meilleur des hommes.

— Tous les hommes meurent un jour, ma fille, les meilleurs comme les pires. Tu l'as vu bien des fois dans ta vie.

— Oui, Maître, mais cette fois c'est différent.

— En quoi est-ce différent, bien-aimée Polgara ? insista Aldur pour une raison inconnue de tous.

Tante Pol se mordit la lèvre.

— Parce que je l'aimais, Maître, répondit-elle enfin.

Une ébauche de sourire effleura les lèvres d'Aldur.

— Est-ce si difficile à dire, ma fille ?

Elle s'inclina sans répondre sur la silhouette inerte de Durnik.

— Veux-tu que nous te rendions cet homme, ma fille ? lui demanda alors Aldur.

— C'est impossible, Maître, dit-elle en relevant vivement la tête. Je vous en prie, ne vous jouez pas ainsi de ma douleur.

— Et si c'était possible malgré tout, reprit le Dieu, voudrais-tu que nous te rendions cet homme ?

— De tout mon cœur, Maître.

— Pour quoi faire ? Dans quel but exigerais-tu la résurrection de cet homme ?

Elle se mordit à nouveau la lèvre.

— Pour en faire mon époux, Maître, balbutia-t-elle enfin, une trace de défi dans la voix.

— Etait-ce si difficile à dire, encore une fois ? Mais es-tu bien sûre que ton amour n'est pas né de tes larmes et qu'une fois ce brave homme ressuscité tu ne te détourneras pas de lui ? Tu admettras qu'il est des plus ordinaires.

— Durnik n'est pas un homme comme les autres, protesta-t-elle avec hargne. C'est le meilleur homme et le plus brave du monde.

— Je ne voulais pas lui manquer de respect, Polgara, mais il ne dispose d'aucun pouvoir. La force du Vouloir et du Verbe n'est pas avec lui.

— Est-ce si important, Maître ?

— Le mariage doit être une union équitable, ma fille. Comment ce bon, ce brave homme pourrait-il être ton époux tant que tu conserveras ton pouvoir ?

Elle leva sur lui un regard désarmé.

— Accepterais-tu, Polgara, d'y renoncer ? De devenir son égale, sans plus de pouvoir que lui ?

Elle le regarda fixement, hésita et finit par articuler ce seul mot :

— Oui.

Garion fut moins choqué par l'acquiescement de tante Pol que par la demande d'Aldur. Le pouvoir de tante Pol était au cœur même de son existence. Sans lui, elle ne serait plus rien. Que deviendrait-elle ? Comment pourrait-elle continuer à vivre ? C'était une exigence bien cruelle, or Garion avait toujours pris Aldur pour un Dieu bienveillant.

— J'accepte ton sacrifice, Polgara, reprit Aldur. Je vais m'entretenir avec mon père et mes frères. Nous nous sommes refusés à intervenir pour de bonnes et saines raisons et devons être bien d'accord avant que l'un de nous tente de violer ainsi l'ordre normal des choses.

Il retourna vers le groupe uni dans la tristesse autour de la dépouille de Torak.

— Comment a-t-il pu lui demander ça ? fit Garion à son grand-père.

Il entourait toujours Ce'Nedra d'un bras protecteur.

— Quoi donc ?

— De renoncer à son pouvoir ? Elle n'y résistera pas.

— Tu sais, elle est beaucoup plus forte que tu ne penses, lui assura Belgarath. Et le raisonnement d'Aldur est juste. Aucun mariage ne résisterait à une telle différence.

Mais une voix furieuse s'éleva parmi les Dieux de lumière.

— Non !

C'était Mara, le Dieu en larme des Marags à jamais disparus.

— Pourquoi cet homme devrait-il renaître quand le froid de la mort étreint toujours mes enfants ? Aldur a-t-il entendu mes lamentations ? Est-il venu à mon aide quand mes enfants sont morts ? Je n'accepterai pas.

— Je ne m'attendais pas à celle-là, marmonna Belgarath. Je crois que je ferais mieux d'intervenir avant que ça tourne mal.

Il traversa le sol jonché de débris et s'inclina devant les Dieux assemblés.

— Pardonnez mon intrusion, commença-t-il respectueusement, mais le frère de mon Maître accepterait-il une Marague en échange de son appui à la résurrection de Durnik ?

Les larmes inépuisables de Mara se tarirent soudain et son visage exprima une profonde incrédulité.

— Une Marague ? releva-t-il sèchement. Il n'en existe plus. Je le sentirais dans mon cœur si un seul de mes enfants avait survécu à Maragor.

— Certainement, ô Mara, acquiesça vivement Belgarath. Mais ceux qui ont été réduits en esclavage, loin de Maragor ?

— Connaîtrais-tu une telle femme, Belgarath ? questionna Mara avec l'avidité du désespoir.

Le vieux sorcier hocha la tête.

— Nous l'avons, ô Mara, découverte dans les quartiers des esclaves, sous Rak Cthol. Elle s'appelle Taïba. Elle est seule de sa race, mais d'une telle femme pourrait resurgir une race, surtout sous la protection d'un Dieu aimant.

— Où est Taïba, ma fille ?

— Aux bons soins de Relg, l'Ulgo. Ils semblent très attachés l'un à l'autre, ajouta platement Belgarath.

— Même sous l'égide du plus aimant des Dieux, un seul individu ne saurait donner le jour à une race, reprit Mara, l'air pensif. Accepteriez-vous, Père, de me confier cet Ulgo, qu'il devienne le père de mon peuple ? implora-t-il en se tournant vers UL.

— Tu sais que Relg a une autre tâche à accomplir, objecta UL en braquant sur Belgarath un regard pénétrant.

— Je suis persuadé, Très Saint, que nous parviendrons, le Gorim et moi, à régler tous les problèmes, déclara Belgarath avec une formidable assurance et un petit sourire assez diabolique.

— Vous êtes sûr de ne rien oublier, Belgarath ? intervint prudemment Silk, comme s'il ne voulait pas se mêler de ce qui ne le regardait pas. Relg a tout de même un petit problème, vous vous souvenez ?

» Je pensais qu'il valait mieux vous le rappeler, juste au cas où, ajouta innocemment Silk comme le sorcier le flétrissait du regard.

— De quoi s'agit-il ? s'enquit Mara en braquant sur eux ses yeux implacables.

— Un point de détail, ô Mara, répondit très vite Belgarath. Un petit problème que Taïba surmontera aisément, j'en suis sûr. Je lui fais totalement confiance pour ça.

— Je connaîtrai le fin mot de cette affaire, décréta fermement le Dieu.

Belgarath jeta à Silk un regard féroce.

— Relg est un fanatique, ô Mara, commença Belgarath avec un gros soupir. Pour des raisons religieuses, il évite... euh, certaines formes de contact humain, disons.

— La paternité est inscrite dans son destin, commenta UL. De lui naîtra un enfant spécial. Je lui expliquerai la situation. C'est un serviteur obéissant : il surmontera son aversion par amour pour moi.

— Alors, Père, vous voulez bien me le donner ? supplia avidement Mara.

— Il est à toi, à une condition, dont nous parlerons plus tard.

— Occupons-nous donc de ce brave Sendarien, s'exclama Mara, et il n'y avait plus trace dans sa voix des larmes anciennes.

— *Belgarion,* fit la voix intérieure de Garion.

— *Oui ?*

— *La résurrection de ton ami repose entre tes mains, à présent.*

— *Moi ? Pourquoi moi ?*

— *Tu ne pourrais pas dire autre chose, pour changer ? Tu veux que Durnik revienne à la vie, oui ou non ?*

— *Bien sûr que oui, mais je n'y arriverai jamais. Je ne saurais même pas par où commencer.*

— *Tu l'as déjà fait. Rappelle-toi le poulain dans la grotte des Dieux.*

Garion avait presque oublié cet épisode.

— *Tu es mon instrument, Belgarion. Je peux t'empêcher de faire des bêtises. Enfin, la plupart du temps. Détends-toi et tout ira bien. Je vais te montrer ce qu'il faut faire.*

Garion avança mécaniquement. Le bras qu'il avait passé autour des épaules de Ce'Nedra retomba et il se dirigea lentement, l'épée à la main, vers tante Pol et Durnik. Elle était toujours assise par terre, la tête du mort sur les genoux. Il la regarda une fois dans les yeux et s'agenouilla près d'eux.

— Pour moi, Garion, murmura-t-elle.

— Si je peux, tante Pol, répondit-il.

Puis il posa l'épée du roi de Riva à terre et, sans trop savoir pourquoi, prit l'Orbe enchâssée sur le pommeau. Elle se détacha toute seule, avec un petit déclic. Mission s'accroupit en souriant de l'autre côté de Durnik et prit sa main glacée dans la sienne. Garion posa l'Orbe sur la poitrine de son ami mort. Il se rendit à peine compte que les Dieux s'étaient approchés d'eux et tendaient leurs bras, les paumes les unes contre les autres, pour former un cercle ininterrompu. A l'intérieur de ce cercle, une vive lueur commença à palpiter, et l'Orbe se mit à vaciller entre ses mains, comme en réponse.

Il revit le mur aveugle qu'il avait déjà vu. Il était toujours aussi noir, impénétrable et silencieux. Comme l'autre fois, dans la grotte des Dieux, Garion tenta d'ébranler la substance même de la mort, luttant pour atteindre son ami et le ramener dans le monde des vivants.

Mais cette fois c'était différent. Le poulain qu'il avait ramené à la vie dans la grotte n'avait jamais vécu que dans le ventre de sa mère. Sa mort avait été aussi ténue que sa vie ; elle n'était pas loin derrière la barrière. Durnik était un homme adulte et son trépas était comme son existence, beaucoup plus profond. Garion banda toutes ses forces. La volonté inconcevable des Dieux s'était jointe à la sienne dans ce combat silencieux, mais la barrière ne voulait pas céder.

— *L'Orbe !* ordonna sa voix intérieure. *Utilise l'Orbe !*

Cette fois, Garion concentra tout son pouvoir et celui des Dieux sur la pierre ronde qu'il tenait entre ses mains. Elle clignota, brilla d'une vive lueur et vacilla à nouveau.

— *Aide-moi !* s'écria silencieusement Garion.

Comme si elle avait compris, l'Orbe éclata tout à coup en une éruption scintillante de lumière colorée. La barrière commençait à fléchir.

Avec un petit sourire encourageant, Mission tendit la main et la posa sur l'Orbe étincelante.

La barrière se rompit. La poitrine de Durnik se souleva et il toussa une fois.

Les Dieux reculèrent d'un pas, leur visage éternel arborant une expression de profond respect. Tante Pol poussa un cri de soulagement, referma ses bras sur Durnik et le serra contre elle.

— Mission ! s'exclama l'enfant en regardant Garion avec une étrange satisfaction.

Garion se releva péniblement, vidé par le combat, et s'éloigna en chancelant.

— Ça va ? lui demanda Ce'Nedra en coulant sa tête sous son bras.

Il acquiesça d'un hochement de tête, mais ses genoux manquèrent le trahir.

— Appuie-toi sur moi, suggéra-t-elle, et elle posa fermement la main sur ses lèvres pour l'empêcher de protester. Ne discute pas, Garion. Tu sais que je t'aime et que je serai près de toi jusqu'à la fin de tes jours, alors tu ferais aussi bien de t'habituer à cette idée.

— J'imagine que ma vie va beaucoup changer, Maître, disait Belgarath. Pol était toujours là, prête à venir quand je l'appelais, pas forcément de bon gré, mais enfin, elle venait. Elle va avoir d'autres préoccupations, maintenant. Enfin, conclut-il avec un soupir, c'est la vie : les enfants grandissent et finissent par se marier...

— Cette attitude ne te ressemble guère, mon fils, nota Aldur.

— Ah, Maître, je n'ai jamais rien pu vous cacher, avoua Belgarath avec un grand sourire avant de reprendre sa gravité. Je considérais presque Polgara comme mon fils ; il serait peut-être temps que je la laisse être une femme. Je l'en ai trop longtemps empêchée.

— Ainsi soit-il, mon fils, dit Aldur. Mais je te demande à présent de t'écarter un peu et de nous permettre de nous abandonner un instant à notre chagrin. J'ai encore quelque chose à te demander, Belgarion, ajouta-t-il après un coup d'œil au corps de Torak sur son catafalque improvisé. Prends l'Orbe et pose-la sur la poitrine de mon frère.

— Oui, Maître, répondit aussitôt Garion.

Il ôta son bras des épaules de Ce'Nedra et s'avança vers le Dieu mort en évitant de regarder le visage calciné, hideux. Il se pencha sur la poitrine inerte de Kal Torak, posa la pierre ronde et bleue dessus et fit un pas en arrière. Sa petite princesse s'insinua à nouveau sous son bras et le prit par la taille. Ce n'était pas désagréable, mais une pensée irrationnelle lui traversa l'esprit : ça allait faire bizarre si elle le collait tout le temps comme ça jusqu'à la fin de leurs jours.

Les Dieux formèrent le cercle à nouveau et l'Orbe se remit à luire. Le faciès défiguré commença à changer et sa mutilation s'estompa lentement. La lumière qui environnait les Dieux et le catafalque devint plus forte, et l'Orbe s'embrasa. De Torak, Garion devait garder l'image d'un visage calme, tranquille et intact. Un beau visage, mais un visage mort tout de même.

La lumière fut bientôt si vive que Garion détourna les yeux. Quand elle s'estompa, les Dieux et le corps de Torak avaient disparu. Seule restait l'Orbe qui palpitait doucement sur la roche.

Mission s'approcha du catafalque avec son assurance coutumière, tendit le bras au-dessus, récupéra l'Orbe et l'apporta à Garion.

— Mission, Belgarion, décréta-t-il fermement en lui rendant l'Orbe, et au moment où il lui remit la pierre palpitante de vie, Garion sentit dans le frôlement de leurs mains que quelque chose avait profondément changé.

Encore rapproché par les événements, le petit groupe

se rassembla silencieusement autour de tante Pol et Durnik. Le ciel commençait à s'éclaircir vers l'est, et l'aurore poudrait de rose les derniers lambeaux du nuage qui dissimulait naguère Cthol Mishrak. Les événements de cette terrible nuit avaient été titanesques, mais la nuit prenait fin. Et c'est ainsi qu'ils regardèrent se lever le jour, sans un mot, debout les uns près des autres.

La tempête qui avait fait rage toute la nuit s'était apaisée. L'univers divisé depuis des siècles et des siècles était à nouveau réconcilié avec lui-même. S'il existait des recommencements, c'en était un. Et c'est ainsi que le soleil se leva, à travers les nuages déchiquetés, sur le matin du premier jour.

Epilogue

L'ILE DES VENTS

MER
DES VENTS
Tourbières
Herbages
Rivière
des Voiles
Riva
ILE
DES VENTS
Nez
d'Arendie

CHAPITRE XXV

Belgarion de Riva passa une très mauvaise nuit, la veille de son mariage. Si seulement il avait pu épouser Ce'Nedra en toute simplicité, juste après le combat avec Torak, ç'aurait été tout seul. À ce moment-là, ils étaient trop fatigués, trop dépassés par les événements pour ne pas être absolument honnêtes l'un envers l'autre, sa petite princesse fantasque et lui-même. Ces trop brèves journées lui avaient permis de découvrir l'inconnue qui était en elle. Elle l'observait en permanence avec une inlassable adoration et ne pouvait s'empêcher d'effleurer ses cheveux, son visage et ses bras de ses petits doigts doux et curieux. Cette drôle de façon qu'elle avait de s'approcher de lui, où qu'il soit et quoi qu'il fasse, et de se faufiler sous son bras était plutôt agréable, au fond.

Mais ça n'avait pas duré. Une fois rassurée — oui, il était là, il allait bien, et non, ce n'était pas un produit de son imagination susceptible de disparaître d'un instant à l'autre —, Ce'Nedra avait commencé à changer d'attitude. Passé les premiers émois de propriétaire, sa princesse avait entrepris une remise en main énergique et il avait un peu l'impression d'être sa chose.

D'ici quelques heures, cette possession serait officielle et Garion dormait d'un sommeil haché de rêves mêlés de souvenirs bizarres, émergeant de sa torpeur pour y replonger tel un oiseau de mer effleurant la crête des vagues.

Il était revenu à la ferme de Faldor. Le marteau de Durnik tintait dans la forge et des odeurs alléchantes émanaient des cuisines de tante Pol. Tout le monde était là : Rundorig, Zubrette, Doroon et même Brill, sournoisement tapi dans un coin. Garion s'éveilla à moitié et se tourna fébrilement dans le lit royal. Ce n'était pas possible. Doroon était mort noyé dans la Mardu et Brill avait fait un autre genre de plongeon à Rak Cthol.

Puis il se retrouva au palais de Sthiss Tor avec Salmissra. La nudité de la reine triomphait à travers sa robe diaphane et elle lui effleurait le visage de ses doigts froids.

Sauf que Salmissra n'était plus une femme. Elle s'était changée en serpent sous ses yeux.

Grul l'Eldrak frappait le sol gelé avec sa massue incrustée de fer et hurlait : « Grat venir ! Venir bagarre ! » et Ce'Nedra hurlait de peur.

Dans le monde chaotique des rêves entremêlés de souvenirs, Garion revit la tourelle suspendue tout en haut de Rak Cthol, et Ctuchik, le visage convulsé d'horreur, explosa et disparut dans le néant.

Alors il se releva, son épée flamboyante à la main, dans les ruines pourrissantes de Cthol Mishrak, et regarda Torak, frappé à mort, lever les bras vers les nuées en furie et pousser un dernier cri en pleurant des larmes de sang : « Mère ! »

Il s'agita, reprit à moitié conscience en tremblant comme chaque fois que ce cauchemar revenait et s'engloutit presque aussitôt dans une sorte de coma fiévreux.

— Nous n'avons pas pu faire autrement, Belgarath.

Ils regagnaient le Mishrak ac Thull à bord du vaisseau de Barak et le roi Anheg leur expliquait d'un ton sinistre pourquoi son ami à la barbe rouge était enchaîné au mât.

— Il s'est changé *en ours* au beau milieu de la tempête et toute la nuit il a obligé l'équipage à ramer vers la Mallorée. Il a repris forme humaine juste avant le lever du jour.

— Détachez-le, Anheg, disait Belgarath, écœuré. Il ne se changera plus en ours, pas tant que Garion sera en sécurité.

Garion se retourna pour la centième fois et s'assit dans

son lit. Ç'avait été une révélation pour eux : les métamorphoses de Barak n'étaient donc pas fortuites ; elles avaient une finalité.

— Vous êtes le défenseur de Garion, avait expliqué Belgarath à son immense compagnon. C'est pour ça que vous êtes né. Chaque fois que Garion est en danger de mort, vous vous changez en ours pour le protéger.

— Vous voulez dire que je suis un sorcier ? avait demandé Barak, incrédule.

— Pas vraiment. Le changement de forme n'est guère compliqué et vous ne l'effectuez pas consciemment. C'est la Prophétie qui agit, pas vous.

Barak avait passé le restant de la traversée à tenter d'imaginer un moyen élégant et discret d'intégrer ce concept à son blason.

Garion s'extirpa de son grand lit à baldaquin et s'approcha de la fenêtre. Les étoiles du ciel printanier veillaient sur la cité endormie de Riva et les eaux noires de la Mer des Vents. L'aube n'avait pas l'air près de se lever. Il poussa un gros soupir, se versa un verre d'eau et retourna à son lit et à son sommeil tourmenté.

Il était à Thull Zelik. Hettar et Mandorallen faisaient le compte rendu des activités de 'Zakath, l'empereur de Mallorée.

— Il a mis le siège devant Rak Goska, disait Hettar.

Son visage de faucon s'était curieusement adouci depuis la dernière fois que Garion l'avait vu. On aurait dit qu'il lui était arrivé quelque chose de très important.

— Il va falloir que tu t'occupes de 'Zakath, avait repris le grand Algarois en se tournant vers lui. Ça m'étonnerait que tu supportes longtemps de le voir se promener comme chez lui dans cette partie du monde.

— Pourquoi moi ? avait demandé Garion sans réfléchir.

— Je ne sais pas si tu te souviens, mais tu es Roi des Rois du Ponant.

Garion s'éveilla à nouveau. Il faudrait bien qu'il s'occupe de 'Zakath, en effet. Peut-être aurait-il le temps d'y réfléchir après son mariage… Cette notion mit un coup d'arrêt à ses pensées. Il n'avait curieusement aucune idée de ce qui allait arriver *après*. Le mariage se dressait devant lui comme une porte monumentale donnant sur un endroit où il n'avait jamais mis les pieds. 'Zakath attendrait. Garion devait d'abord affronter l'obstacle du mariage.

A moitié endormi, à mi-chemin du rêve et des souvenirs, Garion eut l'impression de revivre un petit échange significatif entre Son Altesse impériale et lui-même.

— C'est stupide, Ce'Nedra, protestait-il. On ne va pas se battre ; pourquoi veux-tu que je vienne vers eux à cheval en brandissant mon épée ?

— Ils ont bien mérité de te voir, Garion, lui expliquait-elle comme si elle parlait à un enfant. C'est pour toi qu'ils ont quitté leurs maisons et se sont lancés dans la bataille.

— Je ne leur ai rien demandé, moi.

— Non, mais je l'ai fait pour toi. C'était une très bonne armée, tu sais... Tu te rends compte que je l'ai soulevée toute seule ? Tu n'es pas fier de moi ?

— Je ne te l'ai jamais demandé.

— Tu étais trop fier pour ça. C'est un de tes défauts, Garion. Il ne faut jamais hésiter à faire appel aux gens, surtout ceux qui nous aiment. Tous les hommes de cette armée t'aiment. S'ils m'ont suivie, c'est pour toi. Serait-ce trop exiger du Roi des Rois du Ponant que de remercier ses fidèles soldats en leur faisant l'aumône d'un geste ? Ou bien es-tu maintenant un personnage trop important pour ça ?

— Là, Ce'Nedra, tu déformes ma pensée. D'ailleurs, j'ai remarqué que tu avais toujours tendance à déformer les choses.

Mais Ce'Nedra était déjà passée à autre chose, comme si le problème était réglé.

— Tu mettras ta couronne, bien sûr, et une sorte d'armure, quelque chose de joli. Je te verrais très bien en cotte de mailles, par exemple.

— Ah ! je ne vais pas faire le gugusse pour le seul plaisir de satisfaire ton goût du décorum !

Ses yeux s'étaient emplis de larmes et sa lèvre inférieure s'était mise à trembler.

— Tu ne m'aimes plus, l'avait-elle accusé d'une voix tremblante.

Garion poussa un gémissement dans son sommeil. Ça finissait *toujours* comme ça. Il savait qu'elle ne pensait pas ce qu'elle disait et que c'était juste un stratagème pour avoir le dernier mot, mais il était rigoureusement sans défense contre cet argument. Même si ça n'avait aucun rapport avec l'objet du débat, elle finissait immanquablement par tourner les choses de façon à lancer cette accusation dévastatrice, et il pouvait renoncer tout de suite à remporter la plus anodine des discussions. Où avait-elle appris à être d'aussi mauvaise foi ?

Et c'est ainsi que Garion était entré au grand galop, revêtu d'une cotte de mailles, ceint de sa couronne et armé de son épée flamboyante, dans les fortifications surmontant l'A-pic où l'avait acclamé son armée en liesse.

Il s'en était passé, des choses, en un an, depuis le soir de printemps où Garion, Silk et Belgarath avaient subrepticement quitté la Citadelle de Riva, se dit rêveusement le jeune roi allongé dans son grand lit à baldaquin ; il avait presque renoncé à dormir. Ce'Nedra avait vraiment levé une armée. Plus il en apprenait sur cette affaire et plus il était surpris. Non seulement par son audace, mais aussi par l'énergie phénoménale et la ruse dont elle avait dû faire preuve. Elle avait été guidée et aidée, d'accord, mais c'est bel et bien elle qui en avait eu l'idée au départ. Son admiration pour elle se teintait d'une légère appréhension. Il allait épouser une jeune femme dotée d'une forte personnalité, et qui ne s'embarrassait pas de scrupules.

Il se retourna et bourra son oreiller de coups de poing comme si ce geste familier devait lui permettre de retrouver un sommeil normal mais il sombra à nouveau dans des rêves agités. Relg et Taïba venaient vers lui, et ils se tenaient par la main...

Et puis il se retrouva à la Forteresse, au chevet d'Adara. Sa belle cousine était encore plus pâle que dans ses souvenirs et secouée par d'affreuses quintes de toux. Tandis qu'ils bavardaient, tante Pol faisait le nécessaire pour remédier à ces dernières séquelles de la blessure qui avait bien failli lui coûter la vie.

— Je ne savais plus où me mettre, tu imagines. Moi qui m'étais donné un mal fou pour qu'il ne se doute de rien, j'avais lâché le morceau alors que je n'étais même pas mourante.

— *Hettar ?* articula de nouveau Garion.

Ça faisait déjà trois fois.

— Garion, si tu répètes son nom encore un coup, je t'en colle un dans le nez, décréta fermement Adara.

— Pardon, s'excusa-t-il précipitamment. C'est juste que je ne le voyais pas sous ce jour. Je l'aime beaucoup, mais je n'aurais jamais pensé qu'on puisse l'aimer tout court. Il est tellement… je ne sais pas, implacable, je dirais.

— J'ai des raisons de penser que ça pourrait changer, fit Adara en rosissant délicatement, puis elle se remit à tousser comme une perdue.

— Buvez ça, mon chou, ordonna tante Pol en s'approchant d'elle avec une tasse fumante.

— Je te préviens, ça va avoir un goût abominable, fit charitablement Garion.

— Merci, Garion, coupa tante Pol. Je pense que nous nous passerons de tes appréciations.

Il était à nouveau dans les grottes de Prolgu et le Gorim procédait à la cérémonie toute simple par laquelle il avait uni Relg et la Marague qui avait bouleversé son existence. Garion percevait une autre présence dans ces galeries obscures, et il se demandait si quelqu'un avait parlé à l'Ulgo du marché qui avait été conclu à Cthol Mishrak. Il avait envisagé un moment de mettre le fanatique au courant et puis il s'était ravisé. Tout bien considéré, il valait peut-être mieux le laisser encaisser les chocs un par un. Le mariage avec Taïba devait déjà constituer une secousse suffisante pour son système nerveux. Garion sentit l'exultation triomphante de Mara lorsque les époux échangèrent leurs vœux. Les larmes du Dieu s'étaient à jamais taries.

C'était peine perdue, décida Garion. Il n'arriverait jamais à dormir, en tout cas pas d'un sommeil reposant.

Il repoussa ses couvertures, enfila sa robe de chambre, tisonna le feu et s'assit devant la cheminée, le regard perdu dans les flammes.

Si seulement son mariage avec Ce'Nedra avait pu être célébré juste après leur retour à Riva, les choses se seraient passées en douceur, mais les préparatifs d'un mariage royal, surtout celui-là, ne se faisaient pas en une nuit, et certains des invités d'honneur n'étaient pas encore remis des blessures reçues à la bataille de Thull Mardu.

Ce délai avait permis à Ce'Nedra d'entreprendre un programme complexe de réformes ; c'est-à-dire qu'elle avait décidé de le réformer, lui, et rien, aucune objection, pas une protestation ne pourrait la faire revenir sur sa résolution. Elle se faisait manifestement de lui une idée précise, une image idéale qu'elle était seule à voir mais à laquelle elle était déterminée à le conformer. Ce n'était pas juste. Il la prenait comme elle était, lui. Elle avait des défauts — des tas — mais il acceptait le pire avec le meilleur. Pourquoi ne pouvait-elle lui rendre la pareille ? Chaque fois qu'il tentait de frapper du poing sur la table et de s'opposer à ses caprices, ses yeux s'emplissaient de larmes, sa lèvre se mettait à trembler et le couperet du « tu ne m'aimes plus » s'abattait sur lui. Au cours de ce long hiver, Belgarion de Riva avait plus d'une fois envisagé de mettre les voiles.

Mais le printemps était revenu et les orages qui isolaient l'Ile des Vents pendant les mois d'hiver avaient pris fin. Le jour que Garion croyait ne jamais voir arriver venait de lui tomber dessus. C'est aujourd'hui qu'il devait épouser la princesse impériale Ce'Nedra, et il était trop tard pour prendre la poudre d'escampette.

Allons, s'il ruminait une seconde de plus, il allait sombrer dans une panique irraisonnée. Il se leva et passa en vitesse une tunique et un pantalon tout simples, dédaignant les vêtements plus habillés que son valet avait préparés pour lui — conformément aux directives de Ce'Nedra.

Une heure avant le lever du jour, le jeune roi de Riva ouvrit la porte des appartements royaux et se glissa dans le couloir silencieux.

Il erra un moment dans les salles vides, mal éclairées, de la Citadelle, et ses pas finirent inévitablement par le mener devant la porte de tante Pol. Elle était déjà réveillée et assise au coin du feu, une tasse de thé fumant dans les mains. Elle portait une robe d'intérieur d'un bleu profond, et la vague noire, somptueuse, de sa chevelure caressait ses épaules.

— Tu es bien matinal, remarqua-t-elle.

— Je n'arrivais pas à dormir.

— Dommage. Tu vas avoir une rude journée.

— Je sais. C'est bien ça qui m'empêchait de dormir.

— Tu veux du thé ?

— Non, merci.

Il s'assit dans un fauteuil sculpté, de l'autre côté de la cheminée.

— Tout va changer, Tante Pol, reprit-il pensivement après un moment de silence. A partir d'aujourd'hui, rien ne sera plus jamais pareil, n'est-ce pas ?

— Probablement pas, répondit-elle, mais ça ne veut pas dire que ça ira moins bien.

— Comment tu te sens à l'idée de te marier ?

— J'ai un peu le trac, avoua-t-elle calmement.

— Toi ?

— C'est la première fois que je me marie, tu sais.

Quelque chose là-dedans ennuyait Garion.

— Dis, Tante Pol, tu crois vraiment que c'était une bonne idée de choisir le jour où on se mariait, Ce'Nedra et moi, pour épouser Durnik ? Tu es tout de même la femme la plus importante du monde. Tu ne penses pas que ton mariage aurait dû être un événement spécial ?

— C'est justement ce que nous voulions éviter, Durnik et moi. Nous tenions à nous marier en toute intimité, et j'espère que personne ne fera attention à nous dans l'agitation et le protocole qui vont accompagner ton mariage avec Ce'Nedra.

— Comment va-t-il ? Il y a des jours que je ne l'ai pas vu.

— Il est encore un peu bizarre. Je pense qu'il ne sera plus jamais tout à fait comme avant.

— Mais ça va bien quand même, hein ? insista Garion, un peu inquiet.

— Il va très bien, Garion. C'est juste qu'il a un tout petit peu changé. Ce qui lui est arrivé, personne ne l'avait vécu avant lui ; ça ne laisse pas indemne, forcément. C'est toujours l'homme pratique que nous avons connu, mais maintenant il voit aussi l'autre côté des choses. Je ne trouve pas ça déplaisant.

— Tu es vraiment obligée de quitter Riva ? demanda-t-il tout à coup. Vous pourriez rester ici, à la Citadelle, Durnik et toi.

— Non, Garion, nous voulons une maison à nous, répondit-elle. Nous avons envie d'être seuls tous les deux. Si je restais ici, chaque fois que vous vous mordrez le nez, Ce'Nedra et toi, vous viendriez taper à ma porte. J'ai fait ce que je pouvais pour vous aider à grandir, tous les deux, à vous de vous débrouiller, maintenant.

— Où irez-vous vivre ?

— Au Val, chez ma mère. Sa maison est toujours debout. Il faudra refaire le toit de chaume, changer les portes et les fenêtres, mais c'est tout à fait dans les cordes de Durnik. Ce sera l'endroit idéal pour élever Mission.

— Mission ? Vous l'emmenez avec vous ?

— Il faut bien que quelqu'un s'occupe de lui, et j'ai pris l'habitude d'avoir des petits garçons dans les jambes. De plus, nous nous sommes dit, Père et moi, qu'il valait mieux l'éloigner de l'Orbe. Il est toujours seul à pouvoir la toucher, en dehors de toi. Ça pourrait donner l'idée à quelqu'un d'en profiter, comme Zedar.

— Pour quoi faire ? Maintenant que Torak est mort, je veux dire. A quoi l'Orbe pourrait-elle servir ?

Elle le regarda gravement et la mèche blanche qui ornait la nuit de sa chevelure sembla briller d'un éclat plus vif.

— Je pense que l'Orbe n'avait pas cette seule raison d'être, Garion. Tout n'est pas achevé encore.

— Comment ça ? Que reste-t-il à accomplir ?

— Nous n'en savons rien. Le Codex Mrin ne se termine pas avec la rencontre entre l'Enfant de Lumière et l'Enfant des Ténèbres. Tu es le Gardien de l'Orbe, à présent, et son importance est toujours aussi grande.

Alors ne l'oublie pas dans un placard. Sois vigilant, ne te laisse pas distraire par les affaires courantes. Ton premier devoir est encore et toujours la garde de l'Orbe, et je ne serai pas là pour te le rappeler tous les matins.

Il n'avait même pas envie d'y songer.

— Et que feras-tu si quelqu'un vient au Val et tente d'enlever Mission ? Tu ne pourras plus le protéger, maintenant que...

Il ne finit pas sa phrase. Il n'avait jamais abordé le sujet avec elle.

— Vas-y, Garion, dis-le, reprit-elle en le regardant bien en face. Parlons sans détours : « maintenant que je n'ai plus de pouvoir ».

— Quel effet ça fait, Tante Pol ? Est-ce que ça te fait comme si tu avais perdu quelque chose, un genre de vide ?

— Je me sens comme d'habitude, mon chou. Je n'ai pas tenté de faire appel à mon pouvoir depuis que j'ai accepté d'y renoncer, bien sûr. Je pense que je n'aimerais pas essayer de faire quelque chose et ne pas y arriver, alors je me garde bien d'essayer. Cette page de ma vie est tournée ; c'est de l'histoire ancienne et voilà tout, fit-elle en haussant les épaules. Mais Mission n'a rien à craindre. Avec Beldin et les jumeaux, il devrait y avoir assez de volonté au Val pour dissuader tous ceux qui pourraient avoir envie de lui nuire.

— Pourquoi Durnik passe-t-il tout son temps avec grand-père ? demanda abruptement Garion. Ils ne se quittent plus de la journée depuis que nous sommes rentrés ici.

— Je pense qu'ils me préparent une surprise, lui confia-t-elle avec un petit sourire entendu. Un cadeau de mariage digne de moi. Ils sont parfois un peu transparents.

— Tu sais ce que c'est ? demanda impulsivement Garion.

— Non, et il ne me viendrait pas à l'idée de chercher à le savoir. Ils se donnent trop de mal pour que je leur gâche la surprise. Tu ferais peut-être mieux d'y aller, maintenant, mon chou, suggéra-t-elle en jetant un coup d'œil à la fenêtre où les premières lueurs de l'aube apparaissaient. Il va falloir que je commence à me préparer. C'est un jour très spécial pour moi aussi, et je veux être à mon avantage.

— Tu ne pourrais pas être autrement que sublime, Tante Pol, lui dit sincèrement Garion.

— Ça, c'est gentil, Garion, fit-elle en le regardant avec un sourire presque enfantin. Mais à quoi bon prendre des risques ? Tu sais, mon chou, tu devrais aller faire un tour aux bains, ajouta-t-elle en lui caressant la joue. Lave-toi les cheveux et demande à quelqu'un de te raser.

— Je peux le faire tout seul, Tante Pol.

— Je ne crois pas que ce soit une bonne idée. Tu es un peu nerveux aujourd'hui, et il n'est pas prudent de se passer un rasoir sur les joues quand on a les mains qui tremblent.

Il eut un petit rire attristé, l'embrassa et se dirigea vers la porte. Puis il s'arrêta et se retourna vers elle.

— Je t'aime, Tante Pol, dit-il simplement.

— Oui, mon chou, je sais. Moi aussi, je t'aime.

Après avoir fait un petit séjour aux bains, Garion partit à la recherche de Lelldorin. Le statut marital du jeune Asturien et de son épouse semi-officielle faisait partie des choses qui avaient fini par se décanter. Désespérant de voir Lelldorin faire le premier pas, Ariana s'était installée avec lui sans autre forme de procès. Elle s'était montrée assez ferme à ce sujet, mais Garion subodorait que Lelldorin ne lui avait pas opposé une résistance trop farouche. Il avait l'air encore plus ahuri que d'habitude, ces derniers temps, et Ariana n'était plus seulement radieuse, elle arborait désormais une expression un tantinet suffisante. Ce en quoi ils ressemblaient de façon étonnante à Relg et Taïba. Depuis son mariage, Relg avait l'air perpétuellement étonné tandis que Taïba paraissait elle aussi très satisfaite. Garion se demandait si en se réveillant, le lendemain matin, il ne découvrirait pas ce même petit sourire satisfait sur les lèvres de Ce'Nedra.

Garion avait une raison précise de chercher son ami

asturien. Ce'Nedra avait, entre autres caprices, obtenu que leur mariage soit suivi d'un grand bal, et Lelldorin apprenait à danser à Garion.

L'idée du bal, qui avait été accueillie avec enthousiasme par toutes ces dames, avait soulevé quelques réserves du côté des messieurs. Barak s'était montré particulièrement véhément dans ses objections.

— Même moi ? Vous voudriez que je me mette au milieu du plancher et que je *danse* ? avait-il demandé à la princesse, outré. Et pourquoi on ne se soûlerait pas plutôt gentiment la gueule ? C'est la coutume, après tout !

— Tout ira bien, vous verrez. Vous pouvez bien faire ça pour moi, hein, Barak ? avait répondu Ce'Nedra en lui tapotant la joue et en battant hypocritement des cils selon sa manie exaspérante.

Barak s'était éloigné en tapant du pied et en marmonnant des imprécations.

Garion trouva Lelldorin et Ariana chez eux, en train de se faire des mamours par-dessus la table du petit déjeuner.

— Sa Majesté nous fera-t-elle l'honneur de partager notre collation ? proposa aimablement Ariana.

— Non, merci, ma Dame, déclina Garion. Je n'ai guère d'appétit, aujourd'hui.

— C'est les nerfs, observa le sagace Lelldorin.

— Je pense que j'ai à peu près compris l'essentiel, attaqua aussitôt Garion, mais c'est ce changement de pied qui m'échappe. Je m'entortille tout le temps les jambes.

Lelldorin alla immédiatement chercher son luth et Ariana aida Garion à répéter le pas qui lui donnait du fil à retordre.

— Son Altesse devient fort experte, le complimenta Ariana à la fin de la leçon.

— Tout ce que je demande, c'est de m'en sortir sans m'emmêler les pieds et m'écrouler le nez par terre au milieu des invités.

— La princesse supporterait assurément Sa Majesté si elle venait à trébucher.

— Ça... Il ne lui déplairait peut-être pas que je me couvre de ridicule.

— Sa Majesté n'a de l'âme féminine qu'une connaissance fort restreinte, commenta Ariana en contemplant Lelldorin avec adoration ; regard qu'il lui rendit d'un air parfaitement idiot.

— Ça ne vous ennuierait pas d'arrêter un peu, tous les deux ? lança Garion, agacé. Vous ne pouvez pas attendre d'être seuls pour bêtifier comme ça ?

— Mon cœur est trop plein d'amour pour ne pas déborder, Garion, rétorqua Lelldorin avec extravagance.

— Mouais, fit sèchement Garion. Eh bien, je vais voir Silk ; je vous laisse à vos amusements.

Ariana s'empourpra puis lui dédia un joli sourire.

— Devons-nous prendre cela pour un commandement royal de Sa Majesté ? insinua-t-elle d'un ton malicieux.

Garion prit la fuite.

Silk était revenu de l'Est la veille au soir et Garion était avide de nouvelles. Il le trouva attablé devant une perdrix rôtie et du vin chaud, épicé.

— Tu ne trouves pas ça un peu lourd pour le petit déjeuner ? s'inquiéta Garion.

— Je n'ai jamais trop prisé le gruau, surtout pour démarrer la journée, répliqua Silk. Le gruau est une chose que l'homme doit se préparer à ingurgiter.

Garion rentra directement dans le vif du sujet.

— Alors, qu'est-ce qui se passe au Cthol Murgos ?

— Rak Goska est toujours assiégée et 'Zakath fait venir de plus en plus d'hommes, raconta Silk. Il a manifestement l'intention d'attaquer le sud du Cthol Murgos dès qu'il se sentira assez sûr de ses arrières pour faire manœuvrer une armée.

— Les Thulls sont de son côté ?

— Un très petit nombre. Les autres sont trop occupés à mettre la main sur les rares Grolims encore en vie chez eux. J'avais toujours pris les Thulls pour un peuple stupide, mais tu serais surpris de voir les trésors de créativité qu'ils peuvent déployer quand il s'agit de trouver des moyens originaux et intéressants de mettre fin aux jours des Grolims.

— Il faut que nous tenions 'Zakath à l'œil, commenta Garion. Je n'aimerais pas qu'il remonte sournoisement vers nous.

— Je pense que tu peux compter sur lui pour ne pas agir sournoisement, reprit Silk. Au fait, il t'envoie un message de félicitations.

— *Hein ?*

— C'est un homme civilisé doublé d'un politicien avisé, Garion, et la mort de Torak lui en a fichu un coup. Je pense qu'en fait il a peur de toi, alors il préfère rester dans tes petits papiers. Au moins jusqu'à ce qu'il en ait fini au sud du Cthol Murgos.

— Qui a pris la direction des opérations chez les Murgos, maintenant que Taur Urgas est mort ?

— Urgit, son troisième fils par sa seconde femme. Il y a eu la guéguerre de succession traditionnelle entre les divers fils de sa tripotée de femmes. C'est fou ce qu'ils ont pu avoir comme accidents, à ce que j'ai compris.

— Quel genre d'homme est Urgit ?

— Un comploteur. Je pense qu'il ne fait pas le poids face à 'Zakath, mais il occupera bien les Malloréens pendant dix ou vingt ans. D'ici là, 'Zakath sera peut-être trop vieux et trop fatigué de faire la guerre pour te chercher noise.

— Espérons-le.

— Oh, j'allais oublier. Hettar a épousé ta cousine la semaine dernière.

— Adara ? Je croyais qu'elle était malade.

— Apparemment pas tant que ça. Ils viennent à ton mariage, avec Cho-Hag et Silar.

— Tout le monde se marie, alors ?

— Sauf moi, mon jeune ami, s'esclaffa Silk. Et je ne suis pas près de succomber à l'épidémie. Je sais encore courir ! Les Algarois devraient arriver dans la matinée. Ils ont rencontré Korodullin et sa suite et ils font la traversée ensemble. Leur vaisseau était juste derrière le mien quand nous avons quitté Camaar.

— Mandorallen est avec eux ?

— Oui, ainsi que la baronne de Vo Ebor, opina Silk. Le baron ne se sent pas encore assez bien pour faire le voyage. De toute façon, je pense qu'il espère promptement défuncter afin de laisser le champ libre à Mandorallen. Ne fais pas cette tête-là, va. Les Arendais raffolent de ce genre de tragédie. Mandorallen est absolument ravi de pouvoir souffrir avec noblesse.

— C'est lamentable de dire des choses comme ça, fit Garion d'un ton accusateur.

— Je suis un individu lamentable, admit Silk avec un haussement d'épaules.

— Où iras-tu après... commença Garion.

— Après m'être assuré qu'on t'a passé la corde au cou dans les formes ? poursuivit Silk d'un ton plaisant. Eh bien, dès que je me serai remis de la cuite que je vais prendre ce soir, je partirai pour le Gar og Nadrak. Depuis les événements que tu sais, la situation semble très prometteuse, là-bas. J'ai eu des nouvelles de Yarblek. Nous allons nous associer.

— Yarblek et toi ?

— Il n'est pas si mauvais, à condition de le tenir à l'œil, et c'est un malin. Nous devrions bien nous entendre.

— Je vois ça d'ici, s'esclaffa Garion. Vous êtes déjà assez redoutables séparément, si vous vous acoquinez, je plains les honnêtes marchands.

— C'est un peu ce que nous avions en tête, confirma Silk avec un sourire tordu.

— Tu vas devenir fabuleusement riche.

— J'imagine que je m'y ferais s'il le fallait, acquiesça Silk, le regard perdu dans le lointain. Mais ce n'est pas vraiment l'enjeu. Car c'est un jeu. L'argent n'est qu'un moyen parmi d'autres de tenir le compte des points. C'est le déroulement de la partie qui est important.

— Il me semble que tu m'as déjà dit ça.

— Je n'ai pas changé d'avis depuis, gloussa Silk.

Le mariage de tante Pol et de Durnik fut célébré ce matin-là dans une petite chapelle privée de la Citadelle. Il y avait très peu d'invités : Belgarath, Silk, Barak et les jumeaux Beltira et Belkira, bien sûr. La reine Layla était au côté de tante Pol, resplendissante dans sa robe de velours bleu nuit, tandis que Garion accompagnait Durnik. Les paroles sacramentelles furent prononcées par Beldin, le bossu, qui arborait, une fois n'est pas coutume, une tenue décente et un petit sourire débonnaire sur son vilain visage.

Garion était en proie à des émotions complexes. Il réalisa avec un coup au cœur que tante Pol ne serait plus jamais à lui tout seul et une partie enfantine, puérile, de lui-même en conçut un certain ressentiment. Mais il était content qu'elle épouse Durnik. Si quelqu'un la méritait, c'était bien lui. Le brave homme ne pouvait détacher ses yeux limpides, pleins d'un amour éperdu, de tante Pol debout à côté de lui, à la fois grave et radieuse.

Garion faisait un pas en arrière, au moment où ils échangeaient leurs vœux, quand il entendit un petit crissement soyeux. C'était la princesse Ce'Nedra. Elle était à l'entrée de la chapelle, dans une cape à capuchon qui la couvrait de la tête aux pieds, le visage masqué d'un voile opaque. Elle avait fait tout un fromage d'une vieille coutume tolnedraine selon laquelle Garion ne devait pas la voir avant la cérémonie, mais d'un autre côté, rien n'aurait pu l'empêcher d'assister au mariage de Polgara. Il l'imaginait en train de tourner et de retourner le problème dans sa petite tête jusqu'à ce qu'elle ait imaginé cette solution. La cape et le voile étaient censés lui procurer l'invisibilité requise ; les apparences étaient sauves. Garion se retourna avec un petit sourire.

Le subit changement d'expression de Beldin — de la surprise bientôt suivie d'une sorte de reconnaissance — l'amena à regarder de nouveau vers le fond de la chapelle. Il ne vit pas tout de suite de quoi il s'agissait, puis un mouvement imperceptible attira son regard vers les poutres noires. La forme fantomatique d'une chouette blanche comme neige était perchée sur l'une d'elles. Elle était venue assister au mariage de tante Pol et de Durnik.

A la fin de la cérémonie, après que Durnik eut respectueusement — et l'air un peu emprunté — embrassé son épouse, la chouette blanche étendit les ailes et fit le tour de la chapelle dans un silence d'outre-tombe. Elle plana brièvement au-dessus de l'heureux couple comme pour lui accorder une bénédiction silencieuse, puis, en deux battements d'ailes feutrés, elle s'approcha de Belgarath dans l'air immobile. Le vieux sorcier détourna résolument la tête.

— Tu ferais aussi bien de la regarder, Père, suggéra tante Pol. Elle ne partira pas avant.

Belgarath poussa un profond soupir et leva les yeux sur l'oiseau étrangement lumineux qui planait dans le vide, juste devant lui.

— Tu me manques toujours autant, dit-il simplement. Même après tout ce temps.

La chouette le contempla un moment de ses yeux dorés qui ne cillaient pas puis elle vacilla et disparut.

— Quelle chose stupéfiante ! s'exclama la reine Layla, suffoquée.

— Nous sommes des gens stupéfiants, Layla, rétorqua tante Pol, et nous avons un certain nombre d'amis et de parents très spéciaux. Et puis, ajouta-t-elle avec un sourire lumineux en étreignant le bras de Durnik, a-t-on jamais vu une fille se marier sans sa mère ?

Après le mariage, le petit groupe regagna le centre de la Citadelle par un dédale de couloirs et s'arrêta enfin devant la porte des appartements privés de tante Pol. Garion s'apprêtait à repartir avec Silk et Barak après quelques mots de félicitations, mais Belgarath mit la main sur son bras.

— Reste un instant.

— Tu ne crois pas que nous ferions mieux de les laisser, Grand-Père ? suggéra Garion, un peu gêné.

— Nous ne resterons que quelques minutes, lui assura Belgarath, les lèvres tremblantes d'une joie réprimée. Je veux que tu voies quelque chose.

Tante Pol haussa un sourcil interrogateur en voyant son père et Garion lui emboîter le pas.

— Serait-ce une vieille coutume oubliée, Père ? s'étonna-t-elle.

— Non, non, Pol, répondit-il innocemment. Nous voulions seulement, Garion et moi, lever notre verre à ton bonheur, c'est tout.

— Que prépares-tu au juste, Vieux Loup ? insista-t-elle, une lueur amusée dans l'œil.

— Pourquoi, je devrais préparer quelque chose ?

— Tu as toujours quelque chose derrière la tête, riposta-t-elle en allant chercher quatre verres de cristal et une carafe de vieux vin tolnedrain.

— Il y a un bon moment, maintenant, que tout a commencé pour nous quatre, reprit rêveusement Belgarath. Je propose qu'avant de nous séparer nous prenions quelques minutes pour penser au chemin que nous avons fait ensemble et aux choses assez étranges qui nous sont arrivées à tous. Je pense que nous avons tous un peu changé, d'une façon ou d'une autre.

— Tu n'as pas tellement changé, toi, Père, fit tante Pol d'un air entendu. Ça t'ennuierait d'en venir au fait ?

Belgarath s'efforçait de dissimuler sa joie, mais ses yeux brillants le trahissaient.

— Durnik a quelque chose pour toi, annonça-t-il.

Durnik avala péniblement sa salive.

— Maintenant ? demanda-t-il avec appréhension.

Belgarath acquiesça d'un hochement de tête.

— Je sais, ma Pol, combien tu aimes les belles choses, comme cet oiseau, déclara Durnik en jetant un coup d'œil au roitelet de cristal que Garion avait offert à sa tante, il y avait déjà plus d'un an. J'aurais voulu te donner quelque chose d'aussi beau, mais je ne sais travailler ni le verre ni les pierres précieuses ; je sais juste forger le métal. Alors je t'ai fait quelque chose comme ça, conclut-il en déballant un objet entouré d'un simple linge.

Il en tira une rose d'acier à peine éclose, d'une prodigieuse finesse et qui semblait étinceler d'une vie propre.

— Oh, Durnik ! s'exclama tante Pol, sincèrement émue. Que c'est beau !

Mais Durnik ne lui tendit pas encore la rose.

— L'ennui, c'est qu'elle n'a ni couleur ni parfum, nota-t-il d'un ton assez critique en jetant un regard angoissé à Belgarath.

— Allez-y, l'encouragea le vieil homme. Faites comme je vous ai montré.

Durnik releva les yeux sur tante Pol. Il tenait toujours sa rose étincelante.

— Je n'ai pas grand-chose à te donner, ma Pol, reprit-il humblement, en dehors de mon cœur honnête, et de ceci.

Il lui tendit la rose sur sa main ouverte, et son visage se crispa comme s'il se concentrait intensément.

Garion l'entendit distinctement. C'était un murmure familier, quelque chose qui se situait à mi-chemin du rugissement et du tintement d'une cloche. La rose de métal poli posée sur la main de Durnik sembla palpiter doucement et se colora peu à peu. Elle fut bientôt d'un blanc de neige à l'extérieur tandis que le cœur, entre les pétales à peine ouverts, devenait d'un rouge profond, émouvant. Et quand Durnik eut fini, c'est une fleur vivante, aux pétales humides de rosée, qu'il offrit à tante Pol.

Celle-ci regarda la rose en étouffant un halètement de surprise. Elle ne ressemblait à aucune autre fleur au monde. Elle la prit d'une main tremblante, les larmes aux yeux.

— Comment est-ce possible ? demanda-t-elle, frappée de stupeur.

— Durnik est un homme très spécial, à présent, constata Belgarath. C'est, à ma connaissance, le premier homme qui soit jamais mort et revenu à la vie. Cela ne pouvait pas faire autrement que de le transformer, ne fût-ce qu'un peu. Mais je pense qu'un poète couvait depuis toujours sous la carapace de notre bon ami si terre à terre. Peut-être le seul changement réside-t-il dans le fait que le poète qui est en lui a trouvé le moyen de s'exprimer.

— L'avantage, ma Pol, nota Durnik, un peu embarrassé, en effleurant la rose d'un index timide, c'est qu'elle est faite d'acier et qu'elle ne se flétrira jamais. Elle restera à jamais ainsi. Comme ça, même au cœur de l'hiver, tu auras au moins une fleur.

— Oh, Durnik ! s'écria-t-elle en lui sautant au cou.

Durnik lui rendit maladroitement son étreinte, pas très à l'aise.

— Si elle te plaît vraiment, je pourrai t'en faire d'autres, promit-il. Tout un jardin, si tu veux. Ce n'est pas si difficile, une fois qu'on a compris.

Tout à coup, tante Pol écarquilla les yeux. Sans lâcher Durnik, elle se tourna vers le roitelet de cristal perché sur son rameau de verre.

— Vole ! ordonna-t-elle.

L'oiseau étincelant déploya ses ailes et vint se poser sur sa main tendue. Il inspecta curieusement la rose, plongea le bec dans une goutte de rosée, leva la tête et se mit à chanter. Tante Pol leva doucement la main et l'oiseau de cristal regagna son rameau de verre, mais l'écho de ses trilles résonnait toujours à leurs oreilles.

— Bon, eh bien, je pense que le moment est venu pour Garion et moi de nous retirer, fit Belgarath, tout ému.

Mais tante Pol venait manifestement de réaliser quelque chose. Ses yeux s'étrécirent légèrement, puis elle les rouvrit tout grand.

— Un instant, Vieux Loup, dit-elle à Belgarath d'une voix métallique. Tu le savais depuis le début, n'est-ce pas ?

— Quoi donc, Pol ? demanda-t-il d'un petit air innocent.

— Que Durnik... que je... balbutia-t-elle, et pour la première fois de sa vie, se dit Garion, les mots lui manquèrent. Tu le savais ! tempêta-t-elle.

— Evidemment. A la seconde même où Durnik est revenu à la vie j'ai senti qu'il avait quelque chose de changé. Je suis étonné que tu ne t'en sois pas rendu compte toi aussi. Je lui ai juste un peu montré comment se servir de cette faculté nouvelle.

— Pourquoi ne pas me l'avoir dit ?

— Tu ne me l'as pas demandé.

— Tu... je... bredouilla-t-elle avant de faire un effort sur elle-même. Tu m'as laissé croire pendant tous ces mois que j'avais perdu mon pouvoir alors que je l'avais encore ! Tu te rends compte : je l'avais encore et tu m'as laissé subir cette épreuve ?

— Enfin, Pol, si tu voulais bien te donner la peine

d'utiliser ta cervelle deux minutes, tu comprendrais qu'on ne se débarrasse par comme ça de son pouvoir. Quand on l'a, on le garde.

— Mais notre Maître a dit...

Belgarath leva la main.

— Ah, pardon, Pol. Rappelle-toi : il t'a demandé si tu étais prête à renoncer à une partie de ton indépendance pour te marier, et à traverser la vie sans plus de pouvoir que ton époux. Et comme il n'était pas question qu'il t'enlève ton pouvoir, c'est qu'il avait autre chose en tête.

— Tu m'as laissé croire...

— Je n'ai aucun pouvoir sur ce que tu peux croire, Pol, répondit-il d'un ton sentencieux.

— Tu t'es joué de moi.

— Tu t'es abusée toute seule, rectifia-t-il avant de lui dédier un sourire chaleureux. Allons, avant de partir d'une de ces tirades dont tu as le secret, réfléchis un peu : au fond, tu n'en as pas souffert. Et tu ne penses pas que c'était une façon agréable de découvrir ce qu'il en est au juste ? Disons que c'est mon cadeau de mariage, conclut-il, et son sourire se transforma en un rictus malicieux.

Elle le dévisagea un moment d'un œil noir, comme si elle n'entendait pas se laisser amadouer si facilement, mais le regard qu'il lui rendit était si drôle qu'elle ne put longtemps faire semblant d'être en colère. Si le résultat de leur confrontation avait toujours été obscur, cette fois, le vieux sorcier avait gagné, c'était évident. Finalement, elle éclata de rire et posa affectueusement la main sur son bras.

— Tu es un terrible vieux bonhomme, Père.

— Je sais. Tu viens, Garion ?

Une fois dans le couloir, Belgarath se mit à ricaner.

— Qu'y a-t-il de si drôle ? demanda Garion.

— J'attendais ce moment depuis des mois, lui expliqua son grand-père en s'étranglant de rire. Tu as vu sa tête quand elle a découvert le pot aux roses ? Elle errait en tous lieux avec des airs de grande martyre, et tout ça pour rien ! Ta tante a toujours été un peu trop sûre d'elle, tu sais, continua-t-il avec un petit sourire tordu. Je suis sûr que ça lui a fait le plus grand bien de se prendre un moment pour une femme comme les autres. Elle voit peut-être les choses d'un œil différent, maintenant.

— Elle avait raison, commenta Garion en riant. Tu es un affreux vieux bonhomme !

— Je fais ce que je peux, avoua-t-il, hilare.

Ils suivirent le couloir jusqu'aux appartements royaux. Les vêtements que Garion devait porter pour son mariage étaient déjà préparés.

— Grand-Père, fit-il en s'asseyant pour ôter ses bottes, je voulais te demander quelque chose. Juste avant de mourir, Torak a appelé sa mère...

Belgarath hocha la tête en signe d'acquiescement, une chope de bière à la main.

— Qui est sa mère ?

— La Création, répondit le vieil homme.

— Je ne comprends pas.

Belgarath gratouilla pensivement sa courte barbe blanche.

— Si j'ai bien compris, les Dieux sont issus de la pensée d'UL, leur père, mais c'est la Création qui leur a donné le jour. C'est très compliqué. Je ne comprends pas tout moi-même. Enfin, au moment de mourir, Torak a appelé la seule chose qu'il croyait l'aimer encore. Il se trompait, bien sûr. UL et les autres Dieux avaient beau savoir qu'il était devenu pervers et totalement maléfique, ils n'avaient pas cessé de l'aimer. Et la Création a pleuré sa mort.

— La Création ?

— Tu n'as pas vu ? A un moment donné, les lumières se sont éteintes et tout s'est arrêté.

— Je pensais que c'était moi.

— Eh non ! Pendant cet unique instant, toutes les lumières de l'univers se sont éteintes et tout a cessé de bouger, partout. C'était la Création qui pleurait son enfant mort.

Garion rumina un moment.

— Il fallait pourtant bien qu'il meure, n'est-ce pas ?

Belgarath acquiesça d'un signe de tête.

— C'était la seule façon de faire reprendre leur cours normal aux choses. Torak devait mourir pour qu'elles retrouvent la trajectoire qu'elles n'auraient jamais dû quitter. Autrement, tout aurait sombré dans le chaos.

Une pensée bizarre traversa Garion.

— Grand-Père, qui est Mission ?

— Je n'en sais rien. Ce n'est peut-être qu'un étrange petit garçon. Peut-être autre chose. Tu ferais mieux de te changer.

— J'essayais de ne pas y penser.

— Allez, c'est le plus beau jour de ta vie !

— Tu crois vraiment ?

— C'est ce qu'on dit, et ça ne peut pas te faire de mal de te le répéter.

Le Gorim d'Ulgo devait, à la demande générale, célébrer l'union de Garion et de Ce'Nedra. Le frêle vieillard avait fait le voyage de Prolgu par brèves étapes pour ne pas trop se fatiguer, en litière, des grottes jusqu'à la Sendarie, dans le carrosse du roi Fulrach de la frontière à la cité de Sendar, puis en bateau de Sendar à Riva. La révélation du fait que le Dieu des Ulgos était le père des autres Dieux avait eu un effet dévastateur sur les cercles théologiens. Des bibliothèques entières de spéculations philosophiques pompeuses étaient instantanément tombées en désuétude et les prêtres erraient dans les ténèbres comme s'ils avaient reçu le plafond des galeries sur la tête. A cette nouvelle, Grodeg, le grand prêtre de Belar, était tombé en pâmoison. L'ecclésiastique pontifiant, déjà gravement handicapé par les blessures reçues à la bataille de Thull Mardu, ne devait jamais se remettre de ce dernier coup. Quand il reprit conscience, ses assistants constatèrent qu'il était retombé en enfance. Il passait désormais ses journées au milieu de ses jouets et d'une collection de bouts de ficelle de toutes les couleurs.

Le mariage royal eut bien sûr lieu à la cour du roi de Riva, où tout le monde s'était retrouvé. Le roi Rhodar était vêtu d'écarlate, Anheg de bleu, Fulrach de brun et Cho-Hag de noir, en bon Algarois. Brand, le Gardien de

Riva, la mine plus sombre que jamais depuis la mort de son fils cadet, portait les vêtements gris des Riviens. Parmi les autres invités royaux, l'empereur Ran Borune XXIII badinait gaiement avec Sadi, et, chose étrange, l'empereur au manteau doré et le Nyissien au crâne rasé avaient l'air de s'entendre comme larrons en foire. La situation nouvelle au Ponant leur ouvrait des perspectives attrayantes, et ils comptaient manifestement en profiter. Le roi Korodullin, royalement vêtu de pourpre, ne disait pas grand-chose. Le coup qu'il avait pris sur la tête devant Thull Mardu avait affecté son ouïe, et le jeune roi d'Arendie n'avait pas l'air très à l'aise en public.

Le roi Drosta lek Thun du Gar og Nadrak se pavanait au milieu des monarques assemblés dans un pourpoint jaune d'une laideur étonnante. Le souverain émacié, agité de tics, s'exprimait par petites phrases sèches, entrecoupées d'éclats de rire stridents. Le roi des Nadraks conclut beaucoup d'arrangements, cet après-midi-là, et peut-être avait-il l'intention d'en honorer quelques-uns, qui sait ?

Belgarion de Riva ne participa évidemment à aucune des négociations, ce qui n'était sûrement pas plus mal. Le roi de Riva avait la tête à autre chose, à cette heure. Tout vêtu de bleu, il faisait nerveusement les cent pas sous le regard placide de Lelldorin en attendant la sonnerie de trompe qui devait les appeler dans la grande salle.

— Je voudrais bien que ça soit fini, dit-il pour la sixième fois.

— Un peu de patience, Garion, lui conseilla une sixième fois Lelldorin.

— Mais qu'est-ce qu'ils font ?

— Ils attendent sûrement que Sa Majesté soit prête. En ce jour, elle a une beaucoup plus grande importance que toi, tu sais. C'est toujours comme ça, dans une noce.

— Tu ne connais pas ton bonheur. En t'enfuyant avec Ariana, tu as coupé à tout ce tralala.

— Si tu savais, Garion ! fit Lelldorin avec un petit rire sinistre. J'ai juste reculé pour mieux sauter. Tous ces préparatifs sont montés à la tête de mon Ariana. Dès notre retour en Arendie, elle veut que nous ayons un vrai mariage.

— Je me demande bien ce que les femmes peuvent trouver au mariage.

— Comment savoir ? fit Lelldorin en haussant les épaules. L'âme féminine est un mystère, tu t'en rendras bientôt compte.

Garion lui jeta un regard amer et ajusta sa couronne une nouvelle fois.

— Je voudrais bien que ça soit fini, fit-il pour la septième fois.

La sonnerie des trompes finit par retentir dans la salle du trône et la porte s'ouvrit. Tout tremblant, Garion ajusta une dernière fois sa couronne et marcha vers son destin. Il connaissait la plupart des gens assemblés à la cour du roi de Riva mais c'est à peine s'il distinguait leur visage. Il passa, escorté de Lelldorin, entre les fosses où brûlaient des feux de tourbe et s'approcha du trône où son immense épée avait retrouvé sa place, l'Orbe d'Aldur brillant d'un vif éclat sur son pommeau.

La salle était décorée de drapeaux et d'étendards, et garnie d'une profusion de fleurs printanières. Avec les vêtements de soie, de satin et de brocart aux mille couleurs des invités qui se penchaient et se tordaient le cou pour voir entrer les futurs époux, la cour du roi de Riva ressemblait à un immense jardin.

Le Gorim d'Ulgo était debout, vêtu d'une robe immaculée, devant le trône.

— Salut à toi, Belgarion, murmura le Gorim avec un doux sourire tandis que Garion gravissait les marches.

— Saint Gorim, répondit Garion en s'inclinant avec raideur.

— La paix soit avec toi, mon fils, lui recommanda le Gorim en remarquant ses mains tremblantes.

— Je voudrais bien, Très Saint Homme.

Les trompes d'airain sonnèrent à nouveau et la porte s'ouvrit en grand, au fond de la salle. La princesse impériale Ce'Nedra, vêtue de sa robe de mariage crémeuse semée de perles, s'avança sur le seuil, sa cousine

Xera à son côté. Elle était d'une beauté stupéfiante. Ses cheveux de flamme coulaient sur son épaule et elle portait le diadème d'or multicolore qu'elle avait toujours aimé. Son visage était grave et réservé et une délicate roseur colorait ses joues. Elle avait les yeux baissés, mais dans le petit coup d'œil qu'elle jeta à Garion il vit la lueur malicieuse qui brillait derrière ses cils épais et il sut alors avec une absolue certitude que cette modestie, cette réserve, n'étaient qu'une façade. Elle attendit que chacun ait eu le temps de se pénétrer de sa perfection, puis, accompagnée par les notes cristallines des harpes qui cascadaient doucement, elle vint à la rencontre de son fiancé tout tremblotant. Garion trouva qu'il y avait peut-être un peu d'exagération tout de même en voyant les deux petites filles de Barak joncher son chemin de pétales.

En arrivant devant l'estrade, Ce'Nedra planta impulsivement un baiser sur la joue du vieux Gorim si doux et prit place au côté de Garion. Il émanait d'elle un parfum qui évoquait étrangement les fleurs et faisait trembler les genoux de Garion. Comme s'il avait besoin de ça !

— Nous sommes ici réunis, commença le Gorim en regardant le jeune couple, pour célébrer l'accomplissement de la Prophétie qui a guidé nos vies dans les plus mortels des périls et nous a menés sains et saufs à ce jour de liesse. Comme il était annoncé, le roi de Riva est revenu. Il a rencontré notre ennemi de toujours et l'a vaincu. Sa récompense se tient aujourd'hui, radieuse, à son côté.

Sa récompense ? C'était la première fois que Garion voyait les choses sous cet angle. Il s'interrogea sur cette notion pendant que le Gorim continuait son homélie mais il ne voyait pas ce que ça changeait. Un petit coude pointu lui rentra dans les côtes.

— Fais un peu attention, chuchota Ce'Nedra.

Le moment des questions et des réponses arriva bientôt. Garion avait la voix plus grinçante qu'une girouette, évidemment, mais celle de Ce'Nedra était ferme et claire. Elle n'aurait pas pu faire semblant d'être un tout petit peu nerveuse, non ?

Puis Mission leur apporta leurs anneaux sur un petit coussin de velours. L'enfant prenait sa tâche très au sérieux, mais Garion n'apprécia pas l'expression légèrement amusée de son petit visage. Tout le monde se payait-il donc secrètement sa tête ?

La cérémonie prit fin après la bénédiction du Gorim, que Garion ne devait pas entendre. L'Orbe d'Aldur, qui luisait d'un éclat d'une intolérable prétention, lui présenta en effet ses félicitations d'un genre un peu particulier en lui emplissant les oreilles d'un chant d'allégresse. Tout à coup Garion vit que Ce'Nedra s'était tournée vers lui.

— Alors ? murmura-t-elle.

— Alors quoi ? repondit-il sur le même ton.

— Tu vas m'embrasser, oui ou non ?

— Ici ? devant tout le monde ?

— C'est la coutume.

— Eh bien, elle est idiote, ta coutume.

— Fais-le, c'est tout, Garion, dit-elle avec un petit sourire encourageant. Nous discuterons plus tard.

Garion tenta de mettre une certaine dignité dans le baiser et d'en faire une sorte de formalité chaste, dans le ton de la cérémonie, mais Ce'Nedra ne voulut rien savoir. Elle mit dans la procédure un enthousiasme que Garion trouva quelque peu affolant. Elle passa ses bras autour de son cou en collant ses lèvres aux siennes et il se demanda, de façon tout à fait irrationnelle, combien de temps au juste elle avait l'intention de prolonger l'expérience, parce que ses genoux allaient se dérober sous lui.

Il fut sauvé par l'acclamation qui ébranla la salle. Le problème avec ces baisers en public, c'est qu'on ne savait jamais combien de temps les faire durer. Si c'était trop bref, ça pouvait passer pour un manque de considération ; si ça s'éternisait, les gens risquaient de se mettre à ricaner. Belgarion de Riva se tourna vers ses invités avec un sourire passablement débile.

La cérémonie fut aussitôt suivie d'un bal et d'un souper. Les invités suivirent en babillant un long couloir qui les mena à une salle gaiement décorée, embrasée par une multitude de chandelles. L'orchestre était composé de musiciens riviens placés sous la direction d'un chef arendais tatillon qui faisait de son mieux pour empêcher ces Riviens à l'esprit indépendant d'improviser sur des mélodies de leur cru.

C'était le moment que Garion redoutait le plus. La première danse était une épreuve en solitaire destinée au couple royal. Il arrivait au centre de la salle, sa radieuse épouse au bras, et s'apprêtait à effectuer sa démonstration quand il se rendit compte avec horreur qu'il avait oublié tout ce qu'il avait appris avec Lelldorin.

La danse alors en vogue dans les cours du Sud était une chose gracieuse et assez compliquée que les partenaires exécutaient en se tenant à bout de bras et en regardant dans la même direction, l'homme légèrement en retrait de sa cavalière. Garion réussit à prendre la position sans trop de mal. Le problème, c'était tous ces petits pas rapides en cadence.

Il s'en tira tout de même honorablement. Le parfum des cheveux de Ce'Nedra lui faisait toujours un drôle d'effet et il remarqua que ses mains avaient la tremblote. Les invités applaudirent avec frénésie à la fin du premier morceau et rejoignirent le couple royal au moment où l'orchestre entamait le second, emplissant la salle de tourbillons multicolores. Le bal était ouvert.

— Je pense que nous ne nous en sommes pas trop mal sortis, murmura Garion.

— Nous étions parfaits, lui assura Ce'Nedra.

Ils continuèrent à danser.

— Garion ? reprit la petite princesse au bout d'un moment.

— Oui ?

— Tu m'aimes vraiment ?

— Evidemment. C'est une question stupide.

— Stupide ?

— Pardon ! fit-il très vite. J'ai dit une bêtise.

— Garion, répéta-t-elle quelques mesures plus tard.

— Oui ?

— Je t'aime aussi, tu sais.

— Bien sûr que je le sais.

— Comment ça, bien sûr ? Tu ne crois pas que tu en es un petit peu trop sûr ?

— Pourquoi nous disputons-nous ? demanda-t-il d'un ton plaintif.

— Nous ne nous disputons pas, Garion, répliqua-t-elle avec hauteur. Nous discutons.

— Ah bon ! Alors tout va bien.

Le couple royal dansa avec tout le monde, comme de bien entendu. Les rois se passèrent Ce'Nedra de main en main, telle une royale conquête, tandis que Garion escortait des reines et de nobles dames jusqu'au centre de la salle de bal pour les tours de piste de rigueur. Porenn, la blonde petite reine de Drasnie, lui donna de judicieux conseils, tout comme la majestueuse reine Islena de Cherek. La petite reine Layla se montra très maternelle, voire un tantinet évaporée. La reine Silar le complimenta gravement et Mayaserana d'Arendie émit l'opinion qu'il danserait mieux s'il était moins raide. Mais c'est la femme de Barak, Merel, vêtue d'un somptueux brocart vert, qui lui donna le meilleur de tous les conseils.

— Vous vous chamaillerez, bien sûr, mais n'allez jamais vous coucher avant de vous être réconciliés. C'était mon erreur.

Enfin, Garion dansa avec sa cousine Adara.

— Tu es heureuse ? lui demanda-t-il.

— Plus que tu ne saurais imaginer, répondit-elle avec un gentil sourire.

— Alors tu vois, tout est bien qui finit bien.

— Eh oui ! On dirait que c'était écrit. Tout a l'air de se passer tellement comme il faut !

— Qui sait, c'était peut-être écrit ? fit Garion d'un ton rêveur. Il y a des moments où je me dis que nous n'avons pas un grand contrôle sur nos vies. Je sais que je n'en ai aucun.

— Voilà de bien graves pensées pour un jeune marié le jour de ses noces, commenta-t-elle en souriant avant de froncer les sourcils. Ne te laisse pas mener par le bout du nez ou Ce'Nedra va te faire tourner en bourrique.

— Tu as eu des échos ?

Elle acquiesça d'un hochement de tête.

— N'en fais pas une montagne, Garion. C'était juste pour voir jusqu'où elle pouvait aller.

— Tu veux dire qu'il faudrait encore que je fasse mes preuves ?

— Avec elle, tous les jours. Je connais ta petite princesse, Garion. Tout ce qu'elle veut, en fait, c'est que tu lui prouves que tu l'aimes. N'aie pas peur de le lui dire. Je pense que tu seras surpris de constater à quel point elle peut être gentille si tu prends la peine de lui dire que tu l'aimes. De le lui dire souvent.

— Elle le sait déjà.

— Eh bien, il faut le lui répéter.

— Combien de fois penses-tu que je devrais le faire ?

— Oh, toutes les heures, à peu près.

Il était presque certain qu'elle plaisantait.

— J'ai remarqué que les Sendariens étaient un peuple réservé, reprit-elle. Ça ne marchera jamais avec Ce'Nedra. Il faudra que tu oublies ton éducation et que tu t'obliges à lui dire et à lui répéter que tu l'aimes. Tu seras récompensé de tes efforts, crois-moi.

— J'essaierai, lui promit-il.

Elle eut un petit rire et lui piqua un baiser sur la joue.

— Pauvre Garion.

— Pourquoi « pauvre Garion » ?

— Tu as encore tellement à apprendre.

La danse se poursuivit.

Finalement, épuisés et affamés par toute cette dépense physique, Garion et sa jeune épouse se dirigèrent vers le buffet et s'assirent pour savourer leur repas de mariage. C'était un souper très spécial. Deux jours avant la cérémonie, tante Pol avait calmement investi les cuisines royales et pris la direction des opérations. Le résultat était en tout point remarquable. Des fumets renversants montaient des tables couvertes de mets et le roi Rhodar ne pouvait passer devant sans prendre « juste un petit morceau, pour goûter ».

Le bal battait son plein. Garion contemplait la piste de danse avec soulagement, en cherchant ses vieux amis du regard. L'énorme Barak enlaçait Merel, sa femme, avec une douceur étonnante. Ils avaient l'air très heureux. Lelldorin et Ariana se regardaient, les yeux dans les yeux. Relg et Taïba ne dansaient pas ; ils étaient assis dans un coin et se tenaient par la main. Relg avait l'air un peu hébété, comme s'il n'avait pas encore tout à fait compris ce qui lui arrivait, mais il n'avait pas l'air mécontent de son sort.

Vers le centre de la salle, Hettar et Adara dansaient avec la grâce innée de ceux qui passent leur vie à cheval. Le visage d'oiseau de proie de l'Algarois avait un peu perdu de sa dureté et Adara était rayonnante. Garion décida d'essayer le conseil de sa cousine. Il se pencha vers la petite oreille nacrée de Ce'Nedra et s'éclaircit la gorge.

— Je t'aime, croassa-t-il.

Comme ce n'était pas très réussi — c'était un premier essai —, il recommença, juste pour voir.

— Je t'aime, répéta-t-il tout bas.

C'était déjà mieux.

Ces mots eurent sur la petite princesse un effet fulgurant. Elle devint rose vif et ouvrit des yeux immenses dans lesquels elle mit tout son cœur. Désarmée, manifestement incapable d'articuler une parole, elle tendit doucement la main et lui caressa la joue. Il n'en revenait pas du changement que cette simple phrase avait opéré sur elle. Adara avait peut-être dit vrai. Il emmagasina cette information avec soin. Il ne s'était pas senti aussi sûr de lui depuis des mois.

Les couples tourbillonnaient, emplissant la salle de mille couleurs. Mais la tristesse de certains visages tranchait sur la liesse générale. Vers le centre de la salle, Mandorallen et dame Nerina, la baronne de Vo Ebor, tiraient la mine de six coudées de long convenant aux héros d'une grande tragédie, et non loin de là, Silk menait la reine Porenn dans une chaconne un peu compliquée avec cette expression amère, désabusée, que Garion lui avait vue pour la première fois au palais du roi Anheg, au Val d'Alorie.

Garion poussa un soupir.

— Vous êtes bien mélancolique, Monsieur mon époux, murmura Ce'Nedra avec un petit clin d'œil.

Ils étaient assis tout près l'un de l'autre mais elle trouva le moyen de couler sa tête sous son bras et de le refermer sur elle selon sa bonne habitude. Elle sentait très bon, et il remarqua qu'elle était toute douce et bien chaude.

— Oh, je pensais à deux ou trois petites choses, répondit-il.

— Parfait. Eh bien, penses-y très fort tout de suite, parce que tout à l'heure tu n'auras pas le temps.

Garion devint rouge vif et Ce'Nedra eut un petit rire plein de malice.

— D'ailleurs, « tout à l'heure », ça pourrait être bientôt, reprit-elle. Invite dame Polgara pendant que je danse avec ton grand-père. Après, je pense qu'il sera temps de nous retirer. Nous avons eu une journée bien remplie.

— Je suis un peu fatigué, avoua Garion.

— La journée n'est pas finie pour vous, Messire Belgarion de Riva, objecta-t-elle.

Un peu gêné aux entournures, Garion s'approcha de tante Pol et de Durnik qui regardaient évoluer les couples.

— Tu veux bien m'accorder cette danse, Tante Polgara ? demanda-t-il avec une petite révérence cérémonieuse.

Elle lui jeta un coup d'œil énigmatique.

— Tu as donc fini par l'admettre ? nota-t-elle.

— Admettre quoi ?

— Qui je suis en vérité.

— Mais je le savais.

— C'est la première fois que tu m'appelles par mon nom, Garion, souligna-t-elle en se levant et en passant doucement la main dans ses cheveux. C'est un événement, non ?

Ils dansèrent ensemble à la lueur des chandelles, au son des luths et des flûtes. Polgara esquissait des pas plus mesurés, plus lents que ceux que Lelldorin avait eu tant de mal à lui apprendre. Elle était remontée en arrière, se dit Garion, vers un lointain passé, et lui faisait suivre la cadence noble et réservée d'une danse apprise des siècles auparavant, pendant son séjour chez les Arendais wacites. Ensemble, ils adoptèrent le rythme d'une musique lente, gracieuse et un peu mélancolique dont les derniers accents s'étaient tus vingt-cinq siècles plus tôt pour ne plus se faire entendre que dans la mémoire de Polgara.

Ce'Nedra était cramoisie quand Belgarath la rendit à Garion pour leur dernière danse. Ensuite, le vieux sorcier s'inclina devant sa fille avec un sourire malicieux, lui prit les mains et, comme les deux couples dansaient près l'un de l'autre, Garion entendit distinctement la question que posa sa tante.

— Alors, Père, tu es content ?

Belgarath eut un sourire presque dépourvu d'ironie.

— Eh bien, oui, Polgara. Je crois que nous ne nous en sommes pas mal tirés.

— Nous avons bien fait, n'est-ce pas, Père ?

— Oui, Pol, nous avons vraiment bien fait.

Ils continuèrent à danser.

— Qu'est-ce qu'il t'a dit ? chuchota Garion à l'oreille de Ce'Nedra.

Elle se mit à rougir de plus belle.

— Oh, rien. Je te raconterai. Plus tard.

Encore ce mot.

A la fin de la danse, un silence expectatif tomba sur la foule. Ce'Nedra s'approcha de son père, l'embrassa tendrement et revint vers Garion.

— Alors ? fit-elle.

— Alors quoi ?

Elle éclata de rire.

— Oh, tu es impossible !

Elle le prit par la main et l'entraîna fermement hors de la salle de bal.

Il était assez tard, peut-être deux heures après minuit, et Belgarath arpentait les couloirs déserts de la Citadelle de Riva, une chope à la main. Il avait fait une sacrée fête et se sentait d'humeur folâtre. Il était bien parti, mais sûrement moins que la majeure partie des invités qui avaient déclaré forfait depuis un bon moment déjà.

Le vieil homme s'arrêta devant un garde qui ronflait, affalé dans une flaque de bière, et repartit en fredonnant un petit air sans suite agrémenté de quelques entrechats vers la salle de bal où il était certain de trouver du rab de bière.

En passant devant la salle du trône dont la porte était restée entrouverte, il remarqua de la lumière à l'intérieur. Etonné, il passa la tête pour voir qui pouvait se trouver là mais il n'y avait personne. La lumière venait de l'Orbe d'Aldur qui luisait sur le pommeau de l'épée du roi de Riva.

— Oh, fit Belgarath. C'est toi. Eh bien, ma vieille, reprit-il en s'approchant d'une démarche un peu chancelante, ils t'ont tous laissé tomber, on dirait.

L'Orbe vacilla comme en signe de reconnaissance.

Belgarath s'affala sur les marches et ingurgita une gorgée de bière.

— On en a fait du chemin, tous les deux, pas vrai ? continua-t-il sur le ton de la conversation.

L'Orbe l'ignora.

— Si seulement tu pouvais arrêter de tout prendre au tragique... Il y a des moments où tu n'es pas marrante, tu sais, ajouta le vieil homme en plongeant à nouveau les lèvres dans sa chope.

Belgarath resta un instant silencieux puis il retira l'une de ses bottes et remua les orteils avec volupté.

— Tu n'y comprends pas grand-chose en fin de compte, hein ? gouailla-t-il enfin à l'intention de l'Orbe. Oh, tu peux toujours palpiter, tu n'as pas plus d'âme qu'une pierre. Tu sais ce que c'est que la haine, la loyauté et l'engagement de soi mais tu ne comprends rien aux sentiments humains : la compassion, l'amitié, l'amour... ah ! l'amour. Eh bien, c'est rudement dommage, parce que c'est ça qui a décidé de tout, en fin de compte. Ce sont les sentiments qui ont déclenché les événements et tu ne sais même pas ce que c'est.

Mais l'Orbe ne s'intéressait manifestement pas à lui.

— Qu'est-ce que tu écoutes comme ça ? demanda curieusement le vieil homme.

L'éclat bleu de l'Orbe vacilla et se teinta d'une lueur rose pâle qui s'intensifia tant et si bien qu'on aurait dit qu'elle rougissait.

Belgarath jeta un clin d'œil pétillant de malice en direction des appartements royaux.

— Oh ! dit-il, et il se mit à ricaner.

L'Orbe hésitait à présent entre pourpre et garance.

Belgarath éclata de rire, remit sa botte et se leva. Il ne tenait pas très bien sur ses jambes.

— Après tout, tu comprends peut-être plus de choses que je ne pensais, déclara-t-il en vidant sa chope. Allez, je resterais bien encore un moment pour discuter de tout ça avec toi, mais là je suis à sec. Je suis sûr que tu ne m'en voudras pas.

Il se leva et remonta l'immense salle.

Arrivé à la porte, il s'arrêta et jeta un coup d'œil amusé à l'Orbe qui rougissait furieusement. Puis il eut un dernier ricanement et sortit en refermant doucement la porte derrière lui.

Ainsi s'achève *La Belgariade*
commencée avec *Le Pion blanc des présages*.
Et cependant que l'Histoire,
contrairement aux plumes mortelles,
se poursuit sans relâche,
les récits à partir de ce moment
restent encore à venir.

Imprimé en France par

BUSSIÈRE

à Saint-Amand-Montrond (Cher)
en mai 2012

POCKET – 12, avenue d'Italie – 75627 Paris Cedex 13

N° d'impression : 121638
Dépôt légal : février 1992
Suite du premier tirage : juin 2012
S17472/06